全国高校出版社主题出版
上海"十三五"重点图书出版规划项目

李世平 ○主　编
闫锐　王煜华　吴明华 ○副主编

诚信故事

例

立信会计出版社
LIXIN ACCOUNTING PUBLISHING HOUSE

图书在版编目(CIP)数据

诚信故事100例 / 李世平主编. —上海：立信会计出版社，2017.4(2024.1重印)
ISBN 978-7-5429-5444-2

Ⅰ.①诚… Ⅱ.①李… Ⅲ.①故事—作品集—世界 Ⅳ.①I14

中国版本图书馆CIP数据核字(2017)第089911号

策划编辑　窦瀚修　方士华
责任编辑　方士华　孙　勇
封面设计　南房间

诚信故事100例
CHENGXIN GUSHI 100 LI

出版发行	立信会计出版社		
地　　址	上海市中山西路2230号	邮政编码	200235
电　　话	(021)64411389	传　　真	(021)64411325
网　　址	www.lixinaph.com	电子邮箱	lixinaph2019@126.com
网上书店	http://lixin.jd.com		http://lxkjcbs.tmall.com
经　　销	各地新华书店		
印　　刷	浙江天地海印刷有限公司		
开　　本	787毫米×1092毫米	1/16	
印　　张	19.75	插　　页	2
字　　数	384千字		
版　　次	2017年4月第1版		
印　　次	2024年1月第7次		
书　　号	ISBN 978-7-5429-5444-2/I		
定　　价	38.00元		

如有印订差错，请与本社联系调换

序

诚信是一个古老而又常新的话题。在人类社会发展史上,无论中西方,诚信一直是一项根本性道德原则和行为准则。中国的诚信思想源远流长,据说目前可以查证到的最早的有关诚信的资料为殷商时期的。传统诚信最初以"诚"和"信"两种体系出现,始于古代神权政治。春秋时期,管子将"诚信"二字连用,诚信逐步具有了鲜明的伦理指向与道德寓意。"诚"是内心自觉,"信"是行为验证,诚信即为内外合一、守诺不欺。经过中国社会两千余年的演变发展,诚信的内涵不断充实完善,从道德本体论层面向道德实践论层面转化,诚信观念已经渗透到社会生活的诸多方面,成为影响深远的为人处世、维护社会秩序的道德规范。在中华文明的历史长河中,关于诚信的格言警句和佳话故事数不胜数。先贤们把诚信视为安身立命之本。孔子说,"人而无信,不知其可也";孟子说,"诚者,天之道也;思诚者,人之道也";荀子说,"言无常信,行无常贞,惟利所在,无所不倾,若是则可谓小人矣";朱熹说,"信犹五行之土,无定位,无成名,而水金木无不待是以生者"。诚信是中华文化的宝贵精神财富,深深浸润、滋养着民族血脉。西方诚信可以追溯到古希腊文化,从一开始就有着明显的由道德向法律转化的轨迹,体现了契约意识,著名的古希腊哲学家亚里士多德、古罗马思想家西塞罗等对诚信均有所论述。启蒙运动时代,亚当·斯密在《道德情操论》《国富论》中,指出在经济社会是要讲道德的,没有诚信、同情心这些最基本的道德观念,市场经济就会引发灾难。进入 20 世纪,西方逐步在社会学、心理学、法学、经济学等多领域关注诚信问题。德国社会学家齐美尔认为:"现代生活在远比通常我们所意识到的更大程度上建立在对他人的诚信之上。"美国著名学者福山认为,一个社会信任程度的高低是影响经济繁荣和社会道德的重要文化因素。西方在诚信教育方面也有很多研究和实践经验值得借鉴。

21 世纪以来,在全球化的浪潮中,诚信是一张一个国家同世界接轨不可或缺的通行证。一个拥有诚信精神的国家,才能赢得全世界的尊重和信任，才能不断发展壮大、屹立于世界民族之林。随着改革开放的不断深入和社会主义市场经济体制的逐步完善，当代中国正由传统走向现代，处于社会转型的关键时期，伴之而来的诚信缺失现象在各个领域都时有发生，严重的诚信危机已经成为制约中国社会健康发展和经济良性运行的瓶颈，加强诚信建设刻不容缓。中共十八大明确的24字社会主义核心价值观，高度凝练和浓缩了中华民族伟大复兴过程中国家、社会和个人三个层面的价值寄托。诚信作为社会主义核心价值观的重要内容，贯穿于三个层面，是社会主义核心价值观的道德基石。上海作为全国改革开放的排头兵、创新发展的先行者，承载着党和国家的希望和重托。习近平总书记要求，上海一定要把培育和践行社会主义核心价值观工作做得更细、更实、更深入人心，努力在这方面走在全国前列。

大学作为培养社会主义事业建设者和接班人的重要阵地，应把培育和践行社会主义核心价值观作为新时期办好社会主义大学的重要使命。2016年12月，中共中央、国务院印发了《关于加强和改进新形势下高校思想政治工作的意见》（以下简称《意见》），特别强调培育和践行社会主义核心价值观，要"以诚信建设为重点，加强社会公德、职业道德、家庭美德、个人品德教育，提升师生道德素养"。高校要积极贯彻落实《意见》的精神和要求，把培育和践行社会主义核心价值观融入思想政治教育工作全过程，在广大师生中开展诚信文化传播、诚信品格教育活动，吸纳传统诚信文化的精髓和现代诚信实践的成果，不断丰富诚信教育的内容，创新诚信教育的形式，承担文化传承与创新的大学使命，不断将社会主义核心价值观落细落小落实。

上海立信会计金融学院（以下简称立信）是一所有着近90年办学历史的知名老校，也是一所适应上海教育改革发展需要而合并重组不久的新校。自1928年建校之初，立信始终将诚信作为办学育人、发展进步的训条和准则，从校名、校训到校箴、校歌无不彰显诚信元素，积淀了深厚的诚信文化。近年来，立信将诚信价值贯穿到教育教学全过程，形成了具有历史特色、专业特点、时代特征的"六环节六目标"诚信教育体系，积极推进诚信教育课程建设和理论研究，在上海高校中率先开设大学生诚信教育必修课，出版了一系列诚信教材、专著，开展了一系列诚信教育实践活动，得到了社会的广泛关注和认可,形成了品牌特色。及至今日,通过合并将原来两个学校的诚信基因融合提升,奠定了新校的文化基石,诚信文脉得到进一步的传承和发展。《诚信故事100例》是在立信已有诚信教育与诚信文化建设成绩基础上结出的又一硕果,本书以一个个生动的故事来传递诚信价值观,书中撷选的素材涵盖古今中外,内容涉及政治、经济、外交、学习、生活等各个方面,既继承了中华优秀传统文化,又吸收了世界文明有益成果,既展现了诚信跨越时空界限的永恒价值,又激发了读者的阅读兴趣,是将社会主义核心价值观形象化、具体化的一次积极探索,为上海乃至全国高校诚信建设贡献了力量。

当前,党和国家把诚信建设摆在突出位置,中共十八大以来颁布了一系列有关诚信的法规文件,大力推进诚信建设。上海也积极贯彻中央的要求,结合地方特色,出台了多项有关诚信的建设规划。作为教育工作者,我们要准确把握中国国情和中国教育所处的历史方位,深刻认识到上海已经进入全面深化教育综合改革的关键阶段,深入贯彻落实全国高校思想政治工作会议和习近平总书记系列重要讲话精神,把立德树人、培养人才作为根本任务,不断拓宽思想政治教育有效途径,加强与社会各界合作,共同推动思政改革课程,推动诚信文化育人机制创新,推动大学、中学、小学一体化诚信教育研究。希望包括立信在内的各级各类学校和广大师生都能挖掘潜力、创新思路、主动担当,勇做诚实守信的实践者、维护者和传播者,努力为诚信中国建设作出更大的贡献!

上海市教卫工作党委书记

虞丽娟

2017年4月

前言

中国传统蒙学经典《三字经》中讲:"曰仁义,礼智信。此五常,不容紊。"在中国文明发展的历史长河中,"仁、义、礼、智、信"一直被奉为中国传统价值体系中最核心的要素,进而形成了中华民族所独有的伦理价值。

新时期,中共十八大报告中明确提出"三个倡导",即"倡导富强、民主、文明、和谐,倡导自由、平等、公正、法治,倡导爱国、敬业、诚信、友善",形成了24字的社会主义核心价值观。24字社会主义核心价值观是对当下中国全体公民提出的价值目标、价值取向和价值准则。

无论是在中华民族传统的核心价值要素里,还是在新时期努力培育和践行的社会主义核心价值观中,诚信都是做人、做事、做学问需要恪守的最重要和最基本的准则,它是无价的瑰宝。

1928年,立信会计学校于上海创立。经过近90年的发展,立信会计学校演变为今天的上海立信会计金融学院(以下简称立信),立信校训的核心是"立信",它的创始人是被誉为"中国现代会计之父"的潘序伦先生。潘老取《论语·颜渊》"自古皆有死,民无信不立"中的"立信"两字为学校定名、为学校立训。从此以后,在立信近90年的办学历史上,"诚信"刻在了每一个立信人的心里。

一代又一代的立信人将潘序伦先生的"信以立志、信以守身、信以处事、信以待人、毋忘'立信'、当必有成"24字铭记于心。多年来,立信始终坚持诚信的办学特色,传承诚信的办学文化,探索具有立信特色的诚信教育模式,逐步构建了"六环节六目标"的诚信教育体系,开设了"大学生诚信教育"校本课程,编写并出版了《大学生诚信教育概论》(立信会计出版社,2013年版)、《大学生诚信文化教育论》(立信会计出版社,2015年版)、《大学生诚信教育经典案例》(立信会计出版社,2016年版)系列图书。现在,又一本有关诚信的书籍《诚信故事100例》与读者见面。

思想政治教育工作是高校的一项重要工作。大学生诚信教育的目的是培养能够自觉践行社会主义核心观和有着高尚道德品质的社会建设者与可靠接班人。

前　言

立信在诚信文化建设方面曾获得多项课题立项,如上海大学生社会主义核心价值观和中华优秀传统文化教育优秀项目"信扬华夏——大学生诚信教育体系建设"、上海市学校德育创新发展课题"当代大学生诚信教育与实践研究"等,借助上海市教卫党委和上海市教委的支持,立信师生撰写了一系列研究论文,通过学科交叉、问卷调查、中外比较等方式对诚信文化进行了更加系统和深入的研究。诚信教育与诚信文化的诸多实践和学术成果积累,为本书的编写奠定了坚实的基础。

《诚信故事100例》选取古今中外100个有史有据的经典故事呈现给读者,全书分上下两篇,上篇为中国的诚信故事,共计59个故事;下篇为外国的诚信故事,共计41个故事。书中每一个故事按照故事内容、故事解读、公民采访、专家点评和延伸思考五个部分展开。故事内容注重有史有据、原文呈现,故事解读是对故事的深入解读,体现编者(思想教育工作者)的价值引导,公民采访反映社会不同角色的真实想法,专家点评往往能够一语道破关键,延伸思考给读者留下思考空间。

诚信是无价的。正如书中所写的,古有"商鞅立木为信""一诺千金",今有"路透和路透社的故事""一毛钱的诚信";中国有"烽火戏诸侯""周郑交质",外国有致命的"表外事件","拿破仑的玫瑰诺言"。书中百则故事的正反实例,用中外的历史数据和结论展示出诚信的无上价值,闪现着人性的光辉。

伴随着人类社会的发展演变,诚信和虚假像一对孪生兄弟一样,如影随形。正如本书编者所汇集的古今中外有关诚信的故事一样,展现给读者的是人类诚实和贪婪的对照。如果说我们每个人生命的长度有限,那么本书所展现的就是一个诚信与价值的坐标曲线,一个有着几千年的历史数据的曲线,这足以让每一个读者看清诚信的无上价值。

受编者水平所限,书中难免有疏漏之处,敬请专家、学者批评指正。

上海立信会计金融学院党委书记

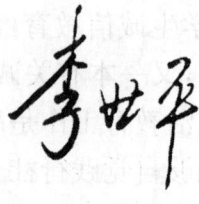

2017年4月

目录

上篇

2	故事 1	孔子谈为学的态度
4	故事 2	鉴兴衰司马迁著《史记》
7	故事 3	晏元献诚信应试
10	故事 4	顾炎武据事直书
13	故事 5	曾国藩为学"格物诚意"
16	故事 6	褚遂良以信著史
19	故事 7	周郑交质
22	故事 8	民无信不立
25	故事 9	曹操信赏必罚
28	故事 10	苏定方信存都曼
31	故事 11	鲁宗道忠信待人
34	故事 12	宋濂信示后学
37	故事 13	姚母教子
40	故事 14	曾子杀彘
43	故事 15	刘庭式娶盲女
45	故事 16	破镜重圆
48	故事 17	一诺千金
51	故事 18	皇甫绩守信求责
54	故事 19	商鞅立木为信
57	故事 20	烽火戏诸侯
60	故事 21	唐太宗的诚信治国之道
63	故事 22	管仲与曹沫之盟
66	故事 23	魏文侯期猎
68	故事 24	张释之执法
71	故事 25	唐太宗信放死囚
74	故事 26	晋文公退避三舍
77	故事 27	蔺相如完璧归赵

1

目 录

80	故事28	苏武牧羊守旌节
84	故事29	郭元振讲信抚边陲
87	故事30	季札守信赠送佩剑
89	故事31	最美火炬手金晶
92	故事32	中国工程院院士黎介寿入党记
95	故事33	用生命书写忠诚
98	故事34	法官当如邹碧华
101	故事35	"80后"大学生村官贺明芳
104	故事36	"大庆新铁人"李新民
107	故事37	武秀君5年代夫还债数百万
111	故事38	信义兄弟
114	故事39	500万买不动的诚信
117	故事40	诚信局长辛苦10年为乡民还债
120	故事41	为诚信作完美注脚
124	故事42	诚信自强报效祖国
127	故事43	最美儿媳带公公改嫁
130	故事44	三入火海舍己救人
134	故事45	替父还债信誉第一
137	故事46	一句承诺一生守候
140	故事47	小买卖坚守了大诚信
143	故事48	人就活个诚信
147	故事49	诚信小卖部
150	故事50	诚信老爹
153	故事51	农民工"炒"掉黑心老板
155	故事52	诚信织补工
158	故事53	诚信家风
161	故事54	用道德的标准做食品
165	故事55	"悬赏捉劣"二十五载
168	故事56	大锤砸出了名企
171	故事57	诚信档案贷款也管用
174	故事58	两枚硬币
177	故事59	一场没有答案的考试

下篇

页码	编号	标题
180	故事 60	达蒙替皮斯阿司坐牢
183	故事 61	司各特诚信还债
186	故事 62	康德准时赴约
189	故事 63	伽利略失业
192	故事 64	诚实的音乐大师
195	故事 65	巴伦支船长用生命守望诚信
198	故事 66	"罗特希尔德"的品牌价值
201	故事 67	石币之岛
205	故事 68	信誉的债务
208	故事 69	银行的故事
211	故事 70	诚信是一笔无形的财富
214	故事 71	路透和路透社的故事
218	故事 72	卢梭反思少年时的不诚信
222	故事 73	百年漂流瓶的诚信传奇
224	故事 74	拿破仑的玫瑰诺言
227	故事 75	格兰特将军的陵墓
230	故事 76	凯萨琳的过期面包
232	故事 77	坚守诚信的林肯
235	故事 78	芬兰人的清廉诚信
238	故事 79	两瓶酒毁掉一位部长
241	故事 80	丹麦警察的良好声誉
244	故事 81	新加坡公务员档案造假成本高
247	故事 82	拾金不昧的流浪汉
250	故事 83	寻找最诚实的城市
253	故事 84	一张无人领取的床垫
257	故事 85	一毛钱的诚信
260	故事 86	一名乘客的航班
263	故事 87	让拾金不昧者成为明星
266	故事 88	在"无人超市"体验美式信用
269	故事 89	两张月票
272	故事 90	美国大学生看电影学诚信

目 录

275	故事 91	宽容的诚信氛围拒绝谎言
278	故事 92	在德国逃票之后
281	故事 93	里根总统给女儿的一封信
283	故事 94	让校规看守哈佛的一切
285	故事 95	科学家销毁假著作
288	故事 96	一个人的火车站
291	故事 97	致命的"表外事件"
294	故事 98	三菱汽车隐瞒汽车缺陷事件
298	故事 99	大众汽车的失控与失信
301	故事 100	安达信失信的沉重代价

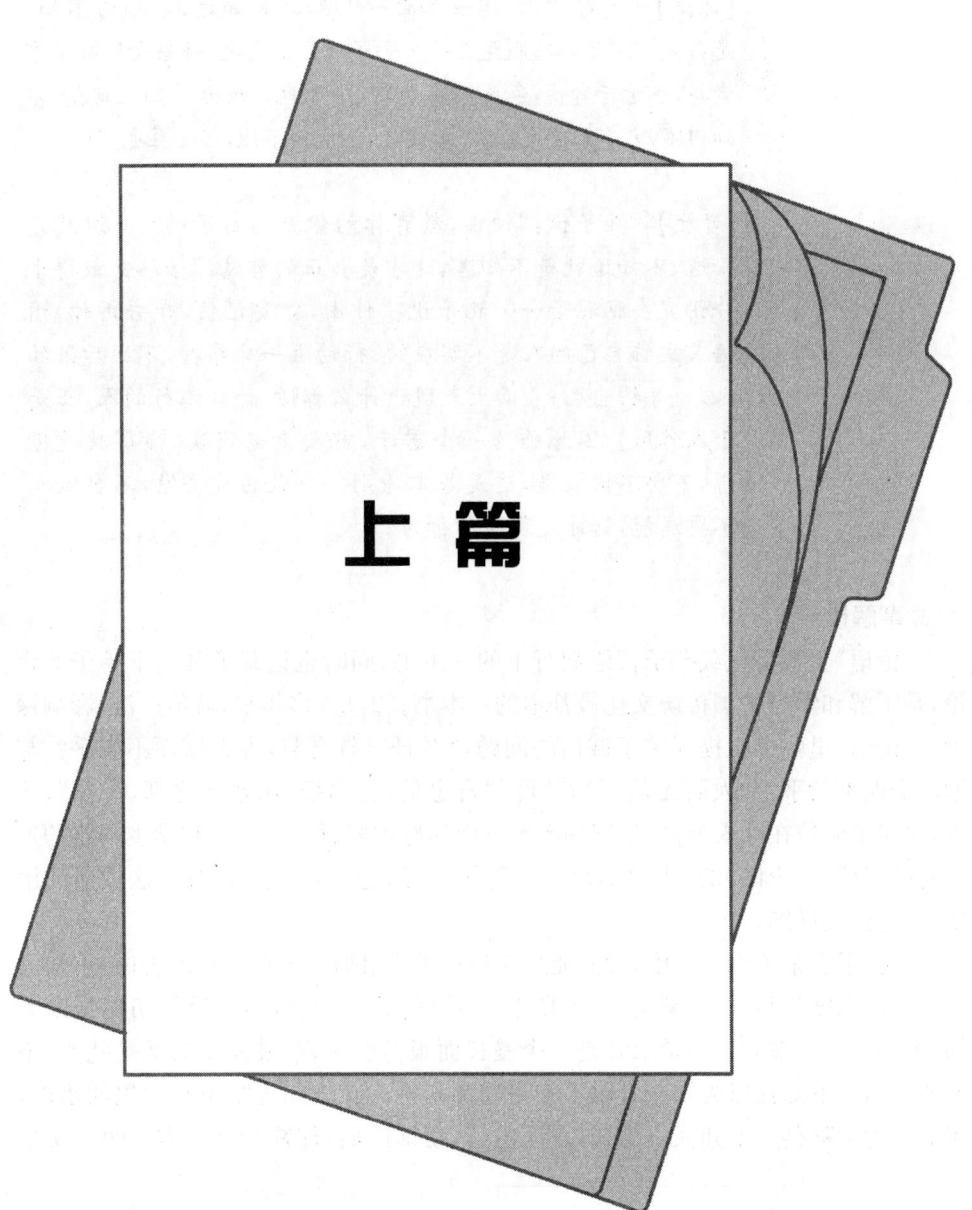

上 篇

故事1

孔子谈为学的态度

故事内容[①]

【原文】 子曰："由，诲女知之乎？知之为知之，不知为不知，是知也。"[②]子路盛服见孔子……子曰："由志之，吾语女！奋于言者华，奋于行者伐，色知而有能者，小人也。故君子知之曰知，不知曰不知，言之要也；能之曰能之，不能曰不能，行之至也。"[③]

【译文】 孔子说："仲由，教诲你的你都明白了吗？知道就是知道，不知道就是不知道，这才是真正的智慧。"子路穿戴得十分讲究去见孔子……孔子说："仲由，你要记住，我告诉你，用语言文饰自己的人是不实在的；行动上一味莽撞，不顾后果的人，是夸耀自己；表面上表现出什么都懂、什么都行的人，正是小人作风。因此作为一个君子，就要老老实实，懂得就是懂得，不要不懂装懂，这是基本原则。会做的就去做，不会做就不要逞能，这才是得当的行为。"

▷ **故事解读**

《论语》主要是记载孔子言语和行事的一本书，同时也记载了其门下弟子的言论，是了解和学习中国传统文化最基本的一本书。2 000多年来，流传广泛，影响深远。《论语》里曾多次提到关于诚信的问题，"吾日三省吾身，为人谋而不忠乎？与朋友交而不信乎？""人而无信不知其可""言忠信，行笃敬，虽蛮貊之邦，行矣"，等等，说明了诚信在为人处世、治国理政等方面均有重要意义。孔子和学生子路的这段对话记载在《论语》的《为政篇》里。《荀子集解》卷二《子道篇》对于这段话的语境，记得比较详细。

在孔子和弟子的对话中，我们能感受到孔子严肃但又语重心长的告诫，求知为学的基本态度就是诚信，就是实事求是。知道的就是知道，不知道的切莫强以为知，来不得半点虚假。为学求知是一个漫长而艰苦的过程，最需要的就是扎实，绝不能取巧。不知强以为知或者以不知为知都是常人在求知为学中经常犯的错误，于治学为害甚矣。不知强以为知，冒充内行，粉饰门面，往往贻笑大方。明代文学

[①] 本书故事内容多为原文节选。
[②] 杨伯峻：《论语译注》，中华书局，1980年版，第19页。
[③] 王先谦：《荀子集解》，中华书局，2012年版，第513～514页。

家江盈科在《雪涛小说》中有一则小品:"北人生而不识菱者,仕于南方。席上食菱,并壳入口。或曰:'食菱须去壳。'其人自护其短,曰:'我非不知,并壳者,欲以清热也。'问者曰:'北土亦有此物否?'答曰:'前山后山,何地不有!'"菱角生于水中而曰土产,这就是典型的不知强以为知。而以不知为知则往往是因为一知半解,浅尝辄止,并未弄清事之本末、物之原理。因此,孔子与学生子路的这段对话,很简洁却道出了很高深的道理。我们要承认知识和学问是无限的,没有任何一个人可以宣称自己什么都懂。在信息化时代,研究领域不断交叉和细化,我们诚实地承认自己的不知恰恰是一种智慧的表现。

▷ 公民采访

采访者:您了解《论语》这部作品吗?

受访者(王先生,采访地点:松江泰晤士小镇饬书阁):还是比较了解的,能背诵一些经典语录。《论语》虽然是很早以前的书,但其中很多表述和说法今天我们还是很熟悉,也会经常引用。《论语》中的有些观点即使在今天仍然对我们的言行、生活和思想意识起指引作用。可以说,《论语》对中华民族的文化有着巨大的影响力。

采访者:对于"知之为知之,不知为不知"这段话,从诚信的角度来看,您有何理解?

受访者:关于孔子和子路之间的这段对话,我个人有两个方面思考:一是怎么样正确看待世界;二是怎么样正确看待自己。在学习上,我们很多时候缺少一种实事求是的态度和诚信的观念。我们主观上的努力和认知总是有限的,我们要坦然面对自己有限的认知,脚踏实地,不欺人也不自欺。只有每个人都诚信,社会的诚信氛围才能逐渐形成。

▷ 专家点评

这是一则讲述孔子谈论诚信治学态度的历史故事。作为中国古代的大思想家,孔子一直以"三人行必有我师"和"不耻下问"的态度虚心好学。但孔子认为,修行越高,读书和思考就越多,不懂的事物反而就越多。因此,他在教育学生时指出"知道就是知道,不知道不要装知道,这才是真正的智慧",而不懂装懂、故作聪明,最终"聪明"往往反被聪明误。历史昭示我们:实事求是才能经得起历史的考验,弄虚作假最终只会自欺欺人。

▷ 延伸思考

诚信为学、实事求是的态度不仅仅是个人成长中必需的良好品质,也是形成良好学风和务实的社会风气的普遍要求。当下,我们享受着互联网给我们带来的学习便利,但也面临着抄袭、剽窃等不良风气的侵蚀,几千年前先哲给我们留下的谆谆教诲,依然具有强大的生命力。

故事 2　鉴兴衰司马迁著《史记》

故事内容①

【原文】　帝又问:"司马迁以受刑之故,内怀隐切,著《史记》非贬孝武,令人切齿。"对曰:"司马迁记事,不虚美,不隐恶。刘向、杨雄服其善叙事,有良史之才,谓之实录。汉武帝闻其述《史记》,取孝景及己本纪览之,于是大怒,削而投之。于今此两纪有录无书。后遭李陵事,遂下迁蚕室。此为隐切在孝武,而不在于史迁也。"

【译文】　(明帝)又问:"司马迁因为受了宫刑的缘故,内心怀有怨恨,所以他著《史记》时非议、贬低汉武帝,让人切齿痛恨。"(王肃)回答说:"司马迁记史事,不虚假地赞美谁,也不隐瞒谁的过恶。刘向、杨雄都心服他善于叙事,具有优良史官的才能,称他的记叙为实录。汉武帝听说他撰写《史记》,就索取汉景帝以及他自己的本纪来看,阅后大怒,就把这两篇削砍后扔掉了。至今这两篇本纪只有目录没有内容。司马迁后来遇上了李陵事件,因直言为叛将李陵说情而触怒汉武帝,下了牢狱受了宫刑。这说明怨恨在汉武帝那里,而不在司马迁那里。"

▷ **故事解读**

　　本段是陈寿《三国志》中记载的魏明帝就司马迁撰写《史记》时是否非贬武帝与王肃之间的对话。明帝认为,司马迁因为受到腐刑,心有怨恨,因此著《史记》时非议、贬低汉武帝,所言不实,让人切齿痛恨。王肃则客观地分析了事实,回答明帝"隐切在孝武,而不在于史迁也"。

　　司马迁是中国西汉伟大的史学家、文学家、思想家。他以其"究天人之际,通古今之变,成一家之言"的态度创作了中国第一部纪传体通史《史记》,《史记》被公认为是中国史书的典范,被鲁迅誉为"史家之绝唱,无韵之离骚"。司马迁所创立的史记五体(即《史记》中的五种体例):本纪、表、书、世家、列传,结构、体系完整,规模宏大,见识超群,被传统史家奉为作史"极则"。宋代郑樵推崇说:"百代而下,史官不

---

① 陈寿:《三国志》,中华书局,1982 年版,第 314~315 页。

能易其法,学者不能舍其书,六经之后,唯有此作。"历代史学家继其遗轨修成列朝正史,从《史记》至《清史稿》总计有四千多卷,五千多万字,有中华民族全史之称,司马迁的首创之功,可与日月争辉。

《史记》是一部体大思精的历史著作,它上起黄帝,下迄太初,从内容到形式都是划时代的伟大创新。其中,《史记》的实录精神,坚持了崭新的直笔著史原则,体现出划时代的进步。班固在《汉书·司马迁传》中引刘向、杨雄之言,赞扬司马迁的《史记》"其文直,其事核,不虚美,不隐恶,故谓之实录"。首先,文直事核要求史家全面占有材料,承认客观事实存在,全面系统地直书史事,不做曲笔或者漏略。司马迁在《史记》中全方位地展现了社会生活,写了各色人物的传记,反映了历史的本质;为项羽、吕后作纪,为孔子、陈涉、后妃立世家,反映其卓越的见解。其次,在"文直事核"的基础上,司马迁还做到了"不虚美,不隐恶""明是非""采善贬恶",司马迁明确反对"誉者或过其实,毁者或过其真"的主观臆断①。所以,司马迁论事论人,一般不全盘肯定或者全盘否定,而是讲清楚事物发展变化的事实,恰如其分地评价。在《史记》中关于百年汉史,司马迁集中写汉武帝一朝的政治、经济、文化各个方面,深刻揭露了当时的社会矛盾。《史记》卷三十《平准书》中批评了横征暴敛的经济政策、残酷黑暗的官僚政治、汉儒竞荣逐利的丑态,讥刺汉武帝的迷信和劳民伤财。《平准书》记事一直写到元丰元年,不禁使人惊叹司马迁过人的胆识。

在司马迁治史的过程中,我们可以很明显地感受到诚信的力量。在绝对君权的时代,司马迁仅仅是陈述事实却因言获罪,进而遇到了人生中最为艰难的考验,但他依然尊重客观和历史,以信为本,爱憎分明,直言不讳。这是非常值得尊敬和学习的。

▷ **公民采访**

采访者:您读过《史记》吗?您如何看待这部作品?

受访者(刘先生,采访地点:上海图书馆):没有完整地读过,但读过《史记》中的很多篇章,其内容是很生动的。学历史的时候知道司马迁的一些故事,记得《史记》被誉为"史家之绝唱,无韵之离骚",感觉还是很恰当的。在享受这么精彩的作品时,我对于司马迁的坚定和执着由衷地敬佩,尤其是在遭遇常人难以忍受的困境后,他依然能够发愤著书,留给后人一部开创性的巨著。

采访者:您觉得司马迁诚信著史这件事对现代社会的诚信建设有何启示?

受访者:在《史记》中,司马迁能够批评天子,揭露当时制度下的各种弊病,如实地记录历史,是难能可贵的,这种精神,值得每一个人学习。在当下,我觉得整个社会氛围中诚信的风气还没有完全形成,各个领域中都存在一些不诚实、弄虚作假的

---

① 司马迁:《史记》,中华书局,2008年版,第1392页。

现象,甚至存在以舞弊获誉为荣、以诚实守信为耻的现象。排除社会环境的影响,就个人来讲,我觉得如果我们对自己放松要求,没有坚持,没有诚信,是难有大的成就的。

▷ **专家点评**

司马迁虽然遭受宫刑却依然秉笔直书,体现了中国古代史官诚实守信的高贵品格。其实,中国古人诚信直书,不虚美、不隐恶的故事不绝于史。文天祥的《正气歌》将"在齐太史简,在晋董狐笔"作为天地间正气的表现之一。这两则古代史官故事,都高扬了一种誓死捍卫史官直书实录的传统精神。不畏权势、坚持直书实录的史笔传统,成为自古以来史家以及仁人志士的追求。

▷ **延伸思考**

司马迁具有崇高的人格,他忍辱负重,发愤著书,实现了"成一家之言"的理想,勇于探索,创作了划时代的纪传体通史,诚信著史,严格忠实于可靠的历史,值得大家学习。但今人不善读古文,真正看过《史记》的人少之又少,建议大家阅读这部名垂青史的著作,加深对司马迁品行、文采的了解。

故事3　晏元献诚信应试

故事内容①

【原文】 晏元献公为童子时，张文节荐之于朝廷，召至阙下。适值帝御试进士，便令公就试。公一见试题，曰："臣十日前已作此赋，有赋稿尚在，乞别命题。"上极爱其不隐。后为馆职，时天下无事，帝许臣僚择胜燕饮。时侍从文馆士大夫各为燕巢，以至市楼酒肆皆为游息之地。公是时甚贫，不能出，独家居，与昆弟讲习。一日，选东宫官，忽宫中除晏殊，执政莫知所因，次日复进，上谕之曰："近闻臣僚无不嬉游燕赏，弥日继夕，唯殊杜门与兄弟读书，如此谨厚，正可为东宫官。"公既受命得对，上面谕除授之意，公语言质野，则曰："臣非不乐燕游者，直以贫，无可为之具，臣若有钱亦须往，但无钱不能出耳。"上益嘉其诚实，知事君体，眷注日深，仁宗朝，卒至大用。

【译文】 晏殊（谥号元献）未成年时，张文节就把他推荐给朝廷，（皇上）召他到朝堂上。这个时候皇帝正好亲自主试进士，就命令晏殊（一同）应试。晏殊看了看试题。他（对皇上）说："（这个题目）我在10天前就已经作过回答，文章的草稿还在，请求换一个题目。"皇上非常喜欢他的诚实不隐。（晏殊）后来在史馆就职，当时天下太平，皇上允许臣下们找好地方举行宴饮。当时文馆里的士大夫们都相互宴请，以至于市场上的酒楼和路边的小酒店都成为游玩和休息的地方。晏殊当时很贫穷，不能外出游玩，独自在家中和兄弟（相互）论理和学习。有一天，（皇上）选择辅助太子的官，宫中忽然传来消息晏殊被任命了，执政大臣不知道原因，第二天请求再复核，皇上告诉他们说："听说这些天来各部门大臣没有人不游玩宴饮，（并且）通宵达旦，唯独晏殊和（他的）兄弟（在家中）读书，如此谨慎朴实（的人），正适合辅导太子。"晏殊接受任命后上朝，皇上当面告诉他任命的原因，晏殊措辞朴实无华，说："我不是不愿意宴饮游玩，实在是家境贫寒，没有可以去玩的钱财，我如果有钱也会去的，只是没钱不能出门罢了。"皇上赞赏他的诚实，懂得侍奉君王的规矩，对他的垂爱日益深厚，到仁宗朝终于得到重用。

---

① 沈括：《梦溪笔谈》，中华书局，2013年版，第226页。

▷ **故事解读**

晏殊诚实应试的故事见于宋朝沈括的《梦溪笔谈》卷九。《宋史·晏殊传》中亦有记载:"晏殊,字同叔,抚州临川人。七岁能属文,景德初,张知白安抚江南,以神童荐之。帝召殊与进士千余人并试廷中,殊神气不慑,援笔立成。帝嘉赏,赐同进士出身。宰相寇准曰:'殊江外人。'帝顾曰:'张九龄非江外人邪?'后二日,复试诗、赋、论,殊奏:'臣尝私习此赋,请试他题。'帝爱其不欺,既成,数称善。擢秘书省正字,秘阁读书。命直史馆陈彭年察其所与游处者,每称许之。"①晏殊在庆历年间官拜宰相,身居高位。

从《宋史》中我们可以得知晏殊小时候天资聪明,七岁就能为文赋诗,但他成功的关键还在于诚实守信。他在儿童时,就意识到治学诚信的重要,在无人知晓的情况下,自律甚严。及至成人,更是坚守诚信,面对嘉誉,如实道明原委。但晏殊的诚信并不是虚空的口号或者是空洞的说理,而是非常具有实践性的,也是有血有肉、合乎情理的。就诚信的本质而言,从实践入手而非从言论入手,最能体现出诚信的真实意义。

▷ **公民采访**

采访者:您了解晏殊吗?

受访者(吴女士,采访地点:松江大学城):有点了解,但主要是了解他文学上的造诣,对他政治上的建树不太了解。他写过"无可奈何花落去,似曾相识燕归来""昨夜西风凋碧树。独上高楼,望尽天涯路"等名句,现在还一直被大家引用。

采访者:晏殊还是儿童时便已有了很好的诚信观念,你认为有值得我们思考的地方吗?

受访者:在文学上晏殊有多方面的成就和贡献,在北宋文坛有较高的地位。在为官方面,听你刚才的介绍,应该说他也是很成功的。但我认为这个成功离不开诚信,而且他的诚信理念从小就树立起来了。这对现在的教育也是有所启发的,如何在教学生为学求知的同时,更有效地培养学生的诚信道德品质,应该引起全社会的重视。

▷ **专家点评**

"小成在智,大成在德"。晏殊以大诚至信的行为博得了明君的信任与赞赏,获得了官至宰相的个人成就。无论古今中外,诚信皆是一种美德,也是一种社会价值。晏殊在"书中自有颜如玉,书中自有黄金屋",依靠科举成名的时代能够主动要求皇帝撤换自己做过的题目,实属难能可贵,也正是这样的"大信"才彰显出名流真

---

① 脱脱:《宋史》卷三百一十一,中华书局,1985年版。

士的风采,可见晏殊的诚信自律已经超越了他律,由精神层面外化为实践层面,其精神价值值得借鉴。

▷ **延伸思考**

诚信是相互的,待他人以诚信,他人亦会以诚信待你。诚信实质更需要践行,光有空洞的呐喊而不去践行,不会产生任何积极的意义,因此,再细小的事情,诚信为之,都有意义。

故事 4 顾炎武据事直书

故事内容

【原文】 绍圣中,为起居郎中书舍人,同修国史。疏言:"朝廷前日正司马光等好恶,明其罪罚,以告中外。惟变乱典刑,改废法度,讪读宗庙……质其章疏案牍,散在有司,若不汇辑而存之,岁久必致沦失。愿悉讨奸臣所言所行……以示天下后世大戒。"①门户之人,其立言之指各有所借,章奏之文互有是非。作史者两收而并存之,则后之君子如执镜以照物,无所逃其行矣。②

【译文】 北宋绍圣年间,蹇序辰担任起居郎中书舍人,一起修国史。向皇帝上疏说:"朝廷前些日子明确了司马光等人的罪责,向天下作了公告。只是司马光等人修改了很多法令制度,诽谤朝廷……他的很多章疏案牍,散落在各个部门,如果不汇编保存,时间长了必定会丢失。我愿意对奸臣的所言所行进行声讨,告示天下,以用来警醒后世。"门户或者党派之中的人,其说话的意图各有所凭借,文章和奏折中也互有是非。写历史的人对于对立党派的言论、文字兼收而并存,那么后来的君子如拿着镜子看物体一样,对立双方的面目都无法逃脱了。

▶ **故事解读**

顾炎武是明末清初著名的学者和思想家,其一生"身涉万里,名满天下"③,在中国学术史和思想史领域影响深远,与王夫之、黄宗羲并称明末清初三大思想家。顾炎武治学务求实事求是,主张用证据说话。其关于治史当"纪实""从实"的观点体现出诚信治学的特点。

在其著作《日知录》卷十八《三朝要典》中,顾炎武明确反对以门户或者党派偏见去剪裁历史,对于"偏心之辈,谬加笔削,于此之党,则存其是者,去其非者,于彼

---

① 脱脱:《蹇序辰传》,载于《宋史》卷三百二十九,中华书局,1985年版。
② 顾炎武著,黄汝成集释:《日知录集释》,上海古籍出版社,2014年版,第407页。
③ 归庄:《与顾宁人书》,载于《归庄集》卷五,上海古籍出版社,2010年版。

之党,则存其非者,去其是者"①表示反对。认为这种不以信为本,凭党派偏见去歪曲历史的做法不可取,而且进一步指出这是造成"国论之所以未平,百世之下难乎其信史"的根本原因。顾炎武认为要留给后人可靠的历史,就应该超越门户或者党派利益,保持价值中立的立场。对互有是非的文章、奏折应该兼收并存,不应以一面之词来求胜。在谈到治史的基本准则时,顾炎武很认同崇祯帝在批阅李明睿奏疏时写的一句话"纂修实录之法,惟在据事直书,则是非互见"。他称这句话为"万世做史之准绳"。在修撰《明史》时,顾炎武主张价值中立,如顾炎武在给他的学生潘耒的信中写道:"(余)自庚申至戊辰邸报皆曾寓目,与后来刻本记载之书殊不相同。今之修史者,大段当以邸报为主,两造异同之论,一切存之,无轻删抹,而微其论断之辞,以待后人之自定,斯得之矣。"在给外甥徐元文的信中,顾炎武又说"惟是奏章是非同异之论,两造并存,而自外所闻,别用传疑之例,庶乎得之。此万世公论……"所以,顾炎武认为不要做或褒或贬的评判,重要的是客观真实地保存史料,让后人予以公允的评论。

顾炎武实事求是的治史和严谨的为学作风还体现在很多方面。例如,他反对以"正统"观念歪曲历史,主张年号书写应该从实,对朱熹等人主张治史要从正统观念立论,在年号书写上违背史实的现象提出批评。在《日知录》卷二十"年号当从实书"一条中,顾炎武指出,从正统观念出发去书写历史,只能导致对历史的歪曲,而围绕谁是正统展开争论,也毫无意义。在历史研究中如果贯彻政治伦理,会导致"论世之学疏"的结果。又如,晚年的顾炎武坚守"良工不示人以璞"的古训,精心雕琢《日知录》。顾炎武说:"著述之家,最不利乎以未定之书传之于人。昔伊川先生不出《易传》,谓是身后之书……今世之人速于成书,躁于求名,斯道也将亡矣。"直到逝世,除《日知录》初刻八卷本外,他始终未曾把已经完成的三十余卷《日知录》再度付刻,直到13年后,由其学生潘耒在福建建阳刻印,于此可见其为学之严谨、信实。

▷ **公民采访**

采访者:顾炎武是明末清初三大思想家之一,他一生给我们留下了一大笔宝贵的精神财富,他的诚信治学的精神和身体力行的实践给我们留下了深刻的印象,能谈谈您对顾炎武诚信为学是怎么理解的吗?

受访者(黄老师,采访地点:上海博库书城):我对顾炎武其实并不是很了解,最熟悉的可能就是他说的"天下兴亡,匹夫有责"。听了你刚才的介绍,感觉他的一生,读万卷书,行万里路,留下了《日知录》等很多著作。为了撰写这些著作,他往往攀山越岭,风餐露宿,精益求精。从某种意义上来说,可能正是因为他处在一个

---

① 顾炎武著,黄汝成集释:《日知录集释》,上海古籍出版社,2014年版,第407页。

剧变的年代,又不断地实地考察,在为学上也实事求是,所以他的见识也远远高于他的同辈。他对于整个社会的分析深刻而客观,对于既往思想文化的反思冷峻而深沉。很多时候,他已经跳出了狭隘的利益集团和党派之争。

▷ **专家点评**

历史是一面明镜,但却是多棱镜。历史学家要存信史,但限于主客观的制约因素,对于观点分歧或者立场互异的史料要并存而录之,留给后人去辨析和全面评价。顾炎武据事直书和实事求是的史学精神,体现了顾氏宏大的立场和高远的境界。

▷ **延伸思考**

实事求是是一个古老的命题,《汉书》说河间献王刘德"修学好古,实事求是"。自此,历代学者无不讲求实事求是。然而要做到实事求是并不简单,在某些场合,"实事求是"或许并不是治学的最高原则,还会受到很多的影响和诱惑,本案例中提到的门户之见和党派利益仅仅是表现之一。因此,只有具有更宽广的胸怀,更高的治学境界,超脱各种利益的羁绊,才能有诚信为学的基础。

故事 5　曾国藩为学"格物诚意"

故事内容①

【原文】 观四弟来信甚详,其发奋自励之志,溢于行间,然必欲找馆外出,此何意也……且苟能发奋自立,则家塾可读书,即旷野之地,热闹之场亦可读书……每日所看之书,句句皆物也。切己体察,穷究其理,即格物也,此致知之事也。所谓诚意者,即其所知而力行之,是不欺也。知一句,便行一句,此力行之事也。此二者并进;下学在此,上达亦在此。

吾友吴竹如,格物功夫颇深,一事一物,皆求其理。倭艮峰先生,则诚意功夫极严,每日有日课册,一日之中,一念之差,一事之失,一言之默,皆笔之于书,书皆楷字。三月则订一本,自乙未年起,今三十本矣。盖其慎独之严,虽妄念偶动,必即时克治,而著之于书。故所读之书句句皆切身之要药。

【译文】 从四弟寄来的非常详细的信中可以看出,他发奋自强的决心志向,流露在字里行间。但是一心想外出找个学校,不知这是什么意思……如果真能够下决心奋发自强,那么不仅家里的私塾可以读书,即使室外的旷野,热闹喧嚣的场所也同样可以读书……每天所看的书,句句都是物。结合自身,深入追究其中的道理,即是格物,这指的是获取知识方面的事。所谓诚意,即指努力实行所知道的,这就是不欺骗自己。知道一句,便实行一句,这是努力实行的事。这两者并进,平常的知识在这里,高深的道理也在这里。我的朋友吴竹如,格物的功夫比较深,对每件事情、每个物体,都探究其间的道理。倭艮峰先生,则是诚意功夫极其严谨,(他)有日记本,一天之中,一个念头上的过错,一件事上的缺失,一句话的沉默,皆记在日记本上,且字体都是楷书,每3个月则装订成一本,自乙未(道光十五)年起,到现在已有30本了。他的慎独功夫严格到了这样的地步,即便是不好的念头偶然萌动,也必定即时克服,并且写在他的书中。故而他所读的书中每一句都成了医治自己毛病的良药。

---

① 唐浩明:《唐浩明评点曾国藩语录》,华夏出版社,2009年版,第500页。

▷ **故事解读**

曾国藩是中国近代史上的著名人物,集政治家、军事家、文学家的称号于一身,后人称誉其"立功、立德、立言",对后世影响很深。中国近代著名的教育家、外交家和社会活动家容闳在《西学东渐记》中写道:"曾文正之高深,实未可以名位虚荣量之。其所以成为大人物,乃在于道德过人,初不关其名位与勋业也……文正一生之政绩、忠心、人格,皆远过于侪辈,殆如埃弗里斯特高峰,独耸于喜马拉雅诸峰之上,令人望而生景仰之思。"梁启超在《曾文正公嘉言钞》序言中写道:"曾文正者,岂惟近代,盖有史以来不一二睹之大人也已;岂惟我国,抑全世界不一二睹之大人也已。"毛泽东也在 1917 年写给黎锦熙的信中写道,"愚于近人,独服曾文正",对他简直推崇备至。曾国藩勤于修书,留下大量家书,这些书信反映了他的思想境界和人生追求,自曾国藩去世后,这些书信便一直是知识分子必读的书。虽然其思想品行必然带有封建色彩,但曾国藩极为重视个人的品格和修养,在现时仍具有积极意义。

上面这个故事中讲到的是曾国藩给他的四位兄弟的回信,曾国藩在写给诸弟的信中谈到为学时,认为需做到格物诚意。所谓"格物",是获取知识的事。所谓"物",即本末之物。身、心、意、知、家、国、天下都是物,天地万物都是物。所谓"格",就是当面对天下万物时要仔细探求它的道理。而所谓"诚意",就是要将所知道的道理竭力实行,就是不欺骗自己。知道一句,就实行一句。格物和诚意不可偏废,不管是普通的学问还是高深的理论,其最后的达成,都有赖于此。在书信中,曾国藩还列举了他的朋友吴竹如和倭艮峰的事迹,赞叹他们格物功夫颇深,诚意功夫极其严谨。可以看出,曾国藩不但为官注重修养和道德养成,在为学上亦对自己及家人提出很高的要求。

在这封书信中,有一个问题值得我们重视,就是对于诚信的道德品质的养成,个人内在的自我坚持非常重要。诚信不仅是一种社会道德评价的标准,也是人的自由发展的重要品质和保障。关于诚信意识的培养:一方面有赖于社会制度建设的完善和合理,从外部予以引导;另一方面每个个体对自己的主动约束和修养也很重要。没有良好的诚信制度建设和诚实守信氛围的营造,诚信建设将举步维艰。当前,社会诚信状况越来越复杂,诚信文化在很多领域呈下滑趋势,这已经成为中国当下显著的社会问题。诸如商业欺诈、制假售假、学术腐败等现象屡禁不止,使公众感觉离实现社会诚信还很遥远。对于这些现象,我们要明确建立、健全覆盖全社会的诚信体系,全面推进社会信用体系建设。用制度甚至用法律、法规来保障诚信意识的养成。但是,我们每一个人不能以社会环境对我们的不利影响为借口而主动放弃诚信,要坚定地从自我守信做起,持之以恒。最为难能可贵的诚信是当远离制度约束,甚至没有约束时,一个人依然能诚实不自欺。正如曾国藩在书信中提到的倭艮峰,做到"慎独",才是真正的诚信。因此,曾国藩谈为学需要格物诚意,其道理放在当今社会,依然有积极的意义。

▷ **公民采访**

采访者：您看过曾国藩的家书吗？

受访者：(孙先生，采访地点：上海静安公园)看过一些，是看过唐浩明先生的书以后去阅读的。

采访者：那就您个人来看，曾国藩有哪些值得我们现代人学习的优点？

受访者：曾国藩是晚清重臣，其道德修养历来为人称道。尤其是曾国藩写给家人的书信，流传很广，影响很深。我在曾国藩的书信里，看到很多都是劝勉家人务必修身养德的。在为学方面，曾国藩强调诚意，不自欺，认为从为学能看出一个人的品行，这也许是曾国藩能够成功的原因。每一件事情看似微小，但都应审慎对待。这个问题也令我们思考为学乃至于教育的目的究竟是什么，我个人的理解是学习的宗旨是自我的提高和完善。为学要诚信，这既是学业成功的重要条件，也是个人道德修养修炼的过程，两者相互促进。现代社会很多人都是为了找一份高收入的工作而被动学习，为了获取所谓的成功而不择手段，恰恰背离了诚信，这是非常可惜的。我希望为学不再只是为了谋取生计，而是为了自我的发展。

▷ **专家点评**

曾国藩是位颇有争议的近代历史人物，此处姑且不论其阶级地位和镇压太平军的史实。仅就个人修养方面来看，他具有很强的人格魅力，以至于时人谓之"立德立功立言三不朽，为师为将为相一完人"。本案例讲述了曾国藩正心、格物、诚意的历史故事，给我们的最大启示就是，立功先立德，做学问先做人，大学教育亦要立德树人。

▷ **延伸思考**

学习的本质在于明理，明理的目的在于提升自身素质，曾国藩对诸兄弟的教导，真切而实在，而现代人读书治学的目的，多在于获取知识，获取知识的目的在于谋生，却常常忽视自身道德水准的提高。从读书的根本意义上说，这种教育的缺陷是明显的。

故事 6　褚遂良以信著史

故事内容[①]

【原文】　其年,迁谏议大夫,兼知起居事。太宗尝问:"卿知起居,记录何事,大抵人君得观之否?"遂良对曰:"今之起居,古左右史,书人君言事,且记善恶,以为鉴诫,庶几人主不为非法。不闻帝王躬自观史。"太宗曰:"朕有不善,卿必记之耶?"遂良曰:"守道不如守官,臣职当载笔,君举必记。"黄门侍郎刘洎曰:"设令遂良不记,天下亦记之矣。"太宗以为然。

【译文】　当年[贞观十五年(公元641年)],遂良升任谏议大夫,并负责记载皇帝起居的事务,太宗曾经问他说:"你负责记载皇帝起居事务,记录什么事,大概我作为皇帝能够看到它吗?"遂良回答说:"现在负责记载皇帝起居事务的官员,就是古代的左右史,记载皇帝的言行事迹,而且记录善恶,作为鉴戒,也许可以令皇帝不做非法的事,没有听说帝王亲自看史的。"太宗说:"朕有不好的事。你也必定记下它吗?"遂良说:"遵守原则不如遵守自己的职责,臣的职责应当秉笔直书,君王的举动必定记下来。"黄门侍郎刘洎说:"假若遂良不记,天下的人也会记下来。"太宗认为他们说得对。

▷ **故事解读**

　　褚遂良,字登善,封河南郡公,故又世称褚河南,唐朝政治家、书法家,钱塘人(今浙江杭州)。博学多才,精通文史。贞观二十三年(649年),与长孙无忌同受太宗遗诏辅政。褚遂良为世人熟知的可能还是他的艺术成就,尤其是书法艺术,如蔡希综的《法书论》对褚遂良的用笔作了如下的比喻:"仆尝闻褚河南用笔如印印泥,思其所以,久不悟。后因阅江岛平沙细地,令人欲书,复偶一利锋,便取书之,崄劲明丽,天然媚好,方悟前志,此盖草、正用笔,悉欲令笔锋透过纸背,用笔如画沙印泥,则成功极致,自然其迹,可得齐于古人。"苏轼在《题唐六家书后》一文中称"褚河南书清远萧散,微杂隶体"。刘熙在《书概》中评价:"褚河南书为唐之广大教化主,颜平原得其筋,徐季海之流得其肉。""广大教化主"五字,足以形容褚遂良在中国书

[①] 刘昫:《褚遂良传》,载于《旧唐书》卷八十,中华书局,1975年版。

法史上的独特地位。

而褚遂良作为一个杰出的史学家，对于信史的追求也体现了其敬业的诚信精神。贞观十五年，褚遂良迁任谏议大夫，兼任起居事，他和太宗之间的对话生动地体现了这一点。褚遂良之言，道出了史官的职责，即记真实以为借鉴，坚守史官的职责就是诚信。对此，著名史学家钱穆先生有一段精彩的论述："史官之职，在据事直书。齐大史不畏强御，直书崔杼弑其君，亦求尽史职而已。乃至于兄死弟继，死者三人，而其弟仍守正不阿。南史氏闻大史兄弟一家尽死，复驰往续书。彼其心中，亦惟知有史职当尽而已，死生已置之度外。此等精神，殊堪敬叹。然在当时，齐大史氏兄弟及南史氏姓氏名皆不传，则似时人亦视之若当然，若无甚大异乎寻常者。或因其时记载闲略，乏人记之。然亦由此可想，此诸人之死，固亦未尝有如后世人自有一种留名不朽之想，而在彼诸人当时之心中，则诚唯有天职当尽一念而已。生为人，尽人道，守一职，尽职守，为史官，则惟知尽吾史职而已，外此皆可以不计。此等精神亦云伟矣！是又安得不谓其为一种高尚之道德精神乎！"①钱穆先生的阐发正是对褚遂良"守道不如守官"的最好注解。

其实，这样以信著史的例子在唐朝还有很多，如刘知几曾因修撰《武后实录》受封为居巢子，刘知几在编撰国史的过程中，发现自己不能自由表达想法，于是就私撰《史通》，叙述史书体例，辨别是非；论述史籍源流及杂品古人过失，对唐以前的史籍作了全面梳理，形成了我国历史上首部史学理论著作。又如，杜佑作为宰相、重臣，其所撰《通典》也体现出了史家应有的求实和直书的精神。在分析时政时，杜佑多次强调诚信的重要性，如在《通典·食货》"历代盛衰户口条"中说，隋平陈前，户止四百六十万。平陈得五十万，十八年后户增加四百八十余万。户数何以在如此短的时间里猛增？杜佑论曰："洎于大业二年，干戈不用，惟十八载，有户八百九十万矣。其时承西魏丧乱，周齐分据，暴君慢吏，赋重役勤，人不堪命，多依豪室，禁网隳紊，奸伪尤兹。高颎睹流冗之病，建输籍之法。于是定其名，轻其数，使人知为浮客，被强家收大半之赋；为编氓奉公上，蒙轻减之征。先敷其信，后行其令。烝庶情惠，奸无所容。"②正是杜佑渊博的学识、求实的精神和诚信的编纂态度，使《通典》作为典章制度的巨著流传千古，垂范后世。

▷ **公民采访**

采访者：对于褚遂良这个历史人物，请问您了解吗？

受访者：（江先生，采访地点：松江大学城）有点了解，他在书法艺术上有很高的成就，好像是唐初书法四大家之一。

---

① 王永兴：《陈寅恪先生史学述略稿》，北京大学出版社，1998年版，第2729～2730页。
② 杜佑：《食货一七》，载于《通典》卷一七，中华书局，1988年版。

采访者：对于褚遂良以信著史您是如何看待的？

受访者：我觉得褚遂良诚信著史这件事还是很值得钦佩的，换位思考一下，他经常在皇帝左右，没有为了讨好君王而去揣测皇帝的意思，更难得的是他坚持了"君举必记"的主张，影响了后代的史官，这是非常不容易的。

▷ **专家点评**

这则关于褚遂良以信著史的历史故事，表现了褚遂良虽身为臣子，但却据理力争、坚守职责，冒着犯龙颜的危险而不肯将起居注给唐太宗看的正直形象。他也正是凭着这种诚信和刚直的文化精神，最终打动了唐太宗，获得了谅解，成就了有唐一代的盛世和信史。这种精神对于当代仍有着极其重要的借鉴意义，守道不如守官，实事求是，无论是对于为官者，还是对于为学者，均为第一要义。

▷ **延伸思考**

褚遂良以信著史给我们的启示还是很深刻的，他提出的"守道不如守官，臣职当载笔，君举必记"的主张不仅是他秉笔直书，诚信为史的最好写照，也提醒我们，对于自己的岗位和职责要有很强的责任意识，遵守自己的职责，这同样是一种诚信。

故事 7 周郑交质

周 郑 交 质

故事内容①

【原文】 郑武公、庄公为平王卿士。王贰于虢,郑伯怨王,王曰:"无之。"故周郑交质,王子狐为质于郑,郑公子忽为质于周。王崩,周人将畀虢公政。四月,郑祭足帅师取温之麦。秋,又取成周之禾。周郑交恶。

君子曰:"信不由中,质无益也。明恕而行,要之以礼,虽无有质,谁能间之?苟有明信,涧溪沼沚之毛,蘋蘩蕰藻之菜,筐筥锜釜之器,潢污行潦之水,可荐于鬼神,可羞于王公,而况君子结二国之信,行之以礼,又焉用质?《风》有《采蘩》《采蘋》,《雅》有《行苇》《泂酌》,昭忠信也。"

【译文】 郑武公、郑庄公是周平王的卿士。'周平王'分权给虢公。郑庄公因此埋怨平王,平王对郑庄公说:"并无此事。"所以,周郑交换人质,周平王的儿子狐到郑国为质子,郑庄公的儿子忽在成周作为人质。周平王去世后,周王室准备把国政交给虢公处理。四月,郑国的大夫祭足领兵收割了周国温邑的麦子。秋季,又割取了成周的谷物。周郑开始交恶。

君子说:"言语不发自心中,即使交换人质也没有用处。设身处地相互谅解而后行事,又用礼加以约束,虽然没有人质,又有谁能离间呢?假如信而诚敬,即使是山涧、池塘中生长的植物,苹、蘩、蕰、藻这一类的野菜,一般的竹制盛物器和金属烹饪具,大大小小沟渠中甚至路旁积水,都可以用来供奉鬼神,进献给王公。何况君子缔结两国的盟约,按礼而行,又哪里用得着人质?《诗经·国风》中有《采蘩》《采蘋》,《诗经·大雅》中有《行苇》《泂酌》,就是为了昭示这种由衷之信。"

▷ **故事解读**

《史记·周本纪》记载,"平王之时,周室衰微,诸侯强并弱,齐、楚、秦、晋始大,

---

① 左丘明撰,杜预集解:《春秋经传集解》,上海古籍出版社,1997年版,第19页。

政由方伯"是春秋之始即伯(通"霸")政开端。考诸《左传》,春秋初年,未及齐桓晋文,郑庄公已开"小霸"之局。其原因,在于平王东迁,所依靠的主要力量,即为郑国。《左传》隐公六年所谓"我周之东迁,晋郑焉依",是春秋初年郑国活跃的原因。"清华简"《系年》,第二章即云:"郑武公亦正东方之诸侯。"武公后嗣之君庄公,继承了这一地位。而标志这一政治地位的制度安排,即郑庄公以诸侯而兼平王卿士,实掌周政。然而平王晚年却不满足于这一状况,他试图任命虢公兼王卿士以分郑伯之权。可见,东迁之周天子或已料想到此后的霸政局面,故而平王的主要政治考虑是防止郑庄公这样的"小霸"拥有太大的权力。于是他想分权给另一个姬姓诸侯——虢公。故此,郑伯内心怨恨,但同时却又慑于平王之威而不敢明言。

郑伯洞悉平王心迹,自然亦不相信周平王口头的"无之"。在郑伯逼问之下,上演了周天子与诸侯国君为昭示信用而"交质"的一幕。身为周天子的平王为了向自己的卿士表明心迹,居然需要与郑伯交换质子为信。

《左传》君子不禁评论道:"信不由中,质无益也。"

郑伯作为姬姓诸侯,且有东迁拥戴之功,与周王室的关系本属密切异常。然而自此之后,周郑关系一步一步走向破裂,完全验证了《左传》中的君子之言。平王驾崩后桓王即位,太子泄父早死,泄父的儿子林被立为桓王。平王想分权的想法没有被周人们忘记,王室方面策划着封虢公为卿士与郑伯平衡权势。紧接着,桓王三年,郑庄公来朝见桓王,桓王不以礼接待庄公。而在桓王五年,郑伯因为怨恨桓王,和鲁国交换了许地的田地。终于,虢公在隐公八年被封为卿士。由此,周郑之间由"质"所确保的信,被彻底撕破。桓王十三年,天子亲自伐郑,郑国的祝聃一箭射中桓王之肩,同时也彻底射落了周天子的权威。

▷ **公民采访**

采访者:您对周郑交质有什么看法吗?

受访者(王姓女大学生,采访地点:松江大学城):以前完全不了解这件事,但是读完之后很有收获,深感我们中华民族对信义的看重。

采访者:您怎么看"信不由中,质无益也"这句话呢?

受访者:这段话蕴藏了古人对信的看法和对周、郑做法的批评。我隐隐觉得这个"信不由中"的说法和后世心学"心虽主于一身,而实管乎天下之理;理虽散在万事,而实不外于一人之心"有一定共通之处,都讲求发之于心,我记得儒家有一个"心学"派,而心学要求的"知行合一"更是对周郑交质这件事最好的批评与阐释。

▷ **专家点评**

《左传》所记周郑交质的故事,被清代吴楚材、吴调侯编选进了《古文观止》一书中。这则历史故事主要是从反面告诫人们,如果内心失去诚信,外表的信物和制度再多,也会最终演变为各种计谋和骗术,诚于内而信于外,诚信并非只是一种承诺,而应成为一种信仰和风气。

▷ **延伸思考**

"信不由中,质无益也"。从这一评语中,我们可以获得的启示是,言而有信的重要前提,是"言语"本身的内心确证性。很难想象,一个满口假话,终日违心为言的人,能做到言而有信。

故事8 民无信不立

故事内容①

【原文】 子贡问政。子曰:"足食,足兵,民信之矣。"子贡曰:"必不得已而去,于斯三者何先?"曰:"去兵。"子贡曰:"必不得已而去,于斯二者何先?"曰:"去食。自古皆有死,民无信不立。"

【译文】 子贡问为政之道。孔子说:"先求粮食充足,次乃讲究武备,以及百姓的信任,这样就可以了。"子贡又问:"如果不得以,在此三者之间,一定去掉其中之一,那么哪个可以先去掉呢?"孔子说:"去掉武备吧。"子贡又问:"如果不得已,在这两者之间,一定要再去掉其一,那么当先去掉哪个呢?"孔子说:"去掉粮食吧。自古以来,人谁不死?如果民众对国家没有信任,那么政权就建立不起来。"

▷ 故事解读

先秦诸子多有对"信"的思考,本案例所选儒家文献可作为一个代表。按徐复观的研究,《论语》中提到的"信"字,可分为两大类:一类是就士的操持而讲的,如"弟子入则孝,出则悌,谨而信"之"信"及"主忠信"之信。另一类是就政治而讲的,如"信而后劳其民"之信,及"敬事而信"之信。前一种"信"是人的一种德行,是每一个人所当持守的;后一种"信",是政治上的一种条件,是说统治者必须自己做到信的条件,以使人民能相信他。这种"信"是对统治者提出的要求,而不是对人民提出的要求。

本案例所选文献的特殊意义在于涉及上述两个方面。

在孔子对人的道德规定中,"信"占了很大比重,"子以四教:文、行、忠、信"。将"信"作为儒学教育的重要内涵。进而,孔子认为:"信"同时也是构成国家治理的要素,因而提出"民信"与"兵""食"并列。而其中,民众对统治者的信任又居这三大要素的首位。为什么呢?因为在社会动荡时期,军备和粮食能够满足人民的生存和安全需要,却不是国家赖以生存的根基。民众的信任犹如社会生活中的黏合剂,是政治凝聚力形成的关键因素。否则,社会将成一盘散沙,即使有再多的粮食和军备

---

① 朱熹:《四书章句集注》,中华书局,1983年版,第134~135页。

也无济于事。当初小邦周偏居一隅,而文王却可逐渐使天下之民众闻之而影从,就是因为得到了百姓的信任。

关于"民无信不立"的训释,历代注家聚讼颇多。现在列举三位代表性人物的观点如下。

东汉经学家郑玄:"言人所特急者食也。自古皆有死,必不得已,食又可去也。民无信不立,言民所最急者信也。"郑玄之意,信是就人民本身说的。

宋代朱熹《四书集注》对此的解释是:"民无食必死,然死者人之所必不免;无信,则虽生而无以自立,不若死之为安。故宁死而不失信于民,使民亦宁死而不失信于我也。"

清人刘宝楠《论语正义》以食为"制国用"的"食政",等于今日之财政。"民信"是"上与民以信"。因为"古来咸以信为政要"。足食、足兵、民信为"三政"。去兵谓"去力役之征"。去食谓"凡赋税皆去除"。"自古皆有死,民无信不立"者,谓"去兵去食,极其祸乱,不过人君国灭身死,是自古人有皆死,死而君德无所可讥,民心终未所忘。虽死之日,犹生之年。况民戴其上,如手足之卫身,子弟之卫父兄,虽值危难,其犹可济。是故信者,上所以治民之准"。

▷ 公民采访

采访者:请问您对"民无信不立"这句话持什么观点?

受访者(谢姓男大学生,采访地点:松江大学城):我对这句话非常认同,从中学到了很多东西,孔夫子不愧是百代之先师。我个人认为这不仅在一定程度上体现了儒家的"民本"主义思想,而且和我们当今建设社会主义核心价值体系是一脉相通的。

采访者:您谈到了社会主义核心价值体系,您认为这两者有怎样的联系呢?

受访者:我个人认为要树立富强、民主、文明、和谐、自由、平等的社会主义核心价值观。首先就要做到取信于民,只有人民对政府有了信任,我们才能真正建设和谐社会,社会和谐了,社会主义核心价值体系也才有建立的基石。而要做到这一点,我们应该多从儒家思想中吸取有价值的思想,发扬传统文化,注重信义、民本思想等。

▷ 专家点评

这则关于子贡向孔子问政的历史故事,论述了孔子对治国三策"食、兵、信"三者的重要性的认识。首先是信,民无信而不立;其次才是"仓廪实而知礼节,衣食足而知荣辱"的食;最后是保家卫国的武器装备。这则历史故事主要告诫后人,诚信对于治国安邦的重要性绝不亚于粮食和军队,得道多助,失道寡助,为政者必须要取信于民,如果政府不诚信,那么即便再宣扬诚信文化终也无济于事。

▷ **延伸思考**

走进立信(上海立信会计金融学院),"信以立志,信以守身,信以处事,信以待人,毋忘'立信',当必有成"的话,随处可见。"诚信是立校之本,是做人之本",这是立信学子上课听到的最多的一句话,也是立信每一位新生入学时必须要上的一堂课的内容。

从所选材料可以看出,潘老(潘序伦先生)订立的"立信"校训有着深厚的思想渊源。首先,"信以立志",语出《左传·襄公二十七年》:"志以发言,言以出信,信以立志,参以定之。"强调的是一个人内心之"志"与行为之"信"的关联。而其连接点,正是本书故事 7 所论述的,"言必由中",才可致信。其次,也是更为重要的,则是《论语》的"民无信不立"之义。通过对历代注疏的阅读与分析,我们可以看出,潘老撷取的是"立信"一语中有关个人修养的一层意思,作为现代社会中会计人的职业伦理,从而古为今用,使传统思想焕发出现代职业伦理之生机。

故事9　曹操信赏必罚

故事内容

【原文】　材料一：(太祖)常(尝)出军,行经麦中,令"士卒无败麦,犯者死!"骑士皆下马,付麦以相持,于是太祖马腾入麦中,敕主簿议罪；主簿对以《春秋》之义,罚不加于尊。太祖曰："制法而自犯之,何以帅下？然孤为军帅,不可自杀,请自刑。"因援剑割发以置地。①

【译文】　有一次曹操率军经过麦田,下令说："士卒不要弄坏了麦子,有违反的就处死!"军中凡是骑马的人都下马,相互扶着麦子依次走过,那时曹操的马竟然窜进了麦地,曹操招来手下的主簿来论罪,主簿用春秋的典故应对说：自古刑法是不对尊者使用的。曹操说："自己制定的法律而自己违反,如何能统帅属下呢？然而我身为一军之帅,是不能够死的,请求对自己施予刑法。"于是拿起剑来割断头发投掷在地上。

【原文】　材料二：操留荀彧在许都,调遣兵将,自统大军进发。行军之次,见一路麦已熟,民因兵至,逃避在外,不敢刈麦。操使人远近遍谕村人父老及各处守境官吏曰："吾奉天子明诏,出兵讨逆,与民除害。方今麦熟之时,不得已而起兵,大小将校,凡过麦田,但有践踏者,并皆斩首。军法甚严,尔民勿得惊疑。"百姓闻谕,无不欢喜称颂,望尘遮道而拜。官军经过麦田,皆下马以手扶麦,递相传送而过,并不敢践踏。操乘马正行,忽田中惊起一鸠。那马眼生,窜入麦中,践坏了一大块麦田。操随呼行军主簿,拟议自己践麦之罪。主簿曰："丞相岂可议罪？"操曰："吾自制法,吾自犯之,何以服众？"即掣所佩之剑欲自刎。众急救住。郭嘉曰："古者《春秋》之义：法不加于尊。丞相总统大军,岂可自戕？"操沉吟良久,乃曰："既《春秋》有'法不加于尊'之义,吾姑免死。"乃以剑割自己之发,掷于地曰："割发权代首。"使人以发传示三军曰："丞相践麦,本当斩首号令,今割发以代。"于是三军悚然,无不懔遵军令。②

---

① 陈寿撰,裴松之注：《三国志》,中华书局,1999年版,第39页。
② 罗贯中：《三国演义》,人民文学出版社,1979年版,第157~158页。

【译文】 曹操将荀彧留在许都调遣兵将,自己率领大军进发。行军途中,看见一路上麦子已熟。百姓因为士兵到来而逃避在外,不敢收割麦子。曹操让人对远近所有的村民以及各处守境官吏说:"我奉天子的命令,出兵讨伐叛逆之臣,为民除害。现在正是麦子成熟之时,不得已而起兵,大小将校,只要过麦田时有践踏者,全部都斩首。军法十分严格,你们(百姓)不用惊慌疑惑。"百姓听到了命令,无不欢喜称颂,看着道路上的曹军而跪拜。官军经过麦田时,都下马用手扶着麦子,依次走过,不敢践踏。曹操骑马正前行,忽然田中惊现一只鸠鸟。曹操的马窜入麦中,践坏了一大块麦田。曹操马上叫行军主簿,打算议论自己践踏麦田的罪。主簿说:"丞相您怎么能议罪呢?"曹操说:"我自己制定的法,我自己却违反了,怎么能服众呢?"即拿着所佩之剑打算自刎。众人急忙阻止他。郭嘉说:"古人《春秋》之义说:法律不施加于尊贵的人。丞相您总统大军,怎么能自杀呢?"曹操沉吟很久,才说:"既然《春秋》有'法不加于尊'义例,我姑且先免去一死。"于是用剑割断自己头发扔在地上说:"割掉头发权当首级了。"并让人用这个头发传示三军,说"丞相的马践踏了麦子,本应当斩首,现在割掉头发来代替"。于是三军都很谨慎,无不小心地遵守军令。

▷ **故事解读**

曹操以三军统帅领兵在外,最看重的是严明法令以维护威信,如此方能服人,使将士归心,克敌制胜。而当自己不小心违反了自己制定下的法律时,曹操给我们展示了他作为尊者而守信的一面。一方面,他并没有将自己置身于律令之外,而是试图以身则,要主簿议论自己的罪行。另一方面,自己身为一军主帅,本不在"士卒"(或《三国演义》所记载的"将校")之列,但为了表明自己也遵从为部下所立规矩,所以采取从权处置的方式,以断发来代替首级,于是既成全了自己的信,同时也维护了军令的威严。

▷ **公民采访**

采访者:请问您对曹操"割发代首"这件事怎么看呢?

受访者(陈姓男大学生,采访地点:松江大学城):我认为这在一定程度上的确反映了曹操是个讲求信用——至少在人前是很讲求信用的人。这当然和他的权谋策略有关,有人批判他虚伪,但是正如一句话所说的那样:百善孝为先,论心不论迹,论迹贫家无孝子;万恶淫为首,论迹不论心,论心世上少完人。

采访者:那您认为我们今天应该怎样正确看待这件事呢?

受访者:曹操心中是怎么想的,我们今天无从得知,但就其处理方式来看,的确是很妥当的。我们不必受传统史家的影响而求全责备,应该在古人所处之环境和背景的基础上,存"了解之同情",才能真正体会到"割发代首"这件事中所体现的信义精神。

▷ **专家点评**

曹操本人遵信法家。后人对曹操令行禁止行为之评价,以宋朝司马光为最高。曹操制定的魏武军令中也规定了"违令者髡翦以徇"的条目,所以剪掉头发的髡刑也是当时对违反法令者的惩罚方法,可见曹操断发自刑是郑重其事的。这则历史故事留给后人的思考主要是,自己诚信、守信才能取信于人,制定规则的人自身应该带头守法:其身正,不令而行;其身不正,虽令不从。

▷ **延伸思考**

对于古代法家理念中的"信",《汉书·艺文志》法家类小序曾总结说,"法家者流,盖出于理官。信赏必罚,以辅礼制"。从曹操的这一故事中,我们可以看到,法家之令行禁止,确实做到了"信赏必罚",然而,其中尚有一个重要问题存在,即由于违反禁令的人身份不同,会给以不同的惩罚措施。这是两个层面的问题。这一点,也是同样需要我们认真思考并加以注意的。

故事10 苏定方信存都曼

故事内容[①]

【原文】 苏烈,字定方,以字行,冀州武邑人,后徙始平。父邕,当隋季,率里中数千人为本郡讨贼。定方骁悍有气决,年十五,从父战,数先登陷阵。邕卒,代领其众,破剧贼张金称、杨公卿,追北数十里,自是贼不舍境,乡党赖之。

贞观初,为匡道府折冲,从李靖袭突厥颉利于碛口,率彀马二百为前锋,乘雾行,去贼一里许,雾霁,见牙帐,驰杀数十百人,颉利及隋公主惶窘各遁去,靖亦寻至,余党悉降。再迁左卫中郎将。与程名振讨高丽,破之。拜右屯卫将军、临清县公……会思结阙俟斤都曼先镇诸胡,劫所部及疏勒、朱俱波、喝般陀三国复叛,诏定方还为安抚大使。率兵至叶叶水,而贼堞马头川。定方选精卒万、骑三千袭之,昼夜驰三百里,至其所。都曼惊,战无素,遂大败,走马保城。师进攻之,都曼计穷,遂面缚降。俘献于乾阳殿,有司请论如法。定方顿首请曰:"臣向谕陛下意,许以不死,愿丐其命。"帝曰:"朕为卿全信。"乃宥之。葱岭以西遂定。

【译文】 苏烈,字定方,以字(别名)行于世,是冀州武邑人,后迁徙到始平。其父苏邕,在隋朝末年曾率领同里的数千人替本郡讨伐反贼。定方骁勇果敢而有魄力,年纪十五岁时就跟随父亲战斗,数次冲锋陷阵。苏邕死了以后,苏定方代为领导他的部下,击败悍匪张金称、杨公卿,并向北边追敌数十里,从此贼寇不敢在郡内居住过夜,乡党于是很信赖他。

贞观初年,苏定方为匡道府折冲都尉,跟随李靖在碛口袭击突厥颉利可汗,苏定方率领弓骑兵两百作为前锋,趁着大雾前行,离贼寇一里多的地方,雾气都消散了,看见了颉利可汗的牙帐,奔驰突杀几十上百人,颉利可汗与隋公主各自惶恐逃散,李靖的大军不久也到了,敌人的余部全部投降。于是苏定方再迁升左卫中郎将。和程名振共同讨伐高丽,大败敌军。

[①] 欧阳修,宋祁:《新唐书》,中华书局,1975年版,第4136~4138页。

> 拜领右屯卫将军、临清县公的职位……当时思结阙俟斤都曼作为各部少数民族的首领,挟制所属军队和疏勒、朱俱波、喝般陀等三国又再次反叛,朝廷下诏命令苏定方再次担任安抚大使。苏定方带领军队驻扎到叶叶水,而反叛军队在马头川筑城堞。苏定方筛选精卒一万,骑兵三千袭击他们,一昼夜行军三百里,到了敌军所在。都曼大惊,作战没有章法,于是大败,退到了保城。唐朝大军又进攻他们,都曼没有办法,于是双手反绑于背而面向前投降。苏定方把俘虏献于乾阳殿上,司法部门请求按照律法治都曼的罪。苏定方叩头请求说:"臣曾经告诉过他,陛下您的圣意,许诺让他不死,我愿乞求饶他一命。"皇帝说:"朕成全爱卿的信义。"于是宽恕了他。葱岭以西便安定了下来。

▷ **故事解读**

　　苏定方是唐朝的著名将领,名垂青史、百世流芳。然而他之所以流芳千古,不单单是因为他的赫赫战功,还在于他是一个守信重义的人。

　　唐初都曼作为"西方"少数民族的领头人之一,野心勃勃,图谋反叛。苏定方率精兵良将,谈笑间敌人如土鸡瓦狗,不堪一击。然而面对叛军之败,他并没有赶尽杀绝,反而心存仁义,许以不死。到天子面前,更为其求情。皇帝感其功劳信义而赦免了都曼的死罪,从而成就了苏定方守信爱仁的千古美名。

▷ **公民采访**

　　采访者:请问您对苏定方信存都曼这件事了解吗?

　　受访者(牛姓女大学生,采访地点:松江大学城):以前我对苏定方的了解更多在他的北伐突厥、征讨高句丽的赫赫军功和兵败大非川的千古遗憾上,对这件事不甚了解,但是也正是这是一桩小事,才体现了一位伟大的将领应有的胸怀,我非常感动!

　　采访者:那您觉得这件事对我们今天的信义观念有影响吗?

　　受访者:当然有!这告诉我们一位历史人物的伟大不仅仅在他的文治武功,更在于其个人修养。所以尽管苏定方并非儒士,但其以信修身的精神无疑丰富了我们国家传统美德的内涵,很值得我们学习。

▷ **专家点评**

　　本故事意在歌颂唐代名将苏定方重信守义,通过讲述他在平叛胜利归来时,不惜在天子面前跪求保全反叛者都曼的性命以示遵守诺言,实现葱岭以西的诸部从此安定的大好局面,揭示了苏定方重诺重义、唐高宗以信待人的处世原则。它告诉我们:在今天,这种义以为质、信以成之的君子之风值得发扬光大。

▷ 延伸思考

从这个故事的表面来看,是苏定方一人之重信守义。但我们也不能忽视唐高宗李治成全苏定方的政治眼光。就在彪炳史册的苏定方"信存都曼"一事发生之后,葱岭以西得以全部平定。次年,也就是公元661年,唐朝对原属西突厥势力范围内的葱岭(今帕米尔高原)以西诸国再次进行大规模行政区划建制。"自于阗以西,波斯以东,凡十六国,以其王都为都督府,以其属部为州县。凡州八十八,县百一十,军、府百二十六",均隶属安西大都护府。至此大唐帝国统辖的西部疆域臻于极致,为中华历代之最。振武力以平定叛乱,昭信义以怀柔远人,盛唐气度在此展露无遗。

故事11　鲁宗道忠信待人

故事内容①

【原文】 鲁宗道，字贯之，亳州谯人。少孤，鞠于外家。诸舅皆武人，颇易宗道，宗道益自奋厉读书。袖所著文谒戚纶，纶器重之……

章献太后临朝，问宗道曰："唐武后何如主？"对曰："唐之罪人也，几危社稷。"后默然。时有请立刘氏七庙者，太后问辅臣，众不敢对。宗道不可，曰："若立刘氏七庙，如嗣君何？"帝、太后将同幸慈孝寺，欲以大安辇先帝行，宗道曰："夫死从子，妇人之道也。"太后遽命辇后乘舆。时执政多任子于馆阁读书，宗道曰："馆阁育天下英才，岂纨袴子弟得以恩泽处邪？"枢密使曹利用恃权骄横，宗道屡于帝前折之。自贵戚用事者皆惮之，目为"鱼头参政"，因其姓，且言骨鲠如鱼头也……

宗道为人刚正，疾恶少容，遇事敢言，不为小谨。为谕德时，居近酒肆，尝微行就饮肆中，遇真宗亟召，使者及门久之，宗道方自酒肆来。使者先入，约曰："即上怪公来迟，何以为对？"宗道曰："第以实言之。"使者曰："然则公当得罪。"曰："饮酒，人之常情；欺君，臣子之大罪也。"真宗果问，使者具以宗道所言对。帝诘之，宗道谢曰："有故人自乡里来，臣家贫无杯盘，故就酒家饮。"帝以为忠实可大用，尝以语太后，太后临朝，遂大用之。

【译文】 鲁宗道，字贯之，亳州谯人。小时候成了孤儿，寄养在外祖母家。舅舅们都是行武之人，很轻视宗道，于是宗道越发努力读书。拿着自己所写的文章拜见戚纶，戚纶很器重他……

章献太后执掌朝政时，问宗道说："唐代的武后是个怎样的君主呢？"宗道回答说："她是唐代的罪人，差点危害国家。"太后默不作声。当时有臣子上疏请以（天子）七庙之礼待（太后母家）刘氏。太后问辅臣们，大家都不敢回答。宗道不赞成这么做，说："如果以七庙之礼待刘氏，那后代君主怎么办？"有一次

---

① 脱脱等：《宋史》，中华书局，1977年版，第9628页。

> 皇帝、太后将一同到慈孝寺去，想先安排太后坐辇车在皇帝前边走，鲁宗道说："丈夫死了跟从儿子，是妇人立身的道义。"太后就立即改为在皇上的车子之后乘辇前往。当时很多当权者让自己的孩子在馆阁读书，宗道说："馆阁是用来培育天下英才的，怎么是纨绔子弟们凭父辈的恩泽待的地方呢？"枢密使曹利用，依仗权势骄横跋扈，宗道多次在皇上面前指责他，从贵戚到当权者都怕他，把他看成"鱼头参政"，因他姓鲁（鱼字头），而且说他的秉性像鱼头那样硬……
>
> 宗道为人刚毅正直，痛恨邪恶，不能容忍，遇到事情敢于说话，不为小节所束缚。做教育太子的官时，住得离酒肆很近，曾经微服到酒肆喝酒，正好遇到真宗紧急召见，派去传旨的使者到他家中，等了很久，他才从酒肆回来。到了宫中，使者要先进入禀报，就给他打招呼说："皇上如果怪罪鲁公来得这么迟，该找个什么理由回答呢？"鲁宗道说："只管将实情告诉皇上。"使者说："如果这样，那么您就会获罪了。"鲁宗道说："喝酒是人之常情；欺蒙君王，就是做人臣的大罪过了。"到了真宗那里，真宗果然诘问他，使者就完全按照鲁宗道所说的话如实向皇上禀报。宋真宗责问鲁宗道，鲁宗道谢罪说："有老朋友从家乡来，我家贫没有像样的杯盘，所以就请他到酒店喝酒招待他了。"真宗听了认为他忠实可大用，曾将此事告知刘太后。后来刘太后临朝称制，于是大加重用宗道。

▷ **故事解读**

赵宋祖宗之法，与士大夫共治天下。故在宋朝，士大夫始终是庙堂之高和江湖之远中不可或缺的主角，其气节风骨也为后人所称颂。鲁宗道便是这么一位有操守之人。身为朝臣，当他面对太后时，仍然不虚与委蛇，不屈节诌媚，而是依礼面折廷争，并能使太后畏服。这些，没有儒者以诚信修身、浩然正气的风骨是无法做到的。

鲁宗道在外面喝酒时，正好遇见皇帝召见他，迟到之后很有可能受到责难。而这时来使已经暗示他最好找个合适的理由，他却毅然决定实言相告。直言喝酒为人之常情，是小节；而身为臣子却欺骗君主，是不可以原谅的。

或许在今天看来，这是所谓的腐朽的尊君思想。但抛开这一层面，单论鲁宗道之为人，其确实是一位至诚至信之人。就他本身来说，他尊君，完全是建立在他内心的道德原则之上的。换言之，他临事之时，坦然相对的首先是自己的内心，而不是外在的权威。这一外在的权威,在他的时代,以皇帝为最尊,也就表现为尊君了。抛开这一特殊的时代性的权威形式,鲁宗道为人处世中对大节小节的衡量,仍然值得今天的人们深省。

▷ 公民采访

采访者:请问您对鲁宗道忠信待人怎么看呢?

受访者(毛姓女大学生,采访地点:松江大学城):我认为这是非常难得的,像平常我们说"信",往往只是对朋友、同辈,在无关乎自己切身利益的情况下来说的。一旦利害相关,特别是在那个皇帝、太后能完全掌握人的生杀大权、关乎前途命运的年代,还能忠信如此,非常值得我们今天学习!

采访者:那么您认为在当今社会我们应该怎样发扬这种精神呢?

受访者:我认为鲁宗道的耿直忠信和他所受的教育是密切相关的。今天我们应该大力发扬儒家的"仁、义、礼、智、信"的精神,古为今用,才能更好地建设今天的和谐社会。

▷ 专家点评

本故事通过宋朝名臣鲁宗道耿直忠信的几件小事,讲述了他不畏权贵、坚守规则、疾恶如仇、实事求是的高尚品质,揭示了诚实、正直在任何社会都是上品的道德素质的道理。鲁宗道恪守祖训和三纲五常,固然有其落后的一面,但是,这告诫我们:守规则、讲实话是保持社会有序的起码要求。

▷ 延伸思考

当我们在职场、在校园、在社会,遇见如鲁宗道一样的情况,如上课迟到、上班晚点等,你会选择向你的老板、上级坦白,还是编造一个貌似合情合理的理由蒙混过关?鲁宗道的故事告诉了我们他的选择——诚实对待自己内心的原则。如此,或许一时会带来一些小误会,但时间久了,必然会获得人们的信任。

故事 12

宋濂信示后学

故事内容①

【原文】 余幼时即嗜学。家贫,无从致书以观,每假借于藏书之家,手自笔录,计日以还。天大寒,砚冰坚,手指不可屈伸,弗之怠。录毕,走送之,不敢稍逾约。以是人多以书假余,余因得遍观群书。既加冠,益慕圣贤之道,又患无硕师名人与游,尝趋百里外,从乡之先达执经叩问。先达德隆望尊,门人弟子填其室,未尝稍降辞色。余立侍左右,援疑质理,俯身倾耳以请;或遇其叱咄,色愈恭,礼愈至,不敢出一言以复;俟其欣悦,则又请焉。故余虽愚,卒获有所闻。

当余之从师也,负箧曳屣,行深山巨谷中,穷冬烈风,大雪深数尺,足肤皲裂而不知。至舍,四支僵劲不能动,媵人持汤沃灌,以衾拥覆,久而乃和。寓逆旅,主人日再食,无鲜肥滋味之享。同舍生皆被绮绣,戴朱缨宝饰之帽,腰白玉之环,左佩刀,右备容臭,烨然若神人;余则缊袍敝衣处其间,略无慕艳意。以中有足乐者,不知口体之奉不若人也。盖余之勤且艰若此。

今虽耄老,未有所成,犹幸预君子之列,而承天子之宠光,缀公卿之后,日侍坐备顾问,四海亦谬称其氏名。

【译文】 我年幼时就热爱学习。因为家中贫穷,无法得到书看,常向有藏书的人家去借,亲手抄录,约定日期送还。天气酷寒时,砚池中的水冻成了坚冰,手指不能屈伸,但我仍不懈怠。抄写完后,赶快送还给人家,不敢稍稍超过约定的期限。因此人们大多肯将书借给我,我因而能够看各种各样的书。成年之后,我更加仰慕圣贤的学说,又苦于不能与学识渊博的老师和名人交往,我曾经跑到百里之外,手拿着经书向同乡前辈求教。前辈德高望重,门人学生挤满了他的房间,他的言辞和态度从未稍有委婉。我站着陪侍在他左右,提出疑难,询问道理,低身侧耳向他请教;有时遭到他的训斥,表情更为恭敬,

---

① 罗月霞:《宋濂全集》,浙江古籍出版社,1999 版,第 1679 页。

> 礼貌更为周到,不敢答复一句话;等到他高兴时,就又向他请教。所以我虽然愚钝,最终还是得到不少教益。
> 　　当我寻师的时候,背着书箱,拖着鞋子,行走在深山大谷之中,严冬寒风凛冽,大雪深达几尺,脚和皮肤受冻裂开我都不知道。到学舍后,四肢僵硬不能动弹,服侍的人拿热水给我喝,用被子围盖在我身上,过了很久才暖和过来。住在旅馆,我每天吃两顿饭,没有新鲜肥嫩的美味享受。同学舍的求学者都穿着锦绣衣服,戴着有红色帽带、饰有珍宝的帽子,腰间挂着白玉环,左边佩戴着刀,右边备有香囊,光彩鲜明,如同神人;我却穿着旧棉袍、破衣服站在他们之间,毫无羡慕的意思。因为心中有足以使自己高兴的事,并不觉得吃穿的享受不如人家。我的勤劳和艰辛大概就是这样。
> 　　如今我虽已年老,没有什么成就,但所幸还得以置身于君子的行列中,承受着天子的恩宠荣耀,追随在公卿之后,每天陪侍着皇上,听候询问,亦蒙天下人谬称。

▷ **故事解读**

　　宋濂是明初的一代文宗,被刘基称为"当世文章第一"。他出身贫贱,不过自幼就有一颗好学求知的心,同时又有守信重诺的品质。古时能得到看书的机会不易,他家境贫寒,所以只有借书来读,抄写完毕后,总是按时还给人家。尽管天气酷寒、手脚不能屈伸,但仍然手不释卷,只因与别人约定了日期,需要"计日以还"。这一点,非有刻苦发奋的精神和以信立身的操守是难以做到的。

▷ **公民采访**

　　采访者:请问您对宋濂信示后学有什么看法吗?
　　受访者(齐姓男大学生,采访地点:松江大学城):宋濂的文章我们从小就开始读,但是大学时读来感触尤深。因为随着年龄的不断增长,越发能体会宋濂求学的艰辛和他按时还书的毅力。虽然文章中对此一笔带过,但这其实关乎处世之道、关乎为人修身。
　　采访者:那么您认为我们应该怎样继承宋濂的这种精神呢?
　　受访者:我们应该把学养和德行联系起来。并不是说没有学养的人就不会有好的品德,但是学养的确是对德行有促进作用的,我们应该像宋濂一样,多读书,勤学习,在做学问的过程中不忘修身,以获得真正的成长。

▷ 专家点评

　　该故事的主人公宋濂是元末明初儒臣。此文描绘了他的一个得意门生向他辞行回家看望父母，他借机讲述他在家贫买不起书、请不起师的客观条件下，坚持借书抄写按时归还、坚持俯首低眉求学前辈，坚持冒着严寒寻找名师和坚决不与锦衣玉食的同辈攀比的几个情节，揭示了一名寒门弟子因为守信重诺、坚忍不拔地钻研学问终成一代名师重臣的道理。该故事告诫我们：学业钻研和道德操守并行不悖，每个大学生都要争做品学兼优的人。

▷ 延伸思考

　　传统教育理念下的学子，皆笼罩在"仁、义、礼、智、信"的道德教化之中。生而有此五常之性，则保有之；无之，则学以致之。宋濂此序以自己亲身经历告诫后生。从当时的角度说，其主旨为劝导诸生勤学，今人读来，感受最深的恐怕首先在于渗透其中的传统道德规范：以身示范，对他人仁爱；劝导后生，是师者之义；问学先达，执礼甚恭；一心向学，智识过人；待人接物，言而有信。

故事 13　姚母教子

姚 母 教 子

故事内容[①]

姚梁少小聪颖过人,读书时吸收能力强,过目成诵。民间对他有"眼观九行,过目不忘"之传说。姚梁为官清廉,政绩累累,备受尊敬。这得益于姚梁从小接受的家庭诚信教育。庆元地方上至今流传着姚母教子的故事。

姚梁的母亲姓陈。虽然姚梁从小就聪慧过人,但母亲对他的要求仍然非常严格。以致姚梁出仕做了官,他母亲还要时不时地提醒教育他。

一次,朝廷赐封姚梁为按察司,要他去各州府查办贪官污吏。这事被他母亲知道了,她老人家生怕儿子胜任不了这桩大事,决定要试他一试。

一日黄昏,姚梁刚从外面回家,他母亲劈头便问:"梁儿,我中午煮了一大碗香蛋,好端端地放在橱内,晚上打开橱门一看,竟少了三个,莫非是给媳妇偷吃了,你要替我查一查,我要对家贼施行家教呢!"姚梁听了不觉好笑,心想家人吃几个香蛋,也值得这么认真。于是便对母亲说:"几个香蛋吃了便算了,不必追究吧。"不料他母亲却认真地说:"你连家中小事都分不清,还敢上州下府去查案?"姚梁一听明白了母亲的用意,随即找来几个脸盆、牙杯,盛上清水,叫来母亲、妻儿等全家人,分给每人一个脸盆,一只牙杯,吩咐大家一齐漱口,并把口水吐入各自面前的脸盆水中。

姚梁一个个地观察过去,别人脸盆的口水都清清的,唯有母亲脸盆的口水漂着一些碎蛋黄。姚梁发觉吃蛋的不是别人正是母亲自己,他正在犯难时,而他母亲却在旁一味催促,问他:"查到了吗?"姚梁说:"查是查着了,不过……"他母亲紧逼着说:"不要徇私对否?"这时,姚梁实在无法只得壮着胆指出:"蛋是母亲您吃的。"

姚梁媳妇在一旁直跺脚:"你怎么能这么说呢?"怨姚梁不该当众让老人家难堪。谁料,他母亲却哈哈大笑,说:"你能遇事细心,判事无私,我便放心了。"不久,姚梁奉旨到各州府明察暗访,根据查到的实情,严办了一批贪官污吏。

[①] 依豪:《姚母教子:智设窃蛋案》,《中国家教》,2013 年第 4 期,第 41 页。编者对不符合出版规范的文字作了微调。

▷ **故事解读**

姚梁(1736—1785年),浙江省处州府庆元县松源镇姚家村(今属丽水市)人。清朝政治人物。自幼聪颖好学,读书过目不忘,未满20岁即选入庠生,受知于浙江学政窦光鼐。乾隆二十四年(1759年)以"勤学饬躬,文行兼优"之美誉得其"保举充贡",乾隆三十年(1765年)顺天乡试考取举人,乾隆三十四年(1769年)登进士,官至内阁中书,历任礼部主事、刑部员外郎、顺天乡试会试同考官、山东学政、饶州府知府、川东分巡备道、江广按察司、河间府知府等职,乾隆三十五年后封奉直大夫、中宪大夫、通议大夫,世称"三大夫"。姚梁一生为官清廉耿介,不贪财苟取。任饶州府知府期间,人民为姚梁建立生祠。历官之处多有政绩。

姚梁为官清廉、毫不徇私、取信于民的品行,是与母亲的家教分不开的。从姚母教子("智设窃蛋案")的例子可以看出姚母在对聪颖过人、事业有成的姚梁品行教育与考察上依然极其严格,通过一件家庭小事来告诫姚梁不要因为至亲或其他特殊关系而徇私枉法。徇私枉法就意味着有权力执法的人采用了不诚信的手法,让罪有应得的人逍遥法外,让清白的人遭受不白之冤,长此以往,官员和政府将得不到人民的信任,局势危矣。姚梁历经乾隆、嘉庆两朝,曾担任朝廷的重要职务,从其受任职地方百姓的爱戴程度——饶州府人民为其建立生祠,及其生前生后人们对他的评语——"清廉耿介,毫不苟取",可以看出姚梁的确秉持了优良家风,从而赢得了永世的好名声。

与姚梁清廉的好名声同样有名的是"姚母教子"的故事。姚梁为官政绩卓著,得益于从小受到良好的家庭教育。直到姚梁成年,其母仍不忘时时教诲。当姚母得知姚梁被封为按察司(清朝设立在省一级的司法机构,主管一省的事务,同时也是中央监察机关在地方的分支机构,对地方官员行使监察权),准备去各州府查办贪官污吏时,便以饭橱内少了三个鸡蛋相试,要姚梁找出偷吃者,以此提醒姚梁应"遇事细心,判事无私"。此事流传至今,被一些书籍列入"十大教子故事",强调家教对一个人品德养成的重要性。

▷ **公民采访**

采访者:请问您听过有关"姚母教子"的故事吗?

受访者(王姓全职妈妈,原银行职员,采访地点:某小区公共绿地):没有,我只听说过"孟母三迁"的故事。

采访者:(采访者将"姚母教子"的故事简单地给受访者讲了一遍)请问您听过这个故事后,是否赞同姚母对姚梁的教育与告诫?

受访者:赞同。

采访者:那您是否也会教育自己的孩子要像姚梁一样做到一是一、二是二,如果孩子将来有机会成为一个管理者或执法者,您希望他做一个不徇私枉法的人吗?

采访者:(思考了一会儿)在现在的环境下,我觉得我没有办法让我的孩子做到一是一、二是二,我觉得他应该懂得变通,不要因为坚持说实话而让自己吃亏。如果我的儿子将来有机会成为一个管理者,那到时候看情况再说。

▷ **专家点评**

本故事通过讲述清朝名臣姚梁的母亲在家智设香蛋被窃一案,警示已成国家栋梁的儿子要始终公正无私办案,揭示了只有为官清廉、毫不徇私才能取信于民、忠于职守的道理。姚母教子是母爱浓缩的大爱。这种爱子、教子法使姚梁成为乾隆、嘉庆两代名臣,生前百姓为他立祠,生后获得"清廉耿介,毫不苟取"的美名并流传千古。该故事告诫我们:克服人性弱点,坚持诚信品行的终身教育是一名好官的为官之道。

▷ **延伸思考**

品读历史上众多廉吏的成长史和教子秘诀可以发现,强调家庭教育是一个重要方面。克己奉公的诸葛亮在《诫子书》中写道:"夫君子之行,静以修身,俭以养德,非淡泊无以明志,非宁静无以致远。"梁朝时中书令徐勉公正廉洁,所得俸禄大多用来接济穷困百姓,有人劝他为后代置点产业,他却认为"遗子黄金满籯,不如一经(书)",提出"以清白遗子孙"才是最优厚的遗产。北宋名臣寇准的母亲把《寒窗课子图》作为给儿子的遗训:"孤灯课读苦含辛,望尔修身为万民;勤俭家风慈母训,他年富贵莫忘贫。"

2010年1月,中央纪委、中央宣传部等六部委联合下发的《关于加强廉政文化建设的意见》中,提出要大力弘扬以廉立身、以廉治家、以廉教子的优秀文化传统,开展家庭助廉活动,倡导清廉家风。以廉修身,以廉教子(女),把廉洁教育融入家庭日常生活,应当成为每一名党员干部和国人的自觉行动。

近几年,有畅销书提出"好妈妈胜过好老师",其实是有一定道理的。因为孩子的可塑性大,所以对其品行的教育尤为重要,而家庭教育的特点是言传身教,于潜移默化之中引导孩子养成受益终生的习惯。为人父母者,如果自身品行端正、诚信友善,对孩子就是无声的榜样;如果自己品行不好、坏习惯缠身,却训斥孩子"不学好",即使要求再严格,也难以生效。

采访者与受访者的一席对话,让人不得不陷入沉思,那位受访的妈妈一方面赞同姚母的教子做法,一方面又要以另外一套的做法来引导孩子,为什么?是普通人与圣贤(英雄)的区别吗?还是规则与潜规则的制约?如果有相当部分的公民采用这样的两套做法,知行不统一,那么良好社会秩序的建立仍是路漫漫兮!

故事 14 曾子杀彘

故事内容①

【原文】 曾子之妻之市,其子随之而泣。其母曰:"女(汝)还,顾反为汝杀彘。"妻适市来,曾子欲捕彘杀之。妻止之曰:"特与婴儿戏耳。"曾子曰:"婴儿非与戏也。婴儿非有知也,待父母而学者也,听父母之教,今子欺之,是教子欺也。母欺子,子而不信其母,非所以成教也!"遂烹彘。

【译文】 曾子的夫人到集市上去赶集,她的孩子哭着也要跟着去。他的母亲对他说:"你先回家待着,待会儿我回来杀猪给你吃。"曾子的夫人从集市上回来,就看见曾子要捉猪去杀。她就劝阻他说:"我只不过是跟孩子开玩笑罢了。"曾子说:"(夫人)这可不能开玩笑啊!孩子不知道(你)在和他开玩笑。孩子没有思考和判断能力,要向父母亲学习,听从父母亲给予的正确的教导。现在你在欺骗他,这就是教育孩子骗人啊!母亲欺骗孩子,孩子就不会再相信自己的母亲了,这不是教育孩子的正确方法啊。"于是曾子把猪杀了煮给孩子吃。

▷ **故事解读**

在日常生活中,我们可以看到有不少的父母为了哄孩子听话,常常采用欺骗的办法,如曾子之妻所为。此故事中曾子显然比他的妻子想得更长远,尽管知道妻子只不过是说说而已,但为了不失信于小孩,竟真的把猪杀了并煮给孩子吃。常言道:仁义值万金。其实一个人的诚信品质也是值万金的。父母若要培养孩子值万金的诚信品质,就必须采用诚信的方式方法与孩子相处,通过点点滴滴的事情,使孩子养成不说谎话、心口一致、信守承诺、表里如一的良好品质。曾子为了圆妻子一句随口哄孩子听话的谎言,杀掉一头猪,这个代价是比较大的,但就是为了让孩子感受到言出必行的相关性,给孩子树立一言九鼎的学习榜样,曾子绝不吝惜杀掉一头猪。

父母是孩子的第一任教师。不难看出,《韩非子》中记录的这则故事是在告诉做父母的人,应该用诚实守信的处世态度去教育后代、影响后代。这体现了儒家

---

① 童旺根:《韩非子·外储说左上》,青海人民出版社,2002年版,第170~171页。

"言必信"的道德理念。曾子用其言行告诉人们,为了做好一件事,应言而有信,诚实无诈。教育孩子,身教重于言教。父母的言行对子女将来的成长会起到很大的作用,所以有见识的家长在孩子面前处处以身作则,以培养他们良好的品德。曾子这样做完全是正确的,他用自己的行动教育孩子要言而有信,诚实待人。别看杀了一头猪,眼前利益受损,但从教育子女的长远利益看,大有好处。

一切做父母的人,对孩子都应该像曾子那样讲究诚信,用自己的行动做表率,去影响自己的子女和家人。在本故事中,曾子不单单通过自己的言行为自己的孩子树立了学习的榜样,而且也肯定触动和教育了自己的妻子。按正常推理,他的妻子在曾子杀猪这件事情发生后,一定不会再因为想让孩子听话而轻易许诺补偿,尤其是价值高的补偿。教育儿童言行一致,家长不能信口开河,要有言必行。只有言传身教,才能使孩子诚实无欺。曾子通过这件事情分别教育了孩子与妻子。

▷ **公民采访**

采访者:您知道"曾子杀猪"的故事吗?

受访者(李姓男公务员,采访地点:某中学门外):知道。

采访者:曾子是用自己的行动教育孩子要言而有信,诚实待人,您怎样评价他的做法?

受访者:曾子的这种行为说明成人的言行对孩子影响很大。待人要真诚,不能欺骗别人,尤其是父母在教育孩子的过程中,如果希望孩子做到言而有信,那么自己首先要做到,为孩子树立榜样。曾子的做法是所有为人父母者都应该效仿的。

采访者:如今很多人受拜金主义的影响,追名逐利,"一切向钱看"成了他们一生最大的目标,在这样的环境下家庭教育也出现了偏差,一些父母只注重孩子的分数,不注重素质,只注重物质,不注重精神。您对这种现象怎么看?

受访者:随着人民生活水平的提高和不断改善,经济快速发展的同时,商品经济中逐利的思想蒙住了人们的眼睛,贫富两极分化的加大更动摇着人们的价值取向,使很多家庭、很多父母忽视了对孩子道德品质的培养,使中华民族优良传统教育的传承出现了断档。我个人认为越是在这种时候,做父母的越应该重视对孩子道德品质的教育和培养,孩子可以无才但绝不能无德。

采访者:非常感谢您的回答。的确,对孩子品德的培养、对孩子的诚信教育是当今每一个中国人都要认真思考和切实进行的。

▷ **专家点评**

曾参是孔子的弟子,他上承孔子之道,下启思孟学派,对孔子的儒家思想既有继承,又有发展和建树,为五大宗圣之一。这则故事出现在《韩非子·外储说左上》中,是韩非子讲给那些想做一个好君王的君主的警言,意在说明:"小信成则大信立,故明主积于信。赏罚不信,则禁令不行……明主表信,如曾子杀彘也。"这则故事告诫我们:诚实守信,童叟无欺,小到市井百姓,大到位高权重者,坚守诚信才能守住社会伦理的地平线。

▷ 延伸思考

有书记载,曾子性情沉静,举止稳重,为人谨慎,待人谦恭,以孝著称。齐国欲聘之为卿,他因在家孝敬父母,辞而不就。他提出"慎终(慎重地办理父母的丧事),追远(虔诚地追念祖先),民德归厚(要注重人民的道德修养)"的主张。又提出"吾日三省吾身"(《论语·学而》)的修养方法,即"为人谋而不忠乎?与朋友交而不信乎?传不习乎?"

曾子写作了《大学》《孝经》等儒家经典,后世儒家尊他为"宗圣",唐开元二十七年(739年)他被追封为"郕伯",宋大中祥符二年(1009年)他被加封为"郕侯"。元至顺初年(1330年),他被加封为"郕国宗圣公"。明嘉靖九年(1530年)改称"宗圣"。在山东省济宁市嘉祥县南建有曾子庙、曾林(曾子墓)。这些不难看出曾子人生的辉煌以及后世人们对他的尊崇与敬仰。

在当今社会大转型的情况下,国人的诚信教育到了非抓不可的地步。无论是大人,还是孩子,及至整个社会都要讲诚信,如此国家才能持续有序发展,中国梦也才能够早日实现,中华民族的伟大复兴才能得以完成,中国才能真正成为民富国强的富裕国家,全国人民才能过上幸福安康的生活。

作为法家的代表人物韩非子记录的这则故事,其主旨更在于宣扬他重法守信的法制思想。政府应制定完善的法律,然后还须有法必依,执法必严,违法必究。

故事 15　刘庭式娶盲女

故事内容①

【原文】 东坡记齐人刘庭式未及第时，议娶其乡人之女，既成约而未纳币也，两人情好日笃。后庭式及第，其女以疾，两目皆盲。女家躬耕，贫甚，不敢复言。或劝纳其幼女，庭式笑曰："吾心已许之矣。虽盲，岂负吾初心哉！"卒娶盲女，与之偕老。

【译文】 苏东坡记载，山东人刘庭式在没中举的时候，心想迎娶他同乡人的女儿，后来两家形成婚约，然而还没给女方送聘礼。但是，两人情投意合。刘庭式中举后，自己的未婚妻子因患疾病，两眼都瞎了。女家是农耕之家，很穷，不敢再提起（婚事）。有人规劝他迎娶那家的小女儿，刘庭式笑着说："我的心已经属于她了。虽然（她）瞎了，难道能违背我早先的心意吗？"最终（刘庭式）迎娶了盲女，与她白头到老。

▷ **故事解读**

诚实守信作为人类社会的优良品质，从古至今都受到人们的赞誉。刘庭式能够做到不食言，履责践诺，体现了责任大于山的襟怀。无论发生什么变化，即使升官发财，也不变初衷，信守承诺。刘庭式的言行与历史上的千金一诺、一言既出驷马难追、"言必信，行必果""忠人之事，履人之责"一样，引导着中国社会各阶层的人们做一个勇于承担责任的人，也警示着人们在责任面前不要找寻理由为自己开脱。刘庭式的事迹为世人留下了"糟糠之妻不可弃"的美谈。刘庭式的诚信和积极承担责任的崇高品质值得后人学习。

刘庭式真的是一位情操高尚的伟丈夫！刘庭式另娶的理由很多：一是"未纳币也"，事情还没有定；二是"两目皆盲"，情况有了变化，他可以不娶残疾人做老婆；三是"贫甚"，该是赤贫；四是女方家"不敢复言"，没有人找他麻烦；五是古时讲究婚姻"门当户对"，也不会受到社会舆论和道德的谴责；六是别人也提出了一个折中方案，"纳其幼女"。一般来说，学而优则仕，中举了，也就是做官了，有了身份，也有了地位。生活中，一旦有钱有地位，就认不得东南西北的人，大有人在。陈世美不认前妻，留下千古骂名，就是典型。客观地讲，刘庭式与盲女，一个走时，一个背运，刘

---

① 吴曾：《能改斋漫录》卷十四记文、类对，上海古籍出版社，1979年版，第 427~428 页。

庭式可以有更好的选择。但他却笑着说:"吾心已许之矣。虽盲,岂负吾初心哉。"他讲感情,懂爱情,不仅娶盲女为妻,而且对她很好。他不是三分钟热度,而是一辈子对她好,这真是不简单。[①]

苏轼任密州(治所在今山东诸城)知州时,刘庭式为通判。苏轼曾说,刘庭式的品行和羊祜差不多,因此,他如果不能大富大贵,就会得道而成正果。后来刘庭式在庐山"监太平观,面目奕奕有紫光,上山下山,往返六十里而步履如飞"。苏轼听到这一消息后特别高兴,因为它证明自己曾经的预言是正确的。由于苏轼在当时文坛和政坛上的重要地位,刘庭式遵约守信、不负盲女的事迹很快随着苏轼的言谈和文章而流传开来。

▷ **公民采访**

采访者:刘庭式是我国北宋时期的一名官员,曾经与大文豪苏轼是同事,刘庭式中举人仕后信守婚约,坚持娶已经因为眼疾而致盲的女子为妻。您怎么看待这件事?

受访者(陈姓企业管理者,采访地点:某企业会客室):我觉得刘庭式在婚恋态度上是我们男人的楷模和榜样,在对待配偶的行为上我们也要向他学习,做到相敬如宾,白头偕老。我们国家积极倡导正确的人生观、价值观、荣辱观和婚恋观,绝大多数人基本能够做到。刘庭式娶失明的女子为妻不仅仅是讲诚信,而且从更深层次反映出他的品德和教养以及胆识胸怀,这不是一般人能够做到的。

▷ **专家点评**

该故事讲述了北宋官员刘庭式信守婚约的美好品行。刘庭式在发达之后可以不迎娶已经变成盲女的未婚妻,这似乎更符合大部分人的逻辑。但是刘庭式力排众议,遵从内心情感,迎娶了未婚妻并恩爱相伴到老。他的这种坚守爱情、不负盲女的事迹后经苏轼先生的言谈和文章而流传开来。该故事给我们的启示:刘庭式的两情相悦的婚姻观在现代社会也有示范效应,而刘庭式的品学兼优值得每个走向婚姻的青年仿效。

▷ **延伸思考**

家庭是社会的一面镜子,夫妻是社会稳定的基本单位,夫妻和睦,家庭必然稳定。社会的稳定和发展是靠每一个家庭的通力合作完成的。过去讲男耕女织、男主外女主内,现代社会男女都承担着家庭的责任和社会的责任。责任面前人人平等,无论男女都应该敢于担责,信守承诺,为国家的强盛和人民的富裕完成时代赋予我们的责任。

---

① 见文说事(三十一):刘庭式娶盲女,http://blog.sina.com.cn/yzhjsmx,2009-01-10。

故事 16 破镜重圆

破 镜 重 圆

故事内容①

【原文】 南朝陈将亡,驸马徐德言料与妻乐昌公主必然分离,因破铜镜一面,二人各执其半,约于正月十五日卖镜于市,以期再见。陈亡后,公主没入杨素家。徐至京,于约定之日见人叫卖破镜,遂出半镜相合,题诗曰:"镜与人俱去,镜归人不归;无复嫦娥影,空留明月辉。"杨素知此事后,遂使德言与公主团圆,终老江南。

【译文】 南朝末年陈国即将灭亡,陈国的驸马徐德言预料和他的妻子乐昌公主必然分离,就将一面铜镜一劈两半,二人各执一半以作日后重逢之信物,并约定每年正月十五到街市上叫卖铜镜以作为联系手段,祈盼再次相见。陈亡国后,乐昌公主被俘虏,隋文帝杨坚把她赐给灭陈的功臣杨素为妾。徐德言到长安,在约定的日子里果然看见有人在街市上叫卖半片铜镜,徐德言赶忙拿出自己那半片铜镜,两片铜镜恰好相合。徐德言知妻子已有下落,于是题诗一首:"镜与人俱去,镜归人不归。无复嫦娥影,空留明月辉。"后来这件事情被杨素知道,杨素被他二人的真情所打动,派人将徐德言召入府中,让他夫妻两人团聚,夫妻两人后携手同归江南故里白头偕老,安度晚年。

▷ **故事解读**

"破镜重圆"这个成语故事是由华阴人、隋朝的越国公杨素的一段成人之美的佳话而来的。杨素,字处道,为辅佐隋文帝杨坚结束割据、统一天下、建立隋朝江山立下了汗马功劳。他不仅足智多谋,才华横溢,而且文武双全,风流倜傥。在朝野上下声名显赫。

隋朝开皇九年(589年),杨素与隋文帝杨坚的两个儿子南下灭陈,俘虏了陈后主叔宝及其嫔妃、亲戚,其中有陈叔宝的妹妹、陈太子舍人徐德言之妻,就是陈国的乐昌公主。

---

① 孟棨:《本事诗·情感》,载于《中国成语大辞典》,上海辞书出版社,1987年版,第909页。

由于杨素破陈有功,而乐昌公主才色绝代,隋文帝就将乐昌公主赐予杨素为妾。杨素仰慕乐昌公主的才华与美貌,对乐昌公主宠爱有加,但乐昌公主却终日郁郁寡欢,默无一语。

一对恩爱夫妻,在国家山河破碎之时,虽然劫后余生,却受尽了离散之苦。徐德言流离颠沛,生活困苦不堪,心情也极度失落,但揣着怀里的半片镜子,又一次次鼓起勇气去寻找不知流落到何处的妻子。光阴易逝,爱妻无踪。几年后他慢慢地流浪到隋朝的京城长安。又逢正月十五。这天,他来到集市上,果然看见一人在叫卖半片铜镜,而且价钱昂贵,令人不敢问津。徐德言一看半片铜镜,知妻子已有下落,禁不住涕泪俱下。他拿出自己珍藏的另一半铜镜,两下一合,果然破镜重圆。

破镜重圆后的乐昌公主,心中无限悲痛。当乐昌公主将事情缘由据实告诉杨素后,杨素深为感动。杨素在府上设宴款待徐德言,公主悲喜交集,即席赋诗一首:"今日何迁次,新官对旧官;笑啼俱不敢,方验做人难。"杨素感动不已,索性成人之美,让乐昌公主与徐德言重归于好,并赠送钱财让他俩回归江南。徐德言与乐昌公主回到江南后,白头偕老。

徐德言与乐昌公主夫妻两人携手同归江南故里的这段佳话被世人四处传扬,所以就有了破镜重圆的典故,一直流传至今。当时陈已亡,公主已为庶人,可想而见,乐昌公主若留在杨素家里,一定比回到徐德言身边的日子好过,身为文人、流离在外的徐德言不太可能给乐昌公主更好的生活条件,但乐昌公主有情有义,不慕荣利,信守誓言,这才成就了这段人间佳话。两人坚贞的爱情才会被无数人所讴歌、所赞颂。而故事中的越国公杨素因其宽宏大度、成人之美也一直被人所称道。

▷ 公民采访

采访者:咱们今天聊聊"破镜重圆"的故事,好吗?

受访者(郭姓男工会工作者,采访地点:某机关工会):好啊,我在工作中也遇到不少类似的故事,有以喜剧收场的,也有以悲剧收场的。

采访者:您觉得在我们今天这个社会,能做到信守爱情的人多吗?

受访者:有数据统计,现在社会中新婚家庭的离婚率呈上升趋势,难说是进步了,还是退步了。老年人认为年轻人把结婚当过家家,好则过,不好就分,互不相欠,家庭观念淡薄。年轻人却认为,爱情至上,各自独立。但我个人认为,婚姻家庭的不稳定必然造成社会的不稳定,我们希望少一些"破镜",多一些"重圆"。"破镜重圆"这一典故是历史上的真实故事,但有多少破镜能够重圆却是一个未知数。

采访者:那您认为"破镜重圆"的意义何在?

受访者:人间情有三:亲情、爱情和友情。人类社会的活动都是在情感的支配下进行的,古诗文上说,柔情似水,佳期如梦。到底情为何物,让人们百感交集,尝尽人间的酸甜苦辣、喜乐哀愁。社会的动荡以及战争和自然灾害极易造成亲人骨肉间的离散,一些可以避免,一些无法避免。但不管家庭怎么破裂离散,破镜重圆和成人之美一直是人们美好的祈盼和亲人朋友的善举。如果没有战争、动荡发生,那社会就会多一些家庭的稳固与和睦,少一些家庭的破裂,家庭的稳固与和睦不但应该是两个人的誓言,更是对家庭和子女的责任。

▷ **专家点评**

该故事通过讲述在国破家亡的时代背景下,男女主人公坚守爱情誓言、信守承诺终于再次团聚,来说明爱情的力量是无比伟大的,也反映了杨素大将成人之美的高尚人格所在。该故事告诫我们:和谐的社会需要和谐的家庭,和谐的家庭需要和谐的夫妻关系,和谐的夫妻关系需要双方去维护和经营,维护和经营最大的力量来自情真意切,情真意切的爱情会有"固若金汤"之效。

▷ **延伸思考**

不要战争,避免灾难,可以让更多家庭破镜重圆。解放战争结束后,中华人民共和国成立,人民当家做了主,把蒋家王朝赶到了台湾。可是内地和台湾的许多老百姓却是骨肉兄弟、夫妻或父子分离,长达几十年。两岸的"三通",才使骨肉团聚。由此可见,破镜重圆有时要在时代大的背景下才能得以实现。

故事 17　一诺千金

故事内容

《史记·季布栾布列传》："得黄金百,不如得季布一诺。"形容说话算数,信用极高。①

【原文】　季布者,楚人也。为气任侠,有名于楚。项籍使将兵,数窘汉王。及项羽灭,高祖购求布千金,敢有舍匿,罪及三族。季布匿濮阳周氏。周氏曰:"汉购将军急,迹且至臣家,将军能听臣,臣敢献计;即不能,愿先自刭。"季布许之。乃髡钳季布,衣褐衣,置广柳车中,并与其家僮数十人,之鲁朱家所卖之。朱家心知是季布,乃买而置之田。诫其子曰:"田事听此奴,必与同食。"朱家乃乘轺车之洛阳,见汝阴侯滕公。滕公留朱家饮数日。因谓滕公曰:"季布何大罪,而上求之急也?"滕公曰:"布数为项羽窘上,上怨之,故必欲得之。"朱家曰:"君视季布何如人也?"曰:"贤者也。"朱家曰:"臣各为其主用,季布为项籍用,职耳。项氏臣可尽诛邪?今上始得天下,独以己之私怨求一人,何示天下之不广也!且以季布之贤而汉求之急如此,此不北走胡即南走越耳。夫忌壮士以资敌国,此伍子胥所以鞭荆平王之墓也。君何不从容为上言邪?"汝阴侯滕公心知朱家大侠,意季布匿其所,乃许曰:"诺。"待间,果言如朱家指。上乃赦季布。当是时,诸公皆多季布能摧刚为柔,朱家亦以此名闻当世。季布召见,谢,上拜为郎中。②

【译文】　季布是楚地人,为人好逞意气,爱打抱不平,在楚地很有名气。项羽派他率领军队,曾屡次使汉王刘邦陷于困境。等到项羽灭亡以后,汉高祖出千金悬赏捉拿季布,并下令有胆敢窝藏季布的,论罪要灭三族。季布躲藏在濮阳一个姓周的人家。周家说:"汉王朝悬赏捉拿你非常紧急,追踪搜查就要到我家来了,将军您能够听从我的建议,我才敢给你献个计

---

① 《中国成语大辞典》,上海辞书出版社,1987年版,第1548页。
② 司马迁:《史记》,内蒙古人民出版社,1998年版,第236页。

策;如果不能,我情愿先自杀。"季布答应了他。周家便把季布的头发剃掉,用铁箍束住他的脖子,给他穿上粗布衣服,把他放在运货的大车里,将他和周家的几十个奴仆一同卖给鲁地的朱家。朱家人心里知道那个人是季布,便将他买了下来安置在田地里耕作,并且告诫他的儿子说:"田间耕作的事,都要听从这个佣人的吩咐,一定要和他吃同样的饭。"朱家人便乘坐轻便马车到洛阳去了,拜见了汝阴侯滕公。滕公留朱家人喝了几天酒。朱家人乘机对滕公说:"季布犯了什么大罪,皇上追捕他这么急迫?"滕公说:"季布多次为了项羽而使皇上困窘,皇上怨恨他,所以一定要抓到他才罢休。"朱家人说:"您看季布是怎样的一个人呢?"滕公说:"他是一个有才能的人。"朱家人说:"做臣下的各受自己的主上差遣,季布受项羽差遣,这完全是职分内的事。项羽的臣下难道全都要被杀死吗?此时皇上刚刚夺得天下,仅仅凭着个人的怨恨去追捕一个人,为什么要向天下人显示自己器量狭小呢!再说凭着季布的贤能,汉王朝追捕又如此急迫,这样,他不是向北逃到匈奴去,就是要向南逃到越地去了。这种嫉恨勇士而去资助敌国的举动,就是伍子胥所以要鞭打楚平王尸体的原因了。您为什么不寻找机会向皇上说明呢?"汝阴侯滕公知道朱家是侠义之家,猜想季布一定隐藏在朱家,便答应说:"好。"滕公等到了机会,果真按照朱家的意思向皇上奏明。皇上于是就赦免了季布。当时,许多有名望的人物都称赞季布能变刚强为柔顺,朱家也因此而出名。后来季布被皇上召见,表示服罪。皇上任命他做了郎中。

▷ **故事解读**

一诺千金比喻说话算数,极有信用。季布说话一向算数,信誉极高,许多人都与他交情深厚。季布因为得罪了汉高祖刘邦,被悬赏缉拿,而他的朋友们不仅不为重金所惑,还冒着灭三族的危险来保护他,使他免遭殃祸。一个人诚实有信,自然得道多助,能得到更多的友谊和朋友们的尊重;反之,一个不重信义、贪图安逸、爱占便宜的人,虽然得到一时的实惠,却会因失信于朋友而自毁声誉。失信于朋友,无异于丢了西瓜捡芝麻,得不偿失。朋友之间、人与人之间,信誉是任何物质都不可比拟的。

《论语》中"吾日三省吾身",其中第一省"为人谋而不忠乎?"与第二省"与朋友交而不信乎?"说的就是一个人替人办事有没有不尽心尽力的地方,与朋友交往有没有不诚信的地方。待人要诚信,诚信是人格光明的表现,不欺人也不欺己。替人谋事要尽心,尽心才能不苟且,不敷衍,这是为人的基本德行。

虽然季布在楚汉相争的时候是项羽的谋臣,但是季布的贤能与好名声却天下皆知。任何年代不同帝王只要不是昏君都喜欢良臣勇将,德才兼备的人更是国家所需要的千里马。古语云:良禽择木而栖,良臣择主而事。时代的变更、朝代的轮替是历史发展的必然结果。常言说得好,金杯银杯不如老百姓的口碑,季布即是这样一个有口皆碑的人。一个言行一致,表里如一,诚实守信的人,始终会受到其他人的敬重或爱戴。季布之所以在改朝换代之后,还能躲过劫难,重新被重用,皆因他出众的才能和高尚的品德。天道酬勤,厚德载物。敦品励学,学以致用。

▷ **公民采访**

采访者:您认为在生活中容易做到一诺千金吗?

受访者(苗姓女银行职员,采访地点:某商业银行咨询台):不容易。说话算数是做人的起码良知,谁都明白。但想做到千金一诺又谈何容易,一辈子如此那就更难了。社会交往中大家都喜欢和说一是一、办事干脆的人共事,讨厌那些说话不算数的人。这充分说明诚实守信一直为大家所推崇。

采访者:您认为在现实生活中诚信状况如何?

受访者:还不是很乐观。在日常生活中,尤其在商业经济活动中,不讲诚信的人随处可见,这就让老百姓对诚信或多或少地产生怀疑。在单位做老实人办老实事的人往往吃不开,而那些看领导眼色行事的人却要风得风、要雨得雨。人们常说适者生存,可适应了这方环境水土,却丧失了内心的部分诚信,长期来看肯定是得不偿失的。自从征信系统开始启用,已经有越来越多的企业和个人开始重视自己的信用记录,所以我个人相信我国的诚信状况今后会越来越好。

▷ **专家点评**

该故事通过周家卖、朱家买才华横溢却生不逢时的楚国名将季布的情节,讲述了他正是因为有"一诺千金"的美名,不仅保全了自己的性命而且得到新朝廷重用的经历。唐太宗李世民曾谦虚地说过:以铜为镜,可以正衣冠;以史为镜,可以知兴衰;以人为镜,可以明得失。亚当·斯密在《国富论》中颂扬利己主义的经济观之前先完成了《道德情操论》,在他所推崇的重塑利他主义的经济伦理观当中,诚实守信是基本伦理之一。他们告诫我们:传承诚实守信的美德人人有责。

▷ **延伸思考**

流传千古的成语"一诺千金"不仅反映了古人重诺言、重信用,还说明一个道理——任何物质和金钱都比不上一个人高尚的人格和诚信的美德。千金一诺,又称一诺千金,说的就是一句诺言有千金的价值。一个人说话要算话,要言而有信;不易做到的事情不轻易许诺,不能做到的事情不许诺,不能言而无信。失信之人不知其可也,背信弃义之人无立锥之地。

故事18　皇甫绩守信求责

故事内容①

【原文】　皇甫绩字功明，安定朝那人也。祖穆，魏陇东太守。父道，周湖州刺史、雍州都督。绩三岁而孤，为外祖韦孝宽所鞠养。常与诸外兄博弈，孝宽以其惰业，督以严训，愍绩孤幼，特舍之。绩叹曰："我无庭训，养于外氏，不能克躬励己，何以成立？"深自感激，命左右自杖三十。孝宽闻而为之流涕。于是精心好学，略涉经史。

【译文】　皇甫绩，字功明，是安定朝那人（今甘肃平凉县西境）。他的祖父皇甫穆是西魏陇东太守。父亲皇甫道是北周湖州刺史、雍州都督。皇甫绩3岁时就成了孤儿，被外祖父韦孝宽收养。他曾与诸位表兄下棋，韦孝宽因他懒于学业，用严格的训令来督促他，但可怜他年幼丧父，特别原谅他。皇甫绩叹气说："我没有父母教育，被外祖父抚育，如不克制自己并自我勉励，怎能成人？"他命令手下人用杖打自己三十下，以表示改过和振奋决心。韦孝宽听说后流下了眼泪。皇甫绩从此专心致志，一心向学，对经书史书多有涉猎。

▷ **故事解读**

皇甫绩是隋朝名臣，魏征撰写的《隋书》对其有专门的记载。一个孩子3岁时就没有了父亲，被养在外祖父家，的确可怜，因此外祖父也对小皇甫绩格外疼爱。皇甫绩的外祖父叫韦孝宽，韦家是当地有名的大户，生活很富裕。由于家里上学的孩子多，外祖父就请了个教书先生到家里来，办了个私塾。皇甫绩就和表兄弟们一起在家里的学堂上学读书。外祖父是个非常严厉的老人，尤其是对他的孙辈们，更是严加管教。私塾开学的时候，他的外祖父就立下了规矩，谁要是无故完不成作业，就按照家法重打三十大板。有一天，皇甫绩和他的几个表兄在一起下棋，忘记了老师布置的作业。这件事被外祖父知道了，外祖父把几个孙子叫到书房，狠狠地训斥了一顿，然后按照家规，打了每人三十大板。外祖父看皇甫绩年龄最小，平时又乖巧，再加上没有了父亲，不忍心打他。反而慈祥地对他说："你还小，这次我就

---

① 魏征：《隋书》，载于《二十五史全书（肆）》，内蒙古人民出版社，1998年版，第299页。

不罚你了。不过，以后不能再犯这样的错误了，不做功课，不学好本领，将来怎么能成大事？"皇甫绩的表兄们也都很爱护他，看到小皇甫绩没有被罚，心里都替他庆幸。可是，小皇甫绩心里却很难过，他想：我和表兄们犯了一样的错误，耽误了功课，外公没有责罚我，这是心疼我，可是我自己不能放纵我自己，应该也按照规矩，挨三十大板才成。

皇甫绩命人打自己，可以想见，这时他的表兄弟们一定会劝阻。在皇甫绩依然坚持一定要受责罚时，他会说出这样的话：这是私塾里的规矩，我们都保证过了，触犯规矩甘愿受罚，不然的话就是不遵守诺言。你们都按规矩受罚了，我也不能例外。

不难想象，皇甫绩的表兄弟们一定钦佩皇甫绩的这种精神和勇气。皇甫绩的外祖父也被他这种诚心改正错误的精神感动得流下眼泪。严厉的外祖父肯定会要求自己的孙儿辈们向皇甫绩学习，说话算数、有错即改、信守承诺的风气就能够在家中盛行。皇甫绩守信求责的行为很大程度上源于外祖父的严厉，源于外祖父提供的环境，是外祖父对已制定规则的有力执行催生了小皇甫绩犯错求罚的行为。

后来皇甫绩做了朝廷命官，但是这种从小养成的信守诺言、勇于承认错误的品德一直没有丢，这使他在文武百官中享有很高的威望。

▷ **公民采访**

采访者：您好，请问如果您的孩子曾立志要好好学习，但却经常不按时完成作业，你会怎么办？

受访者（刘姓女，公司职员，采访地点：邻居家中）：我会批评他，如果他还是不能改正，我还会更严厉地责罚他。

采访者：您的孩子出现过这种情况吗？

受访者：有一次他贪玩，到晚上很晚才开始写作业，到夜里十二点还没有写完，我让他睡觉，他也不肯，一直到完成作业才去睡。后来针对这件事，我跟他聊，他回答我说，妈妈，以后我会管好自己的，如果管不好，你就监督我。我觉得我儿子很棒！

采访者：假如您的儿子因为自己没有兑现诺言而责罚自己，你会允许他这样做吗？会不会心疼？

受访者：如果他失言或失信了，我认为他自己能够责罚自己，说明他决心要改正错误，这时候我会支持他，但我也会心疼他，所以我会帮他一起应对错误。

▷ **专家点评**

本故事通过隋朝名臣皇甫绩年幼之时就能遵守家规主动求责的经历，讲述了他从小严于律己、自我勉励，长大后担当国家栋梁的故事，说明了修身、齐家、治国环环相扣的道理。一个人成功的途径有千千万万种，但是，自律是永恒不变的话题，自律成才是古今中外许多饱学之士的座右铭。它告诫我们：无论环境如何变化，加强自我修养，严于律己是守住自己阵地的基本规则。

▷ **延伸思考**

　　要求一个孩子有一说一，信守诺言，孩子所生长和生活的环境应利于他（她）养成这样的好习惯、好品格。父母是孩子的第一任老师、成年人是年轻人效仿的对象，为孩子和年轻人提供何种土壤、何种环境，很大程度上会决定他（她）们的发展方向和发展高度。同样是橘子，在淮南为橘在淮北为枳就是这个道理。

　　我国当前提出依法治国的奋斗目标，有法可依、有法必依固然重要，但执法必严、违法必究却更重要。诚信社会需要法律来保驾护航。

故事 19　商鞅立木为信

故事内容[①]

【原文】　令既具，未布，恐民之不信，乃立三丈之木于国都市南门，募民有能徙置北门者予十金。民怪之，莫敢徙。复曰："能徙者予五十金。"有一人徙之，辄予五十金，以明不欺。卒下令。

令行于民期年，秦民之国都言初令之不便者以千数。于是太子犯法。卫鞅曰："法之不行，自上犯之。"将法太子。太子君嗣也不可施刑，刑其傅公子虔，黥其师公孙贾。明日，秦人皆趋令。行之十年，秦民大说，道不拾遗，山无盗贼，家给人足。民勇于公战，怯于私斗，乡邑大治。秦民初言令不便者有来言令便者。

【译文】　新法准备就绪后，还没公布，恐怕百姓不相信，就在国都后边市场的南门竖起一根三丈长的木头，招募百姓中能把木头搬到北门的人，赏给十金。百姓觉得这件事很奇怪，没人敢动。又宣布"能把木头搬到北门的人赏五十金"。有一个人把它搬走了，当即就给了他五十金，借此表明令出必行，绝不欺骗。事后就颁布了新法。

新法在民间施行了一整年，秦国老百姓到国都说新法不方便的人数以千计。正当这时，太子触犯了新法。卫鞅说："新法不能顺利推行，是因为上层的人触犯了它。"将依新法处罚太子。太子，是国君的继承人，又不能施以刑罚，于是就处罚了监督他行为的老师公子虔，以墨刑处罚了给他传授知识的老师公孙贾。第二天，秦国人就都遵照新法行事了。新法推行了十年，秦国百姓都非常高兴，路上没有人拾别人丢的东西并占为己有，山林里也没了盗贼，家家富裕充足。人民勇于为国家打仗，不敢为私利争斗，乡村、城镇社会秩序安定。当初说新法不方便的秦国百姓又有来说法令方便的。

[①]　司马迁：《史记》，中华书局，2005 年版，第 1765～1766 页。

▷ **故事解读**

商鞅变法，必然会牵涉许多人的利益，特别是既得利益阶层的利益，这些既得利益者会千方百计地阻止变法。另外，当时的社会背景是诸侯争霸，战争频发，而处于相对弱势的秦国，更面临着人心惶惶的局面，如何让新法成功推行呢？商鞅意识到只有诚信待民，获得民众的信任才是最关键的。他通过"立木为信"这一举动，获得了民众的信任，在老百姓心中树立起了威信，为新法的顺利推行提供了良好的基础。

这个案例告诉我们，诚信为政、取信于民的重要性。诚信不仅是治理国家的法宝，也是国强民富、社会和谐稳定的基础。司马光以史为鉴，从历史的视野中看到了诚信执政的重要性。他在《资治通鉴》中说，诚信，是君主至高无上的法宝。国家靠人民来保卫，人民靠信誉来保护；不讲信誉就无法使人民服从，没有人民便无法维持国家。所以古代成就王道者不欺骗天下，建立霸业者不欺骗四方邻国，善于治国者不欺骗人民，善于治家者不欺骗亲人。只有蠢人才反其道而行之，欺骗邻国，欺骗百姓，甚至欺骗兄弟、父子。从而上不信下，下不信上，上下离心，以致一败涂地。

"七国之雄，秦为首强，皆赖商鞅"，商鞅变法，使处于相对弱势的秦国渐渐强大，不仅收回了被魏国占领的土地，同时也不断扩张，最后至秦始皇时，以绝对的优势统一了六国。

▷ **公民采访**

采访者：您了解商鞅变法吗？为什么商鞅能够变法成功？

受访者（张姓男生，采访地点：松江大学城）：我知道一些。商鞅，是战国时期的政治家、法家代表人物。他在秦国主张变法，在秦王的支持下实施，帮助秦国发展壮大，最后成为政治牺牲品，被车裂示众。

我觉得商鞅变法之所以成功，有很多原因，关键是有秦孝公的支持，如果没有执政者的支持，变法是很难推行的。但是光有统治者的支持还远远不够，因为变法触及了众多贵族阶级的利益，必然会遭到许多的反对和抵制。而秦孝公为了平衡各方利益，也不能强行推行变法。商鞅深知要在人心惶惶的秦国实施变法，要先取得老百姓的信任和支持，才能顶住压力，迎难而上。他通过"立木为信"的举动，一方面，让权贵阶层看到他的变法的决心和意志。另一方面，也在老百姓中树立了威信，老百姓觉得商鞅这个人说话算数，说到做到。这样在推行新法过程中，阻力就大大地减少了。

采访者："立木为信"给我们的启示是什么？

受访者：给我们的启示是无论是在古代，还是在今天，诚信执政、取信于民非常重要。政府及公务人员的诚信言行，不仅有利于营造社会的良好诚信氛围，同时也能产生巨大的凝聚力和向心力。

▷ **专家点评**

宋代著名政治家王安石曾对商鞅的"立木为信"给予很高的评价,他认为"自古驱民在信诚,一言为重百金轻。今人可非商鞅,商鞅能令政必行"。治国需法制,更需法治思维。商鞅就很讲信用,以一言为重,以百金为轻。如果没有商鞅那种不屈不挠的精神,新法就不可能顺利推广。

▷ **延伸思考**

在当下社会中,曾一度由于政府信息的不公开、不透明,政策的朝令夕改,公职人员的言行不一、以权谋私、有令不行等行为,严重地影响了政府的公信力。人无信不立、政府无信令不行、社会无信基不稳。只有诚信为政,让政府信息公开化、透明化,让公共权力在阳光下运行,公职人员言行一致,才能获得民众的信任。

烽火戏诸侯

故事内容①

【原文】 褒人有罪,请入童妾所弃女子者于王以赎罪。弃女子出于褒,是为褒姒。当幽王三年,王之後宫见而爱之,生子伯服,竟废申后及太子,以褒姒为后,伯服为太子。太史伯阳曰:"祸成矣,无可奈何!"

褒姒不好笑,幽王欲其笑万方,故不笑。幽王为烽燧大鼓,有寇至则举烽火。诸侯悉至,至而无寇,褒姒乃大笑。幽王说之,为数举烽火。其后不信,诸侯益亦不至。

幽王以虢石父为卿,用事,国人皆怨。石父为人佞巧善谀好利,王用之。又废申后,去太子也。申侯怒,与缯、西夷犬戎攻幽王。幽王举烽火征兵,兵莫至。遂杀幽王骊山下,虏褒姒,尽取周赂而去。于是诸侯乃即申侯而共立故幽王太子宜臼,是为平王,以奉周祀。

平王立,东迁于雒邑,辟戎寇。平王之时,周室衰微,诸侯强并弱,齐、楚、秦、晋始大,政由方伯。

【译文】 褒国人犯了罪,请求献上童女扔掉的女儿给幽王以求赦免。这个被扔掉的女孩来自褒国,名叫褒姒。当幽王三年时,他来到后宫,一见到褒姒就爱上了她,后来褒姒生下儿子伯服。周幽王竟然废黜申后和太子,立褒姒为王后,伯服为太子。太史伯阳说:"灾祸已形成,没有任何办法了!"

褒姒不喜欢笑。幽王就想尽一切办法逗她笑,她却偏偏不笑。周王朝在镐京附近的骊山一带设了烽火台,一旦发现有来犯者就点燃烽火。有一次,幽王点燃烽火,诸侯们看见烽火,以为来侵犯者了,大家都来营救,结果发现根本没有来犯者,悻悻而去,看到这种情景,褒姒终于笑了。幽王很高兴,为了让褒姒开颜大笑,多次点燃烽火。后来,诸侯们都不再相信周幽王了,即使再点燃烽火,诸侯也不再来了。

---

① 司马迁:《史记》,中华书局,2005年版,第106~107页。

> 幽王任用虢石父为卿士，主持国政，国都中的人都很有怨气。虢石父为人奸诈狡猾，喜欢阿谀奉承且贪图财利，幽王却重用他。再加上废黜申后和除去太子，申侯发了怒，联合缯和属于西夷的犬戎攻打幽王。幽王点燃烽火征发诸侯的军队，但诸侯的军队都不来。最后他们把幽王杀死在骊山下，掳走了褒姒，将周人的财物抢掠一空而去。于是，诸侯都到申侯这里来共同立被幽王废掉的太子宜臼为王，就是平王，以保持周朝的祭祀传统。
>
> 平王即位后，为了躲避戎寇的侵犯，把都城东迁到雒邑。平王在位时，周王室衰败，诸侯中强大之国吞并弱小之国，齐、楚、秦、晋开始强大，政令往往出于称霸的君主。

▷ **故事解读**

在故事中，昏庸荒唐的周幽王宠爱褒姒，为博得褒姒的一笑，竟然点燃烽火戏弄诸侯，戏玩"狼来了"的游戏，致使众叛亲离，失去了诸侯和民众对他的信任和尊重。当申侯串通缯、尤戎入侵周朝时，受了几次戏弄的诸侯们已不再信任周幽王，他们以为周幽王又是虚报军情，大家都置之不理。周幽王最终自食其果，被犬戎杀死。

这个故事告诉我们，民无信不立，国无信不昌。诚信不仅是为人处世、进德修业的根本，更是立国之本。所谓君王无戏言，一国之君如果缺乏诚信，就会失去民众的信任和支持。子贡曾问孔子从政之道，孔子的回答是："足食、足兵、民信之矣。"而在三者之间，孔子认为"民信"又最为重要。他认为治理国家最要紧的是取信于民，如果失去了民众的信任，国家也就失去存在的基础。荀子也强调治国诚信的重要性，他举例说："古者禹汤本义务信而天下大治，桀纣弃义背信而天下大乱。故为人上者，必将慎礼义、务忠信然后可，此君人者之大本也。"诚信为政，才能取信于民，从而政通人和，古代圣王禹、汤，循义讲信而天下大治；而暴君桀、纣，弃义背信而天下大乱。所以，作为统治者的国君一定要慎礼义、讲忠信，然后才能治国。这是"君人者之大本也"。可见，"诚信"对一个国家的兴衰存亡都起着非常重要的作用。

▷ **公民采访**

采访者：您了解"烽火戏诸侯"的故事吗？

受访者（黄姓女生，采访地点：松江大学城）："烽火戏诸侯"是著名的历史故事，小学时，就已经听老师讲过这个故事。它讲的是中国历史上一代昏君周幽王，为了博美人褒姒一笑,竟然几次点燃骊山烽火戏弄诸侯,结果当真的敌人来袭击时再点燃烽火,诸侯们就不相信了,没人前来帮忙,最后落得了国衰人亡的下场。我觉得这个故事对女性不太公平,总是把女人作为祸国殃民的源头,而实际上是执政者的昏庸才导致了国破的结果,小时候听的"狼来了"的故事,和这则故事的性质是相同的。

采访者:您能联系"烽火戏诸侯"这个故事,谈谈诚信治国的重要性吗?

受访者:我认为"烽火戏诸侯"的故事给我们的启示是,执政者一定要谨言慎行,尤其是国家大事,不可儿戏。正如唐太宗李世民所说的那样,"水可载舟亦可覆舟",执政者以诚信治国,才能获得老百姓的支持;反之,就会失去大家的信任。

▷ **专家点评**

"烽火戏诸侯"是我国一个家喻户晓、流传千载的经典故事。一个人、一个组织、一个政府如果有说谎的历史,自然就被人们视为不可靠、不可信,即便是在某个问题上说的是真话,也还是会被人怀疑,难以取信于人。人必自重而后人重之,人必自信而他人信之。正如《老子》中所说:"夫轻诺必寡信。"

▷ **延伸思考**

周幽王无信,玩"狼来了"的游戏,失去了诸侯们对他的信任,结果自取其辱,最后身死国亡。可见,诚信不仅是一种品行,更是为人的基本准则;对于为政者而言,诚信不仅是一种责任,更是一种资源,它直接影响着国家的兴衰成亡。

故事 21　唐太宗的诚信治国之道

故事内容[①]

【原文】　贞观初,有上书请去佞臣者,太宗谓曰:"朕之所任,皆以为贤,卿知佞者谁耶?"对曰:"臣居草泽,不的知佞者,请陛下佯怒以试群臣,若能不畏雷霆,直言进谏,则是正人,顺情阿旨,则是佞人。"太宗谓封德彝曰:"流水清浊,在其源也。君者政源,人庶犹水,君自为诈,欲臣下行直,是犹源浊而望水清,理不可得。朕常以魏武帝多诡诈,深鄙其为人,如此,岂可堪为教令?"谓上书人曰:"朕欲使大信行于天下,不欲以诈道训俗,卿言虽善,朕所不取也。"

贞观十年,魏征上疏曰:臣闻为国之基,必资于德礼,君之所保,惟在于诚信。诚信立则下无二心,德礼形则远人斯格。然则德礼诚信,国之大纲,在于君臣父子,不可斯须而废也。故孔子曰:"君使臣以礼,臣事君以忠。"又曰:"自古皆有死,民无信不立。"文子曰:"同言而信,信在言前;同令而行,诚在令外。"然而言而不信,言无信也;令而不从,令无诚也。不信之言,无诚之令,为上则败德,为下则危身,虽在颠沛之中,君子之所不为也。

【译文】　贞观初年,有人上书请求去除皇帝身边那些奸佞的臣子,唐太宗对上书的人说:"我任用的人,都是贤臣,你知道谁是佞臣吗?"那人回答说:"我住在民间,的确不知道谁是佞臣。请陛下假装发怒,来试一试身边的大臣们,如果谁不怕雷霆之怒,直言进谏,那就是正直的人。如果谁一味依顺陛下,不分曲直地迎合皇上的意见,那就是佞邪之人。"唐太宗回头对封德彝说:"流水是否清浊,关键在于源头。君主是施政的源头,臣民就好比流水,君主自行欺诈妄为,却要臣下行为正直,那就好比是水源浑浊而希望流水清澈,这是根本办不到的。我常常认为魏武帝曹操言行多诡诈,所以很看不起他的为人,现在如果让我也这么做,不是让我效仿他吗?这不是实

[①]　吴兢:《贞观政要》,首都师范大学出版社,2012年版,第169~170页。

> 行政治教化的办法!"于是,唐太宗又对上书的人说:"我要让全天下人都诚信,不想用诈骗的行为损坏社会风气,你的话虽然很好,但我不能采纳。"
>
> 贞观十年,魏征上疏说:臣听说国家的基础,在于道德和礼教;国君地位的保障,在于诚实信用。有了诚信,属下就不会产生二心。实行德政,边远的人民也会来归顺。由此可见,德、礼、诚、信是国家的纲领,贯穿在君臣、父子关系中,一刻也不能偏废。所以孔子说:"君王以礼对待臣子,臣子以忠心侍奉君王。"还说:"一个人终有一死,得不到人民的信任,国家就无法存立。"文子说:"说出话来能够使人相信,是因为说话之前已经取信于人,发出令来能够得到执行,是因为命令之中含有诚意。"说了却不做,是言而无信,接受了命令却不执行,是没有诚意,如果是君王,就会败坏名声,如果是臣下,就会危及生命。因此,即使身不由己,处境艰难,君子也不会做有失诚信的事情。

▷ **故事解读**

"贞观之治"是唐太宗在位期间的清明政治。唐太宗即位后,励精图治、知人善任、用人唯贤、从谏如流。他在位的 23 年间,重用房玄龄、杜如晦、魏征等优秀治国人才,使社会生产力得到了很大的提高,国家繁荣昌盛,百姓生活得到了较好的改善。

唐太宗非常重视君民关系,他把君民关系比喻成舟水关系,强调了水能载舟,亦能覆舟。要想长治久安,君主必须要尊重民情民意,信任臣民,同时要以身作则,取信于臣民。从《贞观政要》中,我们可以看到唐太宗视君臣之间的信任为治国的至关法宝,他坚守诚信行于天下的治国理念,认为君与民的关系犹如水的源头与流水之间的关系,如果作为施政源头的君主缺失了诚信,那作为流水的臣民也会被污染,最终会损坏整个社会的风气。在他的影响下,魏征等大臣都将诚信视为处理国家政务的大纲。贞观年间呈现出了政治清明的良好氛围,君臣同心,上下一致,齐心协力处理国家大事。

通过本故事,我们可以看到,"为政以德"的重要性,君主要"大信天下,不以诈道",要"以诚施信""德礼诚信",才能让臣民真诚地信服;反之,如果君主"言行多诡诈",致使君臣互相猜忌,无法齐心协力处理国家大事,就难以出现"贞观之治"的盛景。正因为唐太宗待人以诚,用人不疑,大臣们才敢直言敢谏,也才会出现如魏征这样的名垂青史的诤臣。

▷ 公民采访

　　采访者:请问您了解《贞观政要》一书吗?

　　受访者(黄老师,采访地点:博库书城):我知道啊,我比较喜欢看历史方面的书籍。曾经翻阅过《贞观政要》,它是唐代著名史学家吴兢编撰的一部史书,比较全面地反映了唐太宗在位期间,与魏征、房玄龄等大臣在治国理政方面的思考与探讨。这本书中蕴涵着丰富的政治伦理思想,书里面所总结的"以德治国、诚心纳谏、仁心仁政、戒奢戒贪"等思想,都有传世的价值。在后来的朝代中,很多统治者都把它视作治国理政参考的经典之一,它对现代社会也仍有重要的借鉴意义和价值。

　　采访者:那您知道《贞观政要》中有没有唐太宗关于诚信价值的论述?

　　受访者:有,应该说,在历史上唐太宗不仅将诚信视为重要的行为规范,同时也将其视作立国之本。在《贞观政要》中,唐太宗引经据典,曾多次与大臣探讨治国诚信的重要性。比如,他认为君主要知人善任、用人不疑,才能做到君臣一心、同心协力。同时,他也以身作则,对群臣推心置腹、从谏如流,而不会以权术、诈道去对付臣子,这些都体现了他对诚信的重视。

▷ 专家点评

　　这是一则讲述唐太宗诚信治国的故事。儒家认为,为人应"孝悌忠信",人与人相交应讲信用,为官则应取信于民。孔子就有做人要"谨而信"、治理国家要"敬事而信"的说法。唐太宗认为信与德相辅相成,守信即为广德,失信如同毁德。以德治国,从而出现了繁荣昌盛的"贞观之治"。

▷ 延伸思考

　　信任是治理国家至关重要的法宝,只有上下同心,互相信任,齐心协力,才能让国家繁荣富强;反之,就会影响国家的安定团结,"贞观之治"的出现,与唐太宗的"诚信治国"有着重要的关系。在建设和谐社会的今天,诚信为政、相互信任是凝聚民心的重要精神基础。

故事 22 管仲与曹沫之盟

故事内容①

【原文】 曹沫者,鲁人也,以勇力事鲁庄公。庄公好力。曹沫为鲁将,与齐战,三败北。鲁庄公惧,乃献遂邑之地以和。犹复以为将。

齐桓公许与鲁会于柯而盟。桓公与庄公既盟于坛上,曹沫执匕首劫齐桓公,桓公左右莫敢动,而问曰:"子将何欲?"曹沫曰:"齐强鲁弱,而大国侵鲁亦甚矣。今鲁城坏即压齐境,君其图之。"桓公乃许尽归鲁之侵地。既以言,曹沫投其匕首,下坛,北面就群臣之位,颜色不变,辞令如故。桓公怒,欲倍其约。管仲曰:"不可。夫贪小利以自快,弃信于诸侯,失天下之援,不如与之。"于是桓公乃遂割鲁侵地。曹沫三战所亡之地尽复予鲁。

【译文】 曹沫,是鲁国人,凭勇敢和力气侍奉鲁庄公。庄公喜爱勇士。曹沫任鲁国的将军,和齐国作战,多次战败。鲁庄公害怕了,就献出遂邑地区求和。但鲁庄公仍任命曹沫作为鲁国将军。

齐桓公与鲁国国君等人在柯地会盟。齐桓公与鲁庄公在盟台上盟誓时,曹沫突然上去,手持匕首劫持了齐桓公。桓公的随从恐怕伤到齐桓公,都不敢有所动作。齐桓公问曹沫:"你想怎么样?"曹沫说:"齐国强大而鲁国弱小,恃强凌弱,你们齐国太过分了。现在齐国、鲁国是相邻的国家,大王一定要考虑这件事。"齐桓公答应尽数归还侵夺鲁国的土地。曹沫得到齐桓公的承诺后,就扔了匕首,走下盟坛回到面北的群臣之中就坐,面不改色,言谈如故。桓公很生气,打算背弃盟约。管仲劝齐桓公说:"不能这样,你被劫持时已答应了曹沫的要求,为满足一下小小的快意而在诸侯中失去了信义,也就失去了天下人对您的支援,与其这样,还不如把土地归还给他们。"齐桓公听后,决定将把齐国侵占的土地归还给鲁国。最后,齐桓公将鲁国多次战败所丢失的领土全部归还鲁国。

---

① 司马迁:《史记》,中华书局,2005 年版,第 1959 页。

▷ **故事解读**

　　故事中,曹沫在两国国君盟誓时劫持齐桓公,并用武力胁迫齐桓公归还侵鲁之地,使齐桓公处于难堪又危险的情境中。齐桓公答应归还土地,可理解为一种权宜之计,是在危急时刻为保全性命而采取的应急措施。所以在危险解除之后,齐桓公出于愤怒之情想要毁约。在一般人看来,这是人之常情,是无可厚非的。因为这个许诺是在武力胁迫下作出的,是违背他本人的真实意志的,不兑现这种承诺也不太会遭受世人的非议和谴责。孔子曾经历过胁迫,他在周游各国时,在蒲邑受到蒲人的围困,最后被迫立下"毋适卫"(不去卫国)的许诺才被放行。但孔子一离开蒲邑后就直接去了卫国。子贡问他:"盟可负邪?"孔子答道:"要盟也,神不听。"孔子认为在他人胁迫的情况下所签订的条约,是不需要去遵守和履行的,因为神明是不会认可这种条约的。所以从道义上看,齐桓公可以不履行对曹沫的承诺。

　　但是管仲出于更长远的政治需要,深谋远虑,及时阻止了齐桓公的毁约念头。他认为放弃已作出的承诺,获得的只是一种眼前的利益而已;但是从大处着眼考虑,则会给诸侯们留下齐国不诚信的印象。齐桓公最后依照承诺归还鲁国的土地,表面看起来是放弃既得的利益,但换回的是更长远的利益。诸侯们得知了这件事情后,都佩服齐桓公的宽仁大度、言而有信,渐渐地都来依附齐国了。后来,齐桓公被诸侯们拥戴,成为春秋战国时期最早的一个霸主。

　　这个案例说明了信守承诺的政治意义和作用。齐桓公归还鲁国土地,不仅树立了他个人的政治威信,同时也树立了齐国的威信,为他成为霸主打下了扎实的基础。得道多助,失道寡助,要成就霸业,先必须要获得诸侯和老百姓们的信任。

▷ **公民采访**

　　采访者:(介绍了管仲与曹沫之盟的故事)请问您如何看待曹沫的行为?

　　受访者(孔姓女生,采访地点:上海市徐家汇):不可否认,曹沫是个勇敢的人,为鲁国要回了被齐国侵占的土地。但是他的行为也是很鲁莽的,对鲁国的信誉会有一些负面作用。在盟坛上劫持,有违信义,可能会给其他诸侯留下负面的印象,让人觉得鲁国是个缺乏诚信的国家,今后诸侯们不敢轻易与鲁国国君一起盟誓。

　　采访者:那您如何看待齐桓公的行为?

　　受访者:在这个事件中,齐桓公因为曹沫的劫持,不得已作出了承诺,脱险后想要背弃承诺也是可以理解的。但是在管仲的劝服下,齐桓公意识到树立齐国威信的重要性,在春秋争霸时期,王者争取民心,霸者争取同盟国,靠武力征服无法使其他国家真正臣服,实现称霸天下的野心。因此,齐桓公信守在胁迫情境下作出的承诺的行为,赢得了诸侯们的信任,帮助他建立了霸业,这也可以看出诚信对于外交的重要性、对于国家形象的重要性。

▷ **专家点评**

　　这是一则讲述春秋之际齐桓公坚守诺言的诚信故事。齐桓公虽因为曹沫胁迫而很不情愿地放弃了所占鲁国领土,但却保住了信誉,赢得了人心,最终成就霸业。这告诫我们:信誉比领土更重要。一个国家、一个政权,只有守信,才会产生向心力和凝聚力。正如唐代褚遂良所言:"信为国本,百姓所归。"

▷ **延伸思考**

　　历史证明,无论是三皇五帝时期,还是在诸侯争霸的春秋战国时期,信义是治理天下的基础。懂得强国之道的君主,都会明白一个道理:要实现称霸天下的梦想,必须于国内施仁政于百姓,取信于民;在国与国之间也要遵守彼此间的契约,这样,才能获得对方的尊重和信任,维护良好的外交环境。

故事23 魏文侯期猎

故事内容①

【原文】 魏文侯与虞人期猎。是日,饮酒乐,天雨。文侯将出,左右曰:"今日饮酒乐,天又雨,公将焉之?"文侯顾左右曰:"吾与虞人期猎,虽乐,岂可不一会期哉!"乃往,身自罢之。魏于是乎始强。

【译文】 魏文侯和管理山林的人约定好去打猎。那天,魏文侯和大臣们在宫中喝酒喝得很开心,天下起了雨。魏文侯准备出去。大臣们说:"今天喝酒这么开心,天又下着大雨,大王您要去哪里呢?"魏文侯回头看手下侍臣说:"我和管理山林的人约好今天去打猎。虽然现在很快乐,难道我可以不遵守约定吗?"于是他就出去了。魏文侯亲自来到管理山林的人那里取消了这次打猎的活动。魏国从此变得强大。

▷ **故事解读**

魏文侯能成为历史上著名的君主之一,在于他具备了国君的基本品质,如知人善任、礼贤下士、讲究信用等。从故事中可以看出,魏文侯坚持冒雨前往猎场,亲自告诉猎场管理员取消打猎约定的事。在很多人看来,魏文侯贵为君主,他可以派个人去告诉猎场管理员一声就可以。但是魏文侯却没有这么做。在他看来,已经约定好的事情,是不能轻易违背的。如果因为其他事情发生而不能赴约的,也应该在事前通知对方,以免让人家苦等,这是对别人的尊重。

诚信是一种美德,体现了高尚的人格力量,对于国君而言更是如此。正如《吕氏春秋·贵信》篇所强调的:"凡人主必信,信而又信,谁人不亲……君臣不信,则百姓诽谤,社稷不宁;处官不信,则少不畏长,贵贱相轻;赏罚不信,则民易犯法,不可使令;交友不信,则离散郁怨,不能相亲"。凡是君主一定要诚信、诚信、再诚信,那么什么人不来靠近呢?可见,治国诚信是何等的重要,唐代魏征也把诚信说成是"国之大纲"。

魏文侯和历史上的许多圣主明君一样,他们都是重视承诺、不肯轻易食言的人。无论是在国家大事上,还是在私人生活中,都视诚信为个人安身立命、人格建

---

① 刘向:《战国策》,吉林大学出版社,2011年版,第282~283页。

树的根本。而正是因为他们的诚信,赢得了民众的信任,也赢得了其他诸侯们的信任。可见,信用不仅是一种美德,更是一种政治力量。

▷ 公民采访

采访者:您读过关于魏文侯事迹的相关史书吗?您觉得他是一个什么样的君主?

受访者(陈先生,采访地点:上海图书馆):我读过一些史书,其中包括有关魏文侯事迹的记载,如《战国策》和《资治通鉴》。我对魏文侯还是比较了解的,我觉得他是个礼贤下士、知人善任的君主,因为他是战国七雄中最早推行变法的君王,重用了名臣李悝等人。他在执政期间,大力兴修水利、奖励耕战,使魏国的国力不断上升。后来秦国的商鞅变法就是以魏国为蓝本的。

采访者:看完魏文侯期猎的故事后,您觉得他具有什么样的美德?

受访者:首先,我觉得他是一个重承诺、守信用的人。在故事里,魏文侯因为下雨,竟然亲自前往猎场取消约定。虽然有很多客观原因,而且对于很多人来说这只是件小事,派个人传个话就行了,但是魏文侯还是认为不能随便对待承诺的事。所以,即便正在举办宴会,外面也下着雨,但他依然坚持前往赴约,否则就是对别人的不尊重。其次,从故事中也可以看出他是个尊重下属的人,与魏文侯相约的对象只是一个管理林场的小官员,而魏文侯是一国之君,他能这么重视对小官员的承诺,实在是难能可贵,这也树立起魏文侯作为一个言而有信的君王的形象,对他的威信很有帮助。

▷ 专家点评

这是一则讲述战国时期魏文侯不肯食言于"虞人"的诚信故事。魏文侯身为魏国国君,不因正与大臣在宫中饮酒快乐,不因忽降大雨,也不因"虞人"地位低,就取消共同打猎的约定。它告诫我们:只有诚信不欺,方能取信于人。魏文侯信守诺言,信义昭著,赢得人心,人才归其所用,魏国从而成为战国初年最强大的国家。

▷ 延伸思考

查历史史实可知,魏文侯不仅是个重视信用的人,同时还是个心胸宽广、知人善任、善于纳谏的人,这些既是身为国君的基本品质,也是作为一个优秀领导者的基本才能。正是具备了这些优秀品质,才使他成为历史上有作为的君主之一,而君主正是执政阶层的象征,君主诚信,才能带动一个阶层诚信,只有执政阶层保持诚信,百姓才能人心归附、安居乐业。

故事 24　张释之执法

故事内容[①]

【原文】　顷之，上行出中渭桥，有一人从桥下走，乘舆马惊。于是使骑捕之，属之廷尉。释之治问。曰："县人来，闻跸，匿桥下。久之，以为行已过，即出，见车骑，即走耳。"释之奏当，此人犯跸，当罚金。上怒曰："此人亲惊吾马，马赖柔和，令他马，固不败伤我乎？而廷尉乃当之罚金！"释之曰："法者，天子所与天下公共也。今法如是而更重之，是法不信于民也。且方其时，上使立诛之则已。今已下廷尉，廷尉，天下之平也，一倾而天下用法皆为轻重，民安所措其手足？唯陛下察之。"上良久曰："廷尉当是也。"

其后人有盗高庙坐前玉环，捕得，文帝怒，下廷尉治。释之案律盗宗庙服御物者为奏，奏当弃市。上大怒曰："人亡道，乃盗先帝器，吾属廷尉者，欲致之族，而君以法奏之，非吾所以共承宗庙意也。"释之免冠顿首谢曰："法如是足也。且罪等，然以逆顺为基。今盗宗庙器而族之，有如万分之一，假令愚民取长陵一抔土，陛下何以加其法乎？"久之，文帝与太后言之，乃许廷尉当。是时，中尉条侯周亚夫与梁相山都侯王恬开见释之持议平，乃结为亲友。张廷尉繇此天下称之。

【译文】　有一次，汉文帝出巡经过长安城北的中渭桥，有一个人突然从桥下跑了出来，文帝车驾的马受了惊。于是命令骑士捉住这个人，交给了廷尉张释之。张释之审讯了那个人。那人说："我是长安县的乡下人，听到了清道和禁止人通行的命令，就躲在桥下。过了好久，以为皇帝的队伍已经过去了，就从桥下出来，看见了皇帝的车队，就立即逃走。"然后廷尉向文帝报告那个人应得的处罚，说他触犯了清道的禁令，应处以罚金。文帝发怒说："这个人使我的马受惊，幸亏我的马驯良温和，假如是别的马，一定会不弄坏车使我受伤吗？可是廷尉才判处他罚金！"张释之说："法律是天子和天下人应该共同遵守的。现在法律就这样规定的，如果改变法律加重处罚，这样

[①]　班固：《汉书》，中华书局，2012 年版，第 2013~2014 页。

法律就不会被百姓相信了。而在那时,皇上您让人立刻杀了他也就罢了。现在既然把这个人交给廷尉,廷尉是天下公正执法的带头人,稍一偏失,天下执法者都会任意或轻或重,老百姓岂不会手足无措?愿陛下明察。"许久,文帝才说:"廷尉的判处是正确的。"

后来,有人偷了高祖庙神座前的玉环,被抓住了。汉文帝勃然大怒,把他交给廷尉治罪。张释之按照法律所规定的偷盗宗庙服饰器具之罪奏报皇帝,判处那个人死刑。汉文帝勃然大怒,他说:"这个人真是胡作非为、无法无天,竟敢偷盗先帝庙中的器物,我把他交给廷尉审理的目的,就要想要给他灭族的惩处,而你却一味按照法律条文把惩处意见报告我,这根本就不是我恭敬奉承宗庙的本意啊。"张释之立即脱帽叩头谢罪说:"虽然那个人罪大恶极,但是依照法律处以死刑的刑罚已经足够了。而且即使罪名相同,也要根据犯罪程度的轻重不同而给予不同的处罚。现在他偷盗祖庙的器物就要处以灭族之罪,万一今后有愚蠢的人挖长陵一捧土,那皇帝您用什么刑罚惩罚他呢?"后来,文帝和薄太后谈论了这件事,最后才同意了廷尉的判决。当时,中尉条侯周亚夫与梁国国相山都侯王恬开都佩服张释之执法公正,就和他结为亲密的朋友。张释之由此得到天下人的称赞。

▷ **故事解读**

人不能没有诚信,国家也不能没有信用,国家的信用要靠法治来维护,因此古人认为,法治是最高的诚信,是一个国家长治久安的关键。张释之就是视法律为国家最高诚信的人,在他看来,"法者,天子所与天下公共也",法律面前人人平等,天子与平民都应该共同遵守。任何人都不能因个人的偏好、喜怒、情感而随意改变法律,如果那样的话,法律就不能取信于民,那么国家的信用就会被破坏。因此张释之在执法时坚持"法不阿贵""刑无等级",尽量做到公正公平。同时又在法律允许的尺度里,对普通百姓采取"明德慎罚"的方法,维护弱势群体的利益。

治理国家必须要有法可依、有法必依、执法必严、违法必究。如果有法不依、执法不严或违法不究,都会损害国家法律的权威性,也会降低国家在老百姓心中的信用。张释之为维护法律的尊严和国家的信用,不顾自身安危,严守法纪,秉公执法。在惊马案中,张释之按照法律的规定,给予当事人罚金的处罚,汉文帝认为处罚太轻。但张释之坚持法不应偏私,任何人都不能随意加重刑罚,天子也一样。汉文帝最后接受了他的意见。在盗窃案中,张释之知道皇帝对祖庙的重视,也了解汉文帝重罚偷盗者的想法,但是他仍然严格按照法律规定,最后只判处犯罪人死刑,而未给予牵涉九族的处罚。汉文帝虽然勃然大怒,和薄太后讨论了这件事,最后也接受了廷尉张释之的判决。

从本故事可以看出,张释之是持义平允、信守法律的典范,为维护法律的公正、国家的信用,曾几次违背汉文帝的意志,但最后汉文帝都接受了他的意见。从这个故事的侧面可以看出,汉文帝也是善于纳谏、重视法治的皇帝。虽然对于张释之处理的案件,文帝一时在情感上难以接受,但是他也意识到法律是国家最大的诚信,处理是否得当,可能会影响整个国家的政治局势,因此,最后都理性地同意了张释之的执法。

▷ **公民采访**

采访人:(介绍了张释之执法的故事)您是怎么理解"法治是最高的诚信"这句话的?

受访人(李先生,采访地点:上海图书馆):我听说过一句话:"人无信不立,国无信不昌。"这句话既说明了诚信对于个人成长的重要性,也强调了诚信对于国家发展的重要意义。而国家的诚信体现在什么方面呢?我觉得不外乎是坚持法治、政令通畅且稳定,再有就是政府和公职人员信守承诺,而其中最为根本的就是法治。法律一旦制定,在法律面前就应人人平等,保障有法可依、有法必依、执法必严、违法必究,也就保障了法律的权威性,维护了政府公信力,否则,不但政府公信力尽失,老百姓也会离心离德,所以说"法治是最高的诚信"。

采访人:您认为张释之执法体现了他什么样的思想?

受访人:张释之深刻理解法律与诚信之间的关系,他在执法时,始终坚持法无偏私,秉公执法,诚信于民。无论是在惊马案中,还是在盗窃案中,他都不因汉文帝的意志而随意加重处罚,这既是对法律的尊重,也是信守法律的体现,这就是法治的思想。

▷ **专家点评**

这是两则讲述西汉时期廷尉张释之公正执法的诚信故事。张释之坚持依法判案,不因汉文帝发怒而随意宽严,捍卫的是法律的尊严和信用。该故事告诫我们:治国要讲信用,法律和制度就是最大的诚信。正是一批"张释之"坚守法律,秉公执法,使"天下无冤民",西汉前期才得以政治清明,社会稳定,经济繁荣,从而造就气势恢宏的"文景之治"。

▷ **延伸思考**

做人要讲信用,治国也要讲信用,法制是最高的诚信。法律面前人人平等,不论尊贵贫贱都要遵守,法律也不因个人的爱憎喜好而随意改变。如果随意更改法律,法律就会失去其权威,则会出现民不信法、民心涣散的现象,也就无法达到依法治国的目的。

故事25　唐太宗信放死囚

> **故事内容**①
>
> 【原文】　帝亲录系囚，见应死者，闵之，纵使归家，期以来秋来就死……去岁所纵天下死囚凡三百九十人，无人督帅，皆如期自诣朝堂，无一人亡匿，上皆赦之。
>
> 【译文】　皇上（唐太宗李世民）亲自审查在押囚犯，见到应该判处死刑的人，怜悯他们，放他们回家，约定来年秋季回来接受死刑……放回家的全国死刑犯共390人，没有人监督带领，全都按期限自己回到朝堂，没有一个人逃跑藏匿。皇上全部赦免了他们。

▷ **故事解读**

贞观七年（公元633年）九月初四这一天，长安城宽达150米的朱雀大街老早就被从四面八方赶来的民众拥堵得水泄不通，大家的目光不约而同地都集中到了大理寺司衙大门前，因为今天是一个谜底将要被揭开的日子。事情源起于9个月前唐太宗李世民同390名死刑犯订立的死亡之约，人们想知道，那些逃脱了牢笼的死囚们是否真的能够履行最初的约定，自投罗网，主动送死。

太宗历来不主张严刑酷法，而是务求宽简。他对死刑的审核极为慎重，因为死刑至重，事关人命。在死刑审核的程序上，规定要实行三复奏，向皇帝报告三次，反复核实，务求不冤杀一个好人。后来，他觉得三复奏还不够，又规定了五复奏。这些关在监狱里的死囚，都是经过了三复奏或五复奏程序，实际上都是情无可原、罪无可恕、死无可冤的人。即便如此，太宗还是本着人文主义精神，对这些人进行终极抚慰，因为他觉得人之将死，其言也善，鸟之将死，其鸣也悲，即使是应死之人，其悲苦状也是令人同情的。

通过亲自问话，死刑犯们对自己的罪责没有异议，但却表达出了想再回家看望一次父母妻子的强烈渴望。太宗陷入了沉思之中，因为这事有些冒险，不过他很快就抬起头，宣布了一个令所有人大吃一惊的决定：你们可以不受任何约束地回家与亲人团聚，在亲情和关爱中度过人生中的最后一段时光，但必须遵守一个约定——来年九月初四准时自行返狱伏法！

---

① 司马光编撰，沈志华，张宏儒主编：《资治通鉴》，中华书局，2012年版，第8062～8067页。

死囚们几乎不敢相信自己的耳朵,掐了掐自己的脸才知道这不是梦,情不自禁地大声欢呼起来。户部尚书兼大理寺卿戴胄忍不住上前提醒道:"皇上,这些人都是杀人越货、罪大恶极之人,没有信用可言,到时不回,您可怎么交代呀!要三思而后行啊!"太宗露出一贯的坚定神情,回答说:"用诚心才能换忠心,我相信他们不会辜负这份信任。"

话虽这么说,可是所有人都将信将疑。毫无疑问,这是一场豪赌,这可是死亡之约啊,回来就意味着死,反正左右是个死,逃得一时是一时,谁不想活着呢?可让大家想不到的是,这一天死囚们真的一个一个都回来了,一个,两个,三个……约定的时辰到了,数一下人数,389名,就差一个。

狱吏们急忙找来花名册查看,只有家住京畿扶风的死囚徐福林迟迟未到!这下不仅官员们不满意了,连死囚们都愤怒起来:"徐福林的良心被狗吃了!若俺还有机会出去,非宰了这个狗杂种!""对!杀了这个不讲信用的小人!扒了他的皮!"这些死囚们仿佛受了奇耻大辱,他们忧心如焚,不是因为担心即将到来的处决,而是为一个同伴的爽约而痛心疾首。

目光又都转向了太宗,这位年仅35岁的大帝镇定自若,他挥一下手,下令说"再等等!"随着时间一分一秒地流逝,人们脸上的表情越来越凝重,这个人可能不会来赴约了,年轻的皇帝注定要为他的轻信付出代价。

这时,远远地传来了车轮转动的吱嘎声,一辆牛车渐渐走进人们的视野,近了,更近了,从牛车的车篷里探出一个人的头,清瘦、蜡黄、一脸病态,正是那个叫徐福林的死囚。原来,他在返回京城的路上病倒了,只好雇了一辆牛车赶路,结果比约定的时间晚了一个时辰赶到。

太宗的脸上露出了欣慰的笑容,死囚们因为他们的信用得到了最高的奖赏,全被赦免!没有人对此提出异议,因为惩罚从来不是目的。

▷ **公民采访**

采访者:(与受访者交流故事后提问)您认为唐太宗为什么会进行这样一场"豪赌"呢?

受访者(王姓高校教师,采访地点:某高校校园):这源自唐太宗强大的自信,对个人的自信,对国家法律和国家治理状况的强大自信。

采访者:那为什么这些死囚明知回来可能会受死,还会选择返回京城呢?

受访者:我个人认为是因为他们对国家的信任,对唐太宗个人的信任。唐太宗对死刑复核相当谨慎和严格,对死刑实行三复奏或五复奏。在这390个死刑犯对自己所犯的罪行供认不讳、知道罪行当诛的情况下,唐太宗怜悯他们,给他们留出时间与家人团聚,等完成未完成的心愿后再返回京城伏诛,从人之常情考虑,他们对唐太宗是感激的,于是这些"死士"用自己的诚信回报唐太宗,同时也是在维护自己最后的尊严。另外，如果他们不返回来受刑，很可能在当时的环境下根本逃无可逃。

采访者：谢谢您的精彩回答。

▷ **专家点评**

这是一则反映唐代贞观年间皇帝与死囚之间的互诚互信的感人故事，也许是世界上绝无仅有的奇迹。390名死囚信守承诺，从容赴死！而让这一奇迹发生的，只是信任，此事堪称千古诚信典范！诚信与契约精神，也曾是古老华夏文明所信奉的，铸就了一代盛世"贞观之治"。可惜，时至今日，这些良性因子在我们的社会中慢慢流失，需要我们用更大的努力去修复。

▷ **延伸思考**

在当代相当多的中国人心目中，唐朝是中国历史上一个令人向往的朝代。这不仅仅缘于唐朝疆域广阔，国家繁荣昌盛，还缘于历史记载中为很多人熟知的唐朝人的精神风貌——富足、安定、开放和大度。国家的繁荣昌盛和人民的开放大度与这个国家的规章制度息息相关。唐朝的法律多继承隋朝，隋文帝时废除惨刑，减轻流徙年限，化死为生，《唐律》多有承袭。《唐律》追求法务宽简、宽仁慎刑的原则，当然这与统治者的思想有关，唐太宗李世民认为："国家法令，惟须简约，不可一罪作数种条。格式既多，官人不能尽记，更生奸诈。"所以，《唐律》被后世认为"不严不厉，疏而不漏，属良法之治"。

故事 26　晋文公退避三舍

故事内容①

【原文】　重耳去之楚，楚成王以适诸侯礼待之，重耳谢不敢当，赵衰曰："子亡在外十餘年，小国轻子，况大国乎？今楚大国而固遇子，子其毋让，此天开子也。"遂以客礼见之。成王厚遇重耳，重耳甚卑。成王曰："子即反国，何以报寡人？"重耳曰："羽毛齿角玉帛，君王所餘，未知所以报。"王曰："虽然，何以报不穀？"重耳曰："即不得已，与君王以兵车会平原广泽，请辟王三舍。"

……

五年三月，楚围宋，宋复告急晋。文公欲救则攻楚，为楚尝有德，不欲伐也；欲释宋，宋又尝有德于晋：患之。先轸曰："执曹伯，分曹、卫地以与宋，楚急曹、卫，其势宜释宋。"于是文公从之，而楚成王乃引兵归。子玉请曰："非敢必有功，愿以间执谗慝之口也。"楚王怒，少与之兵。於是子玉使宛春告晋："请复卫侯而封曹，臣亦释宋。"晋侯乃囚宛春於卫，且私许复曹、卫。曹、卫告绝於楚。楚得臣怒，击晋师，晋师退。军吏曰："为何退？"文公曰："昔在楚，约退三舍，可倍乎！"楚师欲去，得臣不肯。己巳，与楚兵合战，楚兵败，得臣收餘兵去。

【译文】　晋文公重耳流亡时来到楚国，楚成王用对待诸侯的礼节招待他，重耳辞谢不敢接受。赵衰说："你在外逃亡已达十余年之久，小国都轻视你，何况大国呢？今天，楚是大国，坚持厚待你，你不要辞让，这是上天在让你兴起。"重耳于是按诸侯的礼节会见了楚成王。成王很好地接待了重耳，重耳十分谦恭。成王说："您将来回国后，用什么来报答我？"重耳说："珍禽异兽、珠玉绸绢，君王都富足有余，不知道用什么礼物报答。"成王说："虽然如此，到底应该用些什么来报答我呢？"重耳说："假使不得已，万一在平原、湖沼地带与您兵戎相遇，为您后退九十里。"

公元前632年的三月，楚国包围宋国，宋国又向晋国求援。文

---

① 司马迁撰，韩兆琦主译：《史记》，中华书局，2008年版，第826～837页。

公想救援宋国就应攻打楚国,因为楚国曾对文公有恩,文公便不想攻打楚国;想放弃对宋国的救援,可宋国又曾经对晋国有恩,文公为此举棋不定。先轸劝说:"抓住曹伯,把曹、卫的土地分给宋国,楚国为此肯定着急,那楚国势必要放弃宋国了。"于是文公听取了先轸的意见,楚成王真的率军离开了宋国。楚国大将子玉请兵说:"不敢说一定建功立业,只求堵塞中伤诽谤的言论。"楚王很生气,只给了他很少的军队。于是子玉让宛春告诉晋国:"请求恢复卫侯地位,保存曹国,我也放弃宋国。"晋侯就把宛春囚禁在卫国,并私下答应恢复曹国、卫国。曹、卫两国派使者通知与楚国断交。楚将得臣很生气,攻打晋军,晋军后退90里地,军官问道:"为什么退兵?"文公说:"过去在楚国时已立约说交战时退避三舍,可以违约吗?"楚军也想撤退,得臣不同意。己巳日,他们与楚军交战,楚军失败,得臣带着残兵败将逃走。

▷ **故事解读**

重耳是晋国的国君晋文公,年轻时被迫流亡在外19年,即位以后整顿内政、发展生产,任用狐偃、先轸、赵衰、贾佗、魏犨等人实行通商宽农、明贤良、赏功劳等政策,把晋国治理得渐渐强盛起来。对外联合秦国和齐国伐曹攻卫、救宋服郑,平定周室子带之乱,受到周天子赏赐。公元前632年于城濮大败楚军,并召集齐、宋等国于践土会盟,成为春秋五霸中第二位霸主,开创了晋国长达百年的霸业。

这则故事讲的是晋文公重耳在流亡楚国期间对楚成王的承诺。重耳先后流亡过多个诸侯国,很多小国都轻视他、怠慢他,但是楚国却用对待诸侯的礼节招待他。重耳提出如果两国在战场上相遇,以后退90里作为回报,当时他可能没有意识到退避三舍对于一场战役、一个国家意味着什么,也无法真正预知以后的事情。后来他真正即位成为一国之君,并且怀有称霸中原的志向,这样一个战争的机会,可能是他实现称霸中原的最佳契机,即便是如此,他仍然没有忘记对楚国的承诺,在国家利益与履行承诺之间选择了践行承诺、退兵90里。

晋文公"退避三舍"的故事反映了晋文公的重情重义和信守诺言,他不忘年轻时流亡期间的承诺,在战争的关键时刻信守承诺,这本身就非常难能可贵,体现了他霸主的胸怀和气魄。而相反,楚国将晋国的退让认为是胆小逃跑,楚国的自大自负和步步紧逼使晋文公既兑现了承诺,又有了战争的理由和底气,最终取得了战争的胜利。

▷ **公民采访**

采访者：您有听说过晋文公"退避三舍"的故事吗？

受访者（陈姓机关工作人员，采访地点：徐州市中心）：晋文公是春秋五霸之一，我对"退避三舍"这个成语还是非常熟悉的，讲的是晋文公为了报答楚国的恩情，承诺楚王如果在战场相见，愿意后退90里。他说到做到，在战场上面对楚国时主动退让了90里。

采访者：您如何评价晋文公"退避三舍"的承诺？

受访者：我对晋文公的诚意和勇气非常赞同，他提出在两国交战时退避三舍，是需要很大诚意的，这意味着不战而败、直接认输，这对晋国而言可能丧失了一个大好的战机，但即便如此，晋文公也立下了这个诺言并且履行了自己的承诺。同时晋文公仁义和果断并存，有霸主的气质，晋文公履行自己承诺的时候非常仁义，但当楚国的将领穷追不舍、咄咄相逼的时候，晋文公又不错失战机、毫不手软，打败了敌人，所以说晋文公还是非常果断、有谋略的。

▷ **专家点评**

这是一则讲述春秋时期晋文公退避三舍、礼让对手的故事。古往今来，"让"是中华民族的传统美德，也造就了中华民族含蓄、内敛的性格。晋文公遵守了之前的诺言，不忘对楚国人的承诺而退避三舍。军事上有"先下手为强，后动手遭殃"之说，但晋文公的"礼让"显示出了诚信品质和霸主气概。

▷ **延伸思考**

"退避三舍"本来是指晋文公为兑现承诺而退兵90里，延伸到国家之间的交往层面，就是有的时候为避免冲突可以采取暂时的退让和回避策略，这样可能更有利于解决问题：一是坚持了自己和平外交的原则和承诺，有利于树立良好的国际形象；二是可以韬光养晦、以退为进，在暂时的退让中寻找更好的进攻时机和策略。

故事27　蔺相如完璧归赵

故事内容①

【原文】　赵惠文王时，得楚和氏璧。秦昭王闻之，使人遗赵王书，愿以十五城请易璧……

　　于是王召见，问蔺相如曰："秦王以十五城请易寡人之璧，可予不？"相如曰："秦强而赵弱，不可不许。"王曰："取吾璧，不予我城，奈何？"相如曰："秦以城求璧而赵不许，曲在赵。赵予璧而秦不予赵城，曲在秦。均之二策，宁许以负秦曲。"王曰："谁可使者？"相如曰："王必无人，臣原奉璧往使。城入赵而璧留秦；城不入，臣请完璧归赵。"赵王于是遂遣相如奉璧西入秦。

　　秦王坐章台见相如，相如奉璧奏秦王。秦王大喜，传以示美人及左右，左右皆呼万岁。相如视秦王无以偿赵城，乃前曰："璧有瑕，请指示王。"王授璧，相如因持璧却立，倚柱，怒发上冲冠，谓秦王曰："今臣至，大王见臣列观，礼节甚倨；得璧，传之美人，以戏弄臣。臣观大王无以偿赵王城邑，故臣复取璧。大王必欲急臣，臣头今与璧俱碎于柱矣！"相如持其璧睨柱，欲以击柱。秦王恐其破璧，乃辞谢，固请，召有司案图，指从此以往十五都予赵。相如度秦王特以诈详为予赵城，实不可得，乃谓秦王曰："和氏璧，天下所共传宝也，赵王恐，不敢不献。赵王送璧时，斋戒五日，今大王亦宜斋戒五日，设九宾于廷，臣乃敢上璧。"秦王度之，终不可强夺，遂许斋戒五日，舍相如广成传。相如度秦王虽斋，决负约不偿城，乃使其从者衣褐，怀其璧，从径道亡，归璧于赵。

【译文】　赵惠文王时，得到了楚国的和氏璧。秦昭王听说了这件事，就派人给赵王送了一封书信，表示愿意用十五座城交换这块宝玉。于是赵王召见问蔺相如，说："秦王用十五座城请求交换我的和氏璧，能不能给他？"相如说："秦国强，赵国弱，不能不答应它。"赵王说："得了我的宝璧，不给我城邑，怎么办？"相如说："秦国请求用城换璧，赵国如不答应，赵国理亏；赵国

---

① 司马迁撰，韩兆琦主译：《史记》，中华书局，2008年版，第1632～1637页。

给了璧而秦国不给赵国城邑,秦国理亏。衡量一下两种对策,宁可答应它,让秦国来承担理亏的责任。"赵王说:"可以派谁为使臣?"相如说:"大王如果确实无人可派,臣愿捧护宝璧前往出使。城邑归属赵国了,就把宝璧留给秦国;城邑不能归赵国,我一定把和氏璧完好地带回赵国。"赵王于是就派遣蔺相如带好和氏璧,西行入秦。

秦王坐在章台上接见蔺相如,相如捧着和氏璧献给秦王。秦王大喜,把宝璧给妻妾和左右侍从传看,左右都高呼万岁。相如看出秦王没有用城邑给赵国抵偿的意思,便走上前去说:"璧上有个小瑕疵,让我指给大王看。"秦王把璧交给他,相如于是手持璧玉退后几步站定,身体靠在柱子上,怒发冲冠,对秦王说:"如今我来到贵国,大王却在一般的台观接见我,礼节也非常傲慢;得到宝璧后,传给姬妾们观看,这样来戏弄我。我观察大王没有给赵王十五城的诚意,所以我收回宝璧。大王如果一定要逼我,我的头今天就同宝璧一起在柱子上撞碎!"相如手持宝璧,斜视庭柱,就要向庭柱上撞去。秦王怕他真把宝璧撞碎,便向他道歉,坚决请求他不要如此,并召来主管的官员查看地图,指明从某地到某地的十五座城邑交割给赵国。相如估计秦王不过用欺诈手段假装给赵国城邑,实际上赵国是不可能得到的,于是就对秦王说:"和氏璧是天下公认的宝物,赵王惧怕贵国,不敢不奉献出来。赵王送璧之前,斋戒了5天,如今大王也应斋戒5天,在殿堂上安排九宾大典,我才敢献上宝璧。"秦王估量此事,毕竟不可强力夺取,于是就答应斋戒5天。相如估计秦王虽然答应斋戒,但必定背约不给城邑,便派他的随从穿上粗麻布衣服,怀中藏好宝璧,从小路逃出,把宝璧送回赵国。

▷ **故事解读**

时势造英雄,在战国时代,出现了一批批英雄豪杰、文人志士,在纷繁变化的环境中各显其才,蔺相如也是那个年代被人敬仰的人物之一。蔺相如是战国时期著名的政治家、外交家,他先为赵国宦官头目缪贤的家臣,后来官至上卿(上大夫)。在担任赵国上卿时,为赵国立下了汗马功劳,在强秦意图兼并六国、斗争逐渐尖锐的时候,屡屡让秦国的图谋受挫。

蔺相如在出使秦国之前只是宦者令缪贤的门客,完璧归赵后,蔺相如成为赵国的上大夫,是他的有勇有谋、讲信讲义使他实现完璧归赵和做到上大夫的。在这则故事中,从蔺相如对秦国想用城换璧这件事的分析,就可以看出蔺相如的深远谋略。到了秦国后,蔺相如非常谨慎小心,他从秦王的表现判断出秦王并无意给赵国城邑,通过自己的足智多谋与秦王周旋,最后让随从藏好宝璧从小路把宝璧送到赵国,兑现了对赵王的承诺。

蔺相如从一开始承诺到最后把宝璧送回赵国,兑现承诺,他在秦国与秦王斗智斗勇,都始终是把和氏璧的完好和兑现对赵王的承诺放在第一位,在秦国他用和宝璧共存亡来威胁秦王,并差人将宝璧送回赵国,自己只身一人留在秦国,至于秦王会把他怎么样,他一点也没有考虑,用智慧和勇气确保了完璧归赵,置自己的安危于不顾。当然,最后蔺相如通过自己的聪明才智安全回到赵国,得到赵王的赏识,做到了上大夫。蔺相如胆略过人、有勇有谋、不畏强暴,留下了流芳千古的"完璧归赵"的故事。

▷ **公民采访**

采访者:您了解蔺相如"完璧归赵"这个故事吗?

受访者(宋先生,采访地点:松江新城区):蔺相如"完璧归赵"的故事我有学过,这个故事家喻户晓,对于其中的故事情节我还有很深的印象,特别是蔺相如为了兑现把和氏璧完好送回赵国的承诺,与秦王斗智斗勇,甚至不惜牺牲自己的生命,这一壮举不是一般人能够做到的。

采访者:您觉得蔺相如"完璧归赵"的故事对我们有什么启示吗?

受访者:这个故事告诉我们:第一,承诺不是儿戏,一旦立下承诺就要努力去兑现它。特别是作为代表国家利益的公职人员,有的时候承诺就意味着责任和使命,为了这份责任和使命要敢于牺牲自己的生命。第二,为了实现承诺还是要讲究方式方法,也就是既要有勇也要有谋,蔺相如正是靠他的有勇有谋才确保了和氏璧的完好归赵,否则承诺也是一纸空谈、无法兑现的。

▷ **专家点评**

这是一则讲述战国时期赵国蔺相如"完璧归赵"的故事。蔺相如怀揣对赵王的承诺,奉命只身出使强大的秦国,敢与秦王斗智斗勇,舍身护玉,最终完璧归赵,不辱使命。他捍卫的不仅是宝玉,不仅是自己的人格尊严和赵国的国家利益,更是当初对赵王的千金诺言。"完璧归赵"造就了蔺相如在一代又一代知识分子心目中的崇高地位。

▷ **延伸思考**

"完璧归赵"的故事证明了蔺相如信守了对赵王的承诺,同时也告诉我们有时在国家交往中作为外交使臣完成使命就是要信守承诺,有的时候为了完成使命还要不惜牺牲一切,哪怕是自己的生命。同时要讲究方法策略,要有勇有谋、有理有节,只有如此才能有效完成使命,捍卫国家主权和利益。

故事 28　苏武牧羊守旄节

故事内容[①]

【原文】 武与副中郎将张胜及假吏常惠等，募士、斥候百余人俱。既至匈奴，置币遗单于。单于益骄，非汉所望也。

……

虞常等七十余人欲发，其一人夜亡告之。单于子弟发兵与战，缑王等皆死，虞常生得。

单于使卫律治其事。张胜闻之，恐前语发，以状语武。武曰："事如此，此必及我。见犯乃死，重负国！"欲自杀，胜、惠共止之……

单于使卫律召武受辞，武谓惠等："屈节辱命，虽生，何面目以归汉！"引佩刀自刺……单于壮其节，朝夕遣人候问武，而收系张胜。

武益愈，单于使使晓武，会论虞常，欲因此时降武……武骂律曰："汝为人臣子，不顾恩义，畔主背亲，为降虏于蛮夷，何以汝为见！且单于信汝，使决人死生；不平心持正，反欲斗两主，观祸败……若知我不降明，欲令两国相攻。匈奴之祸，从我始矣！"律知武终不可胁，白单于。单于愈益欲降之，乃幽武，置大窖中，绝不饮食。天雨雪，武卧，啮雪与旃毛并咽之，数日不死。匈奴以为神，乃徙武北海上无人处，使牧羝，羝乳，乃得归。别其官属常惠等，各置他所。

武既至海上，廪食不至，掘野鼠去草实而食之。杖汉节牧羊，卧起操持，节旄尽落……单于使陵至海上，为武置酒设乐……武曰："武父子亡功德，皆为陛下所成就，位列将，爵通侯，兄弟亲近，常愿肝脑涂地。今得杀身自效，虽蒙斧钺汤镬，诚甘乐之。臣事君，犹子事父也；子为父死，亡所恨。愿勿复再言！"……后陵复至北海上，语武："区脱捕得云中生口，言太守以下吏民皆白服，曰上崩。"武闻之，南向号哭，欧血，旦夕临。

武以始元六年春至京师。……武留匈奴凡十九岁，始以强壮出，及还，须发尽白。

[①] 选自班固：《汉书》，上海古籍出版社，2003 年版，第 1729～1735 页。

故事28 苏武牧羊守旌节

【译文】 苏武同副中郎将张胜以及临时委派的使臣属官常惠等,加上招募来的士卒、侦察人员百余人一同前往匈奴。到了匈奴那里,摆列财物赠给单于。单于越发傲慢,不是汉朝所期望的那样。……

虞常等七十余人将要起事,其中一人夜晚逃走,把他们的计划报告了阏氏及其子弟。单于子弟发兵与他们交战,缑王等都战死,虞常被活捉。

单于派卫律审处这一案件。张胜听到这个消息,担心他和虞常私下所说的那些话被揭发,便把事情经过告诉了苏武。苏武说:"事情到了如此地步,这样一定会牵连我。受到侮辱才去死,更对不起国家!"因此想自杀,张胜、常惠一起制止了他。

单于派卫律召唤苏武来受审讯。苏武对常惠说:"丧失气节、辱没了使命,即使活着,还有什么脸面回到汉廷去呢!"说着拔出佩带的刀自刎……单于钦佩苏武的节操,早晚派人探望、询问苏武,而把张胜逮捕监禁起来。

苏武的伤势逐渐好了,单于派使者通知苏武,一起来审处虞常,想借这个机会使苏武投降。苏武痛骂卫律说:"你做人家的臣下和儿子,不顾及恩德义理,背叛皇上、抛弃亲人,在异族那里做投降的奴隶,我为什么要见你!况且单于信任你,让你决定别人的死活,而你却居心不平,不主持公道,反而想要使汉皇帝和匈奴单于两主相斗,旁观两国的灾祸和损失!你明知道我决不会投降,想要使汉和匈奴互相攻打。匈奴灭亡的灾祸,将从我开始了!"卫律知道苏武终究不肯胁迫投降,报告了单于。单于越发想要使他投降,就把苏武囚禁起来,放在大地窖里面,不给他喝的吃的。天下雪,苏武卧着嚼雪,同毡毛一起吞下充饥,几日不死。匈奴认为这很神奇,就把苏武迁移到北海边没有人的地方,让他放牧公羊,说等到公羊生了小羊才得归汉。同时把他的部下及其随从人员常惠等分别安置到别的地方。

苏武被迁移到北海后,粮食运不到,只能掘取野鼠所储藏的野生果实来吃。他挂着汉廷的符节牧羊,睡觉、起来都拿着,以致系在节上的牦牛尾毛全部脱尽……过了许多年后,单于派李陵到北海设下宴席,劝苏武投降……苏武说:"我苏武父子

> 无功劳和恩德，都是皇帝栽培提拔起来的，官职升到列将，爵位封为通侯，兄弟三人都是皇帝的亲近之臣，常常愿意为朝廷牺牲一切。现在得到牺牲自己以效忠国家的机会，即使受到斧钺和汤镬这样的极刑，我也心甘情愿。大臣效忠君王，就像儿子效忠父亲，儿子为父亲而死，没有什么遗憾，希望你不要再说了！"后来李陵又到北海，对苏武说："边界上抓住了云中郡的一个俘虏，说太守以下的官吏百姓都穿白的丧服，说是皇上死了。"苏武听到这个消息，面向南放声大哭，吐血，每天早晚哭吊达几月之久。
>
> 苏武于汉昭帝始元六年（公元前81年）春回到长安……苏武被扣在匈奴共19年，当初壮年出使，等到回来，胡须头发全都白了。

▷ **故事解读**

苏武是西汉的大臣，在汉武帝时为郎。天汉元年（公元前100年）奉汉武帝之命以中郎将身份持节出使匈奴，被扣留。直到始元六年（公元前81年），才被释放回到汉朝。苏武去世后，汉宣帝将其列为麒麟阁十一功臣之一，以彰显其节操。贯穿苏武牧羊这个故事的始终的是苏武忠贞的品格、顽强的意志和不屈的气节。

对国家的忠诚就是最大的诚信，这在苏武身上体现得淋漓尽致。苏武作为汉朝的使节出使到匈奴，当得知他的属下参与匈奴的叛乱事件，他首先想到的是自己的汉使身份，不能引起汉、匈两国不必要的误会和纷争，他甚至愿意以性命来平息祸端，可见他是把边界的和平、国家的利益放在第一位。面对匈奴的各种名利诱惑和好友相劝，他都不为所动，誓死不投降。后来当他得知武帝驾崩了，他大哭到吐血，每天早晚哭吊达几月之久，可见其对汉武帝、对国家的忠诚，他宁可牺牲自己的生命也要效忠于自己的国家。

在苏武身上体现出来的还有他顽强的毅力和不屈的气节，在异国他乡19年，而且是那样艰苦恶劣的条件，试问有几个人能够忍受和坚持下来，但苏武却是始终忠贞如一、宁死不屈。在北海手持汉朝符节，以牧羊为生，以致符节上的牦牛尾毛全部脱尽。苏武为了祖国，为了人民，付出了自己的一切，他的英雄气节谱写了一首"人生自古谁无死，留取丹心照汗青"的正气歌。苏武不辱使命而闻名于世，而"苏武牧羊"的故事也千古流传，并为后人仿效。

▷ **公民采访**

采访者：您知道"苏武牧羊"的故事吗？

受访者（姜女士，采访地点：松江大学城）："苏武牧羊"是个历史故事，也可以说是一个脍炙人口的爱国故事。我很小就知道苏武牧羊、誓死不降，非常敬佩苏武的这种骨气。无法想象他在那么艰苦的环境下，面对名利诱惑和好友相劝，一心只有国家和忠义，誓不投降，并且在异国他乡度过了艰苦的长达19年的岁月，这不是常人可以忍受的煎熬，他的这种爱国之心和不屈气节真的是可歌可泣。

采访者："苏武牧羊"的故事给您最大的感受是什么？

受访者：如果每个人都能有苏武这种骨气，历史上就不会出现这么多汉奸和卖国贼。从苏武的故事中我们也要深刻地认识到，作为一个当代人，我们更要誓死维护我们的国家，把国家利益看得高于一切，为了国家要活出我们的尊严和骨气。

▷ **专家点评**

"苏武牧羊"的故事已流传两千余年，却仍有强大的感召力，这说明有些价值观贯穿古今。苏武最动人之处就是忠诚。古人主要赞美其忠君，今天则应理解为忠于国家、忠于职守。这份忠诚不仅感动了许多人，就连其异族对手单于也"壮其节，朝夕遣人候问武"，敬佩其人格魅力。

▷ **延伸思考**

苏武，一个爱国人物，一个民族的脊梁。作为一个具有爱国情怀的人，不论身处何种境地都不能忘记我们的国家，宁死也要对我们的国家忠诚，这是最大的诚信。只有我们每一个人都有强烈的忠诚之心和不屈的爱国之魂，我们的国家才会有强大的凝聚力，我们才会有前进的动力和屹立于世界民族之林的信心和勇气。

故事 29　郭元振讲信抚边陲

故事内容①

【原文】 神龙中，迁左骁卫将军，兼检校安西大都护。时西突厥首领乌质勒部落强盛，款塞通和，元振就其牙帐计会军事。时天大雪，元振立于帐前，与乌质勒言议。须臾，雪深风冻，元振未尝移足，乌质勒年老，不胜寒苦，会罢而死。其子娑葛以元振故杀其父，谋勒兵攻之。副使御史中丞解琬知其谋，劝元振夜遁，元振曰："吾以诚信待人，何所疑惧，且深在寇庭，遁将安适？"乃安卧帐中。明日，亲入房帐，哭之甚哀，行吊赠之礼。娑葛乃感其义，复与元振通好，因遣使进马五千匹及方物。制以元振为金山道行军大总管。

【译文】 神龙二年（706年），郭元振升任左骁卫将军、兼任安西大都护。当时，突厥首领乌质勒部落强盛，表示愿意与唐朝通和，郭元振便到突厥牙帐商议军事事宜。当时，天降大雪，郭元振立于帐外，与乌质勒会谈。大雪愈积愈厚，郭元振足不移地，而乌质勒因年老体弱，不耐严寒，会谈结束后竟被冻死。乌质勒的儿子娑葛认为是郭元振设计害死父亲，打算率兵袭击唐军。副使御史中丞解琬闻讯，劝郭元振连夜逃走。郭元振道："我以诚心对待他们，又有什么可以怀疑和害怕的呢！再说我们都在他们的势力范围之内，就算是想逃走，又能逃到哪里去呢？"并从容不迫地在帐中安卧。次日郭元振走进帐中，吊唁赠礼，哭得非常悲伤，并留下帮助料理丧事。娑葛被郭元振的诚意所打动，向唐朝派去使者，进献良马五千、骆驼二百、牛羊十余万。不久，朝廷任命郭元振为金山道行军大总管。

▷ 故事解读

郭元振是唐朝名将，担任过宰相，18岁考中进士，担任通泉县尉，后来得到武

---

① 刘昫等：《旧唐书》，中华书局，1975年版，第3044～3045页。

则天的赞赏,被任命为右武卫铠曹参军。在担任凉州都督期间,加强边防,拓展疆域,大兴屯田,使凉州地区得以安定、发展,他擅长安抚、统治百姓,深受当地各族百姓的敬仰,又兼任安西大都护。

这个故事发生在郭元振担任安西大都护期间。郭元振守边多年,虽无显赫武功,但却能"克致隆平""安远定边",这个故事充分说明了郭元振以诚信对待边疆少数民族、在处理边疆民族关系上的过人之处。突厥愿意归顺唐朝,好事一桩,本来理应突厥首领去觐见唐朝皇帝,但郭元振为了表示诚意,来到突厥与其首领议事。大雪天在帐外议事,不想结束后突厥首领却被冻死。突厥首领的儿子误以为是他们故意设计为之,想率兵袭击他们,郭元振不但不逃,还亲自去吊唁老首领,最后化干戈为玉帛,得到突厥发自内心的臣服。

历史上汉族与周边少数民族的战争绵延不绝,但郭元振可以说是能不战而屈突厥、吐蕃之兵。郭元振的行为本意上是为了维护唐朝的稳固,在这个过程中他用自己的诚信和诚心很好地处理了与其他少数民族的关系,对于保持边疆稳定、维护国家统一,具有重要作用。因此,在处理国家关系和民族关系的过程中,除了战争,用诚信赢得人心,可能是更加有效长久的方式。

▷ 公民采访

采访者:请问您对郭元振的其人其事了解多少?

受访者(王姓男大学生,采访地点:松江大学城):可能很多人不知道郭元振,不过我对隋唐史感兴趣,所以读过关于他的资料。他是武则天时期的著名将领,守边多年,但很少出兵作战,所以也没有显赫的战功。不过他最突出的特点是善于经营与安抚,他能以诚信对待边疆少数民族,因而深得他们的爱戴,所以能使唐朝与边疆各族相安自守。唐朝与周边少数民族安定相处,与郭元振很好地处理了与少数民族的关系是分不开的。

采访者:您如何看待郭元振对突厥讲诚信的做法?

受访者:郭元振在处理与边疆少数民族关系中,不是以武制敌,而是以心交心,用诚心来换取对方的信任,特别是在面对对方误解的时候,更是临危不惧,用诚意化解对方的误解,这需要很大的诚心和相当的胆识。在当下国家之间的交往过程中也会面临很多国家的挑衅和不信任,中间也可能存在很多的误解,需要增加沟通和交流。只要用诚心去对待,很多问题都是可以化解的。

▷ 专家点评

不同民族间的交往是关乎国泰民安的大事,更是影响世界和平的大事。民族与民族之间,要跨越历史、文化、信仰、利益等羁绊,需要人类的智慧有长足进步。仅有利益关联,而缺乏价值的彼此认同,绝非民族间长治久安之策。真诚是各民族普遍认同的共同价值,是沟通彼此的基础。

▷ 延伸思考

郭元振的这则故事告诉我们,在外交过程中,武力不是解决问题的最好方法。面对有些国家的无端挑衅,我们需要更多的忍耐和包容。只有相互信任和以诚相待,才能真正赢得人心,才能真正使两国邦交更加长远。

故事 30　季札守信赠送佩剑

故事内容①

【原文】 季札之初使，北过徐君。徐君好季札剑，口弗敢言。季札心知之，为使上国，未献。还至徐，徐君已死。于是乃解其宝剑，系之徐君家树而去。从者曰："徐君已死，尚谁予乎？"季子曰："不然。始吾心已许之，岂以死倍吾心哉！"

【译文】 季札刚出使时，北行造访徐国国君。徐国国君喜欢季札的宝剑，但嘴上没说，季札心里也明白徐国国君之意，但因还要到中原各国去出使，所以没献宝剑给徐国国君。出使回来又经过徐国时，徐国国君已死，季札解下宝剑，挂在徐国国君墓前的树上才离开。随从人员说："徐国国君已死，那宝剑还给谁呀！"季子说："不对，当初我内心已答应了他，怎能因为徐国国君之死我就违背我自己的心愿呢！"

▷ **故事解读**

　　季札是春秋时期吴王梦寿的第四个儿子，由于季札贤能，梦寿生前曾想让他继位，但季札避让不答应，说前贤的殷鉴历历在心，国君的尊位，哪里是我季札所希求的呢？虽然我无德，但祈求追比贤圣，则是念念在心啊。于是吴王让长子诸樊继位，从这里就可以看出季札谦恭无争的美德，他是一位能"守节"的盛德之人。

　　同时季札也是一位非常杰出的外交家。这个故事发生在季札的二哥于祭继位期间，他出使从吴地向北经过徐国时，拜访了徐国国君。季札看出徐国国君对他的宝剑非常喜欢，但是因为还没有完成出使的任务，所以他在心里答应给他了。当季札出使回来又到徐国的时候，徐国国君已经死了，他仍然把剑挂到了徐国国君坟墓的树上，并对随从说："当初我心里已经答应把剑送给他（徐国国君），如今他死了，就不再把宝剑敬献给他，这是欺骗我自己的良心。"

　　该故事反映了季札是一个非常信守承诺的人，哪怕这个承诺只是他心中所想、没有人知道，也会去兑现它，这种品质和境界是何等的高尚，此事也成为千古美谈。唐代大诗人杜甫即有诗句云"把剑觅徐君"，所用的就是《史记》所记的典故，来表明他自身跟宰相房琯生死不二的友情。

---

① 司马迁撰，韩兆琦主译：《史记》，中华书局，2008 年版，第 662～663 页。

▷ **公民采访**

采访者：请问您了解历史上的季札吗？

受访者（姚姓男青年，采访地点：松江大学城）：我是常州人，很有幸，季札是常州的人文始祖，被公认为"延陵第一人"，所以我对他有一定的了解。记得中学里有学过关于他的文章，老师说季札很有名，太史公司马迁也曾高度评价过他，说他有仁心。季札赠送佩剑的故事脍炙人口，我对季札能够信守他内心的承诺、仍把宝剑赠送已故之人非常赞赏。

采访者：从季札的故事中我们可以得到什么启示？

受访者：我觉得兑现说出来的承诺都需要诚信和毅力，季札能够向死去的人兑现自己心中的承诺，是需要非常好的修养和对自我的严格要求的，一般人不会去兑现。季札的故事告诉我们一个自我修养高尚的人其境界是什么样的。就是不论别人怎么样，自己对自己始终有高的标准和要求，始终信守自己内心的准则。这需要用一辈子去践行。

▷ **专家点评**

道德修养的境界以"慎独"为高，然而独处时要遵守的还是公认的道德规范，季札遵守的却是无人知晓的内心承诺，怎能不令人感慨！当诚信从外在的规范内化为一个人的个性品质时，就不再是一种"遵守"或"选择"，而是自然而然的本性流露，独处时也不必再念念不忘那个"慎"字了。

▷ **延伸思考**

季札赠送佩剑的故事体现了季札作为外交使臣的高尚品德和人格魅力。外交使臣代表的是国家的形象和使命，在国家的交往中扮演着重要的角色，一个诚信待人、品德高尚的外交使臣，在国家交往中往往会更加赢得他国的信任，必然会对国家利益和国家名誉产生深远的影响。

故事 31　最美火炬手金晶

故事内容①

金晶,女,生于 1980 年 10 月 31 日,安徽肥西人,残疾人轮椅击剑运动员,2008 年北京奥运会火炬境外传递火炬手。因在 2008 年北京奥运会火炬传递途中抵制"藏独"分子的干扰,用残弱的身躯捍卫奥运精神而广为人知,被誉为"守护'祥云'的天使""最美最坚强的火炬手"。

法国当地时间 2008 年 4 月 7 日中午 12 点 30 分(北京时间 4 月 7 日下午 18 时 30 分),2008 年北京奥运会火炬接力在法国巴黎著名的埃菲尔铁塔开始环球传递第五站的传递活动,金晶是第三棒火炬手。在这一站,这个非常勇敢和可爱的女孩引起了在场所有媒体和中国人的关注。在传递途中极少数的"藏独"分子企图干扰北京奥运火炬的传递,他们试图从坐在轮椅上的金晶手里抢走火炬。金晶面对突如其来的冲击,毫不畏惧,紧紧护住火炬,同时脸上仍然流露出骄傲的神情。

在当天的奥运圣火巴黎站传递中,组委会先前通知她的传递时间是 12∶30～12∶40。由于当时传递的场面一直非常混乱,为了保护圣火的安全,火炬在一段时间内停止了传递。金晶依照组委会的安排等待与前一位火炬手交接,她"拿着没有点燃的祥云火炬足足 40 分钟,一直没法正常交接,因为场面的确难以控制"。

回忆当时的情况,金晶记忆犹新:"下车等待交接的时候,因为警力比较分散,就有'藏独'分子开始往火炬传递的队伍里面冲,总共有三拨人试图抢走火炬。最严重的那次,大概有三四个人同时过来抢。"

面对突如其来的冲击,金晶毫不畏惧,她用双手紧紧抱着火炬,同时脸上仍然流露出骄傲的神情。她用自己残弱的身躯捍卫着奥运精神,这个画面打动了在场的所有人。当问到

---

① 《金晶:坚持自己举火炬用微笑传递奥运》,节选自第 29 届奥林匹克运动会官方网站,2008 年 4 月 8 日,http://2008.sohu.com/20080408/n256169847.shtml。

> 她是否想到那些人可能会伤害到她时,这个坐在轮椅上的女孩的话再次让人震撼:"想从我手中抢走火炬,除非先从我尸体上爬过去。"
>
> "遇到了这样危险的事,我想很多女孩都会哭,而我绝对不哭。"在接受奥运官网记者采访时金晶说:"传递圣火的路上越是艰难,就越能体现传递的价值。而且圣火不能在我手中丢失,火炬也不能在我手中丢失。"被问及当时的坚定,金晶告诉记者:"我看到了在现场摇着国旗的留学生,也看到了为我抵挡和拉开破坏分子的工作人员,我听到了他们一直在喊着:姑娘加油!中国加油!除了拼命去保护我手中的奥运圣火,我还有其他选择吗?"

▷ **故事解读**

在奥运火炬传递的当天,极少数的"藏独"分子试图干扰北京奥运火炬的传递,把手伸向了坐在轮椅上的金晶,要从金晶手中抢走火炬。金晶面对这突如其来的冲击,毫不畏惧,用双手紧紧抱着火炬,同时脸上仍然流露出骄傲的神情。她在用她那残弱的身躯捍卫着奥运精神,这个画面打动了在场的所有人。

她用柔弱而又残弱的身体阻挡了"藏独"分子抢夺奥运圣火野蛮和粗鲁的行径,表现出极大的爱国热诚,誓死捍卫了祖国的荣誉。她不仅捍卫了奥林匹克精神,更捍卫了国家的尊严。这种对祖国忠诚的行为表现,即是把内心的信仰外化于行,她是坚守对信仰的诚信,爱国忠诚也是诚信的一种表现形式。

▷ **公民采访**

"姑娘,好样的!""好姑娘,今年感动中国人物,我将为你投票!""为你感动,为你流泪,为你骄傲,为你自豪!""她不是在用身体保护火炬,而是在用自己的生命!加油!金晶!2008奥运会最美的人!"……这些评论都是网友们对金晶的称赞,所有网友都被金晶的勇敢、坚强和她脸上天使般灿烂的微笑感染着。

正如一位来自广州的网友所说:"那张坐轮椅的女孩用身体保护火炬的照片,诠释了火炬传递的宗旨,也表达了中国人民热爱国家,支持奥运的信息。会让支持正义、理性的世界人民感动。"

"她的容貌是那样美丽,她的心灵是那样高尚。她用自己残弱的身躯捍卫着祖国的尊严,捍卫着奥运的尊严!真是人如其名:不怕火的真金,纯洁无瑕的水晶!"一位搜狐网友如是说。

▷ **专家点评**

这是一个当代爱国主义的典型故事,不仅感动了国人,也感动了全世界。故事讲述了残疾人轮椅击剑运动员金晶在 2008 年北京奥运会火炬传递途中抵制"藏独"分子的干扰,用残弱的身躯捍卫了奥运精神和祖国的荣誉。金晶勇敢坚强与灿烂笑容的绽放,定格成了一幅生动画卷。当代中国青年应当像金晶那样具有自觉的爱国意识和强烈的爱国情怀。这种意识和情怀集中体现为民族自尊心和自信心,体现为对本国政治共同体的认同和支持,祖国的利益高于一切。

▷ **延伸思考**

金晶用自己的身躯捍卫了圣火的尊严,捍卫了奥林匹克精神。作为新时期的大学生,要向金晶学习,同时我们要冷静地思考,理性地分析国际、国内形势,把爱国热情转化为报国之志与实际行动,遵从内心的坚定信仰。作为新时代的大学生,应接过金晶手中的火炬,用自己的实际行动,从我做起,从小事做起,从点滴做起,坚守对祖国、对人民的热爱,捍卫祖国的荣誉和尊严。

故事 32　中国工程院院士黎介寿入党记

故事内容[①]

黎介寿，南京大学医学院临床学院教授、中国工程院院士、南京军区南京总医院副院长、解放军普通外科研究所所长。2014年4月25日，黎介寿院士从南京军区司令员蔡英挺、政委郑卫平以及中国科学院领导手中接过小行星命名证书、照片和纪念铜匾，正式获得永久性小行星命名。

1979年3月1日，是黎介寿终生难以忘怀的日子。在递交了多次入党申请书后，56岁的他，终于迎来了一生中最重要的时刻，他光荣地站在了党旗下，举起拳头庄严宣誓。这一刻，他整整追求了30年！

黎介寿第一次写入党申请书是在1949年。亲历南京解放的他，看到打人、骂人、态度恶劣的国民党伤兵和解放军战士身着薄衣、以地为床，"为民不扰民"的行为，在鲜明对比中坚定了入党的念头。

为新中国出力，向党组织靠拢，成为黎介寿心中最迫切的愿望。1949年年底的一个冬夜，黎介寿一气呵成地写了第一份入党申请书。他在申请书中写道："我对新旧社会有着亲身体验与对比……新中国社会秩序之好，是我在旧社会想象不到的，这使我深信'只有共产党才能救中国'……"然而，由于黎介寿是中正医学院毕业的"资产阶级知识分子"，而且有"海外关系"，他的入党申请没有得到批准。黎介寿没有气馁，尔后经历的一件件共产党为民爱民的事迹，让他的内心一次次受到震撼和触动，他更加坚定了向党组织靠拢的决心。

由于出身问题，在那个年代，美好的愿望是难以实现的。1956年，在一次学习会上，他向组织表明了自己的愿望：希望成为一名"党外布尔什维克"。在当时，他因这句话受到了批判。有人认为他是资产阶级小知识分子，没有成为"党外布尔什维克"的资格。黎介寿认为，自己虽然不是党员，但是愿意走共产党的路，这并没有错。虽然组织上没有承认他是"党外

[①]《黎介寿历时30年56岁终于实现入党的夙愿》，中国广播网军事频道，2013年7月20日，http://mil.cnr.cn/kong/xgxw/201307/t20130720_513109072.html。

布尔什维克",但他始终按照党员的标准去要求自己。

改革开放后,国家落实知识分子政策,得知这一消息后,黎介寿兴奋不已。他向原军区后勤部政委陈德先提出了自己的想法。陈政委非常重视,将他的想法提交军区党委进行讨论,军区党委同意了黎介寿的请求。那天,黎介寿认真宣读了厚厚的入党申请书,在对党交代的问题上,也是一丝不苟,黎院士以端正的态度、认真的精神和出色的工作成绩,打动了在座的所有党员,最终获得全票通过。

黎介寿院士说:"我这一生有两个最正确的选择:一个是留在新中国,另一个是加入中国共产党。"从1949年冬,黎介寿向党组织递交第一份入党申请,到1979年56岁的黎介寿终于站在党旗下宣誓,他一共写了27份申请,追求了30年。

坚信真理、不改初衷,践行共产党人的使命和职责,这就是一名共产党员对党的"忠诚"。

▷ **故事解读**

党员干部对党"忠诚",是一个特别重要的现实问题。截至2015年年底,中央组织部最新党内统计数据显示,中国中共党员总数为8 875.8万名。

忠诚是一种气节和操守。医生要忠于"救死扶伤",老师要忠于"传道授业"……党员对党"忠诚"是什么?就是要忠诚于理想,一旦选择了自己的信仰,就矢志不渝。还要忠诚于组织,从在党旗下宣誓的那一天起,就要坚定"永不叛党"的决心。更要忠诚于党的事业,把自己全部的生命用到为党的事业奋斗中去,"生命不息,工作不止",焦裕禄、孔繁森、杨善洲以及案例中的黎介寿就是这样的人[1]。

黎介寿院士,一路走来,虽然历经风雨、坎坷与磨难,但他一心向党、信念坚定,一直在为成为一名真正的共产党员而不懈地努力,并在自己的岗位上作出了不平凡的事迹,他不仅在思想上入党,有着坚定的政治信念和信仰,对党忠诚,在行动中更是作出了表率和起到了模范带头作用。

▷ **公民采访**[2]

2013年8月7日,由中共中央宣传部、国家卫生和计划生育委员会、中国人民解放军总政治部、中国工程院联合举办的医学科研和医疗专家代表参加的学习黎介寿同志

---

[1] 完颜平:《什么是党员的"忠诚"》,《光明日报》,2013年8月7日。
[2] 王经国,潘正军:《医学科研和医疗专家代表畅谈黎介寿先进事迹》,新华网,2013年8月7日,http://news.xinhuanet.com/mil/2013-08/07/c_125132827.htm。

先进事迹座谈会在北京举行,与会的专家代表们结合工作实际畅谈了学习黎介寿先进事迹的心得体会。

"信仰的力量是伟大的。黎院士27次向党组织递交申请,30年甘愿做一名'党外布尔什维克',从未动摇过崇高的追求。他用实际行动生动诠释了共产党人的崇高信仰。"75岁的军事医学科学院某研究所一级研究员王德文说,"学习他,就是要学习他'跟党走就是跟着真理走、向着光明走'的坚定信念。"

中国工程院院士、原南京军区南京总医院副院长刘志红说:"黎院士的一生情系患者。因为他心中装着患者,所以他处处为患者着想;因为心中装着患者,所以他要迎难而上、攻坚克难;因为心中装着患者,所以他要培养一个高水平的科研医疗团队。他用实际行动告诉我们怎样做一个好医生!"

"黎院士与人合作共发表过600多篇学术文章,其中有500多篇署名排在后面。不少课题是他经过反复论证率先提出的,但在署名申报奖项时,他毫不犹豫地把后辈往前推。"中日友谊友好医院党委办公室、宣传办公室主任郭丽萍说,"这种为了事业的延续和发展甘当'绿叶'的精神,在我们这个时代尤其值得提倡和弘扬。"

"他用一心为民的满腔大爱诠释着党的根本宗旨,以爱党报国的赤子情怀践行着党员领导干部的铮铮誓言,他心中永远装着患者和群众,不愧为医生的楷模、专家的榜样。""门巴将军"、西藏军区副司令员兼西藏军区总医院院长李素芝说。

▷ **专家点评**

本故事的典型意义在于对"忠诚"两字作了生动形象的诠释,对当代大学生追求理想将会产生积极的影响。故事主要讲述了黎介寿院士30年矢志不渝,56岁终于实现入党夙愿的生动事迹,充分说明了坚定的政治信念和信仰是人生的最大动力,其教育意义在于告诉人们,一心向党,对党忠诚,是当代中国青年知识分子的正确选择和无悔的人生追求。运用该故事教育广大党员和入党积极分子,可收到"净化心灵"的效果,传递"信以立志"的人生态度。

▷ **延伸思考**

忠诚是一种内心的坚守,是理念、精神、意志的支撑,只有把"心的问题"解决了,人才能进入一种纯粹,"心要是坏了,什么办法都没用"。所以,共产党人要崇尚忠诚,将其内化为必备的品格和价值取向。在市场经济条件下,党员干部面对的诱惑太多,怎样才能做到"自身硬",在诱惑面前不动摇呢?没有忠诚,做不到,因为他律永远不能代替自律①,而自律就要求对党诚信、对他人诚信、对自己诚信。

作为当代的大学生们应如何以实际行动来诠释对党、对国家和对人民的一腔热诚呢?这个问题值得我们每一位大学生深思。

---

① 完颜平:《什么是党员的"忠诚"》,《光明日报》,2013年8月7日。

故事 33　用生命书写忠诚

故事内容①

毕世祥,男,藏族,1960年6月生,四川丹巴人,1982年7月参加工作,1984年8月加入中国共产党,西南民族大学政史系毕业,大学学历。先后在甘孜州直属党委、甘孜州直属团委、康定民族师范专科学校团委、康定县委宣传部、甘孜县委、甘孜州外贸局、甘孜州旅游局、甘孜州政府、甘孜州委宣传部等部门工作。生前任四川省甘孜州委常委、州委宣传部部长。

2013年12月16日上午9时50分,毕世祥等3人从康定前往新龙县开展群众工作,在翻越国道318线康定县境内海拔4 412米的高尔寺山时,因大雪导致道路结冰严重,发生事故,毕世祥同志因公殉职,另外两人受伤。

2013年12月19日下午,丹巴县城。万人空巷,人们自发排起长队,为毕世祥送行,队伍长足有10里。

毕世祥在担任甘孜州委宣传部部长不久后,就组织实施群众文艺下乡、3年覆盖全州乡村计划,让边远地区的农牧民能享受文化生活。在毕世祥办公室的墙上,贴着一幅甘孜州地图,上面标着所有乡镇,州文艺演出队到过哪个乡镇演出,他就在相应的地方涂上红点,他盼望有一天地图上能涂满红点。在毕世祥看来,文化发展要走"两端":一"端"是向下,到农牧民中去;另一"端"是走出去。他提出了"将藏民族文化融入国家文化走出去"战略。2013年春节期间,受文化部委派,甘孜州民族歌舞团赴斯洛文尼亚、保加利亚举办"欢乐春节"演出,展示了藏族人民饱满的精神状态和幸福安康的生活。

从2008年4月至6月,仅仅2个月的时间,他就跑遍了全州18个县,进行调研和指导工作。甘孜州面积15.3万平方千米,和山东省陆地面积差不多,州内各县之间距离远,交通不便,许多自然村还没通公路。

毕世祥信守"要把所有的爱毫无保留地奉献给养育自己

---

① 李亚彬,李晓东:《"群众把他抬举得很高,很高"——追记四川省甘孜州委常委、宣传部长毕世祥》,《光明日报》,2013年12月31日。

的党和人民"的诺言,在藏区工作30多年,坚决捍卫民族团结,与分裂势力进行针锋相对的斗争。2010年"4·14"玉树地震后,他冒着余震、滑坡的危险,迅速赶赴甘孜州受灾地区开展抗震救灾,1年17次深入灾区指导重建。他曾两次因公遭遇车祸并留下后遗症,仍不顾山高路险,奔走在牧区草甸,遇到不通公路的地方就骑马甚至步行前往,被群众称为"马背上的局长"。他经常入户走访,同群众结对认亲,拿出工资接济困难群众,殉职时衣兜里还装着为孤儿买新衣的记事便条。

▷ **故事解读**

毕世祥信念坚定、忠诚爱国的崇高品质,坚忍奋进、求实重行的敬业精神,公而忘私、真情为民的公仆情怀,一身正气、两袖清风的高尚情操,正是焦裕禄精神在新时代的传承和发扬。他将焦裕禄精神内化于心,外化于行,躬身践行,在党员干部中树立起了又一丰碑,扛起了焦裕禄式干部的精神旗帜。

毕世祥身上的崇高品质、敬业精神、公仆情怀和高尚情操,值得全体党员干部学习。党员干部应像毕世祥一样走出办公大楼,走出机关大院,深入基层,走村入户,倾听群众心声,关心百姓疾苦,奉献社会,奉献基层,造福群众,增进党群、干群关系,做一名群众爱戴的好干部;像他一样自觉加强党性修养,始终坚守共产党人的精神追求,保持对党和人民忠诚的政治品质,坚决反对形式主义、官僚主义、享乐主义和奢靡之风,做一名对组织负责,对人民群众负责的优秀党员[①]。

▷ **公民采访**

在群众眼里,他是"穿着很普通,人也很和气,没有一点官架子"的好领导;在干部眼里,他是"用自己的生命升华了党性和信仰,把毕生精力都献给了党和人民,把善的种子播撒在康巴大地,把爱的光芒辉映给基层群众"的好干部;在网友眼里,他是"务实、忘我、大爱、守望"超凡脱俗的兰辉式好干部[②]。远在白玉县白玉河坡村的根秋绒布、罗陆两家人为毕世祥煨桑祈愿。毕世祥是他们的"干部亲戚"。"他比亲人还亲啊,"根秋绒布说:"得知亲戚不幸去世,万分悲痛,我们点上酥油灯,为他祈愿。"

由于康定县城地势狭小,灵堂设在甘孜日报社院内,花圈摆满了整个院子。来吊唁的各族干部群众络绎不绝,哭声持续了好几天。很多人感激地诉说他曾经"对

---

① 子声:《毕世祥:新时代焦裕禄式好干部》,四川新闻网,2014年4月1日,http://opinion.newssc.org/system/2014/03/22/013928689.shtml。
② 同①。

我们的好"。在康定县城，无论街头的出租汽车司机、行人，还是商铺、小吃店的老板、顾客，几乎人人都知道毕世祥这个人。"他是个好人，不该走得这么早"这是大家说的最多的一句话。

"他倒在了为人民服务的路上，为他祈福是我们的心意。"这话出自一位活佛之口[1]。

▷ **专家点评**

本故事的典型意义在于告诉人们一个人在平凡的世界，可以谱写不平凡的人生，这就叫伟大。它对每个人的人生价值取向提供了一个坐标和参照。它讲述了优秀党员、领导干部毕世祥用生命书写忠诚的感人事迹。他是当代焦裕禄精神的再现，是广大党员干部学习的榜样。运用该故事教育党员领导干部，可收到对镜思瑕的效果，起到学有榜样的作用。

▷ **延伸思考**

毕世祥，用实际行动践行了党的群众路线，集中体现了新时期党员干部"为民、务实、清廉"的崇高形象，广大党员干部要把学习毕世祥先进事迹同党的群众路线教育实践活动结合起来，切实做到照镜子、正衣冠，以毕世祥为榜样；切实做到"权为民所用、情为民所系、利为民所谋"，做一名全心全意为民服务的好公仆。而作为肩负着祖国未来和希望的大学生们，也应该结合自身情况，践行毕世祥精神，坚定政治信仰并积极投身于社会主义现代化建设的宏伟大业。

---

[1] 李亚彬，李晓东：《"群众把他抬举得很高，很高"——追记四川省甘孜州委常委、宣传部长毕世祥》，《光明日报》，2013年12月31日。

故事 34 法官当如邹碧华

故事内容[1]

邹碧华,男,1967年1月生,江西奉新人,汉族,高级法官,华东政法大学、上海财经大学、上海对外经贸大学博士生导师,中国民法学研究会理事、上海市第九届青联委员、上海市劳动和社会保障学会劳动法专业委员会副主任。2006年当选"上海市十大杰出青年""上海市十大优秀中青年法学家"。曾任上海高级人民法院副院长等职务。[1]

2014年12月10日下午,他突发心脏病,经抢救无效去世。2015年1月24日下午,最高人民法院与中共上海市委联合召开命名表彰大会,追授邹碧华同志"全国模范法官""上海市优秀共产党员"荣誉称号。[1]

邹碧华投身司法事业26年,他崇法尚德,践行党的宗旨,捍卫公平正义,坚持司法为民便民利民,依法公正审理了一大批重大疑难案件,是知名的审判业务专家,他所著的《要件审判九步法》被全国各地法院作为民商事审判的范本;他敢于担当,具有强烈的改革创新意识,大力推进信息化建设,推行可视化管理,特别是在司法改革中,敢啃"硬骨头",甘当"燃灯者",为上海法院司法改革试点乃至全国司法体制改革作出了突出贡献。他不幸离世后,在法律界和全社会引起强烈反响,形成了"邹碧华现象","法官当如邹碧华"成为社会各界的共鸣。[1]

上海市高级人民法院党组成员、政治部主任郭伟清在"学习时代楷模 做人民好干部——邹碧华先进事迹报告会"上的题为《公正为民的好法官 敢于担当的好干部》的报告中曾谈到一个故事[2]:邹碧华生前前往一个当事人家中走访时拍下了一张照片,照片中有个名叫沃根生的男子。2008年9月,沃根生83岁的老母亲居住的阁楼起火,老人不幸葬身火

---

[1] 《最高人民法院和中共上海市委联合表彰邹碧华同志》,人民网,2015年1月25日,http://legal.people.com.cn/n/2015/0125/c42510-26445503.html。

[2] 《学习时代楷模 做人民好干部——邹碧华先进事迹报告会摘要》,《长宁时报》,2015年4月24日。

> 海。沃根生悲痛不已,认为物业公司应对火灾承担责任,于是将物业公司告上了法庭。但由于缺乏证据,沃根生最终败诉了。他不服,一年接着一年上访。邹碧华得知这个情况后,主动接待了沃根生,并提出要去现场看看。来到现场,邹碧华弓着腰一级一级走上发黑的楼梯。他非常认真地听完沃根生的讲述,神色变得越来越凝重。回来后,他对信访法官说:"这个案子的判决没有问题。但我们做法官的既要善解法律,也要善解人意。这样一位60岁的老人为了母亲的事四处奔波,我们一定要将心比心,要让他感受到法律对人格、对情感的尊重,这才是法律真正强大的力量。"在邹碧华的直接指导下,信访法官联系了街道、电力、消防等多个部门,为沃根生仔细分析了起火原因,并协助沃家修缮了阁楼。沃根生非常感动,拉着我们信访法官的手,连声道谢。2014年12月15日,当他听到邹碧华去世的消息后,夫妻俩连夜从外地赶回上海,但还是没能赶上追悼会,他们难过地说:"一直希望能有机会当面谢谢邹院长,但再也不会有这个机会了!"

▷ **故事解读**

邹碧华精神充分体现了对党和国家事业的忠诚,其本质内涵可以概括为:公正为民、敢于担当、勇于创新、崇法尚德。这四个方面的内涵紧密联系、相辅相成、辩证统一,从整体上讲,充分展现了核心价值的凝聚力、传统美德的吸引力、高尚人格的感染力和广大法院干警的创造力,具有重要的现实意义和独特的时代价值。

邹碧华精神体现了共产党人的价值追求,体现了领导干部的核心素养,体现了人民法官的职业情怀,也彰显了信法、尊法、守法的法治精神,是法治文化在精神与价值层面的真实写照,是法治国家建设的坚实根基。

实践邹碧华精神,必须做到坚定理想信念,忠诚于党和人民的事业,忠于党,坚持忠于国家、忠于人民、忠于法律的政治本色,为建设中国特色社会主义法治体系、建设社会主义法治国家竭尽全力、无私奉献。①

▷ **公民采访**

上海市高级人民法院党组成员、政治部主任郭伟清在"学习时代楷模 做人民好干部——邹碧华先进事迹报告会"上的题为《公正为民的好法官 敢于担当的好

---

① 罗书臻:《邹碧华精神研讨会在上海举行》,《人民法院报》,2015年7月23日。

干部》的报告①中谈到,"碧华曾对我说,当他第一次把当上法官的消息告诉远在江西老家的母亲时,只有小学文化程度的母亲再三叮嘱他,一定要做一个有良心的法官。母亲的话,成了他一生的追求,一辈子的坚守","碧华就是这样,努力让人民群众在每一个案件中都感受到公平正义。让每一个当事人都体会到人民法官为人民的公仆情怀","碧华去世后,我在整理他的文稿时,发现他曾经写过一篇文章,叫《知行合一》,他在里面是这样写的:'我越来越清晰地认识到,我必须对党的事业负责,党把管理一个法院的任务交给我,我就不再只是我自己了。我的角色要求我必须把推动我国法治事业的进步作为自己的使命。只有实实在在地把这种使命感融入自己的内心,才有可能转化为一种强大的动力。因此,在这种状态下,无论遇到什么样的困难我也不会屈服,无论处于何种逆境我也不会退缩。'他就是以这样一种'无我'的精神,追寻着他的法治梦想"。

▷ **专家点评**

邹碧华的事迹很好地诠释了什么是公务人员的诚信以及如何才能做到大公无私,即对党和国家事业的无限忠诚。本故事通过讲述好法官邹碧华一生崇法尚德,践行党的宗旨,捍卫公平正义,坚持司法为民的真实故事,充分展现了新时期优秀共产党员的精神品格和风貌。他们具有坚定的理想信念,永远忠诚于党、忠诚于人民,自觉为党和国家的事业殚精竭虑、无私奉献的精神。邹碧华的事迹对当代青年来说具有很强的震撼力和感染力,是我们学习如何真正做到守法诚信的典范。

▷ **延伸思考**

人的一生,都有一个需要坚守的价值。理想的完美人格,应当是破除自我,将自己融入人民中,融入祖国的法治建设中。

"因为我的存在,社会更加美好"——这是邹碧华同志的墓志铭。他崇法尚德,践行党的宗旨、捍卫公平正义,特别是在司法改革中,敢啃"硬骨头",甘当"燃灯者",生动诠释了一名法官和共产党员对党和人民事业的忠诚,对于维护社会公平正义的一种积极向上的力量。

作为新时期的大学生,如何用自身的行动来诠释"邹碧华精神"?这值得我们深刻思索。

---

① 《学习时代楷模 做人民好干部——邹碧华先进事迹报告会摘要》,《长宁时报》,2015年4月24日。

故事35 "80后"大学生村官贺明芳

故事内容①

2008年7月,作为重庆市第一批大学生村官之一,贺明芳走进了白涛街道水源村村民们的视线。由于顶着大学生村官的头衔,干部群众都认为这个"80后"女孩是来"镀金"的,有意无意都把她当"客人"。但是,这个倔强的四川妹子独自把家搬到了村里。

每天天没亮贺明芳就起床,并随身带着一本民情日记,开始进家入户走访。贺明芳发现,全村留守儿童非常多,竟有73人。2009年12月,贺明芳利用水源村公共服务中心,建立起"留守儿童之家",帮助留守儿童进行课余阅读、课外辅导及心理疏导等。如今,"留守儿童之家"的设备一应俱全,成为了附近孩子们共同的家园。

2009年,水源村水稻病虫害稻飞虱大爆发,贺明芳不顾闷热的天气,实地查看灾情并做好记录。利用晚上农闲时间组织召开村民大会,发放防治资料,宣传防治知识,讲解防治技术。她和乡亲们共同商讨解决办法,制定了全面的防治方案,并顶着酷暑坚守一线,哪里需要人手她就往哪里跑,连续奋战十余天,最终将灾害损失降到了最小程度。

2010年,2年期大学生村官选派期满,是调去机关工作还是留村任职?贺明芳面临着人生的一次重要选择。周围村镇和她同批调去的同事已经走得差不多了,也有人劝她和同事们一样去市级、区级机关工作。机关里不仅条件好,而且她可以和在城里教书的丈夫相聚。但面对水源村群众的信任和不舍,贺明芳决心留在水源村继续干。她扎根水源,情系村民,赢得了广大村民的信任。2010年10月,村委会换届选举,贺明芳当选水源村村委会主任。

2011年,贺明芳怀孕了。当时正值农村工作繁忙,村、支两委(村民委员会、村党支部委员会)都劝贺明芳回家休息,但

---

① 万靖,肖子琪:《不同的时代一样的奉献　永远先进的共产党员》,华龙网,2012年6月30日。

> 贺明芳放不下水源村的发展,更放不下水源村的村民。于是她大着肚子在村里和政府之间来回跑,村民看见她走路吃力的样子,都不禁替她捏一把汗,生怕她摔着了,都劝她歇一歇。贺明芳总是笑着说:"没关系,我不累。"从独自在水源村安家,到多次放弃去区级部门工作的机会,还把父母、孩子举家搬往水源村,贺明芳用实际行动诠释着大学生村官的责任和对基层工作的执着,她用汗水与生命谱写着一曲新时期大学生村官扎根基层、服务群众的奋斗之歌。

▷ 故事解读

近年来,一批大学生村官在农村实践锻炼中,表现出了工作踏实、不怕吃苦、爱岗敬业、勇于进取等优良品质,凸显了其独特优势和发展潜力。贺明芳作为其中的一员,展现了当代大学生的风采,表现出对国家、对党的事业的忠诚,凸显了当代大学生的政治责任感和投身社会主义建设的满腔热情。她在社会主义新农村建设中贡献了自己的力量,是大学生村官的优秀代表。

▷ 公民采访

采访者:请问您对大学生村官贺明芳的事迹有何感想?

受访者(杨姓男大学生,采访地点:松江大学城):贺明芳展现了我们当代大学生及大学生村官的风采,在条件比较艰苦的情况下,她尽职尽责,在平凡的岗位上作出了不平凡的业绩,值得我们当代每一位大学生学习,也是我们的骄傲。

采访者:那么,如果结合自己的实际情况,您觉得可以从贺明芳身上学到什么呢?

受访者:现在有很多大学生都积极地在大学生村官的岗位上默默地奉献着。作为当代的大学生,我觉得他们的这种理想信念非常值得我们学习,他们用自己的责任心赢得了群众的信赖,把自己的青春年华奉献给了新农村建设。我觉得在以后的学习、生活、工作中,要学习他们不畏艰苦、努力向上的精神,对党和国家的事业要充满执着和热爱。

▷ 专家点评

本故事介绍的是新时期基层党员干部的典型代表,是发生在我们身边的"80后"青年的生动故事,对青年学生具有非常大的影响力。具体讲述了"80后"大学生村官贺明芳扎根农村、心系村民、为民解忧、奉献青春的故事,充分说明了共产党员的先进性在不同时代具有不同的表现形式,他们都坚持党的根本宗旨,矢志不渝地做到立党为公、执政为民。贺明芳的故事也让我们看到了"80后""90后"新一代党员具有强烈的社会责任感和奉献精神,也使当代青年更加懂得在平凡的工作岗位上也能践行对党和对国家事业的忠诚,即做到坚守对信仰的诚信。

▷ **延伸思考**

中共重庆市委党史研究室二处处长艾新全认为,"80后""90后"出生在和平年代,没有经历过战争的洗礼,对压力、挫折的承受能力还有待提高,他们当中成长起来的新生代党员干部,更应该学习、发扬先辈的光荣传统,结合时代使命,书写出属于自己的宏伟篇章[①]。

作为当代的"90后"大学生,尤其是学生党员,又该如何践行我们的社会责任感及奉献精神呢?这个问题值得我们每一名新时代大学生深刻思考。

---

① 万靖,肖子琪:《不同的时代一样的奉献 永远先进的共产党员》,华龙网,2012年6月30日。

故事 36 "大庆新铁人"李新民

故事内容[①]

李新民,黑龙江省大庆市人,中共党员。1990年从大庆石油学校毕业后被分配到1205钻井队,先后担任1205钻井队钻工、技术员、副队长、党支部书记,现任钻井二公司GW1205钻井队海外项目部经理。李新民作为"铁人精神"的传人,他融入"铁人"队,志做"新铁人"。[①]

工作17年来,他时刻牢记责任和使命,坚持以现代管理理念建设队伍,立足岗位学"铁人",胸怀全局作贡献,不断赋予"铁人精神"新的时代内涵。他曾荣获"集团公司十大杰出青年""中央企业劳动模范""全国劳动模范"等荣誉称号。为全面提高全员技能水平,他带领1205钻井队在全国率先创建"青工岗位技校",在井场办技校,把岗位当课堂,使全队职工基本达到"本岗精、多岗通、全岗能";为加快提升队伍技术能力,他组建了革新小组,带领全队职工钻研前沿技术,割掉钻机"猫头",实现了小井眼钻井、丛式定向井、水平井等特殊工艺井施工上的新突破;为锤炼闯国际市场的能力,他带领项目组人员努力学习外语和涉外承包知识,通过了英语900句、HSE和IADC井控培训考试,他本人顺利通过了托福考试。[①]

2006年3月,他组织GW1205钻井队项目部6名成员,仅用6天时间完成清关和设备装运,用17天实现102车设备1 600多公里安全陆运,创出苏丹港清关、装载钻机设备最短纪录,打响了初到苏丹的第一枪。在设备安装调试中,他带领项目组人员顶烈日、伴星辰,发扬"有条件要上,没有条件创造条件也要上"的精神,把高温当桑拿、汗水当淋浴,每天满负荷工作12小时以上,历经10多天,一次性通过甲方和第三方检测,获得钻井施工许可,被甲方誉为"服务质量NO.1,工作标准NO.1"。2000年以来,他带领GW1205钻井队共打井251口,创出了井身质量和固井质量合格率均达100%的好成绩。

[①] 《新时期五大标兵——"铁人精神的传人"李新民》,人民网,2007年9月20日,http://finance.people.com.cn/GB/8215/103327/103333/6291831.html。

> 近年来,李新民带领 GW1205 钻井队成功开拓国际市场,在海外擦亮中国石油品牌。①
>
> 他践行"铁人精神",创下了一系列奇迹,被誉为"大庆新铁人"。李新民坚持用铁人老队长"要为油田负责一辈子""干工作要经得起子孙万代检查"的思想来激励自己,任何时候都做到高标准、严要求。②

▷ **故事解读**

中国石油的发展史,是一代代石油人的创业史、奋斗史和奉献史,也是一部不断丰富和传承大庆精神、铁人精神,榜样辈出的群英史。从"铁人"王进喜,再到"大庆新铁人"李新民,"爱国、创业、求实、奉献"的精神薪火相传,成为百万石油人继往开来的不竭动力。

李新民身上体现出的爱国奉献、开放进取精神,既是对传统"石油魂"的坚定传承,又赋予了其新的时代内涵。李新民同志坚定热爱石油、产业报国的志向,勇于迎接挑战,以实实在在的业绩为祖国争光、为民族争气。③

李新民说:"我的人生价值在钻台,要像'铁人'老队长那样,为祖国的石油事业奉献青春年华。"27年来,李新民用行动续写着"铁人精神"。

▷ **公民采访**

"李新民就是这样事事以工作为重的人,"大庆油田钻探公司党委副书记李秀恩介绍说,"他是我们新一代石油工人的杰出代表,他传承并创新了'铁人精神',是当之无愧的'大庆新铁人'。"④

"干工作常想着自己是党员,要干在前;打井常想着自己是1205人,要作风硬;闯国际市场要常想着自己是中国人,要为国争光。这是新民队长常说的三句话,对我终身受用。"现任 GW1205 钻井队党总支书记王迎春感慨道,"新民队长让我们理解了什么是'旗帜'。"⑤

---

① 《新时期产业工人的实现中国梦的优秀代表——"大庆新铁人"李新民》,光明网,http://politics.gmw.cn/node_42629.htm。

② 李新明,百度百科,http://baike.baidu.com/link?url=V_PlWAWb9H_eVD8DvJ7mDhOdiH6yHCr t6rmqvRVIm1VuOPqbkX_D9EeOvFeRsRuxuad2IWIoHr9K_hYPMdPzPUbsh_3mPP5VJuZWtuFfVqe。

③ 《传承铁人精神 汇聚报国力量》,《中国石油报》,2013年8月8日。

④ 钟自炜:《李新民:大庆新铁人》,《人民日报》,2011年6月13日。

⑤ 张翼,孙明泉,张士英:《真情辐射正能量——记中国石油大庆钻探工程公司哈法亚项目部经理李新民(下)》,《光明日报》,2013年6月25日。

▷ **专家点评**

本故事从另一角度诠释了讲政治、讲诚信的内涵,主要讲述了"大庆新铁人"李新民通过自己的艰苦努力,用实际行动传承了爱国创业、求实奉献的大庆精神和"铁人精神",并赋予大庆精神、"铁人精神"新的时代内涵。他的先进事迹,充分展示了新时期共产党人的先进性、纯洁性,展示了当代工人阶级的优秀品质和时代风采,是当代青年学习的榜样。当代青年应学习他牢记使命、敬业报国的崇高追求,扎根基层、甘于奉献的高尚情怀,勇于攻坚、开拓创新的实干品格,为实现中国梦而努力奋斗,坚定自己的政治信仰和对信仰的诚信。

▷ **延伸思考**

时光荏苒,如何让传统精神在日新月异的社会中永不褪色、历久弥新,李新民给了我们最好的答案。如果能像李新民一样,知行合一,坚守老精神,积极进取,应对新变化,那么,老精神会绽放新光芒,老事业将创造新奇迹[①]。

作为新时期的大学生,更应该以自己的实际行动让传统精神发扬光大,坚守心底那份诚信,在为党和国家的事业奉献自己的青春热血的同时,也书写属于自己的人生光辉篇章。

---

① 钟自炜:《李新民:大庆新铁人》,《人民日报》,2011年6月13日。

故事37　武秀君5年代夫还债数百万

故事内容[①]

武秀君是辽宁本溪满族自治县南甸镇滴塔村的一名普通的农家妇女。多年来,武秀君和丈夫赵勇一起在家乡经营建筑施工生意,通过诚信和苦干,在当地建立起了良好的口碑。

2002年12月,赵勇因车祸突然去世,留给武秀君羸弱的老人、幼小的孩子,还有高达270万元的巨额债务。有人给她出主意:这么多钱,你一个妇道人家怎么还?干脆躲出去,再找个人改嫁吧!武秀君却并不同意:"我爱人活着的时候,常跟我说农民工不容易,咱们不能忘本……""大家挣钱都不容易,我们得有良心,我不能让丈夫死后被人戳脊梁骨!"于是武秀君给所有的债主一一打了电话,承诺只要有钱立即就还,并在所有欠条上签下了自己的名字。就这样,她顶着家庭和债务的双重压力,走上了赚钱养家、代夫还债之路。

实际上,赵勇留下的除了债务之外,还有300多万债权。武秀君本想着把别人欠自家的钱要回来,就可以还债了。可没想到的是,她上门去讨欠款,好话、承诺没少听,钱却没要回来多少。眼看通过要债来还债是指望不上了,2003年开年,武秀君一个人离开家来到本溪市,开始赚钱还债。武秀君自认虽没有别的本事,但她有力气,知道怎么粉刷外墙、怎么涂乳胶漆,于是风吹日晒中武秀君一点一滴积累起了还债的钱。赵勇生前的朋友听说武秀君要替夫还债,佩服这个看似柔弱,却讲信义的女子,都想着帮她找活干。于是,武秀君成立了一个装饰工程队,接一些外墙刷涂料的活。为了帮助母亲还债,武秀君的儿子也行动起来,她大儿子出门尽量不坐车,节省下车票钱还债;上中学的小儿子一天只花1.5元,省下伙食费替母亲还债。当小儿子把自己省吃俭用省下来的380元钱存折递给妈妈时,母子两人抱头痛哭。

就这样,武秀君用5年的时间还清了巨额债务。别人欠

[①]《全国诚实守信模范候选人:武秀君事迹》,央视网,http://news.cctv.com/special/daode/20070830/107788.shtml。

> 她的钱,有的折价偿还了,还有的始终拖欠着,但都始终没有影响她主动还债。在武秀君还债的过程中,经常出现双方热泪盈眶的场面。有些债权人不好意思收,对她说人心都是肉长的,这样的处境就不要还了,但她仍然坚持还给人家。在武秀君看来,大家是因为信任她的丈夫才给他赊账的,这份诚信的建立不容易,做人要讲诚信!2005年,丈夫赵勇去世3周年祭日那天,众多曾经和武秀君有过经济往来的合作伙伴,甚至银行领导等近千人自发赶去看望。在大家眼里,武秀君用毅力和真情诠释着诚信的含义。

▷ **故事解读**

武秀君的行为正是对诚信最好的诠释。诚信是中华民族优良道德传统的重要内容。诚信,简单理解就是"诚实守信"。诚,意为诚实,说真话、做实事、不虚伪,一般指道德主体的内在德行;"信",意为信守诺言、言行一致、诚实不欺,是指"内诚"的外化,体现为社会化的道德践行,是针对社会群体交往提出的双向或多向要求。在现代社会中,诚信是人们社会生活中必须遵守的基本行为规范,是做人的根本准则,也是人们追求利益时必须遵循的道德原则。

在本故事中,武秀君一家人在丈夫死后生活陷入困顿,为丈夫还债存在客观上的经济困难。正如朋友所说的,她可以一走了之。这样做,武秀君的生活完全可以不用这样辛苦,所损失的无非只是"诚信"两字。但是,在武秀君眼里,诚信的价值逾千金,她将诚信视为一个人基本的道德良知,珍视自己的良好口碑,为"诚信"两字甘愿付出几年的辛劳。她义无反顾地还债这一行为充分体现了她对诚信这一道德传统的重视。

诚信从何而来?武秀君的故事向我们清晰地展示了诚信价值观念的传承。正因为夫妇俩人平时诚信经营,才可能凭借良好的口碑赊账百万元,这百万元债务事实上也代表了生意伙伴对武秀君夫妇商业道德的认可和信任。武秀君在丈夫死后坚持还债的行为说明她并没有辜负这些信任,她用诚信来回报诚信。值得一提的是,她的行为还感染和教育了自己的孩子,使良好的道德传统得以延续。武秀君的故事让许多人感动,大家对她纷纷施以援手,最终写就了这一篇诚信的正能量之歌。

▷ **公民采访**

采访者:(介绍了武秀君的故事后)您对武秀君坚持还债的故事有什么感想?

受访者(张姓大学生,采访地点:松江大学城):武秀君的诚信故事让我很感动。她虽然文化程度不高,但道德品质却非常高,她用毅力和真情诠释了诚信的含义。

诚信是为人之道，是立身处世之本。讲诚信的人，在商业社会中处处受到尊重和欢迎。人若不讲信用，在社会上就会无立足之地，什么事情也做不成。

▷ 专家点评

　　这是一个一名中国普通女性在市场经济的当下如何用自己柔弱的双肩阐释诚信基本要义的故事。"故事解读"没有用"高大上"的词语渲染、夸大她的行为，而是侧重从优良道德传统的传承路径角度说明该故事的重要意义，可谓匠心独运。"公民采访"部分从采访对象角度说明文化水平和道德水准没有必然联系，每个人在商业社会中都可以恪守诚信之本。"延伸思考"部分促使大家思考社会诚信建设对法治建设的促进作用。

▷ 延伸思考

　　事实上，在武秀君的诚信故事中也有不和谐的音符。武秀君的丈夫除了留下百万元债务，还留有百万元债权。与武秀君坚持还债的行为形成鲜明对比的是，她的一些债务人却非常消极地对待债务。这一现象并非孤例。近年来，社会上有关"老赖"的新闻层出不穷。在大力宣扬"武秀君们"的诚信故事的同时，也必须出台更为有力的法律、法规以治理和应对不诚信行为，使诚信者得益，不诚信者无所遁形。真正树立法律的权威，使人们从鲜活的现实中去感受和体会法律的正义、法律的威力和价值。严格执法是在全社会培育诚信文化、构建诚信体系的重要保障。

　　一直以来，"执行难"是我国司法领域的顽疾。部分民事案件的债务人在法院的判决作出后不自觉履行债务，甚至在法院执行部门介入进行强制执行时也想方设法规避、抗拒法院的执行。这一问题长期得不到解决，不但严重损害了司法权威，也对社会诚信建设形成了严重挑战。2014年3月24日，中央文明办、最高人民法院、公安部等八部门共同会签了《"构建诚信、惩戒失信"合作备忘录》[①]（以下简称《备忘录》），决定联合行动，惩戒失信的被执行人，促使其自觉履行义务，并教育和引导其他被执行人自觉守法、恪守诚信。通过解决法律纠纷判决后"执行难"的问题，营造"守信光荣、失信可耻"的良好风尚，推进社会诚信建设。根据《备忘录》，信用惩戒的对象包括最高人民法院"失信被执行人名单库"中所有的失信被执行人和被法院发出限制高消费令的其他被执行人。《备忘录》还决定建立对信用惩戒对象的动态管理制度。信用惩戒的内容主要是最高人民法院统一在"全国法院失信被执行人名单信息公布与查询平台"上对失信被执行人发出限制高消费令，与相关部门一起限制失信被执行人高消费，禁止失信被执行人乘坐飞机和列车软卧，限制其在金融机构贷款或办理信用卡，以及作为自然人的信用惩戒对象不得担任

---

① 新华网，http://news.xinhuanet.com/politics/2014-01/16/c_119003006.htm。

企业的法定代表人、董事、监事、高级管理人员等。除此之外,《备忘录》还明确了信用惩戒的实施方式,即由最高人民法院公布失信被执行人名单,相关部门收到名单后,在其管理系统中记载包含相应惩戒措施等内容的名单信息,或者要求对受监管的企业或单位实时监控,进行信用惩戒。相关信息在媒体广为发布,对失信被执行人形成强大的舆论压力,营造了构建诚信、惩戒失信的浓厚氛围。

信义兄弟

故事内容[①]

孙水林,男,1960年生。湖北省武汉市黄陂区泡桐镇人,建筑商。孙东林,男,湖北省武汉市黄陂区泡桐镇人,孙水林弟弟。

孙水林、孙东林是贫寒之家走出的打工兄弟。孙水林初中毕业后,因家境贫寒辍学。遵从父亲的安排,他学了一门木匠手艺,年仅十几岁就在外干起了木匠活。作为穷人家的孩子,弟弟孙东林也很早就尝到了打工的艰辛。1989年前后,已在建筑工地打工多年的孙水林,在朋友的建议下,带着弟弟孙东林,拉起一支建筑队伍,开始在河南、北京等地承包一些装修工程。凭着不错的口碑,这支队伍由最初的十几名老乡发展到最高峰时的200余人。其手下的农民工不仅有来自孙氏兄弟家乡湖北的,还有许多来自河南、河北、内蒙古等地的。"哥哥总是跟我说,如果农民工跟你辛辛苦苦干了1年,你还拖欠他们的工钱,明年谁还会跟你干呢?这样,你手上的人就会越来越少,可能到最后一个都不剩,只有你替别人打工的份。所以,这20多年来,我们兄弟俩无论多么困难,也绝不会拖欠农民工1分钱。这是我们兄弟一条不成文的约定。"孙东林说。

2010年2月9日,腊月二十六。在北京做建筑工程的孙水林回到天津,原定与暂住在天津的家人和弟弟孙东林聚一天再回武汉,但他查看天气预报了解到,此后几天,天津至武汉沿线的高速公路在部分地区可能因雨雪封路。他决定在封路前,赶回武汉,给先期回武汉的民工发放工钱。春节前发放工钱,是他对民工的承诺。"还是那句话,新年不欠旧年账,今生不欠来生债。外地农民工回家过春节前,我们就将他们的工钱先全部结清。离我们老家近的农民工的部分没结算的尾款,我们就赶在大年三十前回家。腊月二十九,把家乡的农民工兄弟喊到家来结算,绝不拖到正月初一。"

[①] 《2010感动中国人物评选》,百度百科,http://baike.baidu.com/view/3279625.htm。

> 当晚,孙水林提取 26 万元现金,连夜从天津驾车,带着妻子和三个儿女出发了。次日凌晨,他驾车驶至南兰高速(原)开封县陇海铁路桥段时,由于路面结冰,发生重大车祸,20 多辆车连环追尾,孙水林一家五口全部遇难。为替哥哥完成遗愿,在找到哥哥遗体之后,弟弟孙东林在大年三十前一天驱车 15 个小时赶回老家,抢在除夕之前将 33.6 万元工钱发到 60 多名农民工手上。因为哥哥离世后,账单多已不在,孙东林让农民工们凭着良心领工钱,大家说多少钱,就给多少钱。钱不够,孙东林就贴上了自己的 6.6 万元和母亲的 1 万元。就这样,在新年来临之前,60 多名民工都如愿领到工钱,孙东林以这样的方式告慰哥哥在天之灵。孙水林、孙东林兄弟 20 年坚守承诺,被人们赞为"信义兄弟"。2010 年 9 月,孙水林、孙东林兄弟入选"中国好人榜"和"2010 年度感动中国人物"。

▷ **故事解读**

诚信是中华民族的传统美德,已传承数千载。中国历史上的诚信故事不胜枚举,而在 21 世纪的今天,"信义兄弟"孙水林、孙东林生死接力为农民工发薪的故事又谱写了一曲新时代的信义之歌。

《说文解字》认为,"人言为信";程颐认为,"以实之谓信"。可见,"信"不仅要求人们说话诚实可靠,不说假话、空话、大话,而且要求人们做事也要诚实可靠。信义的基本内涵就是言行一致、诚实不欺、信守诺言。

对于孙水林、孙东林兄弟而言,他们的诺言是在春节前把农民工的工钱发完、账结清,正所谓"新年不欠旧年账,今生不欠来生债",君子一诺值千金。为了完成这一诺言,哥哥孙水林在大雪夜驱车数千里,不幸遭遇车祸;弟弟强忍悲痛,继续履行哥哥的诺言。在道德失范屡见不鲜的今天,信义兄弟为尊严承诺、为良心奔波的故事令人动容。言必信、行必果,这种简单质朴却如金子一般可贵的品质应当成为社会的主流价值观念。

▷ **公民采访**

采访者:请问您听说过"信义兄弟"故事吗?

受访者(陈姓大学生,采访地点:松江大学城):听过,中央电视台还报道了。

采访者:您对"信义兄弟"的故事有什么感想?

受访者:这对信义兄弟颇有古君子之风。君子一言,驷马难追。他们如期发薪原本是普通的事情,但为发薪生死接力而不忘诺言,这显得具有特别的意义。这件事情引起了巨大的社会反响,对比之下,也许我们应该看到更多令人痛心的诚信缺失。

▷ **专家点评**

　　这是一个普通人用生命诠释当今中国商业诚信的故事,他们用高尚行为衬托了一些拖欠农民工工资、唯利是图的商人行为之卑劣。"故事解读"部分借助《说文解字》的解释来说明"信义"两字的本源含义,增强了理论水平。"公民采访"部分强调故事中兄弟俩用生死接力所演绎的信义故事,具有震撼人心的社会教育意义。"延伸思考"部分强调诚信既是市场经济的基本法则也是保障社会道德风尚的重要前提,引导人们对健全社会主义市场经济有效路径进行进一步思考。

▷ **延伸思考**

　　信用不单是一个道德问题,更是一种重要的社会资源。诚信影响着一个企业、一个城市、一个国家的竞争力,它对市场经济的发展有着牵一发而动全身的重要作用。诚信是市场经济运行的基石。在市场经济中,随着社会分工越来越细,人与人的交往方式越来越多元和密切。重建社会诚信体系不仅是建立和完善社会主义市场经济体制的迫切需要,也是保证国民经济持续、协调、健康发展的当务之急。社会诚信体系应使诚实守信者能获得相应的回报,或者至少不因其诚信而遭受损失;使实施欺诈行为者受到应有惩罚,或者至少不因其欺诈而获利。唯有如此,才能在全社会形成扬善抑恶的良好风气,人们才会从中体会到诚信的价值与意义。只有把诚信作为市场经济的帝王法则,才能使资源的流动和社会财富的交换有可靠的制度保障,为经济发展提供良好的环境。

故事 39

500万买不动的诚信

故事内容[①]

今天的成都四道街，还像平常一样，人来人往，被当地彩民称为"神人"的罗斌还在他的02118体彩销售点不紧不慢地和彩民聊着天。人们叫他"神人"是因为他潇洒的生活态度，更是因为他曾经两次主动归还彩民500万元大奖，曾震动川中彩市的传奇故事。

罗斌第一次归还500万元，是在2008年10月25日，当时罗斌接到老顾客张先生的电话，张先生委托他帮着购买08075期的足球胜平负彩票。罗斌没有犹豫，按照张先生所说的方案购买了彩票。10月27日，销售员打电话给罗斌通知他网点中奖500万元，他马上意识到就是张先生委托购买的彩票中奖了，并且彩票就在自己的包里。因为星期六，只有张先生在投注站大规模购买了足球彩票。"你马上到铺子上来，我担心金额大了，时间久了，怕出意外。"罗斌第一个打电话给张先生，让张先生到投注站等着，他随即送彩票过去。

"神人"的经历总是充满传奇，2010年1月23日下午，在外出差的王先生通过电话把自己的投注"方案"告诉了销售员李大姐，由罗斌垫资购买了足彩胜平负彩票，王先生共购买了2张256元的复式票和30元的单式票。25日上午，李大姐查看中奖信息时惊叫了一声："中奖了！"此时，24日晚才回到成都的王先生还没有顾得上来拿票，中了500万元的这张彩票还躺在店里的抽屉里。在得知代买彩票中奖的第一时间，罗斌就给买主打电话："你托我买的彩票中了500万元，快来拿。"

这是两年之间，罗斌第二次把自己站点中的500万元大奖归还给彩民，也是第二次成为新闻人物，很多记者当时都很

[①] 《罗斌：500万买不动的诚信》，央视网，http://news.cctv.com/special/2008gandongzhongguo/20081111/104457.shtml；《500万买不动的诚信，一如既往》四川在线，http://morning.scol.com.cn/new/html/tfzb/20090203/tfzb229993.html；《两度归还彩票大奖，四川好人罗斌堪称"天府榜样"》，彩票资讯，http://www.lecai.com/page/static/2013/3/121777.shtml。

惊讶:这次的诚信业主,竟然就是两年前的那位!一个人经历一次500万元的考验也许不难,难的是一次次都能抵挡500万元的诱惑,这需要多么坚定的信念啊。

罗斌40多岁,从事体育彩票销售至今已近10年。尽管大家叫他"神人",但是罗斌坦诚:500万元彩票在身上时,也担心自己会有心理变化,这的确是一种考验。但是,和钱比起来,可能良心上的踏实对他来说才最重要,而且罗斌告诉记者,那么多彩民朋友的信任,他不敢也不能辜负。如果他悄悄领走500万元,他的良心会一辈子不安。罗斌说:"与其一辈子受折磨,不如守着清贫坦坦荡荡生活。"

直到今天,在采访中,附近的彩民还是会告诉记者"我们听说过罗斌的事,这老板的人品真没说的"。人们对罗斌的信任也一直持续到今天。彩民王先生说:"后来有好几次,我中了几千几万元的奖金,都是委托罗斌在站点帮我兑奖的,对他我很放心,他是诚信楷模,以诚待人。"

罗斌因"送还500万元"的事迹而获得"中国体育彩票诚信销售网点"的荣誉奖牌。他没有动占有500万元的念头,过硬的人品为他赢来了许多好朋友。"当初的中奖者现在还天天来,我们过年还互相拜年。反而是和朋友一起经常被'洗刷'。"爽朗的罗斌笑了。他看了看店门口挂着的那面"本店体彩喜中500万元"的旗子,转身说:"等过完年该把它换下来了,等谁再中奖的时候,我再挂上去。"他表示,今后还是会和以前一样做好"应该"的事,即使是守着清贫也要坦坦荡荡生活。

罗斌的诚信行为赢得了普遍赞誉,也获得了良好的社会反响。为此,四川省体彩中心专门向国家体育总局体彩管理中心提出申请,授予罗斌"中国体育彩票诚信标兵"的称号。

▷ **故事解读**

诚信是什么?本故事中的彩票店老板用他的行为告诉我们,诚信是面对500万元巨奖诱惑时的不自欺、不欺人。诚是儒家思想的核心观点之一。孟子说,"诚者,天之道也,诚之者,人之道也"。《中庸》一书中说:"诚者天之道,诚之者人之道。"作为"天道"的"诚",朱熹将其内涵解释为"诚者,真实无妄之谓",即说真话、做实事,不虚伪。不欺骗是"诚"的重要内容,既指不欺人,也包含不自欺。《礼记·大学》说,"所谓诚其意者,毋自欺也",即真诚实意就是不自欺。不自欺就意味着即使在闲居独处时,自己的行为仍能谨慎,不会自欺,"慎独即不自欺"。蔡元培先生说过:"诚字之意,就是不欺人,亦不可为人所欺"。戒欺是诚信的重要准则之一。

在现代社会中,作为一个道德范畴,诚信是公民的第二张"身份证",体现在日常生活的一点一滴中。不欺人,不自欺,诚实地面对他人和自己。面对诱惑,也许会怦然心动,但却不为其所惑。其行为虽平淡质朴,却让人领略到一种伟大的人格力量。罗斌的故事让我们感受到一种闪光的品格——诚信。有人监督约束下的诚信是被动行为,而发自内心的诚信是一种更高的道德修为。一个人独立工作、无人监督时,有做各种坏事的可能。而在这种情况下能否守住诚信底线,是衡量人们是否坚持自我修身的标准之一。在没有外界监督的情况下,通过高度自觉做到的诚信才是真正的诚信。

▷ 公民采访

采访者:您对"神人"罗斌的故事有什么感想?

受访者(陈姓大学生,采访地点:松江大学城):我之前听说过这个彩票的故事,是当年媒体上热议的新闻。但我觉得之所以这件事会成为新闻,就因为这样的事太少见了,因为大多数人都做不到面对500万元不动心。罗斌的可贵之处就在于他在500万元和诚实之间选择了后者,这一点值得我学习。

▷ 专家点评

本故事主要讲述了一家街头彩票站小老板的诚信故事,在很多人信奉金钱至上的今天,他面对重金仍能独善其身,坚守职业道德,可谓"神人"。"故事解读"部分将诚信比喻为公民的第二张"身份证"的说法,言简意赅而又掷地有声。"公民采访"部分通过强调"神人"面对500万元的巨款仍能坚持诚信为本这一点,强调了其行为的少有,衬托了其行为的可贵。"延伸思考"部分从中国哲学的高度强调了随时随地自觉践行诚信的重要性。

▷ 延伸思考

诚信是中国数千年的优良道德传统。如何实现诚信?我国自古以来就把慎独作为一种诚信的道德修养。荀子说,"君子养心莫善于诚,致诚则无他事矣""善之为道者,不诚则不独,不独则不形"。朱熹也认为,"君子慎其独,非特显明之处是如此,虽至微至隐,人所不知之地,亦常慎之",做到"表里内外,粗精隐显,无不慎之,方谓诚其意"。诚信离不开慎独,需要在没有外界监督的情况下自觉律己,谨慎地对待自己的所思所行。慎独与诚实、不自欺、无愧于心联系在一起,是人遵守道德规范的理性自觉。因此,诚信的最高境界是慎独。

故事 40　诚信局长辛苦 10 年为乡民还债

故事内容[①]

胡丙申,男,67岁,山西运城人,退休前任山西省夏县的乡镇企业局局长。

1992年,胡丙申上任山西运城夏县乡镇企业局局长时,夏县乡镇企业年产值仅有2 000多万元,且大多经营不善、陷入困境,眼见苏南等地的农民都依托乡镇企业富裕起来,胡丙申心急如焚,希望有所作为。此时,一些借款无门的农民向胡丙申求助。由于政策不允许政府部门作担保,胡丙申就以个人名义先后为19户农民担保借贷69万多元。2001年,胡丙申从局长岗位退下来后,债主都纷纷找到了他。因为一些农民因种种原因未能及时还债,现在债主希望担保人还债。有人建议胡丙申找找关系,把贷款做死账处理,或者请组织出面解决。但胡丙申最终都拒绝了,并承诺争取在12年内把所有钱连本带利都还上。为替老百姓还债,胡丙申10余年来摆过地摊卖对联、卖鞭炮,开过饭馆、理发店,搞过养生馆,经营过小商店,甚至给人做饭、剃头,这样,胡丙申整整走了10余年还债路。

2010年年底,他终于还完了最后一笔欠债。10年间,他连本带利总共还了39万元,胡丙申也因此被人们亲切地称为"还债局长"。胡丙申也成为感动中国2011年网络推荐候选人之一。

▷ **故事解读**

胡丙申的故事向我们展示了《中华人民共和国担保法》意义上的诚信。法律视野中的"诚信"往往被表述为诚实信用原则,指不进行任何欺诈、恪守信用,即要求人们在民事活动中讲求信用、严守诺言、诚实不欺,不得规避法律和滥用权利,在不损害他人合法利益和社会利益的前提下追求自己的利益。设立民事权利义务时,本着实事求是的态度,不弄虚作假,不隐瞒重大情节;在民事权利义务设定以后,应恪守信用,严格依照法律或合同行使权利、履行义务。从法律关系上讲,胡丙申并非借款人,而是

[①] 《感动中国 2011 网络推荐候选人名单》,腾讯网,http://news.qq.com/a/20111117/001039_1.htm。

保证人,承担的是保证责任,即当债务人无法履行偿债义务时才由保证人向债权人清偿债务。尽管钱不是胡丙申借的,但他尊重契约精神,在真正的借款人无法还钱的情况下,数十年如一日地履行自己的法律责任。这种契约精神也是法律诚信的体现。诚信作为一种法律原则,要在现实中得到有效的落实,同样也离不开公民的自觉遵守。任何法律的实施都要求社会全体成员具有守法的精神,不仅要求公民正确理解法律规范的内容,而且还要求其具有相应的法律意识,自觉地维护法律的尊严。要在全社会形成诚信的氛围,不仅要依赖法律的强制力,而且更要将诚信的意识融入社会全体成员的日常生活中,将诚信发展成为指导、预测、评价、教育社会成员日常行为的基本原则。

▷ **公民采访**

采访者:(介绍胡丙申的事迹后)您对这个故事有什么认识?

受访者(胡姓公司职员,采访地点:松江大学城地铁站):胡丙申的行为乍看上去好像很傻,但是这种"傻"的行为背后却体现着他言必信、行必果的诚信精神。当前社会主义市场经济下普遍存在诚信缺失的现象,这种现象的存在很大程度上源于人们缺乏契约精神。无论是道德诚信抑或是法律诚信,其建立无不包含着对社会守法行为的依赖和对契约精神的呼唤。从这一意义上看,胡丙申的精神值得我们尊敬。

▷ **专家点评**

本故事讲述了一个公职人员如何身体力行地兑现承诺的诚信故事。"故事解读"部分说明了市场经济的契约精神与诚信的高度契合以及诚信对促进社会主义市场经济发展的重要性。"公民采访"部分暗示我们市场经济下更应该通过加强诚信建设来促进市场机制发挥基础作用。"延伸思考"部分提出了社会在契约诚信建设方面应该承担的责任与义务。

▷ **延伸思考**

德国哲学家康德说过:"这个世界上唯有两样东西能让我们的心灵感到深深的震撼:一是我们头上灿烂的星空;二是我们内心崇高的道德法则。"对于个体而言,道德是立身之本;对于社会而言,公民普遍道德水准与社会未来的发展相关。在本故事中,我们除了感受到胡丙申可贵的道德品格外,也为他长达10年的还债之路唏嘘不已。于是问题就进一步演变为:社会应当怎样对待和帮助像胡丙申一样的道德楷模?

因公废私和承担过多社会义务,是不少道德模范之所以成为道德模范的原因,也恰是他们由富转贫、生活困窘的原因。从这个角度看,帮扶生活困难的道德楷模,便是维护社会公平。更重要的是,作为一个时代的道德标杆,道德楷模对周边人群的示范、教化作用不可小觑。而发挥道德楷模的示范教化作用、以他们点燃的"星星之火"激发社会正能量,却远不是道德楷模的单方面付出所能实现的。道德楷模是否能够享受到与其无私付出相匹配的社会礼遇,对于引领社会思潮至关重要。帮扶、礼遇道德楷模,让他们的无私付出能够获得实实在在的褒扬与回馈,就是真真切切地弘扬社会正义。

故事 41

为诚信作完美注脚

故事内容①

走进"中国蔬菜之乡"的山东寿光，随处可见以一个人的名字命名的蔬菜品牌——"乐义"，而这个人就是把诚信作为毕生最大追求的王乐义，他用自己的实际行动为诚实守信写下了最好的注脚。

"无论从事什么职业，都要自觉地做老实人，说老实话，办老实事。"多年来，王乐义始终把诚信作为立身之本，用诚实劳动获取财富。他常说："我是党支部书记，在三元朱村，我说出来的话，办出来的事就代表党的形象，我诚实做事，群众就相信，党的一级组织就有威信，就有凝聚力。"

1978年，刚做过癌症切除手术的王乐义，被推选为三元朱村党支部书记。为了兑现自己上任时的诺言，1989年，他带领三元朱村建起了17个冬暖式大棚，掀起了一场蔬菜种植革命。1992年，无公害蔬菜首次在三元朱村开发成功，取得了当时国家质检局发放的无公害农产品标志证书。三元朱村被农业部授予国内首批"无农药残毒放心菜生产基地"。2001年，他在村里组织开展了以创建文明信用蔬菜基地、文明信用蔬菜村、文明信用菜农、文明信用农业龙头企业、文明信用经营业户为主要内容的"五信"创建活动。三元朱村生产的蔬菜质量全部达到国际标准，畅销全国各地，并出口到十几个国家和地区。诚信打造了三元朱村的蔬菜品牌，也给村民们带来了实实在在的效益。2006年，该村年集体收入达3 560万元，人均纯收入达10 300元。

王乐义认为，天下农民是一家，自己富了不算富，大家都富才算富。蔬菜大棚成功后，到三元朱村参观学习的人络绎不绝，他从不私藏，以诚待人，并与全体村民立下规矩：凡是外地来学技术的，特别是对贫困地区的农民，一定要倾心相助，无偿地、毫无保留地把技术教给他们。10多年

---

① 《感动中国的诚信力量》，腾讯网，http://cd.qq.com/a/20100830/001594.htm。

来，全国各地已有百余万群众在寿光取到了致富真经。十几年来，他带领全村将大棚技术毫无保留地无偿对外推广。从1990年到现在，三元朱村的技术员先后到过20个省份的300多个县市，并且都在当地成功地推广了冬暖大棚技术。王乐义本人也拖着患癌之躯，先后到全国11个省、直辖市、自治区无偿地传授大棚蔬菜技术，行程达几十万公里。如今，冬暖式蔬菜大棚已经遍布大江南北，这不仅丰富了城乡居民的菜篮子，而且鼓起了亿万农民的钱袋子。

作为冬暖式蔬菜大棚的创始人，王乐义的名字本身就是一笔很大的无形资产。2001年7月，"乐义"蔬菜在国家工商总局注册。这几年，"乐义"品牌应用到了更多的领域，除了绿色蔬菜，还有复合肥、塑料薄膜等。专家们估算，仅在这三个领域，这个牌子的价值就超过亿元，王乐义就会成为名副其实的大款。但王乐义对乡亲们明确表态，这个分红的钱他一分不拿，因为这个品牌是乡亲们40多年共同培育的，收益理应属于整个三元朱村。

王乐义不仅自己坚守诚信的理念，他还积极带动他人做诚实守信的模范。2006年农业税全面取消后，他向全国农民朋友发出了"依法诚信纳税，建设社会主义新农村"的倡议。寿光市绿洲农化有限公司经理张金洋是先富起来的农民，在创办绿洲农化有限公司初期，由于张金洋自己不懂税法，只干不学，结果开业没多久，税务干部就找上了门，最后还是补缴了5万元的税款和罚金。通过这件事，他深有感触地说，乐义说得对，只有学法、守法，依法诚信纳税才有出路。

在王乐义的带动下，诚实守信在三元朱村蔚然成风，三元朱村被中央文明委评为全国文明村镇建设工作先进村。王乐义被先后评为全国优秀共产党员，全国劳动模范，并被先后当选为中国共产党第十五、第十六、第十七次全国代表大会代表。

▷ **故事解读**

王乐义的故事是一个在市场经济环境下由诚信之花开出财富硕果的故事。他将文明诚信作为自己经商的品牌，通过以创建文明信用蔬菜基地、文明信用蔬菜村、文明信用菜农、文明信用农业龙头企业、文明信用经营业户为主要内容的"五信"创建活动,实实在在地把诚信精神融入自己的蔬菜事业中,赢得了口碑,赚取了财富。关于自己成功的秘诀,王乐义用朴素的语言将其概括为:"无论从事什么职业,都要自觉做老实人,说老实话,办老实事。"

诚信,简单来说就是"诚实守信",在中国传统社会中,儒家文化中的诚信作为一种重要的社会道德规范维系着整个社会秩序,起着教化、调节和导向的社会作用。在商业社会中,诚信是经商者追求长期稳定利益的最优选择。在博弈过程中,人们只有秉承诚实信用原则,才能对彼此之间的经济交易、契约行为、未来规划等形成合理的预期和信心,摆脱社会关系中的偶然性、任意性因素的困扰,从而形成良性的社会关系,并最终实现自身利益的最大化。如果没有诚信,交易就无法完成,任何违背诚信义务的做法,都会挑战商业合作的基础。诚信这一原则本质上维持双方或多方当事人利益的平衡,以求得个体利益与社会利益的平衡。

▷ 公民采访

采访者:(介绍王乐义事迹后)请问您对这个诚信经商的故事有什么认识?

受访者(陈姓大学生,采访地点:松江大学城):作为一个财经院校的大学生,我对财富的故事很感兴趣。在感动中国的人物中,不乏悲情的故事,而王乐义的故事是喜剧,是一个"挺直腰杆把钱赚了的故事"。他让我们看到诚信在做生意中的重要作用。希望看到更多这样诚信致富的故事。

▷ 专家点评

本故事讲述了农村基层干部用诚信行为践行社会主义市场经济基本规范,起到了弘扬正能量的作用。"故事解读"部分通过对个体利益与社会利益关系的分析,呈现了诚信的成本与收益,增加了说服力。"公民采访"部分的对象选择财经类院校学生更是具有针对性,增强了本故事的教育实效性。"延伸思考"部分从执政党重要文件的角度强调诚信建设的基本内涵及推进诚信建设的急迫性和现实意义,这将会促进人们结合社会现实进行深入思考。

▷ 延伸思考

诚信,是社会和谐发展的基石。中共十八大明确提出要"加强政务诚信、商务诚信、社会诚信和司法公信建设"。近年来,诚信失范事件屡屡发生。从假烟假酒假名牌,到毒米毒面毒瓜子;从普通人恶意透支消费,到官员言行不一道德败坏;从为人师表的教授剽窃他人论文,到足球"黑哨"吹痛亿万球迷的心;从在校时考试作弊、替考、代考、迟到、早退、缺课、抄袭作业和论文、助学贷款不按期还,到求职时个人履历弄虚作假、伪造学习成绩、虚构获奖材料。在这些事件的背后,暗含着人们对诚信认知和实践的偏差,即诚信是获得财富的绊脚石而非助推器。诚信者易蒙受损失而不诚信者占了便宜,最终导致劣币驱逐良币。信用不立已成为我国经济生活中的一种公害。如果任其发展下去,市场经济秩序将被扰乱,整个国民经济的健康发展也将受到影响。事实上,信誉是一种无形的资产,"立信才能立业"。古往今来,综观商海,兴衰成败,很重要的一个原因,即是否恪守诚信。王乐义的故事为我们提供了一个正能量的模范,值得学习和思考。

故事 42

诚信自强报效祖国

故事内容①

王一硕,河南省长垣县人。2003年7月毕业于河南中医学院药学院;同年8月参加大学生志愿服务西部计划,服务于陕西省麟游县科技局,成为团中央等团体和有关部门批准的首批大学生服务西部志愿者。

他出生在一个贫穷的农民家庭,家里唯一的经济来源就是十几亩地的收入。2000年接到大学录取通知书时,面对每年6 000元的学费,为了不让父母为难,也为了不使正在上学的两个妹妹失学,他决定放弃上学,去西安打工。当学院得知他是因交不起学费才没来报到时,迅速为他争取了国家助学贷款,他带着万分的感激迈入大学校门。

在学校里,领导、老师们一直十分关心王一硕,不仅为他安排勤工助学岗位、为他捐衣捐钱,更激励他自强不息、不畏艰苦。无论在教室、图书馆还是实验室,王一硕抓紧一切时间刻苦学习。导师张振凌教授为了帮助他,特地安排他到她的实验室打工、做助理、做课题,协助她完成国家科技攻关课题。在这里,王一硕不仅学到了更多的、系统的科学知识,也学到了许多做人做事的道理。他深信,贫困只是暂时的,知识会改变命运。2003年,王一硕以优异的成绩完成了大学学业,并被导师推荐到北京的中国中医研究院工作。

到北京工作,是多少大学生梦寐以求的事情,也是王一硕想都不敢想的大好事。但正在这时,团中央、教育部等四部委向全国高校毕业生发出了志愿服务西部的号召。听到这一消息,他当即就动了心:是国家助学贷款和学校领导、老师的帮助,才使自己由一个打工仔成为一名大学生。知恩图报是做人的基本道德,在国家急需人才的时候,自己不能无动于衷。王一硕决定放弃去北京工作的机会,到西部去,为祖国的西部大开发贡献自己的微薄之力。在他的影响和带动下,全班77名同学全部报名申请到西部做志愿者,此事被中央电视台

---

① 《感动中国的诚信力量》,腾讯网,http://cd.qq.com/a/20100830/001594.htm。

新闻联播节目作了报道,成为当时轰动全国的新闻。经过层层选拔,王一硕于2003年8月被分配到陕西省麟游县做志愿者。

2003年8月21日,在即将奔赴西部之际,王一硕写了一封感谢信,并送到广东发展银行未来路支行行长田华松的办公室,向全力支持他完成学业的广东发展银行表示衷心的感谢,他告诉田行长:"3年来,我的母校河南中医学院不仅教给我丰富的科学文化知识,更教会了我做一个诚实守信的人,一个胸怀祖国的有志青年,我已被批准为西部志愿者,被分配到陕西省宝鸡市麟游县科技局服务,请你们记下我的联系方式,有事随时跟我联系,我保证尽早还清贷款。"田行长被眼前这个敦厚朴实的小伙子打动了。他说:"志愿者钱少,只要我们能找到你,还不了可以延期。"

服务结束后,为了实现自己还贷的承诺,王一硕回到郑州,一边复习考研一边打工。随着收入不断增加,他归还国家助学贷款的愿望也日渐强烈。一些朋友不理解他的想法,劝他说:"国家有的是钱,也不在乎你那点贷款,何况还有那么多大学生没有还款,为什么那么着急呀?"王一硕却不那么认为。他说,在我最困难的时候,是祖国母亲向我伸出了援助之手,使我在人生的十字路口获得了宝贵的学习机会。我怎能忘恩,怎能不为国家分忧呢?这是我义不容辞的责任。

虽然还有10个多月贷款才到期,但是他决定提前还贷,并向学校正式提出申请。2005年12月15日,学校为王一硕举行了隆重的还贷仪式,省教育厅、发贷银行有关负责人、学校党委书记孙建中、副书记徐玉芳和数百名师生员工参加了他的还贷仪式。当他将通过辛苦劳动积攒的26 770元贷款交到发贷银行负责人手里时,全场响起热烈的掌声。王一硕说:"我现在有能力还清贷款了,我绝不会赖账不还。"他以自己的实际行动践行了自己的诺言。

▷ **故事解读**

诚信是一个人最宝贵的品质,是心灵里最圣洁的鲜花。诚信的人,才可以创造更多的社会财富,才可以拥有更完美的人生。在我们的身边,有许多像王一硕这样默默无闻、普普通通的人,他们虽然称不上是杰出人士,他们的成就也算不上是丰功伟绩,但他们的故事却让人们感受到了社会的正能量。王一硕是一个平凡的大学生,但是,他用自强不息的精神应对困难、用感恩的心对待生活、用诚实守信的品质践行诺言,让我们看到了他不平凡的一面。

▷ 公民采访

采访者:(介绍王一硕事迹后)请问您对这个诚信故事有什么认识?

受访者(王姓大学生,采访地点:松江大学城):王一硕出身贫寒,只能依靠国家助学贷款完成学业。他将生活的压力变为学习的动力,自强不息,顺利地完成了学业。毕业后,他积极主动偿还助学贷款,为我们大学生树立了良好的榜样。我也是一名申请了助学贷款的贫困生,我会向他学习,就业后按时还款。

▷ 专家点评

本故事讲述了一个年轻的知识分子在平凡的生活中坚守诚信为本的故事,对当代青年如何做人做事有积极的引领作用。"故事解读"部分提出普通人的正能量,使每个公民感觉诚信触手可及,应当随时践行。"公民采访"部分的被采访者从学生角度看到了青年学子的诚信楷模,真实自然,增强了学习的自觉性。"延伸思考"部分关注了一个特殊的群体——享受国家助学贷款的学生。依法偿还贷款是法定义务,关系到大学生毕业后一生的事业发展。

▷ 延伸思考

国家助学贷款是由国家指定的商业银行向高校中经济困难学生发放的个人信用贷款。近年来,大学生违约不归还或不按时偿还贷款的新闻时有发生。究其原因,一方面是由于国家助学贷款制度中存在一定的法律漏洞,另一方面就是因为部分大学生缺乏诚信的道德观念。事实上,享受助学贷款的贫困大学生是在用自己的诚信作担保。大学生应将诚信作为自己走出校园的第一张毕业文凭,不要让自己一毕业就顶着"失信"的恶名踏入社会,这将为以后的工作、生活埋下隐患。

故事43 最美儿媳带公公改嫁

故事内容①

"听说记者要来采访,我又想起公爹。"在平湖市独山港镇金沙村,记者见到郭建英时,她不好意思地擦拭着眼泪。

郭建英的公公叫冯阿美。18年前,丈夫冯宝良因病去世后,她带着公公改嫁,和现在的丈夫一起孝敬老人,直至2015年年初公公去世。日前,郭建英被评为省道德模范。

郭建英和冯宝良婚后育有一子,一家人生活美满。没想到,1997年冯宝良被查出得了癌症,夫妻俩在病榻前相对流泪。丈夫叹了口气说:"爸爸老了,以后可怎么办?"郭建英毫不犹豫地说:"有我一口吃的,就有爸爸吃的。"

唯一的儿子去世后,患有白内障、双目失明的冯阿美一连几天号啕大哭,茶饭不思。郭建英对公公许下承诺:"我跟宝良说过了,会为你养老送终。"就这样,郭建英把沉重的家庭负担扛在肩上:供养儿子上学,赡养公公,偿还为丈夫看病借的债务。

每天早上,她都把公公安顿好了,烧好饭菜才去上班;中午休息,再回家看一看。冬天,喂公公吃完饭后,扶着他出门晒太阳;夏天,时常给公公晒被褥。郭建英回娘家,担心公公出意外,也都要带上他。

看着郭建英苦苦支撑家庭,亲友们热心地帮郭建英介绍对象,郭建英拒绝多次后,她提了个条件:"如果再嫁,必须带着公爹一起去。"2000年,金山石化一家工厂的仓库管理员胡尚友,走进了郭建英的生活。听了郭建英的要求,他说:"放心吧,我一定照顾好你公公。"当年,郭建英带着公公改嫁了。

重建家庭后,郭建英和胡尚友齐心协力,渐渐把家里的债务还清了。但这时,老人却出事了:2008年的一天,81岁的冯阿美不小心摔了一跤,造成粉碎性骨折,在医院一住就是3个多月。郭建英每天都在医院照顾公公:擦身、喂饭、守夜……

---

① 《好儿媳,带着公公改嫁——记省道德模范郭建英》,《浙江日报》,2015年10月12日,第2版。

> 同房的病人知道郭建英是冯阿美的儿媳后,个个都伸出了大拇指。
>
> 出院回家后,冯阿美因骨伤难愈,从此卧病在床。为照顾公公,郭建英辞掉了服装厂的工作,每年少了 6 万元收入。她却觉得:"能照顾好公公,值了。"
>
> 由于长期卧床,冯阿美身上长了褥疮,下半身皮肤经常溃烂、脱落。每隔几天,郭建英就用酒精替公公消毒,刮去溃烂表皮,涂上药物。经郭建英悉心照料,冯阿美的褥疮渐渐痊愈。7 年多来,为照顾公公,郭建英很少走亲访友,也从不出远门。
>
> 在当地,郭建英被人们称为好儿媳。

▷ **故事解读**

为了一句承诺,可以坚守多久。许下一句承诺可能只需要 10 秒钟,但是兑现许下的承诺也许需要数 10 年默默无闻的付出。18 年前丈夫的一场大病改写了郭建英的后半生。面对丈夫的临终嘱托,她答道"有我一口吃的,就有爸爸吃的"。她不会说华丽的语言,也不会说太多的大道理。有人可能会问,这样默默地付出值得吗?她用自己无声的选择,给了我们答案。她只是在坚守她自己认为正确的信念,她不会去考虑、去权衡做这件事情对自己有多少价值,能换来什么利益。俗话说,说话容易事难办,其实信守承诺不易,践诺更难。18 年对于我们来说可能仅是生命的五分之一,但是对于郭建英来说,18 年里的每一天她都在负重前行。像郭建英这样默默坚守自己信念的平凡人还有很多,正是这些人的坚守让我们对未来充满信心。古人云,吾先诚,方能取信。诚信是看不见摸不着的一种存在,一个人是否讲诚信,大家自有公论。诚信不是一时的作秀,而是一世的坚守。

▷ **公民采访**

采访者:您之前听说过郭建英带着公公改嫁的故事吗?您如何看待这件事?

受访者(韩女士,采访地点:浦东新区世纪大道地铁站):看到过这方面的报道,就是对不上号的,不知道是不是这个人。像这样的事,在当今社会实在少有。我们可以扪心自问,如果自己遇上这种事,哪怕是对与自己有血缘关系的亲生父母,我们是否能够比郭建英做得更好呢?恐怕不见得,更何况对于郭建英来说,那是没有血缘关系的公公!我很佩服她,相当不容易。

采访者:您认为当代青年人应该在与父母、长辈相处时扮演什么样的角色?或者我们可以从这个故事中学到些什么?

受访者：我们国家自古以来，就讲孝道、重诚信，这是中华民族几千年来的优秀传统文化。而现在，我们追求自由与独立个性，在观念的变化过程中，我们忽视了传承优秀的传统文化，很多有价值的东西都丢了。我觉得当代青年人发展他们鲜明的个性时，也应该懂得孝道、知道尊重、注重诚信。像郭建英这样的故事应该更多地去挖掘，更多地去宣传，去动年轻人，让他们能够把好的传统传承下去。

▷ **专家点评**

本故事讲述了一个不是亲生女儿胜似亲生女儿的感人故事。谁说只有血缘才能不使亲人分开，一个讲信与义的平凡的善良儿媳用行动诠释了中华民族的优良传统美德。"故事解读"部分认为"10秒钟许下的承诺，可能需要一生来坚守"；强调"信守承诺不易，践诺更难"；说明诚信应该成为人生信条及社会准则，时刻规范和约束人们的行为。"公民采访"部分选取同样具有儿媳身份的采访对象进行现身说法，使懂孝道、讲诚信的中华传统美德更容易被年轻人接受。"延伸思考"部分将"孝道、感恩、诚信"与社会主义核心价值观建设结合起来，将会使该建设更易接地气地得到落实。

▷ **延伸思考**

古往今来成大事者，无不以德行取胜。《世说新语笺疏》："德成智出，业广惟勤，小富靠勤，中富靠智，大富靠德，小胜靠智，大胜靠德。"意思即是，小的胜利凭的是聪明，真正要在大事情上得胜利，靠的是德行。没有诚信，一个家庭就没有灵魂。因此我们要传承好优秀传统文化，依靠"孝道、感恩、诚信"诠释社会主义核心价值观的内涵。

故事 44　三入火海舍己救人

故事内容①

　　2016年5月17日傍晚，方城广阳镇人王锋像往常一样亲自送走了在自家"清华园"学习的二三十名小学生。从2015年7月开始，38岁的王锋就带着妻子潘品和一双儿女租住西华村的一栋三层民宅。由于住处邻近市二十一学校，夫妻俩就办了家托教所，每天尽心尽力地照顾小学生，赚些辛苦钱。

　　5月18日凌晨1时20分左右，正在熟睡中的潘品突然被丈夫王锋推醒。"咋那么大烟呢？"说着王锋打开了卧室房门，发现外间大厅里浓烟滚滚，大厅存放的10多辆电动车、摩托车正熊熊燃烧着。"失火了，救人啊，救人啊！"顾不上穿衣，王锋一边打开楼房大门大声呼救，一边保护着妻儿从室内转移到楼外安全地带。

　　王锋冲进了火海。"你打电话报警，照顾好孩子，我得去救人，楼里还有很多人。"话音刚落，王锋留给潘品的就剩下一个奔跑的背影。冲进火海的王锋，迅速救出了住在一楼东间的两名托教学生和一名托教老师。

　　王锋又冲进了火海！再出来时，王锋已快被烧成了"炭人"，浑身都是黑的，神智已不清醒。就是这样，他还在外面跑着喊着："快救人啊，快救人啊，失火了！"向四周邻居呼救示警。从住处到张衡路口，大约五六十米的距离，一路都留下了他带血的脚印，最终他被妻子拦在路边等消防车。

　　1点35分左右，来了两辆消防车，大火被迅速扑灭了。"第二次冲出来的时候，王锋还没有被烧伤。如果没有再进去，他就不会被烧伤了。"潘品哭着说，那时候，已是火光冲天，楼内不时响起噼噼啪啪的爆炸声。

　　1时50分左右，王锋被送往南石医院救治。"把王锋架上救护车时，他还不肯上车，一个劲地说：'楼上还有很多人，先救他们'。"附近居民卢先生叹息说："那会儿王锋已经处于

---

　　① 《河南青年王锋三入火海成"炭人"用血脚印谱写大爱》，中国经济网，2016年05月27日，http://district.ce.cn/zg/201605/27/t20160527_12117309.shtml。

半昏迷状态了,脑子里就记着'救人'这一件事了。"

王锋住院当天,房东王女士当即拿出2万元送到医院给王锋救急。"在这座失火的小楼里,除王锋一家,还住着3户人家,由于王锋及时发现、示警火情,只有他被严重烧伤,其他人均安全脱离险境。"回忆当时的情形,王女士仍然惊魂未定。

据主治医师介绍,王锋全身烧伤面积达到98%,其中90%三度烧伤,8%二度烧伤,属于特重度烧伤,目前尚未脱离生命危险,医院正全力救治。据初步估算,王锋第一次植入造皮费用在50万元左右,后期还会有高额的医治费用。

5月21日上午,王锋家乡广阳镇党委书记郭鹏、镇长陈万萍给王锋送去了慰问金。看到王锋受伤的惨状,两人不禁放声大哭。

家住市十一小学附近的市民关女士和李女士到医院捐助时,听说王锋一双儿女都在十一小学上学,当即表示愿意在王锋接受治疗期间负责照料孩子,为孩子提供免费吃住并接送孩子上学,让潘品在医院安心照顾丈夫。两个孩子已安顿在李女士家中。

5月26日上午8时16分王锋被推进手术室。4个小时后,当医生从手术室出来,宣告手术顺利成功时,王锋妻子潘品的嘴角扬起久违的笑容。

社会各界纷纷主动施以援手,或多或少地献出自己的爱心。截至5月25日下午19点,王锋家属共收到老乡、同学、热心居民、爱心企业及全国好心人通过微信红包转账和朋友圈轻松筹等方式汇集而来的爱心善款220余万元。

潘品表示,根据医院估算,收到的善款已够手术费用,她央求记者告诉社会各界朋友,不要再捐款了。有一些农民工、环卫工人来捐款,让她感动,也让她不安。她说:"大家的关心给了我信心、勇气和力量,让我能够好好帮助丈夫恢复健康。"

▷ **故事解读**

本故事介绍的是主人公王锋不顾生命安全见义勇为的事迹,这是个相对极端的案例,但更能凸显当事人的品质。在社会生活中,见义勇为的行为比比皆是,甚至不惜牺牲生命来保护他人或公共利益,面对突发事件当事人需要在短时间内作出决断,甚至毫不犹豫地付诸行动,这都源自坚持本心,而本心就是个人道德品质的积累而形成的价值观,以及对价值观的坚守,这种坚守就是诚信,是对自我诚信的体现。王锋能够舍己救人,既有他忠于职守的一面:他创办托教,有责任保护自己的学生,临危挺身而出,是他的职责所在,不能退避,这就体现了他对待工作责任的诚信;同时也展现了他拥有社会责任感的一面:王锋一直以来与左邻右舍和睦相处、乐于助人,当火灾降临,他三度进出火场,临昏迷还念念不忘呼喊邻居自救,这就是他社会责任意识的体现。他关心的并不只有自己,还有大家,这是对他人的诚信。由此可见,诚信是个人品德的一部分,同时也与其他品质相互交织。一个人对个人品德的坚守,保持言行一致,就是诚信最基本的表现。

王锋见义勇为的后果是严重的:全身大面积重度烧伤,医疗费用昂贵,家庭负担沉重。后续报道中,社会各界纷纷施以援手,很快就筹得了200多万元的捐款帮助他们渡过难关,这是个可喜的情况,让人暖心。而反观诸多报道中一些见义勇为者反被诬陷的情况,反映了当下另一种社会现状,就是社会诚信的缺失,这直接导致了许多有意挺身而出的人,想伸一把手却又心存犹豫。河北张家口市宣化区人民法院戚海红的一篇法官论坛文章《"见义勇为"需要诚信社会的建设》中提到:"但凡每一种高尚的精神,都是需要和社会交相辉映的,如果社会没有给予及时的回应,那么,很多宝贵的精神会无声消失。"这篇文章讲的就是社会诚信氛围的建设对个人品德的影响。社会诚信是社会文化环境的一部分,而社会文化环境在现实生活中具有引导和控制社会群体中个体行为的作用。所以社会诚信的缺失,会渐渐磨灭个人的高尚品格,"见义勇为"如是,"公平正义"亦如是。而在王锋的事例中,我们看到了积极的信息,社会各界并没有置身事外,而是鼓励、支持着见义勇为者,并为他解决实际困难。这些正面的消息都展现出我们的社会在进步,社会文化环境在改善,也为更多的见义勇为者们卸下了包袱,这是大家所喜闻乐见的。

▷ **公民采访**

采访者:请问您知道最近有个名叫王锋的河南人三入火海救人的事情吗?

受访者(舒姓大学生,采访地点:松江大学城):知道的,最近网上宣传很多,我也看了关于他的报道,被他的英雄事迹所感染,很受触动。

采访者:那您觉得王锋的英勇行为与诚信精神是否有联系?

受访者:王锋是不顾个人生命安危,三入火海救人,这是见义勇为的英雄行为,可能这种突发的举动出自他的本能反应,但我觉得,没有一直以来的道德积淀,他是做不出这一举动的。换作是我或者其他人,碰到这样的情况,就不一定有他那么勇敢。所以,王锋的举动,说明他自己是诚信的,他坚持了自己的本心,坚持了自己对社会的责任,没有因为危险而退缩,我觉得这也是诚信精神的体现。

▷ **专家点评**

　　这是一个相当感人的事迹,像透过乌云的一道阳光,让众人感到温暖;但是,反观全社会的道德素养,又难以令人释然。社交是人类的重要属性,人与人的交流、共处推动了人类社会的演变。相信我们都向往生活在身边有诸多王锋这样关心人人、爱护人人以及救人人于危难的人的社会环境中。问题是,为什么人人向往却少有人去做呢?诚实、爱人、助人是需要付出个人利益甚至是生命的,这足以使大多数人退却。留给我们的思考是:我们个人应该怎么做?国家应该怎么做?

▷ **延伸思考**

　　包括诚信在内的优秀品质是可以传递的,在王锋舍己救人事件的进一步发展中,我们获知,王锋的妻子潘品在收到社会捐助款项超过 200 万元后,一再向媒体表示医疗费用已够,希望大家不要再捐助了,并毅然拒绝了"掌心众扶"义工送来的 10 万元捐款。这又与一些社会媒体曾曝光的事件大相径庭:曾有报道说一个突遭困境的家庭在接受社会捐助超过他们的所需时,仍不断接受捐助,将善款据为己有,变相敛财。这已成为利用他人善心谋利的不诚信行为,受到大众的强烈谴责,也寒了许多助人者的心。而潘品的行为无论是她个人的意愿,还是受王锋的影响,都使我们看到了王锋一家的诚信品格在熠熠生辉,这种让世人感慨的行为经媒体的传播,也会传递给每一个受众,助人者欣慰,旁观者点赞,正能量得以弘扬,社会诚信氛围也将在这样点点滴滴的闪光点中逐步形成。

上 篇

故事 45

替父还债信誉第一

故事内容①

宁夏银川市永宁县胜利乡杨显村的村民杨林有两张最珍视的证书,一张是杨林父亲杨志明的烈士认定书,另一张是杨林今年被评为全国"向上向善好青年"的荣誉证书。两张证书的背后,是一个普通农民的一句承诺和9年的艰辛。

第一张证书带来的记忆是沉痛的。2006年5月,杨志明为救一名落水少女不幸牺牲,被宁夏回族自治区政府追认为烈士。然而就在全家还沉浸在悲痛中时,讨债的人就陆续来了。原来,杨志明生前为开砖厂,曾向邻居、朋友筹借19.7万元,债主们担心"人死账销",纷纷前来催债。

"近20万元的债务,对我们家而言简直是天文数字,"杨林说,"但是诚信对我来说更珍贵,父亲生前口碑很好,所以才能借到这么大一笔钱。这些钱不还,我们一家一辈子直不起腰来,老爹的烈士名声也会被玷污。"

于是,当时28岁的杨林做出了一个让不少亲戚朋友吃惊的举动:他将欠条上父亲的名字全部改成自己的,即使是没有欠条的债务,杨林也一一记在本子上,并承诺无论用10年还是20年,一定会把债还清。

尽管早已做好了思想准备,但还债历程还是比杨林想象的要艰苦许多。为了早日还清欠款,杨林辞去了原有的固定工作,一边干农活,一边还要打几份零工。

听说搬运钢材工资高,而且能拿到现钱,杨林便去银川钢材市场做搬运工。夏天气温很高,一根根钢材烫得让人无法下手,杨林却连十几元钱一双的手套也舍不得买,双手经常被烫得通红。有同事实在看不下去,就送了他一双,没想到戴上后肉就和手套粘在了一起。晚上他回到家,母亲用剪刀将手套一点点剪破、撕下,疼得他直吸冷气。即便如此,杨林还是坚持去田里打理庄稼。看到儿子如此受苦,母亲只能默默流泪。

---

① 《杨林:九年艰辛替父还债只为对得起良心》,《右江日报》,2015年7月12日,第A04版。

一开始,不少债主都不相信杨林真的会还债,每过几天就要登门来看看,有的债主甚至直接拉走了杨林家里的家畜和唯一一辆四轮车抵债。为了让他们放心,杨林一挣到点钱就将其中大部分拿去还给债主,自己却是能省一分就省一分。

就这样,债主们渐渐安下心来。几年下来,杨林的弟弟妹妹都相继成家,杨林的婚事却一直没有着落。由于担心拖累对方,杨林迟迟不敢向心上人提亲,直到后来,看中他的女方家里被杨林的事迹打动,没有提彩礼、新房等要求,还倒贴了1万元用来待客,杨林才在2013年和未婚妻领证,在家中举行了简朴的婚礼。

2015年1月23日,杨林将最后一笔欠款还给了父亲的生前老友周生勇。周生勇拍着杨林的后背感叹:"娃娃,你真不容易啊!"

9年的辛酸此刻一起涌上心头,已经37岁的杨林当场"不争气"地流下了眼泪。之后他来到父亲牺牲的地方,望着银川市唐徕渠中的流水,又放声大哭了一场。

5月4日,杨林作为宁夏唯一的"向上向善好青年"远赴北京接受表彰。杨林说:"有人说我傻,但我不后悔,做人总要对得起良心。要说遗憾,就是当年没有给妻子一个风光的婚礼和一套像样的新房。"

▷ 故事解读

自古以来,欠债还钱天经地义,但是父债子偿并不是义务。《中华人民共和国继承法》第三十三条规定:"继承遗产应当清偿被继承人依法应当缴纳的税款和债务,缴纳税款和清偿债务以他的遗产实际价值为限。超过遗产实际价值部分,继承人自愿偿还的不在此限。继承人放弃继承的,对被继承人依法应当缴纳的税款和债务可以不负偿还责任。"杨林的所作所为,超越法律的要求,闪烁着人性的光芒。作为全国"向上向善好青年",杨林受到了社会各界的广泛赞扬。

杨林说,如果不还清债务将无法面对乡亲,无法面对自己的良知,因此不管是否有欠条,面对上门讨债的乡里乡亲,杨林都绝不赖账,郑重承诺由自己来还钱。承诺是书面上的白纸黑字,在实际生活中是一种说话算数的良知。虽然条件艰苦、生活贫困,但杨林一直坚守着自己的承诺;虽然没有法律上的约束,却仍然遵循着内心的良知。最终,杨林通过勤劳努力将父亲的债务还清,他的良知和踏实诚信赢得了称赞。上天眷顾,让他找到了能理解他、支持他的另一半,这不仅是对美好爱情的讴歌,更是对诚实守信品质的肯定。在诚信不足的今天,杨林的所作所为,让很多人真心感佩。

不信不立,不诚不行,重建社会信任,需要千千万万个杨林,需要我们所有人一起携手努力。作为学生,我们要做诚信的表率,应该自觉地把诚信扎根于心中,从身边细小的事情做起,用实际行动将诚信发扬光大。

▷ 公民采访

采访者:您看到杨林替父还债的故事后有什么想法?

受访者:(宋姓女学生,采访地点:松江大学城):杨林替父还债,让我看到了中国人骨子里重信守义的优良传统在一个普通公民身上得到了淋漓尽致的展示。我们需要大力宣传这样的德行,让重信守义重新回到大家的生活中。我们国家正在倡导法治建设,但在很多法律无法规范的地方,还是需要德治来弥补。

采访者:您觉得杨林为什么可以有这么高尚的品德?

受访者:在我看来这是杨林家庭教育的结果。中华民族自古以来就重视家庭教育,家庭是社会的基本组织,杨林的高尚品德必定离不开他父母多年的言传身教。正如习近平总书记提倡的那样,我们要注重家庭家教家风,发扬光大中华民族的传统美德,从而使千千万万个家庭成为社会和谐的土壤。

▷ 专家点评

本故事讲述了一种合乎中国传统人情而并不是法定义务的偿债行为,是一个年轻人践行诚信的故事。"故事解读"部分揭示了"良知是诚信的前提,诚信是良知的体现"的辩证关系,有良知、懂感恩、守诚信应该是当今社会建设的重要内容。"公民采访"部分的受访对象看到了德治中国与法治中国建设的相互关系,有独到的现实意义,值得思考。"延伸思考"部分教育大家只有综合利用各种有效手段形成合力进行推进,才能早日建成法治中国。

▷ 延伸思考

亲戚朋友、邻居愿意借钱并且不用打欠条,这是一种社会信任;杨林坚守良知不愿意辜负别人的信任而替父还债,为社会信任的建立作出了榜样。全面推进依法治国,离不开内心深处良知的呼唤。杨林替父还债看似只是社会一隅的个例,却是千千万万个在为社会主义诚信建设而努力的个体的缩影。

故事 46 一句承诺一生守候

故事内容①

李元成,男,汉族,1954年5月生,中共党员,湖北省宜昌市秭归县电力公司客户服务中心党支部书记。

李元成坚守与战友的约定:如果两人中有一人从战场活着回去,就要照料对方的父母。1980年转业回来后,他将牺牲战友的父母视为双亲,默默担当起"儿子"的责任,33年来精心侍奉两位老人,被人们广为传颂。

1975年,李元成参军入伍,在贵州某部队结识老乡付先根。在1979年对越自卫反击战前夕的一个夜晚,两人促膝长谈,约定如果谁光荣牺牲了,另一人就代为照看对方父母,直到养老送终。1979年3月,付先根不幸牺牲。1980年,李元成转业回到家乡,在乡镇供电所工作。尽管工资较低,李元成还是信守与战友的约定,经常接济付家,他也成了付家二老的"义子"。

1996年,付家小儿子去世,二老的赡养重任全压在李元成身上。他克服妻子下岗、移民建房、家中尚有两个女儿读书等诸多困难,33年如一日,默默地悉心照料二老。其间,李元成的父母先后离开人世,他更是视付家二老为自己的双亲。每逢两位老人的生日,李元成都会去为老人庆生,还不忘带上爸爸爱的小酒和妈妈喜欢的甜点,并塞上点零花钱。有一年妈妈刘克英过生日,二老怕小两口又破费,就锁上大门躲到外面去了。李元成夫妻就坐在大门口等了一天,直到老人晚上回来。看着李元成一头的汗,老人含泪点头答应以后再也不躲了。

2006年,为了不给李元成增添过多的经济负担,77岁的付承信瞒着李元成去宜昌打工。李元成知道后,急忙赶到宜昌找寻,找到后说:"爸,儿子哪能眼睁睁地见您老这么大年纪还在外面打工?您放心,有我在,您和妈什么都不用担心!"其

---

① 《李元成:一句承诺 一生守候》,《国家电网报》,2013年7月19日,第8版。

> 实,李元成的经济并不宽裕,新婚之夜,他和妻子是在山上一间由猪圈改装成的新房里度过的。他们在这间房子一住就是3年,直到大女儿出生,他们才借钱在老茅坪镇买了几间瓦房。1998年,作为三峡移民,他们又举债在秭归新县城建起了新房。旧债还未还清,他的妻子又下了岗,一家人生活更加困难。尽管如此,李元成从来没有怠慢过两位老人。两位老人说:"元成比亲生儿子还要亲!"在李元成一家人的关怀下,两位老人衣食无忧,安享晚年。前几年,付先根的父亲身患绝症去世,李元成又忙前忙后地为老人送终,为老人尽孝。
>
> 李元成获得"湖北省第二届道德模范"荣誉称号。

▷ **故事解读**

　　他本是一名普通的电力职工,却因为一句承诺付出半生,听者为之动容,观者为之感佩。他用多年的坚守,兑现了对战友的生死承诺。他们不是有血缘关系的亲人,他们之间的爱却超越了亲人。是怎样的一种坚持,是怎样的一种担当,才能让一个普普通通的老百姓用半生去践行一句承诺?李元成既没有身居高位,也没有富甲一方,甚至一直都生活艰苦。但是就是在这样的环境之下,只是为了践行对战友的那一句承诺,却不知不觉地陪伴老人走过了30多年的风风雨雨。虽然他们并没有任何血缘之亲,但一句承诺让他们成了一家人。

　　有人说,现在是市场经济时代,所有人的目光都看向了市场,所有人的内心都不再纯净,这个时代缺少英雄,缺少楷模,缺少信仰。然而,李元成却用他孜孜不倦、无悔无求地付出让我们明白了什么是坚持,他为我们上了一堂意义深远的人生课。通过一个偶然的机会,他的事迹被大家所知晓,然而面对光环,李元成和以前一样,不事张扬、低调务实。默默地坚持、付出,他没有豪言壮语,只有默默地奉献,他始终在用自己的方式向这个社会传递着正能量。

▷ **公民采访**

　　采访者:您听说过李元成这个人吗?

　　受访者(钱姓男学生,采访地点:杨浦五角场):李元成?没听过。

　　采访者:(向他介绍了李元成的事迹)您对这个人怎么看?

　　受访者:听了你的介绍,我有些印象了,好像在媒体上看到过相关的报道,好像是感动中国人物,我就是不太记得名字了。我依稀记得这个人工作很突出,乐于奉献,而且面对困难也是一往无前,责任意识很强,还能照顾战友的父母。

　　采访者:这个人的事迹对作为大学生的你有什么启发?

受访者：李元成照顾战友父母，一年两年容易，可是他却默默地照顾了30多年。尽管如此，他却从不对外人说。李元成用无声的行动，践行自己的承诺，在平凡中演绎了人间大爱。所以我的感触是我们要坚守承诺，低调做人，从自己身边的点点滴滴做起，将李元成的精神传承下去。

▷ 专家点评

本故事主要讲述了李元成坚持30多年照顾牺牲战友父母的感人事迹。它充分说明了讲诚信是中华民族传统文化和民族精神的精髓，告诉人们要把立言立德作为为人处世必须具备的基本品质和起码要求。李元成的事迹激励、强化了讲诚信的责任意识、使命意识、标准意识，为建设富强、文明、幸福的国家营造了良好的社会环境。

▷ 延伸思考

在当下物欲横流的社会，内心的矛盾和外界的压力很容易使意志不坚定的人受到影响，造成诚信的缺失。然而还是有许多人坚守本心、践行诚信，正是这些平凡的人们传达给我们强有力的精神力量，是他们带给这个社会正能量和感动，他们是中华民族的脊梁。我们应当以他们为榜样，在生活中追随他们的脚步去探索、去践行。

故事 47　小买卖坚守了大诚信

故事内容[①]

连续3个月,在河南郑州市丰产路和政七街交叉口附近,有一位中年男子,每天都会拉上一面包车的鸡蛋在此等候:他原来的店铺拆迁了,他担心拿着店里鸡蛋票的顾客找不到店家着急,因此在店铺旧址一等就是3个月。这个看似平常的等待,引起了众人的关注和赞誉,他也因而在网络上被网民称为"诚信鸡蛋哥"。

这位每天在此等候的"诚信鸡蛋哥"名叫任庆河,河南汝州人,8年前到郑州租房开店。

3个月前,郑州市对市区的临街商铺进行整顿,任庆河的店铺因为在整顿范围而被拆除。但是,他已预售出的6 000多斤鸡蛋票还没有给顾客兑现。当时不少顾客以为店拆了,人肯定也跑了,后来却发现任庆河把鸡蛋装在车里,每天都在他原来的店址前,等候顾客来领取鸡蛋,让他们感到意外和感动。"我走了顾客找不到我,领鸡蛋就不方便了。我在这等,顾客一来就能找到。"任庆河说。

这3个月来,除了极特殊情况外,任庆河每天上午8点到下午6点,都会到原店铺处等候。为保证供应及时,他必须每天一早就去市场批发鸡蛋。任庆河说,现在鸡蛋票已经兑现了一半多了,还有2 000多斤没有兑完,他将等到最后一个顾客兑完为止。

最近这几天,郑州气温一直很低、天空时不时还飘着雪花,但任庆河依然每天守候在那里,在他身旁的面包车上装满鸡蛋,等着有人拿票在此领取鸡蛋。

任庆河家里经济条件并不是很好,现在他和老伴、儿子、媳妇、孙女,共同在丰产路上租了一套很小的房子。在店铺拆迁之前,他和老伴贩卖鸡蛋、烟酒等物品,每月赚的钱也只能维持他家的日常生活。

[①]《店拆了诚信在,坐守三月还鸡蛋》,《燕赵都市报》,2012年12月31日,第9版。

在这3个月的等待中,任庆河不但不赚钱,每天还得往外拿出2 000多块钱,但他说:"这些支出原本就是人家预先给我的买蛋钱,我现在只不过是兑现而已,虽然由于鸡蛋涨价我可能多花了一些钱,但这也是应该的,我必须让顾客放心,不能辜负顾客对我的信任。"

　　记者在采访时看到,有两位顾客来领鸡蛋时,把票和篮子留给任庆河然后去办事,办事回来看都不看鸡蛋多少,拿着就走。一名顾客看到记者的疑问,笑着说:"多年在这买鸡蛋,他信誉好,从不短斤少两的,鸡蛋也新鲜,对他可放心了。"

　　任庆河说,也有人说他傻,店都折了,还不走,等什么呀,到时有了新店,顾客知道了就自然会去找他领鸡蛋,不知道的也就算了。"但我认为,这不叫傻,做人就得守本分,我的经营宗旨就是'信誉'两字。没有信誉,生意也不可能长久。"

　　任庆河现在虽然没有新店铺,但是还有好多居民、单位找到他家里要求订购鸡蛋。任庆河感慨地说,这就是他的信誉带给他的最好回报。

▷ 故事解读

　　在我们的日常生活之中,店铺搬迁是经常发生的事情,相信许多人看到这个情况都不会感到陌生。我们自己也可以设身处地地想一想,如果办完会员卡没多久店铺就搬迁或者关门大吉了,我们自然会非常懊恼。但是懊恼之余,我们能够做点什么呢?忍气吞声可能是我们大多数人的选择。在这些我们习以为常的过程中到底是什么地方出现了问题呢?我们又应该如何面对这种困境呢?

　　"诚信鸡蛋哥"用自己的实际行动帮我们解开了这个难题。店铺的搬迁,并不应该成为拒绝为他人服务的借口。"诚信鸡蛋哥"用自己的行动体现了诚信。其诚信行为难能可贵、值得表彰。"诚信鸡蛋哥"不仅感动了一个个来兑换鸡蛋的顾客,还会成为一个可以让诚实守信、守法经营良好传递下去的"接力棒"。一个城市终将因为一个个"诚信哥"的出现,而变得更加美丽。

　　古人常说:"诚招天下客,誉从信中来。"在社会主义市场经济条件下,"童叟无欺""炮制虽繁必不敢省人工,品味虽贵必不敢减物力"这些古训仍旧熠熠生辉。"诚信鸡蛋哥"的出现也是一种经营理念的成功。在现代社会中,要想取得成功并得到市场的认可,必须"以诚争取机会,以信把握机会",从而为企业的发展奠定基石。我国社会主义市场经济的日益完善,必将使越来越多的人意识到诚信不仅不是负担,反而会为自己未来的道路保驾护航。

▶ 公民采访

采访者：您听说过郑州"诚信鸡蛋哥"的故事吗？

受访者（沈女士，采访地点：上海市徐家汇）：听说过，在报纸上都有大篇幅的描述，由于店铺拆迁，他连续3个月将预售出的6 000多斤鸡蛋按时按地兑现给顾客，这种诚信的精神值得我们为他点赞。

采访者：在您看来，"诚信鸡蛋哥"这个故事对我们建设和谐社会有什么启示意义？

受访者：我认为"诚信鸡蛋哥"的故事对社会来说是一种道德方面的感召，他是传递正能量的使者。当今社会需要正能量，社会中虽然有"缺斤短两""以次充好"的现象发生，但更多的是像"诚信鸡蛋哥"这样的普通老百姓正在以自己的实际行动诠释诚信。"诚信鸡蛋哥"故事的出现弘扬了社会的优良传统文化，希望这些正能量故事的宣传能够促进市场的良性发展，也希望每个人都能从身边的点点滴滴做起，营造出良好的诚信氛围。

▶ 专家点评

本故事主要讲述了郑州"诚信鸡蛋哥"——任庆河的感人故事，充分说明了诚信不仅是一种品格，更是一种根植于内心的信念。在诚信标杆者心中，不管外界的反应怎样，有没有褒扬赞许，他们所做的选择都是遵从内心的呼唤。运用该故事，可收到良好的教育效果，为全国诚信建设、提升全民族道德素养带来星火燎原之势。

▶ 延伸思考

虽说公道自在人心，但是光靠自身的内在约束也是不够的，诚信除了要靠商家的道德自觉之外，机制和法律的约束也必不可少。早些年有过被人热议的某地理发店办理数千会员卡后"一跑了之"，某擦鞋店在办卡后突然"销声匿迹"，让会员卡持有者投诉无门的事件。对于不诚信的行为和商家，除了消费者的抵制外，更需要制度和严厉的事件监管机制的约束，以杜绝不诚信行为的发生。

故事 48　人就活个诚信

故事内容①

　　黄政清于天津城建学院设计专业毕业后,一直留在天津工作。2010年3月,黄政清因业绩突出,被公司派到宁夏银川新开的分公司做设计组组长。2011年6月,为了工作方便,他与公司共同出资,买了一台大众轿车。

　　2013年3月4日,黄政清的同事小赵向他借车,说要回农村老家,给母亲办低保。一个小时后,正和客户洽谈业务的黄政清接到小赵的电话,因超速驾驶,发生车祸,造成对方一死一伤。黄政清当时就蒙了,他下意识地给父亲打去电话求助。

　　当地交警向黄父解释了事情的来龙去脉。整件事和他的儿子没什么关系,对方提出的赔偿金数额是80多万元,小赵面临的将是3年以上7年以下的刑事责任。赵家的条件,比正常不富裕的农村家庭还要落后至少10年。父亲瘫痪在床,母亲也病倒在床上。小赵的父亲叹气说,自己真想救儿子,但实在无能为力,借遍了所有亲戚,只借到3 000块钱。这个债真还不上啊。

　　黄政清左思右想,自己能不能也承担一部分钱,别让小赵进监狱?听到儿子的话,父亲点着头对儿子说,我真是生了个有担当的好儿子。咱们不能让小赵毁了。他毁了,这个家就毁了。现在他们一点钱都拿不出来,干脆我们就把这个责任扛下来,明天开始张罗钱吧。

　　被感动的交警主动帮忙协调,受害方将80多万元的赔偿金降到62万元。

　　黄父因急着赶到银川,带来的钱远远不够赔偿,为了救急,便打电话向亲朋好友、单位同事借钱,有的一两万,有的三五万,一共借了50多万元。因为父亲身处异地,亲朋都相信他的为人,所以大部分钱都没有打借条。

　　2013年10月23日,黄政清的父亲突发心梗去世,没留下

---

①《营口黄政清——人就活个诚信》,中国文明网,2014年8月21日,http://ln.wenming.cn/wmbb/cxgs/201408/t20140821_2132031.htm。

一句遗言。

听到父亲突然去世的消息,黄政清和姐姐黄亚丽奔赴家中,为父亲料理后事。母子抱头痛哭,悲痛中,黄政清一刻也没有忘记一件大事:父亲生前借的债务,怎么办?姐弟俩觉得每一笔钱都是别人对父亲的信任,尽管父亲走了,尽管这些欠款没有欠条,可父亲一直教育他们做人要诚信,诚信是为人之本,不信不立,不诚不行。

办完丧事后,黄政清和母亲、姐姐带着悲痛,开始了艰难的还债行动。"不行,把我们天津的房子卖了吧,反正我没有成家,我以后租房子住!"黄政清像个大丈夫,对姐姐和母亲说。这个房子是准备留给黄政清结婚用的。

就这样,黄政清和姐姐回天津张罗卖房子。房子卖完后,发现还差一点钱,于是,黄政清的母亲把一件平时舍不得穿的皮大衣卖了1 500元,一个心爱的金戒指卖了3 000多元。

在父亲生前的单位,姐弟俩亲手把一笔笔钱送到父亲同事的手里,并向他们一一鞠躬。黄政清说:"当初借给我爸钱,是信任他。现在他不在了,我不能丢了我们黄家做人的诚信,不能亏欠大家对我们的信任。"在场的人们无不动容。

如今,家里动迁了,黄政清和母亲租房住,姐姐在天津也租房住。为了还债,黄政清把自己的手机也卖了,如今用的是父亲的旧手机,还用着父亲留下来的电话号码,他把这当作一种念想,并且会一直用下去。家里的生活越来越紧张了,但这笔良心账可以放下了,黄政清他们也觉得松了一口气。"人,就活个诚信。我苦点累点紧点,都不要紧,以感恩的心去努力,不愧对良心,会有好报的。父亲看到我们这样做,也会含笑九泉了。""账虽然还了,但我会把这个永远保存起来,永远记住在困难时帮我的好心人!"从黄政清坦诚的话语里,能看到他面向未来的希望和力量。

因为不忍把母亲一个人留在家里,黄政清辞去工作,在营口市重新找到一份设计师的工作。但与原来相比,工作量大,工资低,每天上班往返3个小时,可是能够看到母亲,黄政清心甘情愿。今年春节过后,黄政清的老板偶然得知黄家的事,被自己员工诚信、仗义的事迹所感动,不但借给黄政清一台车,让他每天开车上下班,还为他提供了一套市里的空房子,让黄政清把母亲接到身边,免得他每天奔波。除此以外,老板还提拔黄政清做设计部组长和店面经理候选人。老板说,这样的员工对客户、对同事也一定不会耍心眼。

▷ **故事解读**

《孟子·离娄上》:"诚者天之道也,思诚者人之道也。"黄政清用自己的行动阐释了这句话的内涵。中国有句古语叫作"亲兄弟明算账",可是黄政清恰恰反其道而行,他为了同事、为了父母付出了太多。在市场经济的大背景下,我们可能越来越习惯于用价值、数字、利润来作为我们日常生活的参照物。如果采用这个作为参照物,黄政清的所作所为定会让他成为一个异类。人就活个诚信,这既是黄政清的誓言,同时也是对社会诚信的一种呼唤。

北宋大文学家苏轼说:"寄蜉蝣于天地,渺沧海之一粟。"能够成龙成凤崭露头角的人只是少数,同样,对于金钱或者物质利益的追求也永无尽头。黄政清的故事,值得我们每个人思考,我们存在的价值究竟何在?如今,社会上部分人过度追逐物质利益,为挣钱不惜践踏道德,违背法律。甚至有人视金钱为万能,美其名曰"有钱能使鬼推磨"。黄政清的故事让我们明白这个世界需要我们坚持的还有很多。

其实,黄政清的故事不仅只是一个有关诚信的故事,更是一个传播善的故事。大善不是注满一桶水,而是点燃一把火。他播下一个爱的行动,我们也要辛勤耕耘,努力让世界收获一份真情。黄政清的事迹,让我们切身感受到社会主义核心价值观不是一种高悬于半空的理论,而是一种脚踏实地的坚持与追求。只有把社会主义核心价值观落实到实际生活的点滴中,才能展现其价值与魅力。

▷ **公民采访**

采访者:请问您对黄政清的诚信故事有了解吗?

受访者(慈姓女大学生,采访地点:松江大学城):在网上看到过有关黄政清的报道。在看完报道以后,我觉得他的故事特别感人。父子两人有责任感、有担当,值得我们学习效仿。

采访者:在您看来黄政清的诚信事例对社会的发展有什么意义呢?

受访者:中国古人讲,"不宝金玉,而忠信以为宝"。黄政清的事迹体现了一诺千金、诚信无价的传统美德。如果说黄政清已经走出了第一步,那我们应该沿着这条路一直走下去。如果人人都从自身做起,人人讲诚信,社会环境将得到很大程度的改善。

▷ **专家点评**

　　本故事主要讲述了黄政清坚守诚信、传播善德的感人之举,充分说明了守信用、讲信义是中华民族公认的价值标准和基本美德,其教育意义是启示我们每个人都要向诚信的好人看齐,信守诺言、老实做人,讲真话,不虚饰,办实事,不撒谎,守信用,不食言,运用该故事,可收到传承诚信美德的效果,起到良好的教育作用。

▷ **延伸思考**

　　黄政清的事迹让我们学会思考,在今天我们究竟应该建立一个什么样的标准来衡量一个人的价值?在这个标准体系建立之前,我们作为一个普通人,可能需要做的是"不须犯一口说,不须着一意念,只凭真真诚诚行将去,久则自有不言之信,默成之孚"。

诚信小卖部

故事内容[①]

2015年3月28日,上海立信会计学院微网工作站平台"小信鸽"推送了一期"校园故事",名为"不期而遇的温暖",微信内容讲述了学校小卖部阿姨的一件"小事"。

原来,当天有师生看到落款为"小卖部阿姨"的一张字条,内容为:"同学们好:阿姨家里要祭拜先人,所以明天早上不能来上班。你们要买东西的话,先拿上,等方便时再来结账。"落款日期则为"2015年3月27日"。有老师拍了字条照片传到所在系的群里,随后照片被转发至学校各个群,大家分享了这份校园温暖。校团委当天晚上就制作并推送了"不期而遇的温暖"这篇微信推文。短短几天,微信阅读量已近3 000,不少学生都发来感想,大二的薛同学写道:阿姨真的时刻为学生着想,给予每一位学生信任与理解,回家祭祖都不忘服务学生。这样的信任与关怀,在这个有信任危机的社会,如同一缕穿透浓雾的阳光,温暖着学生的心房,也增添了人与人之间的美好。应该感谢阿姨,向她学习,也要用爱与信任温暖身边的人。

《青年报》记者在前往采访这个温暖故事的主人公前,首先联系上了经历这次"无人结账"的大三学生欧阳照。他告诉记者,上周六,自己照常去图书馆自习,因为口渴,下午一两点左右,他走进小卖部准备买瓶水。"进门后我没看到刘阿姨,以为她在后面小仓库里整理货物,也没在意。"直到他从货架上拿了一瓶矿泉水走到结账柜台边,才看见那张字条。"阿姨一直很信任我们,不过像这样留字条还是第一次,说实话,看到后挺感动的,这是对我们的一种信任。"因为知道矿泉水价格,欧阳照自觉地将2元硬币放进了柜台上的钱盒内,他发现,里面已经有一些5元纸币和1元硬币。

主人公刘阿姨告诉记者,上周六因为家里要祭祀,不能到小卖部上班,但若关门,必定会让不少在校学生吃"闭门羹",

[①] 周胜洁:《"今日店内无人,先取物后结账"立信"小卖部"显校园诚信》,东方网,2015年4月1日,http://sh.eastday.com/m/20150401/u1ai8648885.html。

> 想为师生尽力提供便利的刘阿姨便想出前一晚留字条的方法,让他们自行拿取东西后付款,为了醒目,还将它靠在了结账柜台上插棒棒糖的罐子旁。"那天关门时我没有锁门,灯也没关,第二天学生就能直接进小卖部挑选自己需要的东西。"
>
> "这真的是小事情,不值一提。"还未开始采访,刘阿姨反复表示这只是一件"小事"。刘阿姨还提到,对学生的赊账她从不记账,因为同学们都很讲诚信。当记者问刘阿姨:"学生都说你留字条的举动很温暖,你觉得呢?"刘阿姨是这么回答的:"我只是为学生做好服务工作,其实学生的举动也让我温暖。我的心态就是,对待每个人都要像对待自己、孩子或者父母一样,要给予每个人信任。"

▷ 故事解读

这则诚信小卖部的故事温暖了每一个师生的内心,也让诚信的力量在校园生长。诚信小卖部的故事既是校园诚信的生动缩影,又是构建新型人际关系的重要体现。所谓构建新型人际关系,在故事中主要体现为一种信任的力量,信任双方相互给予"正能量"。师生缘何感动,缘何感到温暖?简单地说,源于小卖部刘阿姨和学生之间的相互信任。诚信是建立在双方互信的基础上的,刘阿姨信任学生才会让他们先拿东西后结账,而学生们感受到被信任的道德力量,内心自发自觉地做到不辜负阿姨的期望。虽然当事人觉得这是一件小事,但小事中见品格。人与人之间的相互关系应该建立在互信上,相互给予'正能量'上,这种正能量的感染力是巨大的,有助于推动形成良好的社会风气,建立新型的人际关系。

高校德育工作本身就要从小事入手,潜移默化,强调德育过程中隐性教育作用的发挥。诚信小卖部的故事恰恰发生在一所培养财经人才的学校,这一点更显可贵。培养具有诚信品质的财经人才是财经类高校大学生职业道德教育的首要任务。在采访中,校方也告诉《青年报》记者,作为财经类高校,学校注重诚信教育,除了在专业课和德育课中开展诚信教育外,每学期也会开展诚信辩论赛、诚信漫画展等活动;学校的大学生作为未来的财经人才,只有认识到诚信的重要性,才能保证市场规范有序运行。

诚信品质的培养是社会主义道德建设的必然要求,不仅高校,全社会都需要诚信的力量。在中共十八大提出的社会主义核心价值观中,诚信作为公民层面的个人价值标准被明确列出,由此可见,诚信是对个体道德行为的规范和约束,是构建新型人际关系的基础,是正能量的展示。我们不仅要从制度层面规范公民个体的诚信行为,更要从道德层面激发和影响公民的诚信品质养成,营造充满正能量的社会道德氛围。

▷ **公民采访**

采访者：您对诚信小卖部的故事是怎么看的？

受访者（章女士，采访地点：松江大学城）：当我听到这个故事后，第一反应是感到很温暖。这个故事让我想起不久前《青年报》上看到的一则关于无人书店的新闻，两者非常相似。新闻中的那家长沙书店没有收银台，没有导购，没有人员看管，顾客买单全靠诚信，而且没有发生过失窃现象。长沙无人书店的店主说过"信任顾客，就能收获诚信"。正是有了诚信小卖部刘阿姨与学生之间的相互信任，我们才看到了这个感人的诚信故事，也说明在当前社会中诚信无处不在。

采访者：您是否赞同将诚信小卖部的模式从校园向社会范围推广？

受访者：就我个人而言，很期待这种模式未来能够在社会中更加普遍，在这样一种被信任的环境中，以诚信回报他人的信任是正常人的一种必然选择，店主通过自选自付的方式传递给顾客信任的符号信息，顾客自然投桃报李，用诚信的实际行动回馈店主的信任。希望今后有更多类似于诚信小卖部这样的故事出现。

▷ **专家点评**

本故事主要讲述了上海立信会计金融学院诚信小卖部的真实事例，充分展现了该校诚信氛围的润物细无声，其教育意义是告诉大学生诚信无处不在，每个人都可以从身边小事做起，推动形成良好的社会风气。运用该故事，可贴近大学生的日常生活，收到易学、易懂、易行的教育效果。

▷ **延伸思考**

诚信小卖部的故事从人与人之间互信模式构建的角度出发，鼓励人们的诚信行为，具有积极的社会意义。但如何推广这一模式以促进诚信建设，依然值得研究和思考。通过调研，我们发现有人认为诚信小卖部模式可以在社会上大规模推广，也有人持否定态度。持肯定态度者认为，在互相信任过程中，诚信的力量会如滚雪球一般越滚越大，即便无人监管，大家也会自觉约束个体行为，共同形成诚信的社会正能量。持否定态度者认为，有些必要的前提条件需要得到满足，诸如应该将地点选在人员结构相对简单、个体受教育程度较高的环境中，如学校周围；店面的规模也不宜太大：即使无人销售也需要有人管理，店面太大则不易管理。因此，如何更好地学习和推广诚信小卖部的模式，进一步推进社会诚信建设，值得我们思考和实践。

故事 50 诚信老爹

故事内容①

2014年1月19日，温州"诚信老爹"吴乃宜因病医治无效，在苍南县马站镇霞关社区三澳村老家去世，震动了整个浙江省。

几年前，吴家卖掉小渔船，筹集100多万元买了百吨位钢质渔船。然而，2006年超强台风"桑美"却在一夜之间夺去了老人的3个儿子。77岁的吴乃宜老人忍受着强烈的丧子之痛，作出了一个决定，就是背起儿子的债务，走上替子还债的艰辛之路。几年来，老人捡废品、喝稀饭、织渔网，过着无比艰辛的生活，却以惊人的毅力恪守着"子债父偿"的承诺。

吴乃宜，一个普通老百姓，77岁高龄，仍把践行承诺当作为人之根本，用自己的艰辛劳动替子还债，一还就是7年。可惜天不假人，吴乃宜终因积劳成疾倒下。其感人事迹经媒体报道后引起关注。吴乃宜因其诚信举动，先后被评为"2010年感动温州十大人物""2012年最美浙江人"和"2012年中国好人"候选人。

无独有偶，1996年在营口同样出了一位诚信老爹，名叫张凤毕，也选择了"子债父偿"。

张凤毕的儿子张福正开出租车出了车祸，致使一辆农用三轮车里的4个人3死1伤。法院判决张家一次性赔偿受害者家属12.9万元，张福正被判处有期徒刑2年。张家因买车已欠下不少债务，根本拿不出12.9万元，许多人都劝张凤毕不要赔偿了，可张凤毕对受害者家属承诺：宁可倾家荡产也要赔偿。他卖掉了出租车，变卖了电视机、洗衣机，又挨个向亲戚朋友磕头作揖借钱，凑足钱付给了受害者。1998年，张家当年为买车向银行借的10万元到期了，为了还款，张凤毕一咬牙卖掉了和老伴一砖一瓦盖起的住了几十年的房子。他倾家荡产践行承诺的事迹震撼了千万人的内心，张家信守承诺

---

① 吴兴人：《壮哉"诚信老爹"》，《上海支部生活》，2014年第2期，第54页。

> 的诚信精神，感动了营口市社会各界。张凤毕同样因积劳成疾倒下，他因病去世的那天，上千人来到营口市娘娘庙山为他送别。营口市文明办还专门为"诚信林"立了一块石碑："山林因树茂而郁郁，人间因诚信而融融。世间有爱，美好未来必将尽收眼底。"这块石碑将张凤毕的承诺精神长留人间。

▷ 故事解读

诚信老爹践行了中国的诚信传统美德。不论是吴乃宜还是张凤毕，虽然他们只是普通百姓，但他们对诚信的理解和认识却并不普通，比许多人要深刻得多。诚信是做人之本，是为人最重要的品质之一。司马迁曾经说过："诚，为人本也，人当取信于人。"自古以来，诚信不仅是为人处世之根本，也是治国治家之道。武则天曾说："故君臣不信，则国政不安；父子不信，则家道不睦；兄弟不信，则其情不亲；朋友不信，则交易绝。夫可与为始，可与为终者，其为信乎"。

诚信老爹的故事从一个侧面反映出普通百姓受到传统道德影响之深，诚信已经成为以上故事中主人公的一种道德品性和自发需求。从故事中可知，(从功利主义的角度看)诚信老爹信守承诺的行为并不能为其带来更多利益，反而使其在物质生活方面承受更大压力，同时，也没有外在法律强制其必须履行子债父偿的义务。在这一背景下，诚信老爹依然毫不犹豫信守承诺，替子还债。这是怎样一种力量使然？不诚则有累，诚则无累。诚信老爹用自己的行动主动践行诚信美德，将诚信精神融入社会生活的细节中，使人际关系更加和谐融洽，促进了社会生活的美好。

▷ 公民采访

采访者：您对诚信老爹的故事是怎么看的？

受访者(李先生，采访地点：上海市华亭宾馆附近)：我是温州人，以前就听过诚信老爹吴乃宜的故事，当时就觉得非常感动，谁说温州只出无良商人，温州也有道德模范。听到这个故事除了感动，我内心觉得很震撼，不知道是一种怎样的力量让他能够坚持这样的行为，而且是在自己经济条件这么困难的情况下，想想就觉得佩服。如果换作我，也许没有这样的勇气和毅力，这不是所有人能够做到的，真的很伟大。

采访者：有人说诚信老爹这么做不值得，您怎么看？

受访者：我认为这样的故事被宣传之后，社会充满了更多正能量，让大家看到了一种道德的力量，这种力量是无穷的。但我个人希望，对于这些社会群体，国家应出台相关政策，完善相关法律，对他们子女遗留下的债务给予更多政策帮扶，让诚信之人能够通过国家帮助完成债务的清偿，而不是因为还债而积劳成疾，好人早逝。只有这样,诚信的行为才能有更大的生命力。

▷ **专家点评**

本故事主要讲述了诚信老爹吴乃宜和张凤毕的感人事迹,充分说明了诚信对于现代社会的重要性,其教育意义是教人们用生命维护诚信、维护做人的基本准则,运用该故事,可深刻诠释社会主义道德观的丰富内涵,充分展现社会主义的道德风范,起到传播道德文明正能量的作用。

▷ **延伸思考**

诚信老爹的故事让我们感动的同时,也使我们想到,在我们生活中依然存在一些不信守承诺的行为。诚信老爹虽然贫穷,却努力挣钱,替子还债,将之视为应尽义务。究其原因,个体内在的道德意识显得至关重要,社会整体道德环境同样会对个人诚信产生巨大影响。践行诚信美德是我们每一个公民应尽的义务,每个公民都要从我做起,共同营造充满诚信的社会氛围。

故事51 农民工"炒"掉黑心老板

故事内容①

2005年4月26日,在广西南友公路扶绥服务区,承包工程的老板觉得民工在做混凝土时使用的水泥太多,增加了成本,便要求他们多加碎石和沙进去。民工则认为,凭着以往的施工经验,放额定分量的水泥才是合适的(按标准,1立方米混凝土所用水泥的定额用量是318千克,民工们实际上也只用了约300千克,而老板要求他们只用200千克),才是质量的保证,能避免"豆腐渣"工程,因而就没有理会老板的要求。不料,老板便开始骂他们。一些民工向老板围过去,老板就冲进工地的厨房,拿出菜刀威胁民工,在场的30多位民工便拿起铁锹。见对方人多势众,老板只好丢下菜刀,逃出工地。事后,在民警的调解下,工程承包方将民工的工钱结清,当晚民工便愤然离开了工地,"炒"掉了老板。

▷ **故事解读**

农民工"炒"掉老板的故事让我们看到了"良心"两个字,正是这30多名农民工的良心,促使他们最终作出了诚信施工的决定,在无法实现诚信施工标准时,毅然放弃工作,选择离开。以上故事中,老板和农民工之间的冲突源于老板对利益的过度追求。诚然,我们不能脱离利益而空谈诚信道德,这是脱离生活实际的,但我们必须意识到,对利益的追求必须合理、合法、恰当,即讲求一个道。古人有一句话,叫作"君子爱财,取之有道"。所谓道,在此故事中就是不取不义之财。以损害社会、公共利益为代价换取个人之利是不可取的。

本故事中承包工程的老板,出于贪婪,为了降低成本,赚取更多利益,丧失道德底线,不顾豆腐渣工程可能带来的严重危害,甚至无视安全危机,以损害公共利益为代价,试图偷工减料。而30多位农民工虽然在物质上并不富有,却体现了精神上的富足,坚守了诚信的道德底线,在受到强大外部压力和威胁的情况下,最终选择与老板对抗,宁可失去工作也不做违背良心之事。老板与农民工的行为对比,形成了鲜明的道德反差。由此我们也可以看到,个体道德层次的高低与物质基础的富贫并不必然正相关,诚信的道德品质是衡量个体道德水准的重要依据,富有

---

① 陈平:《新中国诚信变迁:现象与思辨》,中山大学出版社,2010年版,第326页。

之人未必一定道德高尚，个体高尚的品质不是依靠物质养成的，而是受到道德精神力量的影响。

▷ **公民采访**

采访者：您对农民工"炒"掉老板的故事是怎么看的？

受访者（周先生，采访地点：上海地铁九号线桂林路站附近）：这样的故事我第一次听说，心里对农民工兄弟充满敬佩，虽然这些农民工兄弟没有钱，但他们却有一颗正直的心，听了这个故事，感动之余也感到很畅快，好像是这些农民工兄弟为咱们老百姓争了一口气，不为金钱而丧失良知。作为一名普通民众，我们本身就在社会底层，对公共基础设施的建设等我们只有看的份，没有说的份，建成什么样子我们都得接受，平生最痛恨的就是那些无良商家，偷工减料。

采访者：您认为如何使这种诚信行为在社会范围内有效传播？

受访者：农民工兄弟的行为令人感动，但仅靠个体的努力是远远不够的，必须靠国家制定完善的法律、法规，加强对这种不诚信的缺德行为的惩罚。否则，没有法律的保障，无良商人就偷工减料，受害的是广大消费者。

▷ **专家点评**

本故事主要讲述了一群富有良知的民工兄弟不愿偷工减料，进而"炒"掉老板的生动事例，这充分说明了诚信精神缺失与坚守诚信的鲜明反差，其教育意义是告诉我们应学习民工兄弟坚守诚信的道德底线的精神，为维护社会诚信敢于斗争。运用该故事，可收到鼓舞人心的效果，激励人们共同努力，推动社会诚信体系的构建。

▷ **延伸思考**

以上故事不由让我们想到工程中的诚信问题。20世纪90年代后期，在中国就出现了"豆腐渣工程"这个词语，它因1998年长江洪水冲堤，堤垮而得名。正是近年来施工过程中诚信精神的缺失，才导致了"豆腐渣工程"的出现。解决工程失信问题，有待每一位工程管理者和施工者都像故事中的农民工兄弟们一样，赚良心钱，诚信施工。

故事52　诚信织补工

故事内容①

　　如果你经常路过杭州百货大楼门口,不难注意到一个女人的身影,在她旁边,竖着一块写着"织补"的小牌。她每天上午9点半准时出现,形形色色的衣服在她手中来来去去。可是有三件毛衣已经在她的大黑包里躺了整整半年了。每天她都会带上它们,心里想,也许今天客人会来取吧?

　　许珍是安徽人,在杭州百货大楼北门口做织补活已经7年了。2007年年初,先后有一位先生和两位女士拿着毛衣来找她织补。许珍接过来看了看,面料很好,破洞不大,补起来不费事,隔天就能取了。可是第二天、第三天……半年过去了,这三件毛衣一直无人领取。

　　每天出门前,许珍会把毛衣折好,装进塑料袋,放进大包里。晚上回家再把毛衣拿出来,平铺放好。因为在包里放的时间长了会变形,如果遇上雨天,衣服还会被放进家里最好的箱子,等到天晴了又会被拿出来晒晒。2007年夏天,杭州持续高温,坐上一整天都没个客人,许珍一度想带着儿子回老家休息几天,可还是放弃了。

　　"幸好没回老家,"许珍说,终于等到那位男士来取毛衣了,"他连说了好几声谢谢,我都觉得不好意思了。他是老客人了,因为公司事情太多,才会把衣服放在我这儿。"

　　许珍的大包里,只剩下两件"常客"了。有人问她:"每天这么等值不值?"她说,这是客人的东西,有什么值不值的,帮人家补好了,当然要等人家来取。

　　许多客人见许珍的手艺好,都曾建议她开家织补店,把生意做大。由于做得很辛苦,许珍也曾想过,是不是要换一个环境好点的地方。杭州百货大楼旁的这个角落朝北,夏天正处闹市,热浪袭人;冬天晒不到阳光,又无处避风。

　　如果下雪,手指头冻得连针都捏不起,所有的活只好带回家加夜班赶出来。可是,思量了许久,许珍却始终没有挪地

---

① 孔令:《诚信中国》,山西教育出版社,2012年版,第172~173页。

> 方,她说:"我怕老顾客找不到我,他们已经认准我了,我不想给他们添麻烦。"
>
> 也许几年后,杭州又会少一个心灵手巧的织补手艺人。可是,当客人们回想起这家天天经受风吹日晒的织补"小铺"时,最怀念的应该是主人的朴实与诚信吧。

▷ **故事解读**

许珍的故事只是我们日常生活中的一件小事。主人公觉得一切都是应该做的,人们常常会觉得这事太小,小到不值一提。但恰恰是因为在我们的生活中出现了这些融入生活细节的小事,诚信才会在社会生活和人们的心里生根发芽,使践行诚信的行为成为人们日常生活的一种必然。

故事中的许珍以多年的坚守将诚信融入生活的每一个小细节中。为了顾客不错过取毛衣,她每天都背着三件毛衣,苦等半年,从不懈怠,甚至放弃了带儿子回家的想法;她悉心为顾客照料好每一件尚未取走的衣服,储藏晾晒从不马虎,就像对待自家的衣服一样;她虽然手艺好,却没有选择另外开店,只为不给老顾客添麻烦。她用自己的实际行动践行着对老顾客的承诺。平凡的故事中透露出主人公的不平凡,普通的行为中透露出主人公的不普通,能够在小事中践行诚信品质,恰恰是我们弘扬和倡导诚信精神的最高境界。

国家一直弘扬与倡导诚信,人们正在重拾中华民族传承千年的诚信传统美德,并逐渐认识到诚信作为一种高尚的品质在人类生活和社会进步中的重要作用。

▷ **公民采访**

采访者:请问您对许珍的故事是怎么看的?

受访者(高女士,采访地点:松江区中央公园):这个故事虽然简单,但使我回想起自己曾经遇见的一件事情。两年前,我去菜场边找一位大姐帮忙修补裙子,那是女儿最喜欢的一条裙子。那位大姐只是在菜场边摆了一个小凳子,没有专门的铺面,当时说裙子要隔天才能取,女儿就问我"她会还给我们吗",我很肯定地回答"会的",之后因为工作忙没有及时去取,过了一周才去。那天已是晚上7点,我想着去碰碰运气,没想到那位大姐还在,她一见我就说道"你总算来了,为了等你,我每天都不敢早走呢"。当时我心里突然觉得特别感动,也心生歉意。其实,人与人之间这么一点小小的信任,就足以让我们感受到满满的温暖和幸福。

采访者:您觉得作为一名普通公民,我们应当如何传递这种诚信的力量?

受访者:如果我们每个人都从我做起,从小事做起,就能将这种诚信的道德力量传递下去,我们的社会一定会更加美好。

▷ **专家点评**

本故事主要讲述了普通织补工许珍坚守诚信的平凡小事,充分说明了一个道理:生活中处处有诚信,其教育意义是鼓励人们将践行诚信的行为融入日常生活的细节。运用该故事,可产生润物无声的教育效果,起到鼓舞人们坚守信念、注重点滴,一步一个脚印地扎实推进诚信建设的积极作用。

▷ **延伸思考**

许珍的故事让我们从小事中见到诚信,正是小事中的诚信,让人与人之间多了一份信任。诚信,已成为一种连接人与人之间的纽带。在我们身边还有许许多多诚信故事,都体现在一件件小事中,却在人们的生活中产生了巨大的价值,有效促进了社会诚信氛围的营造。因为,我们要从身边小事做起,用诚信行为灌溉生活中的点滴。

故事 53

诚信家风

故事内容[①]

在武汉市新洲区,有一户做了 200 多年杆秤的江姓人家。江家做的秤多年来秉承"分毫不差"的标准,早已名声在外,被乡亲们称作"良心秤"。这杆"良心秤"代代相传,江家的诚信家风也随之延续了 200 多年。

在江家看来,做秤虽难,更难的是守住心底那杆"良心秤"。以前常有不法商贩出大价钱,要江家人帮他们做"带病"的秤,都被全家人严词拒绝。2014 年 5 月,江家传人江玉珍、江远斌姐弟荣登"中国好人榜"。2014 年 11 月,江家人入围全国道德模范候选名单。

"我家五代人都是做秤的,传到我这代已经 200 多年了。" 71 岁的婆婆江玉珍拿着自己亲手做的一杆老秤,称着弟弟江远斌刚送来的一把藕带。她说,江家做秤有一条原则:不做计量有偏差的"劣秤",更不做缺斤少两的"短秤"。当年做秤的有好多家,江家的秤却一直最受欢迎。

1988 年,弟弟江远斌开始和江玉珍一起开厂做秤。虽然电子秤已经普及,但在偏远地区,一些流动商贩和当地人还是选择便于携带的杆秤。如今,仍有许多人到江玉珍的作坊里买秤、修秤。

"哪怕只做一杆'黑心秤',我一辈子都不会安心。做一杆'良心秤'不难,难的是几代人祖祖辈辈坚守。"江玉珍介绍,她的祖上做秤时曾用过"江正兴"这个牌子,"正兴"就是"心正则兴旺",只要坚持公正公平,就会生意兴隆、家庭兴旺。在当地,"江正兴"可是商贩和居民心中的"大品牌"。

这些年,不断有商贩找到江玉珍,要她做"短秤"——所谓"短秤",就是在秤的刀口上做手脚,刀口距离偏差 2 毫米,100 斤的重量就相差七八斤,结果都被她严词拒绝。

[①] 王楠:《五代人打造"良心秤"分毫不差 恪守诚信传承家风 200 年》,中国文明网,2014 年 11 月 6 日,http://www.wenming.cn/sbhr_pd/hr365/cssx/201411/t20141106_2277355.shtml。

> "老一辈传我手艺的时候就讲,千万不能昧着良心。昧着良心,落不到好。做事要光明磊落,心里才没鬼。"老人觉得,秤不大,称的可是良心,做一杆缺斤短两的"短秤"和做100杆"短秤"没区别。
>
> 出于对诚信的恪守和对底线的敬畏,200多年来,江家一直坚守职业准则,也因此赢得了好名声。卖方只要说句"这是江家的秤",买的人一般都会对重量放心。
>
> "秤,对我们江家人而言,是一代又一代人坚持用'良心'来维护的使命……"弟弟江远斌告诉记者,"做人就像做秤,要讲诚信,要守规矩,要对得起良心。"
>
> 江家秤"称"的不但是斤两,还称出了良心,量出了诚信。

▷ **故事解读**

江家秤的故事,深刻反映出当前人们职业活动中最需要的诚信品质,也是职业道德在日常生活中的延伸,反映了普通职业人高尚的职业道德品格和做人良知。所谓"商海无桥信作舟""人而无信,不知其可",诚信乃立人之本,是做人处世的基本准则,是每个公民正确的道德价值取向。综观当前,社会职业人为了追逐利益而丧失道德底线、违背职业道德的现象屡见不鲜,故事中的主人公却能将延续了200多年的诚信家风一直传承下来,五代人的职业坚守打造出了一杆杆"良心秤",这是何等难能可贵。老人江玉珍曾告诉记者:"老一辈传我手艺的时候就讲,千万不能昧着良心。昧着良心,落不到好。做事光明磊落,心里才没鬼。"这种朴素的诚信文化信念支撑着江家人的职业底线,也足以见出诚信作为中国传统文化中职业道德的核心,其影响力之强大。

江家秤的故事是弘扬传统职业道德的典范,对职业的敬畏也是一种诚信。江家姐弟的"良心秤"虽小,但每一杆"良心秤"都是诚信的代言,体现出以诚信为基石的职业道德。社会上的各行各业都需要一杆衡量诚信道德的良心秤,使诚信成为职业人内心的信念,这杆秤体现的是职业良心,树立的是职业诚信。

▷ **公民采访**

采访者:请问您对江家秤的故事是怎么看的?

受访者(赵先生,采访地点:上海紫竹科学园):很巧,我个人曾做过职业道德方面的研究,江家秤的故事恰恰是与百姓生活密切相关的职业道德的优秀案例。在社会上我们常常能听到职业行为主体职业道德丧失的负面新闻,而江家人打造良心秤的故事让我们再度看到社会道德力量的强大。江家人不但在职业活动中做到了抵制"黑心秤"的行为,而且能够恪守和传承诚信家风200多年,五代人打造良心秤,这种对职业道德准则的坚持和坚守值得我们学习。正如江家人所言,秤不大,称的却是良心。

采访者:您觉得如何做才能更好地推动社会职业道德建设?

受访者:江家秤的故事就是推动社会职业道德建设的一个典型例子。同时,我更想说的是作为一个有道德的社会人,在职业行为中遵循基本的职业道德应是一种常态,现如今被特别提出并加以褒扬,似乎从另一个侧面反映出当前职业道德生态环境不容乐观。我认为,我们在褒扬诚信行为的同时,更要努力使之成为一种自发、自然和必然,只有如此,才能更好地推动社会职业道德建设。

▷ **专家点评**

本故事主要讲述了五代人打造"良心秤"的传奇佳话,充分说明了诚信家风的形成需要长时间的坚持和坚守,其教育意义是加强职业道德建设、构建职业道德良俗要成为每一个职业人内在的追求,运用该故事,可收到震撼心灵的教育效果,启迪人们使诚信成为内心的信念和操守。

▷ **延伸思考**

当前社会,职业道德往往被人们忽视和淡忘,诚信作为社会主义核心价值观的内容,尤其值得在职业道德建设中进一步弘扬和推广。推动职业道德建设,不仅要弘扬职业活动中诚信的典型事例,更要使诚信成为职业活动的一种常态,成为每一个职业人内在自发自觉的意识,成为职业道德发展的基石。诚信是推动社会职业道德建设的基础。作为一名职业人,让我们从自身做起,在职业活动中践行中华民族传统美德中的诚信品质,使之成为一种社会风气。

故事54 用道德的标准做食品

故事内容①

　　李国武,临湘人,湖南省十三村食品有限公司经理。公司创办20多年来,李国武始终坚持"用道德的标准做食品",赢得了广大消费者的高度信任。李国武先后获得了"全国道德模范提名奖""全国五一劳动奖章""全国十大杰出青年兴业带头人""中国公益事业卓越贡献奖"等100多项荣誉,《人民日报》、中央电视台等200多家媒体也对他赞誉有加。

　　1993年,随着临湘市供销合作社的改制,刚刚走上工作岗位的李国武下岗了。在改革大潮的冲击下,不甘沉沦的他积极创办以安置下岗职工为主的食品小店。由于他一直恪守"凭良心办厂、以诚心待人、用爱心回报"的人生信条,生意逐步兴旺起来,很快发展成为从事农产品深加工的湖南省十三村食品有限公司(以下简称"十三村")。经过10多年来的艰苦创业、苦心经营,李国武不但解决了自身的吃饭问题,走出了自身失业却成功创业的传奇历程,更是安置下岗职工和农民工600多人,取得了一定的经济效益和社会效益。

　　做食品就是做良心。这是湖南十三村食品有限公司李国武从事食品行业20年来一直笃行的"规则"。他说:"做食品企业尤其要凭良心,不仅要遵守行业标准、国家标准,更要有一套自己的道德标准。"不自欺,不欺人,李国武常以此修炼自"心"。

　　2008年4月,省质量技术监督局向全省食品企业下发了一个通知:根据新的标准要求检测,现行市场上瓶装食品盖塑料密封圈与油脂接触后有可能会产生一种致癌物质,请各企业自查后限期整改,今后只能使用符合欧盟标准的瓶盖密封圈。接到通知后,李国武决定将使用该类瓶盖的产品全部召回销毁。这一决定几乎遭到全厂员工的反对。亲历生产流程的一线工人首先不理解:"这瓶盖有点小问题有什么关系,我

---

① 《道德模范李国武:"自掏腰包筑起食品安全长城"》,中国文明网,2014年3月11日,http://www.wenming.cn/ddmf_296/dx/201403/t20140311_1794196.shtml。

们家里人和亲戚朋友每餐都吃这个。"有业务员更嫌召回麻烦，建议说："上面没要求召回，还给了一个过渡期，已经生产销售的产品还是不要处理了吧，今后咱们不再使用就是了。再说，原来也没这个标准，食品又没有问题，我们收不收回，别人都不知道。"李国武坚决回绝："损失再大，声誉再重要，也没有消费者的健康和生命安全重要。"

2011年，媒体曝出多个产品塑化剂超标。李国武从报纸上看到消息后，又主动将公司的所有产品抽样送到省质监局进行检测，在检测主要三项指标都合格的情况下，他还是不放心，又对18个指标也一并进行检测。在此期间，他要求生产环节将所有塑料容器全部换成了不锈钢。虽然增加了成本，但李国武认为这样心里才踏实。在李国武的坚持下，"十三村"不但产品出厂必检，还形成了定期主动送检的机制，每年产品送检高达80多次。

2009年7月，生产车间对豆瓣酱进行新工艺开发，改用生水杀菌后调制豆瓣酱试验取得成功，于是进行批量生产。经过2个月发酵后，准备出厂前，这批豆瓣酱被检测出细菌含量少量超标，但还可以食用。有人劝李国武，这种货放在市场上谁也不知道，同时也出不了什么问题。但李国武二话没说，将220大坛价值超过18万元的豆瓣酱全部运到城郊垃圾站销毁。"凡是有可能影响产品质量安全的因素，都要尽可能消除；如果产品品质不能完全达标，宁愿销毁，自己承担损失，也绝不能流向市场。"

李国武做企业20年，跟食品打交道20年，一直恪守用良心做事，与食品行业的"潜规则"也斗争了20年。他坚决不使用价格低廉的劣质油加工食品，他向公司宣布了一条铁的"纪律"：坚决不能使用地沟油，谁用开除谁！他严词拒绝使用朋友向他推荐的低价工业盐做酱菜，他对朋友说："食品安全，人命关天，这个责你负得起吗？质量就是企业的生命，以义取利，才是经商的正道，你这种见利忘义的行为，有辱我的人格，也是害我的企业，我不仅不会买你的盐，如果你继续以这种手段挣钱，你这个朋友我都不会认。"李国武说："昧良心的钱，我不能赚，欺骗消费者的事我做不出来！"20年来，李国武主动焚烧销毁假冒、非法、不达标产品和原材料20多次，有人给他

> 计算过,这些行为给他造成的"后果",使他至少放弃了高达600多万元的利润。
>
> 　　这就是李国武20年如一日追求的"道德"。20年的坚持,李国武和他的"十三村"在当地成为人们心目中的"标杆",买"十三村"就是买放心,老百姓深信不疑。不仅如此,他的行为深深地影响和带动了周边100家企业,它们纷纷跟随李国武的脚步,开展诚信经营。

▷ **故事解读**

　　食品安全问题已成为百姓日常生活中关注的话题。食品安全问题产生的一个重要原因就是生产者的诚信缺失。以上故事中的主人公李国武在复杂的商业环境中,勇斗潜规则,始终坚持"用道德标准做食品",践行了一个企业管理者的诚信品质。李国武作为一名充满道德感的企业家,在做诚信食品道路上的坚守以及与不诚信行为斗争的艰辛令人感动,李国武在一次次诚信挑战中都坚守了自己的原则和道德标准。

　　故事中的李国武为我国的食品制造企业树立了一个标杆。媒体爆料过的三鹿奶粉、苏丹红添加剂、地沟油、塑化剂等毒食品事件的制假者,以及正深陷制假售假泥潭的企业家们,都应该悬崖勒马,抬起头来看看李国武,不要再给社会和人民群众的生命安全和身体健康带来危害。

　　故事中关于食品安全中的诚信问题一直以来颇受国家的关注,但多年来尚未得到根治,制度和法律的后视与近视、前瞻性与预见性的缺失是其中的重要原因。食品制造中的诚信缺失问题尚存在制度约束的漏洞,不诚信行为没有受到有效的惩罚,而诚信行为反而受到潜规则的挑战。在这样的背景下,食品制造企业的企业家们承受了巨大的道德压力,更加需要提高自身道德修养,培养个体的诚信品质,加强道德信念,在遇到道德两难时做到坚守道德底线,就像故事中的李国武,始终坚持"用道德标准做食品",为食品打上了良心烙印。

▷ **公民采访**

　　采访者:请问您对李国武将道德融进食品的故事是怎么看的?

　　受访者(叶女士,采访地点:上海七宝老街):听到这个故事心里很感慨,当今社会我们最需要的就是能够像李国武这样坚守诚信的食品企业家,他不但自己坚守用道德做食品的原则,还能够影响周边的食品企业都做良心食品,非常不容易。真心希望将来在生活中能够不再为食品安全问题担忧。

　　采访者:请问对于目前我国食品制造中的诚信问题您是怎么看的?

受访者：作为一名消费者，我们对食品安全问题是非常关注的。说来惭愧，我家的婴儿食品大多是从国外采购的，买国外食品并不是不爱国，主要是因为食品安全问题确实是不能妥协的问题，多年前的毒奶粉事件，至今想来仍心有余悸。我国食品制造中的诚信问题，也是关系人们健康的问题，任何时候都不能放松，因此，我们也更需要像李国武这样的企业家。虽然我国当前出现了一些食品制造中的不诚信问题，但我相信这些肯定都是暂时的，只要我们建立起社会征信体系，假以时日，食品制造中的不诚信问题一定能够得到有效改善和根治。

▷ **专家点评**

本故事讲述了"十三村"食品有限公司经理李国武在复杂的商业环境中，勇斗潜规则，始终坚持"用道德标准做食品"的感人事迹，这充分说明了食品安全与诚信品质的密切关系，其教育意义是唤醒人们的诚信意识，自觉维护食品安全。该故事能使人产生强烈的共鸣，运用该故事能起到向诚信榜样学习、共筑诚信氛围的推动作用。

▷ **延伸思考**

近年来，毒食品事件频发，引起了社会恐慌，激起了公愤，严重威胁到人们的健康生活乃至社会经济稳定，产生了一系列负面影响。食品生产企业的企业家们把守着食品安全的大门，做诚信的放心食品显得尤为重要。如何坚持做到"用道德标准做食品"值得深思，这不仅需要职能部门的重拳利剑，更需要企业家们的诚信和坚守。

故事 55 "悬赏捉劣"二十五载

故事内容[①]

25年前的一天,上海市长春食品店的大橱窗上,贴出了一张醒目的告示:"本店从今日起实行'悬赏捉劣'奖励措施,凡在本店购物中发现假冒伪劣商品的,本店即给予人民币100元的奖励。"

面对"告示",人们质疑:长春食品店真能保证在数千种商品里没有一件假冒伪劣商品吗?

岁月流逝,事实回答了人们的疑问:长春食品商店贴出告示至今的25年间,其商品全部货真价实,"悬赏捉劣"奖没有发出一份。商店连续十五次被授予"上海市文明单位"称号,并获得由国家、市、区颁发的各类奖牌奖状400余件。这些荣誉里凝聚着"长春人"的辛勤付出,也包含着一个个动人的故事。

秋高气爽是秋游的好时节,可思南路小学的几位老师却犯"嘀咕",每次搞郊游活动,都是同学们的零食展示会,无形中还助长了攀比风。但要统一购买食品,又怕众口难调。不知是谁说了句:"有困难,找劳模!"

"对,长春食品店炒货柜组长、劳模王文杰正是休闲食品的行家,他推出的休闲食品中,就有一款学生郊游休闲食品套餐。"于是,老师的难题迎刃而解。

"花好稻好,商品出门认账最重要"。一天,离休干部汪老伯决定亲自到长春食品店"打探"一下虚实。他随手拿起老伴从菜场小贩摊上买来的一包桂圆,到"长春"要求退换。南货柜营业员拿过桂圆看了看,笑道:"老先生,您这包劣质桂圆不是在这里买的,我们出售的桂圆只只都经过挑选,上面还有标记!"

"农副产品还有标记,不可能呀?"汪老伯戴上老花镜仔细端详起长春店里的桂圆,"哇,每只桂圆都印有蝇头小字'长

[①] 上海市商务委员会:《商务诚信故事集》,上海交通大学出版社,2013年版,第208~209页。

> 春',果真名不虚传……"
> 　　常言道:狐狸再狡猾也斗不过好猎手。由于假烟假酒的存在,使长春店的营业员练就了一双识别真假烟酒的"火眼金睛"。一天,柜前来了两位顾客,买了3条中华牌香烟,当营业员转身找零钱时,顾客突然提出要换2条。营业员机警地用手一捏,闻了一闻,再核对原先登记的商品编号,发觉已被调包了劣质烟,于是当即揭穿了"眼睛一眨,老母鸡变鸭"的把戏。两个骗子被扭送到派出所后不由地哀叹:"想不到长春食品店的'关口'这么难过,使我们彻底翻了船。"

▷ **故事解读**

　　长春食品商店坐落在高雅的淮海中路商业街,是一家国有中型零售企业。几十年来每天人来人往,生意兴隆,其奥秘何在? 从上面的例子不难看出,奥秘就在于坚持以"文明经商、信誉第一"为经营宗旨,以"顾客满意我满意"为服务品牌。据了解,长春食品商店创立了多项诚信举措,诸如公布了诚信承诺书、悬赏捉劣告示、商业规范服务标准,同时公开各包装袋、马甲袋的分量,实行除皮销售,确保秤准量足,通过社会监督的形式来促进商店的各项工作。作为第一批获得上海市服务诚信先进单位的上海市长春食品商店,在激烈的市场竞争中,始终能取得良好的经济效益,并先后荣获了"全国商业行业顾客满意企业"等300多项荣誉称号。这一切都得益于商店始终将顾客的利益放在第一位,将"顾客满意"贯穿于整个经营活动过程中,推行顾客满意工程,实施品牌战略,构筑商店诚信体系。

▷ **公民采访**

　　采访者:(介绍了长春食品店的故事)请问您知道长春食品店吗? 对于他们坚持"悬赏捉劣"的做法,您是怎么看的?

　　受访者(张姓老年人,采访地点:上海人民公园):长春食品店是老牌子了,很有名气的,食品也蛮好吃的。对于他们"悬赏捉劣"的做法,我觉得蛮好的,说明他们的东西好,不怕大家检查,时间长了,他们的牌子就打响了,客人就信任他,到这样的店买东西,老百姓也乐意,对他们的生意也有好处。如果每家店都敢这么做,那我们老百姓买东西就放心了。

▷ **专家点评**

　　长春食品店的做法实属不易,何况坚持了25年。其坚持的是一种理念——诚实经营。中华民族其实是一个崇尚诚信的民族,工商业延续了上千年,童叟无欺,本分经营。但是改革开放以来,企业经营、产品质量等问题层出不穷,尤其是食品安全问题。商家逐利本来无可厚非,但前提是不可以抛掉诚信。这里的问题,商家有之,市场监管者更难辞其咎。

▷ **延伸思考**

根据全国消费者协会组织受理投诉情况统计,仅2015年上半年就受理消费者投诉292 561件,解决242 240件,投诉解决率82.8%,为消费者挽回经济损失79 649万元。其中,因经营者有欺诈行为得到加倍赔偿的投诉4 259件,加倍赔偿金额为1 047万元。"上帝"被信徒认为是人类的主宰者,是被普遍敬畏的,也是被普遍信任的。不知从何时起,我们消费者被尊称为"上帝"。然而在当前的现实生活中,"上帝"们常常会遭遇因随时出现的"水分广告"受骗的尴尬局面,消费者困惑了:谁给了我们"上帝"的身份?对消费者以诚相待,敢于承担责任,才是企业最好的"广告"。

故事 56　大锤砸出了名企

故事内容[①]

　　1985年,张瑞敏带头砸毁76台不合格冰箱用的大锤,近日被中国国家博物馆收藏为国家文物,文物收藏编号为:国博收藏092号。

　　1985年12月的一天,时任青岛海尔电冰箱总厂厂长的张瑞敏收到一封用户来信,反映工厂生产的电冰箱有质量问题。张瑞敏带领管理人员检查了仓库,发现仓库的400多台冰箱中有76台不合格。张瑞敏随即召集全体员工到仓库开现场会,问大家怎么办。

　　当时多数人提出,这些冰箱是外观划伤,并不影响使用,建议作为福利便宜点卖给内部职工。而张瑞敏却说:"我要是允许把这76台冰箱卖了,就等于允许明天再生产760台、7 600台这样的不合格冰箱。放行这些有缺陷的产品,就谈不上质量意识。"他宣布,要把这些不合格的冰箱全部砸掉,谁干的谁来砸,并抡起大锤亲手砸了第一锤。

　　砸冰箱这一举动砸醒了海尔人的质量意识,砸出了海尔"要么不干,要干就要争第一"的精神。在1988年的全国冰箱评比中,海尔冰箱以最高分获得中国电冰箱史上的第一枚金牌。在海尔的发展中,质量始终是海尔品牌的根本。如今,海尔冰箱已经成为世界冰箱行业中销量排名第一的品牌,海尔集团已经成长为世界第四大白色家电制造商。

　　中国国家博物馆的相关人员表示,这把砸毁不合格冰箱的"海尔大锤"虽然不会说话,但是它活生生地反映了在那个时代里的中国企业、中国企业家抓质量的历史,为后来的企业、行业都树立了典范,是一个划时代的文物。

▷ **故事解读**

　　从传统企业到互联网,海尔30年来,一直在做一件事,就是打造世界品牌。世界品牌,无信而不立,由企业之诺到企业用户双方互信,无论采用何种模式,无论处

　　[①] 吕福明:《青岛海尔24年前砸冰箱所用大锤成为国家文物》,《半岛都市报》,2009年4月24日。

在什么时代,诚信都是海尔的安身立命之本。

在海尔的三个发展阶段中,从抓产品质量树立起海尔优质的形象,到五星级的服务,到对消费者的"真诚到永远",海尔一直就在树立品牌的形象。海尔品牌的核心价值是"真诚到永远"。对消费者真诚到永远换取的是消费者对海尔的信任和喜爱。它不是一时的信任和喜爱,而是永远的信任和喜爱。这就抓住了品牌最基本的实质,品牌就是企业和消费者的关系,这不是一般的关系,而是以心换心的关系,是由于企业对消费者的真诚换来的消费者对企业真诚的信任的关系。

马克思曾说过,未来的社会是"自由人联合体",每个人的自由发展同时就是一切人自由发展的条件。社会主义核心价值观的基本内核是以人为本,说到底是释放人的活力,这个"人"应该既包括企业的员工,也包括企业产品的用户及企业的合作伙伴,只有构建一个让他们共同践行诚信、共同创造价值的平台,才能充分发挥所有人的创造力。

▷ **公民采访**

采访者:您知道海尔品牌吧?海尔对生产服务的严格要求,您是怎么看的?

受访者(李姓男营业员,采访地点:苏宁电器商店):海尔是中国的大品牌,我们一直卖海尔电器的。关于海尔,我听过媒体报道的一个故事:青岛的一位顾客购买的海尔空调被出租汽车司机拉跑了。据说,海尔知道这个消息后,免费给该顾客送去一台空调,顾客特别感动。海尔在职工中进行了讨论,这件事情的责任究竟在谁?虽然社会舆论一致认为海尔是助人为乐,但海尔想到,如果把空调送到顾客家,就不会出现这种问题了,所以海尔推出了无搬动服务,随后又推出了上门设计、上门安装等服务。所以,国产品牌中,海尔还是不错的。

▷ **专家点评**

可以说,这是一个家喻户晓的故事。它发生在改革开放初期,大众对产品质量的认知尚浅,当时海尔这样的做法让大家印象深刻。海尔发展到今天,取得如此辉煌的成就与这一锤背后的逻辑坚持是分不开的。相信大家都赞许德国产品,它代表了一个国家的形象,得到了全球消费者的认同。今天我们更应该提倡匠人精神。

▷ **延伸思考**

海尔为顾客提供产品质量的保障承诺,就是一种对品牌声誉的保障。承诺也是一种销售工具,企业通过各种传媒广而告之,或将印刷担保书附在产品上,顾客若发现购买的产品出现问题,很容易据此找到解决的渠道,这样就增加了顾客对产品及企业的信赖。

很多企业将承诺服务作为营销战略的核心环节,如施乐公司保证任何顾客只要在3年内对施乐产品不满意,施乐公司负责退换直到完全满意;美国多米诺比萨饼店曾多次创出辉煌业绩,这主要是该店承诺在半个小时之内将比萨饼送到家,如果延误了,顾客将免费得到比萨饼。

国务院印发了《社会信用体系建设规划纲要(2014—2020年)》,部署加快建设社会信用体系,构筑诚实守信的经济社会环境。这一纲要的出台,对于增强社会成员诚信意识,营造优良信用环境将发挥积极有效的作用。我国拥有讲究"言必行、行必果"的守信传统文化,企业的做大做强同样需要"一诺千金"的担当。企业兑现对顾客的承诺及诚信经营才是最终赢得忠诚客户的磁铁和引力。

故事 57　诚信档案贷款也管用

故事内容①

长期以来,贷款难一直是制约农业增产、农民增收的一个关键因素。为破解这一难题,冀州市农村信用合作社与市档案局共同为贷款农户建立"诚信档案",内容涉及贷款户的家庭财产收入、财产来源、历次贷款情况、还贷时间、是否守约等。目前,全市23个基层信用社、412个村的3.6万农户建有"诚信档案",2006年1～6月份累计发放小额贷款3 600万元,比去年同期增长387万元。

如今,越来越多的农户靠小额贷款发了家,致了富,他们搞养殖、种植的范围和规模不断扩大,需要的资金越来越多,这种小额贷款已满足不了农户的需求。于是,冀州市农村信用合作社在农户信誉保证和互相担保的基础上,由点到面推行了联保贷款,通过引导农户自愿组成联保小组,为联保农户建立了一套规范的诚信联保档案,贷款数额比按单个农户贷款增长了近10倍。据统计,冀州市现在已有1 500多个农户开办了联保贷款。北漳淮乡中玛管村养殖户耿新胜说:"我的联保贷款是三户一组,两户养鸡的,一户养猪的,一户每次就能贷3万元。"

冀州市农村信用联社理事长曹广忠说,在档案管理体系不断完善的情况下,建立这样一个"诚信档案",有利于进一步规范农户借贷行为,培养他们的诚信意识。同时也为广大农民与银行建立了一条便捷、畅通的沟通渠道,为农村贫困户和想致富的农民架起了一条通向致富的金桥。

▷ **故事解读**

诚信是安身立命之本,也是经济发展之本。在社会主义市场经济条件下,诚信对于一个人、一个企业和一个地区的发展,尤为重要。市场经济从某种意义上讲是信用经济,离开了诚信,在互不信任、互相防范的情况下根本不可能有市场经济的真正发展。

---

① 雷汉发,王贵锁,杨万宁:《"诚信档案"助农户踏上致富路》,《经济日报》,2006年8月24日,第5版。

而诚信从何而来？故事中的"诚信档案"值得思考。农户贷款难的问题得到解决，"诚信档案"的确立发挥了至关重要的作用，既让信用社安心放贷，也规范了农户的借贷行为，培养了众人的诚信意识。

诚信社会氛围的营造，至少需要四种因素的紧密结合：诚信成为国人一切道德的基础和根本，社会舆论的监督，法治的健全和更加客观的监督。空中楼阁般的诚信是不存在的，只有具备扎实的基础，才能建立有效的诚信，建立井然有序、彼此信任的生活和经济秩序。

▷ **公民采访**

采访者：（将上述故事略作介绍后）作为银行从业者，您对此事怎么看？

受访者（王姓女士，银行职员，以电话访谈形式采访）：随着农民生产规模的不断扩大，难免会出现资金上周转不开的情况，以前都是农民借贷双方自己签"借条"，双方规定偿还本利，缺少法律上的监管约束，而且利息往往大于银行的贷款利息。民间贷款使很多人难以还贷，引发了暴力还贷甚至危害到生命。但是农民个人去银行贷款却往往难以申请到，农民的抵押房屋难以评估成本，以致银行审批难，造成农民贷款难。靠什么办法来解决资金难题呢？从你刚刚所说的例子来看似乎是有办法了。冀州市农村信用合作社步子还是迈得蛮大的，如果你的"信用风险"在信用合作社可接受的范围内，就可以贷款了；反之，如果你有"不良记录"，申请就会遭到拒绝。此举正好解决了农民的贷款难、难贷款的问题。由"借条"变成诚信档案是社会的进步，我们金融行业都希望社会诚信档案能早日建立并打通，这样也方便我们审核客户的信用资质。

▷ **专家点评**

经济高速发展的几十年来，也是个人信用、企业信用甚至是政府信用经受严峻考验的几十年。本则实例的发生令人十分欣慰。古有"立木取信""一言九鼎"，本来诚信就是有价值的，是该回归追求商业本质的时候了。

▷ **延伸思考**

作为四大文明古国之一的中国，文化中并不缺少诚信传统，古语有云，"童叟无欺""民无信不立"等。但是近年来，制假售假、商业欺诈、恶意拖欠、逃废债务等，甚至不法行为与日俱增。

著名经济学家吴敬琏认为，国民信用状况恶劣主要是源于缺乏明晰的产权界定和强烈的维权意识，由政府制定贷款和通过指令形成的信用关系缺乏切实的保证，对于失信赖账等行为的惩处、打击不力，以及信用服务机构薄弱、提供的服务水平不高等。

真正寻回失落的信用系统,建立新型的完善的社会信用体系,绝非一日之功。有专家畅言,在信用体系建设方面,应以政府为主导,同时让民间评估机构参与。没有凭空而来的诚信,只有依靠制度的约束、舆论的监督等力量,诚信才不是虚幻和遥不可及的。

故事 58 两枚硬币

故事内容[①]

某国有银行杭州市庆春分行(以下简称庆春分行),是一个真正信誉第一的银行网点,这里的员工用实际行动兑现了自己的行业承诺。

一天下午,一个中年男子来到银行,他把一堆硬币和一些毛票放在柜台上,要求出纳员把这些零钱换成整钱。出纳员数过后说"一共是198元",顾客点点头。于是出纳员又把零钱换成整钱递给那位顾客。那位顾客接过钱后,没数,匆匆忙忙就走了。快下班时,银行里的工作人员清理柜台,发现了两枚1元硬币。大家猜想,可能是刚才那位中年男顾客遗失的。该怎么办?银行里的员工七嘴八舌地议论了起来。按理说,这不是员工的疏忽,是顾客自己匆忙之间遗失的。再说只有2元钱,数额不大,只要登记一下等顾客来领就行了。可是,看到墙上贴着"诚信至上、信誉第一"的标语,他们就想,这是整个银行部门的职业承诺,不能空喊口号,应该落到实处才行。于是,他们决定想办法把这2元硬币还给储户。大家讨论了一下,决定在报纸上登一则广告,以尽快让顾客知晓。打听了一下,广告费挺贵的,30多个字的广告要花160元钱。并且银行里也没有用于这方面的公款,难道要员工自己出吗?这太不合理了,本来也不是员工的错,根本没必要让员工自己掏钱登广告。可是员工们一商量,还是决定登广告,广告费由4个员工平摊,每人出40元。

过了2天,在《杭州日报》上出现了这样一则广告:"近日一储户在兑换零钱时遗落了2元硬币,望储户前来领取。"下面是该银行庆春分行网点落款。

这则广告登出后,一些人觉得很纳闷,怎么2元钱还登广告?还有人干脆打电话到报社询问:"是不是报社弄错了硬币的金额?"一些人还议论着:"银行里的员工真没经济头脑,花

[①] 编委会:《影响一生的诚信故事》,宁夏人民出版社,2008年版,第107页。

> 80倍的价钱,登价值2元钱的广告,值得吗?"而该银行庆春分行的员工有自己的看法,他们说:"这表面上是2元钱问题,实际上是一个行业的信誉问题,这是无价的。花有限的几个钱,换一个无价之宝,值得。再说,这是银行对客户的承诺,是银行的每个员工都应该做的。"[①]

▷ **故事解读**

这个故事讲的是银行员工在捡到客户遗落的2元硬币之后,作了一件让很多人看不懂的事情,那就是花费80倍的价钱登一则报纸广告来寻找储户。关于这样做到底值不值得,不同的人有不同的看法。我非常赞赏该银行员工自己的看法:"这表面上是2元钱问题,实际上是一个行业的信誉问题,这是无价的。花有限的几个钱,换一个无价之宝,值得。再说,这是银行对客户的承诺,是银行的每个员工都应该做的。"

正如该员工所说,金钱是有价的,信誉是无价的。银行作为服务业企业,信誉是它的生存之本、发展之基、利润之源,只有依靠忠诚、守约,才能最大限度地发展客户群,这也是银行取得可持续竞争优势的最可靠保障。而要保持一定的客户增长率,提升客户满意度,增强银行与客户之间的诚信度,银行诚信价值观的培养则是关键。

银行又是一个特殊的金融服务行业。金融业的生存与发展依靠的是经济主体中的一个个客户。客户是企业特别是以提供服务为主的金融业的源泉与基础,金融竞争的实质就是争夺客户。没有客户的加入与信任,金融业将成为无本之木和无源之水。只有诚信金融、诚信服务,才能赢得信誉,赢得忠诚顾客,赢得市场,并最终赢得经济效益和发展机遇,形成"诚生信、信生誉、誉生益"的良性循环。那种对顾客不讲诚信、不精心、不负责任的行为,只会让顾客望而却步。其结果只能是失去信用、失去客户、失去市场。银行应在实现赢利的同时,最大限度地为客户着想。通过诚信服务,赢得客户、赢得市场。

▷ **公民采访**

采访者:(介绍了本则案例后)您怎么看待该银行员工的做法?

受访者(赵姓女大学生,采访地点:松江大学城):我觉得该银行员工的做法值得称赞!正如上面故事中所说的,这种做法确实不符合经济逻辑,并没有从理性经济人的角度来衡量成本和收益。但是,从恪守诚信的角度来看,银行员工的做法不仅严守了公司的运营准则,并且坚守了道德底线,他们是我国企业目前所要招揽的优秀人才。

---

① 编者注:对原文进行了一定修改。

采访者：假设你有一笔钱，你是选择存在银行还是别的渠道？为什么？

受访者：如果是小额存款，我会选择比较便利、流动性较高的余额宝或是招财宝，毕竟操作很简便；而如果是大额储蓄的话，我会考虑在银行存定期存款或者购买好的理财产品，主要看利率吧。放在银行我还是很放心的，国有银行有国家信用为其担保，投资风险比较低，不会发生挤兑现象，当然可能其收益会低一些。

采访者：你认为银行怎样才能在激烈的市场竞争中赢得客户？

受访者：我认为银行应该充分发挥自己的比较优势，恪守诚信，依靠强大的可靠性和低风险特征赢得某些顾客的青睐。因为想要通过高收益来与互联网金融公司竞争似乎不太现实，至少从之前余额宝的年化收益来看，这是银行不可能达到的，所以我还是建议银行从自己的优势方面着手，通过诚信、信誉等来吸引客户，当然现在银行的理财产品也五花八门，还是很能吸引客户的。

▷ **专家点评**

银行是现代金融服务行业，最根本的是为客户提供诚信便利的金融服务。衡量一家金融公司的价值也要重点考量它的客户服务意识和服务质量，其中的核心是诚信在服务过程中的落实和体现。本故事体现了细微之处的诚信。经历了改革开放迅猛发展的阶段，大多企业会着眼大处而不注重细微小节，往往细小之处折射出的诚信，才是企业的未来价值。

▷ **延伸思考**

在当今互联网理财迅猛发展的形势下，银行作为传统的理财方式，既有自己的优势，也有自身的劣势。银行要在激烈的市场竞争中赢得客户，就必须重视对诚信价值观的培养，不仅是对员工，也包括银行自身，如跨行转账手续费、银行卡年费的收取等，对于银行来说取消这些并不难，但银行迟迟没有做到，我想这也是很多客户选择互联网理财的重要原因之一吧。

故事 59　一场没有答案的考试

故事内容①

1998年10月,香港廉政公署执行处面向本处所有工作人员公开选拔一名首席调查主任。经过严格的资格审查和层层推荐,最后有40多人进入了笔试环节。

时年43岁的蔡双雄也参加了这次选拔考试。蔡双雄25岁就进入廉政公署工作,承办过多起大案要案,具有很高的专业水平。对于这次考试,他做了充分的准备。

考试进行得很顺利,多是些专业性的题目,蔡双雄做起来轻车熟路。可是,最后一道题把他难住了。这道题分值高达20分,成败在此一举。题目是这样的:请简述唐太宗李世民为了保护环境采取了哪些措施,并详细论述其合理性。蔡双雄知识面并不算窄,而且很崇拜李世民,平时读过许多关于李世民的书。但是此时,他绞尽脑汁也想不起来李世民曾在环保方面有过什么施政措施。

交卷的时间快到了,无奈之下,蔡双雄只好在试卷上写下了这么一行字:我实在想不起来李世民在环保方面曾有过什么举措,对不起,这道题我不会答。

一道20分的题没做,哪里还会有希望?交卷后,蔡双雄显得很沮丧。廉政公署选拔官员,考什么环保?一些关系好的同事了解情况后,都纷纷安慰蔡双雄。

万万没有想到的是,2个星期后,考试结果出来了,最后的那一道题,蔡双雄竟然得了满分,并且,只有他一个人得了满分。蔡双雄成了进入面试环节的唯一人选。

选拔委员会是这样解释的:唐太宗时,还没有环境保护这种说法。综观李世民一生,他也没有为了保护环境采取过任何措施。这道题根本就没有答案,或者说,最标准的答案就是"不知道"。

▷ **故事解读**

这个故事让人感到非常温暖,也非常具有现实意义。其实,这道题是从联合国

---

① 朱国勇:《一场没有答案的考试》,《读者》,2014年第5期。

教科文组织的试题库里抽出来的,目的就是测试应试者的诚信度。"知之为知之,不知为不知",这才是做人应有的态度。遗憾的是,竟然有那么多的考生妙笔生花地列出了李世民的多项环保举措,并洋洋洒洒地用了数百字去论述其科学性与合理性。一个人的德行,往往会在细节中自然而然地流露出来。诚实是一个人的基本品质,保持诚实的美德,是走向成功的基石!人人诚实,则是社会的基石。这不是我们现在正缺少的吗?

▷ **公民采访**

采访者:就上述这个故事,想听听你们几位的经历或看法。

受访者(周姓机关公务员,采访地点:某大学附近):(小周听了故事后直摇头)我当时考公务员时,有的题目也不会,但是一般不会实实在在地写"我不会",总归要围绕着题目要求写一些话,或者议论一番,目的是想得到几分。如果不写,肯定会得零分。

受访者(季姓大学生,采访地点:某大学附近):现在考试作弊为什么屡禁不止,原因出在参加考试的人身上,人人都想不劳而获。用不正当的手段获利,是法律禁止的,是可耻的行为。而往往有些学生不这么认为,很可悲。

受访者(刘姓大学老师,采访地点:某大学附近):考试作弊就等于小偷偷窃。无论出于什么目的,偷窃行为都应当受到谴责,为人所不齿。这么多学生考试作弊,我觉得是学生的价值观教育出了问题。必须纠正学生的错误认识和价值扭曲,引导学生诚实为人为学。

▷ **专家点评**

这场巧妙的考试反映出廉政公署选拔首席调查主任的考量重点是德才兼备,光具备很强的专业知识是不够的,自作聪明的虚假浮夸是不行的。一个人倘若没有一贯实事求是的良好素养,很难有勇气在试卷上写下"对不起,这道题我不会答"。人生犹如考试,当很多人迎合题目、虚与委蛇、编造论证时,蔡双雄看似无奈的"不会答"却是最好的回答,他因存真求真赢得了尊重。

▷ **延伸思考**

社会诚信如同空气和阳光,人类须臾不可离。大到达官显贵,小到黎民百姓,一言一行都应当严守诚实不欺、表里如一的诚信道德法则。讲诚信没那么高大上,它宛如平常一段歌,应当生活化、日常化、人性化。一味拔高讲诚信的条件、意义,会让人误以为诚信是彼岸世界的事,离我们太远,人为地造成人与人之间的疏远,实不可取。

下篇

故事 60

达蒙替皮斯阿司坐牢

故事内容①

公元前4世纪，在意大利的西西里岛，有个城邦名叫希拉库扎（Syracuse，又译作叙拉古），古代著名的学术组织毕达哥拉斯学派（也称"南意大利学派"）的两位年轻学者皮斯阿司和达蒙就活跃在这个城邦中，他们两人是互信互敬的好朋友。

这座城邦有位独裁者，名叫狄奥尼修斯。有一次，皮斯阿司在公开场合发表了一个演说，其中有质疑狄奥尼修斯政权权力合法性的内容，因而触怒了狄奥尼修斯，被判了绞刑，在几天后某个择定的日子，皮斯阿司将被处死。

皮斯阿司是一位孝子，在临死之前，他向狄奥尼修斯提出一个愿望：希望能与远在百里之外的母亲见最后一面，以表达他对母亲的歉意，因为他不能为母亲养老送终了。不料这位独裁者竟被他的孝心感动了，准许他回家，但有个条件，就是必须要有人为他作担保，皮斯阿司必须找一个人来替他坐牢。这个条件看似合理，但其实是很难实现的。因为假如皮斯阿司一去不返的话，有谁愿意冒着被杀头的危险来干这件蠢事呢？

这个时候，竟有一个人站出来替皮斯阿司坐牢——他就是皮斯阿司的朋友达蒙。达蒙住进牢房后，皮斯阿司就赶回百里之外的家，与母亲诀别。希拉库扎城的人们都关注着事情的发展。时间一天天流逝，当刑期日益临近，皮斯阿司却音讯全无。一时间人们议论纷纷，都说达蒙上了皮斯阿司的当。

行刑日终于到了，由于皮斯阿司没有如期归来，只好由达蒙替死。当达蒙被押赴刑场时，围观的人们大都笑他是个傻瓜。也有人赞叹并同情达蒙的义气，而更多的人却是幸灾乐祸。但刑车上的达蒙，不但面无惧色，反而露出一种慷慨赴死的豪情。

追魂炮被点燃了，绞索也已经挂在了达蒙的脖子上。胆小的人都被吓得紧闭着双眼，他们在内心深处为达蒙感到惋

---

① 宦平：《诚信教育读本》，中国劳动社会保障出版社，2013年版，第49~51页。

惜,并痛恨那个出卖朋友的小人皮斯阿司。

就在千钧一发之际,在淋漓的风雨中,皮斯阿司飞奔而来,他高声喊着:"我回来了!我回来了!"这是多么令人难以置信的感人一幕啊!许多人都以为自己大概是在做梦,但这的确就是事实,皮斯阿司已经冲到达蒙的身边,他们紧紧地拥抱在一起。

这个被大家谈论的感人的消息宛如长了翅膀,飞快地传到了狄奥尼修斯的耳中。这位独裁者亲自赶到刑场,要亲眼看一看自己如此优秀的子民。最终,狄奥尼修斯万分喜悦地为皮斯阿司松绑,并亲口赦免了他的刑罚。在赦免的现场,狄奥尼修斯当众宣布了自己要以信立国、以信治天下的政令。狄奥尼修斯说,他为自己的国家有如此孝顺的子民感到高兴,为自己的国家有这样讲信用和义气的子民感到自豪。他还任命皮斯阿司为司法大臣,任命达蒙为礼仪大臣,协助他治理国家。他相信,他们两人一定会辅佐自己把国家治理成信用、礼仪之邦。

▷ **故事解读**

人与人之间的相处和交往要讲诚信,这是社会生活对人际交往的基本要求。在本故事中,达蒙和皮斯阿司两人之间的完美的友谊为我们讲述了一个关于忠诚和信任的故事,连僭主狄奥尼修斯都被他们深深地打动。达蒙对皮斯阿司绝对信任,这才敢用生命为朋友担保;皮斯阿司对朋友绝对忠诚,对约定的事情绝对守信,这才有了这个用生命来履约的诚信故事。

故事中的两位主人公属于古代西方著名的毕达哥拉斯学派成员,这一学派认为生活是极其严肃的事情,他们每天都会做一次严格的自我反省以净化灵魂。对他们来说,诚实地生活、诚实地对待朋友是一种"神定的和谐",并且基于轮回学说提出了"四海之内皆兄弟"的主张。在这些学术观点影响下,他们极其重视人与人之间的诚信。这个故事虽然发生在两千多年前,但对我们今天来思考社会生活中人与人之间的诚信交往仍然有启发意义。

在社会交往中,人们互相帮助。只有确立了诚信这一基本前提,才能建立与他人的交换关系,才能获得社会关系为人们带来的种种便利和好处。在现代契约社会,我们在与人交往的过程中,总会拿出诚信这把隐形的尺子,来度量别人是否值得深交,是否可以成为生意上值得信赖的长期合伙人……诚实守信的人,无疑会增加自己在交友、合作共事等方面的筹码。可以说,在社会交往需要遵循的诸多准则中,诚信是首要的,也是社会交往中的底线,古今中外概莫能外。

▷ **公民采访**

采访者:读完这则故事,您对诚信有什么理解和感悟?

受访者(公司女白领,采访地点:上海市区某写字楼):这个故事挺让人感动的!皮斯阿司之所以有能让朋友用生命为他作担保的魅力,就在于他是一个永不背离诚信原则的人。而达蒙面对死亡的慷慨无惧更令我敬佩,试想,我们在生活中能否做到先不评价别人是否诚信而是首先叩问自己:"我诚信了吗?"

采访者:对于诚信的重要性,您个人是如何看待的?在人际交往中,您认为诚信有什么重要意义?

受访者:就我自己平时在工作中的体会来说,想要获得别人的信赖就必须让自己先成为一个值得信赖的人。在职场人际关系中,大家彼此信任对于合作共事至关重要。人人都说要讲诚信,而一个人是否值得信赖,往往在关键时刻才能够体现出来。皮斯阿司和达蒙这一对朋友的人品都极高,对他们来说,没有什么比诚实更重要。与朋友交往要言而有信,不诚信的人在社会中是难以立足的。常言道:"人心换人心。"在人际交往中,人们都愿意与诚实的人交朋友,不愿意与不守信用的人为伴。

▷ **专家点评**

只有至诚之人方可交得至信之友。所以,当你抱怨世风日下时,是不是该先反身自省,从我做起是建立诚信社会的第一步。"自古皆有死,民无信不立",你我就是那个"民",诚信无法从别处获取。诚信缺失的社会,无立足之地的也是你我。

▷ **延伸思考**

这个故事主要讲了在朋友之间要讲诚信,而现代社会是陌生人社会,人和人的交往更多地发生在陌生人之间。一般认为朋友之间的诚信主要依靠情感和道德维系,而陌生人之间的诚信更多依靠规则和契约来维系,这两者是否有交融的地方呢?诚实对待陌生人与诚实对待朋友有哪些区别和联系?对这一问题的思考也可以结合中西诚信观的差异来展开。

故事 61　司各特诚信还债

故事内容①②

瓦尔特·司各特爵士（1771—1832年），是苏格兰著名的历史小说家和诗人，被誉为英语历史小说的鼻祖。司各特18个月时不幸患上了小儿麻痹症，导致终身腿残，这给他的生活带来了诸多不便。但也许正因为这个缘故，他把绝大部分精力都投入文学的阅读和创作之中。他以惊人的毅力战胜残疾，还学会了骑马、狩猎。尽管家境贫寒，但他才华横溢、为人正直，人们都非常尊敬他。

司各特的一位朋友看见他的生活很困难，为了改善他的经济状况，就帮他办了一家出版印刷公司。1825年，司各特的出版印刷公司合股人破产，司各特以英雄气概承担了114 000英镑的全部债务。司各特的朋友们商量，要凑钱帮助他还债。司各特拒绝了，说："不，凭我自己这双手，我能还清债务。我可以失去任何东西，但唯一不能失去的就是信用。"

为了还清债务，司各特像拉板车的老黄牛一样努力地工作，他拼命地写作，还学会了许多以前不会干的活，经常一天做好几份工作，人累得又黑又瘦。他的朋友们都非常佩服他的勇气，说他是一位真正的男子汉，是一位正直高尚的人。当时的很多报纸都报道了司各特的公司倒闭的消息，有的文章中充满了同情和遗憾。司各特却把这些报纸统统扔到火炉里，说："瓦尔特·司各特不需要怜悯和同情，他有宝贵的信用和战胜生活的勇气。"没想到，有一次他的一个债主看了他写的小说后，竟特意找到他，诚恳地对他说："司各特先生，我知道您很讲信用。但是，您更是一位很有才华的作家，您应该把时间更多地花在写作上，因此我决定免除您的债务，您欠我的那一部分钱就不用还了。"司各特微笑着说："非常感谢您，但是我不能接受您的帮助，我不能做没有信用的人。"

---

① 王佐书：《诚信》（中国思想文化建设与发展研究丛书），台海出版社，2014年版，第161～162。

② 编者注：对原文进行了一定的修改。

> 当天晚上,他在日记本里这样写道:"我从来没有像现在这样睡得踏实和安稳。我的债主对我说,他觉得我是一个诚实可靠的人,他说可以免掉我的债务,但是我不能接受。尽管我的前方是一条艰难而黑暗的路,但却使我感到光荣,为了保全我的信誉,我可能困苦而死。"
>
> 过于繁重的劳动终于将司各特击倒了。在病中,他经常对自己说:"我欠别人的债还没有还清呢,一定要好起来,等我赚了钱,还了债,然后再光荣而安详地死。"这种信念使司各特很快从病中康复了过来。
>
> 2年后,司各特努力靠自己的劳动还清了债务。

▷ 故事解读

司各特以诚信的品格赢得了人们对他的尊敬。正如他所说的那样:"人可以失去任何东西,但唯一不能失去的就是信用,讲诚信能使人活得踏实安稳。"诚实令每个人能睡安稳觉,像一股力量一样,促使人不顾艰难险阻克服困难,信心十足地去获取受之无愧的利益。司各特还债的故事为诚信作出了最好的诠释,告诉我们诚信是最高尚的人格力量,诚信应是我们的人生格言和不懈追求。

人有诚信可以在社会上立足,可以行事通达。诚信是立身处世之本,是社会交往的基本准则。诚信,就是诚实守信。所谓诚实,就是实事求是,不说假话,不说大话,不说空话,真实不欺;所谓守信,就是说话算数,讲信誉,重信用,不逃避自己所应承担的责任和义务。在当今的中国社会,诚信缺失现象时有发生,弄虚作假、不讲信用的事情常能看到,这不仅是个人基本做人方面的道德缺失,也不利于整个社会的诚信水平的提升,影响社会主义和谐社会的建构。司各特以一个残疾的身体,把履行债务视为自己神圣的义务,给我们以极大的启发,这个故事能让每个人不断反省自身,作为一个合格的社会成员,养成自觉践行诚信的习惯是社会进步的基本要求。

社会生活中的事实证明,一个具有诚信品质的人,才能得到他人的赏识和信任,司各特的诚信和正直使苏格兰人对他敬重有加,赢得了很多人的信赖和追随。他是苏格兰人最爱戴的诗人,是爱丁堡之子。到过爱丁堡的人会发现这座古城有众多苏格兰名人的纪念碑,如哲学家休谟、经济学家亚当·斯密、诗人彭斯等,而司各特的纪念碑看起来最为雄伟,令人震撼,这正是他崇高的道德力量的写照,只有诚实守信、正直坦荡的精神品质才能"浩然正气照千秋"。

▷ 公民采访

采访者:读了司各特诚信还债的故事后,您的感受是什么?

受访者(大学生,采访地点:松江大学城):司各特作为一位著名的历史小说家和诗人,在生活中这般讲信用非常令人钦佩,有那么多人尊敬他是他应得的。

采访者:您如何看待当今社会人们的诚信品质?

受访者:诚信是做人的基本原则,在当今的社会中,很多领域都存在不讲信用的情况,如在我们大学生群体中还存在着拖欠助学贷款不还的现象,这有损当代大学生的社会形象。全社会形成人人讲诚信的氛围是非常重要的,这可能还需要国家制定一些有效的政策、法规来完善社会的诚信体系。

采访者:对一名大学生来说,如何做到诚实守信?

受访者:诚信既是我们当代大学生的"道德名片",又是大学生走向社会的"通行证"。从司各特诚实守信这一则故事里,我感受到了诚信品德巨大的道德感召力,我们大学生今后走入社会,必须树立信用意识,这是立德立身的基本要求。一个没有信用的人,是不受人欢迎的,也不会有大的发展前途。对于一个想做诚信人的大学生而言,绝不能对这方面露出的小缺点、小错误抱无所谓的态度,必须防微杜渐,锤炼自己,最终才能成就自己的诚信品质。

▷ **专家点评**

如果放弃还债,司各特就能为身体减负,但灵魂的负担却会加重。诚信无欺的最大受益者就是诚信者自己,安心、自尊是美德给美德者最有价值的回报。不诚信的人要经营的故事太多,难以安心;再多的故事,蒙得住别人蒙不住自己,充满假话的心里,无法植入自尊的感受。

▷ **延伸思考**

司各特认为生死事小,失信事大。在中国古代也涌现出许许多多重名节如泰山,轻利欲如鸿毛的志士仁人。对于每个普通人来说,诚信其实就蕴含于我们的每个生活细节之中,诚信的品德并不是先天的,它可以在我们日常生活中养成。就诚信的价值取向来说,把功利主义与人文主义结合起来是至关重要的。在日益重视西方式的制度化诚信建设的今天,人文意义上的诚信应当始终被我们所珍视。

故事62 康德准时赴约

故事内容①

德意志民族的性格以严谨和遵纪守法著称,而德国人的守时也很出名。德国古典哲学家康德就是一个十分守时的人。他认为无论是对老朋友还是对陌生人,守时都是一种美德,代表着礼貌和信誉。

1779年,康德想要去一个名叫珀芬的小镇,拜访他的一位老朋友威廉·彼特斯先生。于是,他写了封信给彼特斯,说自己将会在3月2日上午11点之前到达他家。彼特斯回信表示热烈欢迎。

康德3月1日就到达了珀芬小镇,为了能够在约定的时间到达彼特斯家里,他第二天一早就租了一辆马车赶往彼特斯的家。彼特斯住在一个离小镇十几英里远的一个农场里,而在小镇和农场之间,隔着一条河,康德需要从桥上穿过去。但那天早上马车来到河边时,车夫停了下来,对车上的康德说:"先生,对不起,我们过不了河了,桥坏了,再往前走很危险。"

康德只好从马车上下来,他看了看桥,发现桥中间已经断裂,确实不能再往前走了。此时正值初春时节,河虽然不宽,但河水很深。康德看看时间,已经10点多了,他焦急地问车夫:"附近还有没有别的桥?"

车夫回答:"有,先生。在上游的地方还有一座桥,离这里大概有6英里。"

康德问:"如果我们从那座桥上过去,以平常的速度走,什么时间能够到达农场呢?"

"我想要到12点钟。"车夫回答道。

"可如果我们就从眼前这座桥上通过,最快什么时间能到?"康德问。

"用不了40分钟。"车夫说。

---

① 刘玉瑛:《诚信决定存亡》,新华出版社,2011年版,第187页。

"好！"康德跑到附近的一座破旧的农舍里，向主人打听说："请问您的那间小屋要多少钱才肯出售？"

农妇听了他的话，很吃惊地说："我的房子又破又旧，而且地段也不好，你买这座房子干什么？"

康德回答她说："你不用管我有什么用，你只要告诉我你愿不愿意卖？"

"当然愿意，就给200马克吧！"农妇说。

康德毫不犹豫地付了钱，对农妇说："如果您能马上从小屋上拆下几根长木板，在20分钟内修好这座桥，我将把小屋赠送给您。"农妇再次感到吃惊，但还是把自己的儿子叫来，及时修好了那座桥。

马车终于平安地过了桥。10点50分的时候，康德准时来到了老朋友彼特斯的家门口。一直等候在门口的老朋友看到康德，大笑着说："我亲爱的朋友，你还像原来一样准时啊。"

康德和老朋友度过了一段快乐的时光，但是他对于为了准时过桥而买下房子、拆下木头修桥的过程却丝毫没有提及。后来，彼特斯还是从那位农妇那里知道了这件事，他专门写信给康德说，老朋友之间的约会大可不必如此煞费苦心，即使晚一些也是可以原谅的，更何况是遇到了意外呢。但是康德却坚持认为守时是必须的，不管是对老朋友还是对陌生人。

▷ **故事解读**

德国有句谚语："一两重的真诚，其值等于一吨重的聪明。"这和中国的成语"一诺千金"其实是一个意思。遵守时间约定，表面上看上去是小事一桩，而实际上，这表现的却是一个人诚信的品质。在这个故事中，康德把遵守时间当成是一个基本的做人准则，这是一种理性而严格的诚信品质。

这位严谨的思辨哲学家，在生活中同样严谨，视社会生活中的诚信为生命。康德把诚信归于一种纯粹的实践理性，他认为一个人在任何时候都不应该说谎，哪怕是善意的谎言，哪怕谎言能够拯救自己或他人的生命；他认为一个人诚信必须从承诺开始，即使遇到偶发情况，也必须兑现承诺，否则就是一个缺乏信誉的人，也是一个不值得他人尊重的人。康德创立的实践哲学包含诚信理论，而他同样用自己一生的行为在践行着自己的理论，这使他的哲学思想和人格魅力迄今在全世界仍然具有广泛而深刻的影响。

众所周知，康德严谨守时的习惯是出了名的。据说他每天午餐后一定要坚持散步。他的生活规律就如钟摆一样准确无误,无论遇到什么特殊情况,这种生活规律都不会改变。因此诗人海涅曾说,哥尼斯堡(康德家乡)的家庭主妇们都把康德作为这里的标准时间,根据他每天路过的时间来校正自家的钟表。当然,我们在日常生活中的诚信守时也许没必要都做到如康德那般严格,但这个故事告诉我们,真正诚实的人能把诚信道德践行在生活细节中,坚守诚信道德,要做到诚信无小事,时刻讲诚信。

▷ 公民采访

采访者:您对德国哲学家康德有什么印象?

受访者(社区管理人员,采访地点:上海某政府机关单位):我读大学时了解过一点康德,印象中的这位大哲学家是个严谨古板的人。

采访者:为了准时赴约,康德曾花大价钱修桥,对这样的事情您是怎么看的?

受访者:为了能准时赴约,他自己花钱修桥,可见他在日常生活中是绝对严格的人。也许有人说生活中不必这么刻板,但这种精神值得我们学习。守时虽然是生活中的小事,却能够看出一个人的诚信素养,当我们对承诺、约定有着很强的敬畏之心的时候,才会在生活中真正做到对己诚信不自欺,对他人诚信不欺人。

采访者:您认为诚信对做好社会管理工作有何重要意义?

受访者:诚信是我们每个社会成员不可或缺的精神食粮,也是社会主义核心价值观的一项内容。对于我们社会公职人员来说,就要用心积累诚信,如果言不符实、轻诺寡信,那么公信力必然会下降。而一旦丧失公信力,要恢复是很难的,并且直接影响社会风气,可见诚信对我们来说是多么的重要。

▷ 专家点评

世上懂得变通的人很多,哲学家不会不懂。只是,变通的结果会伤害另一个行动法则——诚信。坚守诚信的人看起来有点傻,但正是这样的"傻人"才能够构建一个人人彼此信任的社会。灵活变通的人是很"聪明",但却因这"聪明"失信于人,破坏了秩序,扰乱了社会。

▷ 延伸思考

诚信对于现代社会的公民已不再仅仅是道德层面上的正确选择,而且是每个公民参与社会生活的第二张身份证。除了将诚信内化为自身品格之外,法律和制度等外在层面的完善对于建立诚信社会更为重要,当下我们要思考如何结合中国的实际提出一些合理的诚信制度建设举措。

伽利略失业

故事内容[①]

比萨的大公有个私生子名叫麦里奇，大公对他爱若掌上明珠，并封他为公爵。麦里奇不学无术，却又自视才高。有了地位，他还想要学术上的名誉。他花费很多钱，制造了一部笨重的机器，声称要用它去疏通勒格浑深港。为了扩大这个发明创造的影响，他特意把著名的科学家伽利略请去参观。

麦里奇很热情地接待伽利略，殷勤侍候，又邀请来一些名人陪同，并当着大家的面说了不少吹捧伽利略的话。他的目的很明确，就是希望伽利略对他的发明创造说好，利用伽利略的声望抬高他自己的身价。

伽利略仔细地审视了这个庞然大物，反复测量了机器的尺寸，又根据浮力原理和有关重力的知识，当场细致地运算。最后，他告诉麦里奇，这部机器必然会在海水中下沉，不可能用它疏通深港。

伽利略如此坦诚地说出自己的看法，这是麦里奇万万没有料到的。他以为自己是公爵，伽利略多少会给点面子，可伽利略连半个模糊的字都不说。

为了挽回自己的面子，麦里奇当场命令他的手下人，把机器拉到海边港湾中去试验。结果机器还没来得及开动，就沉到了海底。

聚集在海岸上围观的人们都哈哈大笑起来。麦里奇恼羞成怒，便把怒气全部出在伽利略的身上。他认为如果伽利略肯为他说几句圆场的话，这一切都不会发生。

麦里奇跑到比萨大公那里诬告伽利略，说伽利略"狂妄自大，目中无人"，并污蔑伽利略，说他曾经说过比萨大公的坏话。比萨大公轻信了麦里奇，对伽利略产生了恶感。

比萨大学一些教授，过去在学术研究上不诚实，受到过伽利略的指责，这些人一直为此耿耿于怀，听说比萨大公反感伽利略后，个个兴奋异常，觉得报复的机会终于到了。他们趁

[①] 钟墨：《每天读点美德经智慧大全集》，同心出版社，2012年版，第336～337页。

此不择手段地利用一切机会攻击伽利略，又教唆一些头脑简单的学生，在伽利略上课时起哄捣乱。

伽利略无比愤怒，但他绝不准备向不诚实的学风妥协，哪怕可能会因此失去工作。后来他索性辞去了大学的教授职务，离开比萨大学，回佛罗伦萨去了。这时，他的父亲已得了重病。年迈的老人知道伽利略丢了工作，心里很难过，病情由此日益加重，不久就去世了。

当时，伽利略的弟妹们都没有工作，家里又无积蓄，作为一家之主的伽利略陷入了极度的悲痛和贫穷之中，在相当长的一段日子里，他不得不靠借贷和帮人干点儿杂活来勉强维持生活。

麦里奇听说了伽利略的艰难处境，捎来信说只要伽利略愿意写一篇为他叫好的文章，他就可以帮助伽利略恢复在比萨大学的教授职位。

伽利略扔掉了信，说："不诚实和失业一样，都是可怕的事。我已经发生了一件可怕的事了，绝对不会再让另一件可怕的事发生。"

▷ 故事解读

本故事讲述了近代力学之父伽利略在比萨大学任教期间因坚持真理，与不诚实的学术风气相抗争而辞职的事例。用伽利略的话说，不诚实比失业更可怕。这个故事告诉我们，知识的殿堂需要诚信来守护，有诚信才能掌握真理。

大学作为知识的殿堂应该是一片净土，这里没有世俗，没有铜臭，没有虚假，有的只是对真理的执着探求。这话说起来简单，但真正要做到却不是一件容易的事，它需要的不仅是忘我的奉献精神，更需要有诚信的高尚品德。本故事中，伽利略为了真理而与世俗抗争，如果给麦里奇写了虚假的吹捧文章，就是对真理的背叛，就是对自己诚实品德的亵渎。这位具有高尚诚信品德的科学家，为了真理，面对世俗没有恐惧，只有勇气。他的勇气来自他诚实的品质，这是科学和真理所要求的最可贵的品质，正因有了这种牢牢扎根于内心的诚实，他才能不畏权贵，忠实于事实。

诚信是追求真理的先决条件，诚信也是作为一位科学家最基本的职业道德。伽利略宁可辞去大学教职，也不会像那些沽名钓誉者那样行事，即使面临贫穷和失业，也要坚决批判比萨大学不实的学风。正是因为有了伽利略这种诚实的真理追求者，才使知识的殿堂成为圣殿。正是因为伽利略那样的诚信品质，才使科学家这种职业被世人尊敬。本故事对于大学生树立诚实的学风，养成诚信的职业道德等，都具有一定的启发和教育意义。

▷ **公民采访**

采访者：作为一名教师，伽利略对科学的诚实态度对您有何启示？

受访者（大学教师，采访地点：松江大学城）：在人们的印象中，校园是净土，学术是神圣的，教师是人类灵魂的工程师，研究学问的人是不染铜臭的清高者。然而事实并不完全这样，近些年学术不诚信的事情屡屡发生，在利益的驱动下，个别教师和学者被卷进了弄虚作假的行列，将科学态度和求实精神弃而远之，知识的殿堂正在遭受着污染。伽利略的这个故事启发我们，要拿出诚实的勇气，再不用诚信来整治学术风气，则后患无穷。

采访者：除了科学探索和学术研究领域，诚实的品质在其他行业也同样重要吗？

受访者：是的。我觉得这种品质不仅对科学研究是重要的，对于社会任何一个环节的工作都同样重要，诚实不仅只是一种好的品德，它还是社会各行业都不可缺少的基本规则。比如，在公司，很多事情需要大家合作完成，如果对待问题没有实事求是的态度，遇到困难没有基于事实的诚实沟通，工作是做不好的。

▷ **专家点评**

《大学》所言的"格物、致知、正心、诚意、修身、齐家、治国、平天下"，既可被看作是人生发展的境界，也可以被看作是追求学问的阶梯。没有正心、诚意，人便只能是个盛有某些知识的小器物而已。没有尊重真理的诚意，怎有持久坚韧的探索动力？建设创新型国家，取决于国民诚实守信、探索真理的诚意。

▷ **延伸思考**

现如今，学术这块净土被不诚信的行为所污染是值得整个社会高度重视的。知识是人类文明发展的动力，学术研究不断扩大着知识的范围。我国当前建设创新型国家更加需要净化学术研究领域的种种不诚信行为，否则后患无穷。那么如何保持学术殿堂的诚实和纯粹呢？减少学术腐败的发生究竟应重在完善管理体制，还是重在完善每个人的诚信道德修养，或者两者应该作怎样的结合，这是值得我们进一步思考的。

故事 64

诚实的音乐大师

故事内容①

德国作曲家门德尔松是世界音乐史上最有影响力的大师之一,在19世纪的著名音乐家中,像他那样一生顺利,没有经受过生活折磨的痛苦,而从艺术生涯一开始就伴随着荣誉的人,是很少有的。同时,这位"浪漫乐圣"也是一位极有诚信品质的人,天才的光环并没有使他骄傲虚浮,反而更加谦虚诚实。

1829年,年仅20岁的门德尔松开始了他的第一次旅行演出,他的足迹踏遍了欧洲各个文化名城。当他到英国演出时,由于他的艺术才华,伦敦人对他崇拜得五体投地,他的演出轰动了整个伦敦。

消息很快传到了维多利亚女王那里,英国女王也想见见这位年轻的天才音乐家。于是,维多利亚女王热诚地邀请门德尔松进宫,并特意在白金汉宫为他举行了盛大的招待会。为答谢女王的盛情,门德尔松为女王演奏了几支曲子。晴朗的夜晚,一弯明月悬挂在白金汉宫的上空,人们静静地欣赏着,为他精彩的演奏所倾倒。女王也听得入了迷,不时地微笑点头。

当门德尔松刚刚演奏完署名是门德尔松作曲的《伊塔尔兹》这首曲子后,维多利亚女王便不禁连声称赞这首曲子写得好,并说:"单凭你能写出这样动人的曲子,就可以证明你是一个十分了不起的音乐天才!"参加招待会的其他人更是赞不绝口。

听到这赞扬声,门德尔松不但没有高兴,脸反而一下子红到耳根,急忙说道:"不,不,不,这支钢琴曲不是我写的。"所有在场的人都不相信,认为他这样说是太谦虚了。女王说:"你太自谦了,只有你这样的天才,才能谱写出如此优美动听的曲子。"但是,门德尔松却认真地向女王和在场的人们解释道:"这支曲子真的不是我写的,而是我姐姐芬妮亚的作品。"

原来,门德尔松出生在德国一个有名的知识分子家庭,那

---

① 《以德立身》编委会:《以德立身:明礼诚信》,青岛出版社,2012年版,第3页。

> 时像歌德、海涅、威柏这样的名人是他家的常客。在这些人的影响下,他和姐姐从小就对艺术有着浓厚的兴趣。姐姐芬妮亚天资聪慧,因而也成了一个相当出色的作曲家。只是由于门德尔松的家庭不赞成用女人的名字发表作品,所以姐姐才用了门德尔松的名字。虽然别人并不知道这件事,可是诚实的门德尔松没有欺世盗名,而是在大庭广众面前公布了这支曲子的真正作者。
>
> 门德尔松的诚实使他赢得了维多利亚女王以及在场每个人的尊重,也正是这种诚实的品质使他能够在天才的光环下仍然保持谦虚认真、勤奋不懈的创作态度,为后世留下了大量淳朴典雅、清新自然的音乐作品。

▷ **故事解读**

少年得志的门德尔松并没有因为享受大量的赞誉而陶醉,面对不实的赞扬,他坚持向别人说明事实,不掠人之美,英国女王也因此对他多了几分敬意。诚实是一种高尚的品格,它可以让一个人的心灵变得尊贵,品格变得高尚。一个能够对自己和他人都保持诚实的人,一定可以实现更高的理想。谎言和欺骗也许会暂时让人戴上耀眼的光环,但光环一旦撤去,他必将暗淡无光。在考试和学术科研中,不诚实的言行都会备受人们的鄙薄。

门德尔松可谓德艺双馨,他可以选择不把他姐姐是真实作曲者的情况告诉众人,而且署他的名字是家庭的决定,但面对赞誉他选择了不贪人之功,是自己的就是自己的,不是自己的就不是自己的。作曲家门德尔松舍弃了美誉,而选择了诚信。

作为一位文化名人,尤其要讲求诚信,把坚守诚信看成一种社会责任,因为文化名人是文化创作诚信的载体和主要承担者,他在形成、弘扬、发展社会诚信中有特殊作用,名人有名人效应,更易产生大的社会影响。如果名人不讲诚信,社会影响极坏。门德尔松对于创作是极为诚实的,艺术创作是一种自由创造活动,是一种特殊的审美创造,绝不能沽名钓誉,陷入被赞美的虚荣之中。

创作容不得半点虚假和浮躁,这既是对公众的诚实,也是对自己、对艺术本身的诚实。这个故事对我们当今的文化圈、学术圈有重要的启示价值。特别在强调创新精神的今天,坚守诚信品质是文艺创作和学术研究的前提。

▷ **公民采访**

采访者:门德尔松很有才华,同时也是极为诚信的人。作为名校的研究生,从他的故事中你读到了什么?

受访者(上海交大某男性研究生,采访地点:上海交大闵行校区):门德尔松是一位德艺双馨的艺术家。我们需要像门德尔松对待艺术那样,在科学研究中以"实"和"真"为基点,以为导师、为他人、为全社会认同并最终以能经得起检验为标准,以问心无愧、身心和谐为内在境界。我想,坚守诚信的底线应当是包括科研工作在内的全社会的共识,在科研中掺假,无论对自己还是对社会,危害都很大。

采访者:当前大学中的诚信现状如何?

受访者:在我们身边,像考试作弊、代写论文、伪造简历和证件等事情都有存在。在学习和社会生活中,很多不诚信的现象已经给我们敲响了警钟。我们要通过身边正反面的人和事来强化自己的诚信品质,像门德尔松那样,不被虚名和虚荣捆绑,保持自己的谦虚、质朴和真实。

▷ 专家点评

著名作曲家门德尔松对于送上门来的荣誉选择松手,而有人却千方百计窃取他人荣誉为自己装点门面。诚信方面的天壤之别来自于贪欲与否。对利益得失没有通透的理解,在德行上就会有缺憾和闪失。利欲熏心之人为利字所困,心里没有信字。

▷ 延伸思考

在媒体日益发达的当今社会,有些名人会通过在微博和微信上发布一些不实或未经证实的内容,来博得公众的眼球,扩大自己在社会的影响力,这显然也属于不诚实的行为。形成"名人效应"时,一个人如果没有坚守诚信这条底线,很可能产生负面作用和负面效应。聪慧之人绝不会如此短视。

故事 65　巴伦支船长用生命守望诚信

故事内容①

　　16世纪末,有一个名叫巴伦支的荷兰人,他是一名商人也是一个船长。为了避开激烈的海上贸易竞争,他带领17名船员出航,试图从荷兰往北开辟一条新的到达亚洲的航海路线。

　　一天清晨,当轮船行驶到位于北极圈内的三文雅——现在属于俄罗斯的一个岛屿时,他们突然发现自己的船航行在海面的浮冰里。这时,他们才意识到被冰封的危险。然而为时已晚,经过艰苦的努力之后,他们最终仍然不得不放弃返航的努力,把船停泊在岛屿旁边。

　　北极圈是地球上最寒冷的区域之一,冬季漫长而寒冷。由于没有任何山脉的阻挡,那里有可怕的狂风。冰冷刺骨的大风和靠近北极圈地区常见的暴风雪不时地席卷而来,异常凶猛、毫无羁绊。没有人类生存痕迹的三文雅岛上常常覆盖着10至12英尺(超过3米)厚的雪,厚厚的积雪被零下40~50摄氏度的严寒冻结,变得像花岗岩一样坚硬。巴伦支船长和17名荷兰水手在这样孤立无援的条件下度过了8个月的漫长苦寒的冬季。

　　巴伦支和水手们盖了一间木棚,并掘洞来过冬。陋室中央所生的火抵挡不住北极的严寒,穿在身上的衣服的背部都结了冰。他们只好拆掉了船上的甲板作燃料,并不得不设法宰杀北极熊和海象来取得勉强维持生存的衣服和食物,但他们的储备很快耗尽了。在恶劣的险境中,他们苦苦地等待着冰雪消融季节的来临,其间8名水手死去了。但是巴伦支船长和剩下的水手们却做了一件令人难以想象的事情,他们丝毫未动别人委托给他们的货物,而这些货物中就有可以挽救他们生命的衣物和药品。

　　冬去春来,幸存的巴伦支船长和9名水手终于把货物几

---

①　刘艳玲整理:《荷兰水手海上受困八月　宁死不拆委托人货物》,《珠江时报》,2014年7月9日,第A02版。

乎完好无损地带回荷兰,送到委托人手中。他们的做法震动了欧洲,也给整个荷兰带来显而易见的好处,那就是赢得海运贸易的世界市场。那个时候,荷兰人口仅有150万,陆地总面积4.15万平方公里。如果用国土、资源、人口等条件来衡量,几乎不具备作为强大国家存在下去的条件。但是,这个曾被西班牙国王宣布为西班牙神圣不可分割的一部分,又不得不将自己的国家托付给英国女王伊丽莎白一世保护的国家,于16世纪末最终拥有了属于自己国家的主权,开始崛起于世界民族之林。

17世纪的荷兰几乎垄断了欧洲的海运贸易,其贸易与势力也几乎延伸到地球的每一个角落,成为整个世界的经济中心和最富庶的国家。巴伦支船长和他的17名水手用生命作代价,守望诚信。这一故事传至后世的经商法则就是:诚信比生命更重要。

▷ 故事解读

用生命换取诚信,在现在看来或许是十分不理智的,毕竟人的生命是第一位的,就算他们动了那些货物,别人知道实情后或许也不会怪罪他们。然而就是这样不理智的巴伦支船长和他的水手们,为荷兰赢得了信誉,这是他们用生命为荷兰做的一件伟大的事。中国有句关于诚信的至理名言叫"精诚所至,金石为开",诚信是有很大的力量的,这个故事告诉我们的便是这个道理,诚信能在不经意间使几乎所有人为这种力量所折服。

17世纪的荷兰被誉为"海上马车夫",那时的荷兰人爱通商,爱赚钱,但是这并不表示为了金钱他们可以不择手段,与之相反,他们不赚不义之财,他们拥有绝对的诚信。在这个故事中,巴伦支船长和他的水手们视信誉高于个体生命,视商业法则高于个体生命。诚信作为一种法则对他们而言已然内化于心,即使在孤立无援的茫茫冰海上他们也做到了恪守这一法则。因此,这些荷兰人用生命守望诚信的行为体现的已经不是表面上的维护商誉的外在职业素养,而是内在精神的高度自觉。巴伦支和17名水手对商业社会的诚信法则做了最好的诠释,在今天,荷兰人教育孩子时经常会说:"荷兰之所以还是荷兰,是因为我们的祖先照顾好了自己的生意。"后人为了纪念这位巴伦支船长,便把北欧以北他航行过的海域的一部分称为巴伦支海。

诚信这种无言的力量,无论对个人、社会还是国家都有极大的帮助。有了它,个人人格力量的魅力将得到彰显;有了它,社会进步的脚步声才会更加铿锵有力;

有了它,国家才会真正的强大。

▷ **公民采访**

采访者:法国作家大仲马说过,"当信用消失的时候,肉体就没有生命"。巴伦支和他的17名水手为我们讲述了即使失去生命也不能失去信用的动人故事,您对此有何体会?

受访者(某女性市民,采访地点:上海图书馆):我记得前几年看过一个纪录片,叫作《大国崛起》,其中有一集就讲到了这个故事,当时很有感触。从这个故事中我体会到了诚信是一种发自内在的伟大力量,如果每个人都把诚信视为道义和信仰,我们就拥有这种力量。今天中国正走在中华民族伟大复兴的道路上,我们可以借鉴像荷兰那样的近现代历史上引领世界潮流的国家走向成功的经验,而巴伦支的这个故事对我们无疑是极有启发意义的。

采访者:有人说在如今的社会,做事情太诚实就是傻瓜,您是怎么看的?

受访者:记得小时候,父母教育我说,出门在外一定要实在,就是金疙瘩把你绊倒了,不是自己的金疙瘩也不能装到兜里。不诚实的行为可能一时能得利,但从长远看是不利的,巴伦支船长的故事是个很好的正面例子,他们的诚信行为使荷兰人赢得了海运贸易的世界市场。改革开放以来,中国社会生活的方方面面出现了一些如造假等不诚信行为,这是很短视的,中国要真正强大,就应该建立起一个适应现代社会规则的诚信体系。如果有很多人都认为诚信会吃亏,说明这个社会的信仰和道德层面出现了一定的问题,其原因可能是复杂的;而当我们的社会恢复健康时,一定是大多数人都能认同诚信这一基本原则的时候。

▷ **专家点评**

国无诚信不宁,业无诚信不兴,诚信是一块金字招牌,对国家如此,对商家亦如此。在崇尚即时利益的人眼里,只能看到技巧,看到斗智,却常常忽略了社会合作的基石——诚信。一旦诚信缺失,技巧越多,智商越高,对合作者就越是隐患。世界上没有无缘无故的成功,诚信的魅力无可替代,最精妙的技巧就是没有技巧。

▷ **延伸思考**

巴伦支船长坚守诚信的故事给我们很大的启发,时至今日,我们仍深切体会到,社会生活中的这种商业诚信是何等重要。中国历史中契约诚信原则比较缺乏,在这样的文化背景中,我们今天的诚信建设应如何结合历史和现实来展开,这不仅关乎诚信建设,也是中国现代化过程中所要面对的重要问题。

下 篇

故事 66

"罗特希尔德"的品牌价值

故事内容[①]

　　罗特希尔德(Rothschild)(意译为"红盾",又音译为罗斯柴尔德)家族,原本是一个在德国生活的犹太人家族。在18世纪末期,罗特希尔德家族创建了整个欧洲的金融和银行现代化制度。在奥地利和英国,罗特希尔德家族先后被提升为贵族阶级。一般认为,19世纪中期,罗特希尔德家族是全世界最富有的家族之一。

　　罗特希尔德家族的创始人是梅耶·阿姆谢尔·罗特希尔德(1744—1812)。18世纪末他生活在法兰克福著名犹太人居住区,当时的地名就叫"犹太人胡同"。从中世纪到老罗特希尔德出生的年份,法兰克福犹太人的社会地位极为卑微、遭受歧视。在法兰克福的犹太人只准住在犹太人胡同,外出还须在衣服上别上表示是犹太人的标志。犹太人胡同四周也有围墙,有三个门通向周边。这些门在夜间、礼拜天和基督教的节日均需关闭,也就是说,在这些时间里犹太人均不准外出。生活在那里的犹太人过着一种猥琐和屈辱的生活,生命的尊严遭到践踏,所以,一般的犹太人在这种条件下也很难过一种诚实的生活。但阿姆谢尔不是一个普通的犹太人,他开始在一个不起眼的角落里建立起了自己的事务所,并在上面悬挂了一个红盾。他将其称之为罗特希尔德,在德语中的意思就是"红盾"。他就在这里干起了借贷的生意,迈出了创办横跨欧陆的巨型银行集团的第一步。

　　当兰德格里夫·威廉被拿破仑从他在赫斯卡塞尔地区的地产上赶走的时候,他还拥有500万的银币,他把这笔钱交给了阿姆谢尔,并没有指望还能把它们要回来,因为他相信侵略者们肯定会把这些钱没收的。但是,阿姆谢尔这位犹太人却非常精明,他把钱埋在后花园里,等到敌人撤退以后,就以合适的利率把它们贷了出去。当威廉返回来的时候,等待他的

[①] 刘寿红:《高素质员工必备的35个好习惯》,北京理工大学出版社,2010年版,第132～133页。

> 是令他喜出望外的好消息——阿姆谢尔差遣他的大儿子把这笔钱连本带息送了回去,并且还附了一张借贷的明细账目表。
>
> 家族的创始人梅耶·阿姆谢尔·罗特希尔德给后代留下了三条家训:"你是谁不重要,重要的是谁跟你在一起""要想真正成功必须具备谦虚、诚信、乐于助人的品质""族人必须团结,如果哪天不再团结,便是家族覆灭之时"。在罗特希尔德这个家庭的世世代代当中,没有一个家庭成员曾经为家庭诚实的名誉带来过一丝的污点,不管是生活上的还是事业上的。如今,"罗特希尔德"这个品牌的价值仅估价就高达4亿美金。

▷ **故事解读**

很多中国读者是通过宋鸿兵的《货币战争》一书才知道罗斯柴尔德家族的。然而,有关这个家族的神秘传说和各种阴谋论一直在流传。许多人认为这个家族是世界金融市场乃至国际政局的幕后操控者。不管真相到底如何,这个神秘家族的崛起乃至传承至今的富裕始终可以被称为一个神话。中国有句老话:"富不过三代。"然而这个家族从19世纪初发迹开始,他们已经富到了第八代。

这个家族并非一帆风顺。19世纪末,欧洲农业大萧条给经济造成重创;"二战"时因犹太人身份而遭受毁灭性的迫害;战后,英国政府向家族企业征收高达98%的赋税。是什么让罗特希尔德家族成功保持"富八代"的纪录?能够传承至今的家族往往有一些共同之处。本故事关注的这个家族家训中的重要一条:"要想真正成功必须具备谦虚、诚信、乐于助人的品质。"

作为一个面临严峻处境的犹太人,阿姆谢尔有太多的理由不守信用。然而,他能够在面临巨额财富的诱惑时,坚守诚信,最终为自己赢得了良好的信誉。有了良好的信誉,别人才会愿意与你做生意,生意也才能越做越大。罗特希尔德家族的发家史和传承至今的巨额财富与家训,反复向我们证明:诚信是商人非常重要的品质。

无论是中国的大商人沈万三、胡雪岩,还是故事中的罗特希尔德家族,他们在经商的过程中始终以诚信为本,坚持自己的底线,不会被小利益所迷惑,不丢掉别人对自己的信任。正是他们以诚信为本做人做事的原则,促成了他们的重大成功,乃至整个家族的繁荣。诚信是他们的家风,更是他们的利器,使他们能够在今后的生活与事业上所向披靡。

▷ **公民采访**

采访者:你听说过罗特希尔德家族吗?

受访者(李姓男大学生,采访地点:松江大学城):听说过。我看过《货币战争》这本书。书里面说这个家族非常有影响力,说这个家族是支配国际政治和经济格局的幕后黑手,还介绍了一些这个家族的发家史。后来我又看了一些其他的书,觉得应该多角度看待这个家族。

采访者:你知道这个家族的创立者梅耶·阿姆谢尔·罗特希尔德的事迹吗?

受访者:知道一些。他流传下来的家训是要求自己的子孙后代都要诚实守信。我想,这个家族传承至今,还能保存这样巨大的财富,说明这些家训真的很重要,值得我们大学生学习。

▷ 专家点评

俗话说"富不过三代",但罗特希尔德家族延续了几个世纪的繁荣,最主要的原因在于其"谦虚、诚信、乐于助人"的家族品质的传承。如故事中所说的"没有一个家庭成员曾经为家庭诚实的名誉带来过一丝的污点"。该故事给我们最大的启示是:诚信不仅是做人的最基本准则,也是经商成功的利器。

▷ 延伸思考

发家致富是很多人的梦想,但是如何才能获取财富?我国改革开放以来,一些商家只顾"向钱看",不肯诚实守法地经营,生产假冒伪劣商品,侵害消费者权益。事实证明,这样做在短期内或许可以获得财富,但最终会受到法律的审判。这个故事告诉我们,财富的获取要以良好的道德为前提,而财富的传承也需要子孙后代传承良好的家风、家训。

故事 67 石币之岛

故事内容①

1899—1919 年,太平洋上密克罗尼西亚的加罗林群岛还是德国的殖民地。群岛上的最西端是瓦普岛,或称为雅浦岛。当时,这个岛上的人口大约为 5 000~6 000 人。1903 年,一位名叫威廉·亨利·福内斯三世(William Henry Furness Ⅲ)的美国人类学家到这个岛上住了几个月,他发现当地人的货币是一种石轮。

因为该岛不出产金属,他们的资源就是石头,他们的劳动都耗费在搬动石头和磨制石头上了,石头就像文明社会里的所有物和铸币一样,是劳动的代表物。

他们把自己的这种交换媒介称为费(fee),费是由大而坚硬、厚重的石轮组成的。石轮的直径从 1 码至 12 码不等,石轮的中央有一个孔,这个孔的大小随石轮直径大小的不同而不同。人们可以在孔中插入一根杆,这根杆要符合孔的大小,而且要结实,这样才能负得起石轮的重量,便于搬运。这些石头"硬币"(是在离这个岛 400 里远的另一个岛上找到的石灰岩石),最初是由一些敢于冒险的当地探险人,在这个岛上开采并打制,然后再用独木舟和木筏运回雅浦岛的。

这种石币值得说道之处在于——石币的拥有者不必减少自己的拥有物。在做成一笔交易之后,如果这笔交易所涉及的"费"太大,大到无法便利地搬动石币的地步,石币的接收者会很乐意接受单纯的所有权认可,他们甚至都不愿意费力去做个标记来表明这种交换,石币仍然静静地躺在以前那位拥有者的地头。

有意思的是,村子附近有一户富裕人家。这家的财富是毋庸置疑的——也就是说,他家的财富得到了每个人的认可——然而,没有一个人甚至这家人自己,亲眼看见过或触摸过这笔财富。这笔财富是一块巨大的费,这块费的大小是通

---

① (美)米尔顿·弗里德曼著,安佳译:《货币的祸害——货币史片段》,商务印书馆,2006 年版,第 7~9 页。

过传说而众所周知的,而这个传说已经传了两三代人了。从那时一直到现在,这笔财富一直躺在海底。

很多年以前,这家人的一位先祖,在探险寻找费之后,获得了这块大得出奇并极具价值的石头。这块石头后来被搬到了木筏上,准备运回家来。木筏行到半途中的时候,海上起了风暴,为了拯救自己的生命,这群人砍断了木筏的缆绳,任其漂流,石头也因此沉入海底,从人们的视线中消失了。这些人回家后,所有的人都证明说,费的体积极其巨大,质地尤其优良,石币的丢失也不能怪罪于拥有者。于是从那时开始,所有的人都从心底里承认,石头落入海中只是一个意外事故,这事故太小,小得不值一提,离岸几千码的海水影响不了石币的买卖价值,因为石头已经錾制成适当的形式了。因此,这块石头的购买力依然存在,就像在人们的视线中毫发无损地躺在拥有者的家里一样。

1898年,德国政府从西班牙人手中买下了加罗林群岛后,获得了这个群岛的所有权。当时,岛上的这些道路或公路的状况非常差,有几个地区的首领得到通知后,让人们必须把道路修好,而且要维护好。但是,用大块的珊瑚胡乱铺就的道路,对赤脚走路的当地人来说非常适宜。所以这个命令反复重申了多次,仍然没有人在意。最后,德国统治者决定向抗拒命令的地方首领征收罚金。但是,用什么形式来体现这笔罚金呢?

后来,德国人想出了一个巧妙的办法,他们派出了一个人,走遍了那些抗拒命令地区的每一家石屋和公共聚会场所,去收取罚金。到那儿之后,这个人只在一批最有价值的费上用黑色画一个十字,表明这块石头已经被政府征收了。这个办法真的很神,那些愁苦的贫苦民众马上就修好了连接岛屿两端的道路,而且修得很齐整。现在,这些道路看起来就像公园里的车道一样。然后,当局派出了几位办事人员,擦掉了画在石头上的十字。一眨眼工夫,罚金抵销了,那里的人们又重新获得了他们的资本所有权,并尽情享受着自己的财富。

▷ 故事解读

很多读者对这个故事的反应一定是:"这些人真傻,怎么这么莫名其妙?"然而,想象一下日常购物的情景。实际上，我们经常用手中薄薄的一张100元人民币购买各种商品，只是这个交易行为你已经习以为常。而仔细深究起来，却非常可怕，因为这毕竟只是一张纸，但居然被整个社会毫不怀疑地接受。这其中的关键还在于人们相信政府信誉。

在石币之岛中没有政府的影子，但搬动与磨制石头，形成的石轮就是受承认的货币。弗里德曼讲述的这一案例，甚至表明石头不一定要拿在自己手里或者放在家中，才是货币。只要在石头上做一个记号即可。这听起来很疯狂，但实际上完全可以用来类比各国在其他国家的储备。后者无非也是在其他国家的银行的几个抽屉上标上几个记号，而且在现阶段普遍的纸币不兑换条件下，同在石头上画记号实在没有什么区别，都是在一个遥远的地方有一个本身并没有耗费人类劳动的东西，这东西被标上了一个记号就属于了某个主体。而在石币上画记号，同现代交易在账簿上做标记，也是异曲同工。也就是说，也许并不需要特别贵重的东西，甚至也不需要政府，相互承认的信用就可以支撑起货币体系。

石币之岛的故事是关于信用的社会契约很好的阐述。由于环境相对封闭、监督成本较低，对违背契约的后果预期明确，石币之岛上维持了稳定的货币体系和社会契约。虽然这并不能构成卢梭意义上的社会契约——现代社会的社会契约必须通过法制建设来构建和维持，社会成员越多，法制的规模效应也就越明显，但雅浦岛村民通过风俗等非正式的制度规则维持了信用货币的稳定，能够提供明确预期的条件是每个人都将诚信作为行为的优先选择。而在现代商品社会，尤其是在我国不完善的市场经济和法制环境下，这种非正式规则的适用性就捉襟见肘了。

▷ **公民采访**

采访者：您听说过石币之岛吗？

受访者（吴姓大学生，采访地点：松江大学城）：石币之岛是雅浦岛吧？那个岛上面的人是不是拿石头当钱用？

采访者：是的。您对石币之岛拿石头当货币怎么看？

受访者：我认为大多数人会觉得石币之岛上的人们的行为简直是不可理喻的。沉入海底的石头如何能像银行存款一样成为一个家庭财富的象征？如果你家里没有看得到的财和货，想要跟人借钱、交易，那是不可能的事情。不过我记得以前学过货币起源，最早的货币就是石头、贝壳之类的，只要人们能够认可，那就能够交易。换句话说，大家都信赖这个东西，不管它是石头也好，黄金也好，交易就能够进行。这就是信用的问题。

▷ **专家点评**

石币之岛的案例是关于货币何以成为信念的典型案例。岛上的居民对于石头货币持"天真"和"纯朴"的态度,但这种"天真"和"纯朴"是在他们彼此信任的基础上达成的,因为人们对货币价值的态度取决于他们对货币的信心与预期。给我们的启示是:信用在经济交往中具有至关重要的作用,它也是经济良性运行的前提和基础。

▷ **延伸思考**

　　石币之岛的故事看似不可思议,但是正说明了信用的极端重要性。人们相信石头能够代表财富,石头就充当了一般等价物,使得交易可以进行。对于社会经济的发展,个体诚信固然重要,整个社会信用体系的建立则更为重要。

故事 68　信誉的债务

信誉的债务

故事内容[①]

20世纪初,去美国的移民非常重视节俭,他们尽量把每一分钱都积攒下来。纽约市的佛兰普科斯·罗迪便成立了一家小银行,来吸收移民的存款。

1915年圣诞节前夕的一天,这家银行的出纳员外出午餐,只有罗迪一个人在屋子里。就在这时,3个蒙面歹徒冲进来,把罗迪关进厕所,然后将银行里的22 000美元席卷一空。储户们听到这一消息,都蜂拥前来提款。虽然罗迪尽了最大努力兑付,但仍然不够,最后被迫清盘,宣告破产。250个储户共损失了18 000美元。

一位银行家对罗迪说,银行遭遇抢劫,这是天灾,既然已经宣布破产,你就没有任何责任了。存款也不用还了。罗迪说,法律上也许是这样规定的,不过,我个人是要认账的,这是信誉上的债务,我一定要归还。

罗迪为了还债而努力奋斗,他白天杀猪,晚上为人补鞋,还让年龄大一点的小孩上街卖报。罗迪听说一位储户患了重病,生活困难,他就通过邮局把那位储户十几年前存的177美元寄给了他。以后,罗迪一家每积攒一点钱就先还给最困难的储户。罗迪听说一位身患重病的寡妇无力抚养孩子,她曾在罗迪这里存了375元,罗迪首先还给她100元,另外每月还她10元,使她付清房租。罗迪还听说一位储户欠了税,有坐牢的可能,这位储户20年前在罗迪这里存了一笔钱,罗迪连忙找到他,还了他的存款,使他免受牢狱之苦。

但由于时间太长,罗迪记不清有多少储户了,他就在保险公司、教堂、开发商甚至在当地报刊登广告,寻找存款人。他从一篇新闻报道中,发现加利福尼亚有3位储户,他便把存款分别寄给了他们。这3个人收到钱后异常感动,其中两个人把钱退回来,请他转给穷人或他们的孩子。

[①] 感动:《信誉的债务》,《职业圈》,2005年7期,第1页。

1946年圣诞节前夕,银行被抢31年后,罗迪还清了250位储户的18 000美元存款。因为第二次世界大战而散居世界各地的罗迪的孩子也再次团聚到了一起。一家人决定重操旧业,于是罗迪银行再次开始营业。此时,罗迪的孩子们向过去所有的储户或他们的孩子寄出了一张贺卡,贺卡上附了几句话:"家父佛兰普科斯·罗迪曾经营一家储蓄所,1915年该行遭劫后,被迫停业,但当时家父曾向各位储户保证,日后必将存款归还。经过多年的奋斗,我们兑现了承诺,现在还清了全部存款和利息。欢迎你们再次到罗迪银行来存款,祝大家圣诞快乐。"

接下来,这些散居美国各地的罗迪的老储户们,不管距离有多远,都特地来到纽约,把钱存到罗迪银行里,同时他们还把自己的亲戚和朋友也介绍到这里来存款。罗迪的故事在报纸上登出后,感动了很多美国人,他们都愿意把钱存到讲信誉的罗迪银行。这样,罗迪银行逐渐发展壮大,在美国银行业中占有了一席之地。

信誉,是经营必备的第一品质,用心播下诚信的种子,在不久的将来,你收获的会是耀眼的金子。

▶ 故事解读

当事业正在起步的时候,如果突然遭遇厄运,一个人会如何面对?罗迪的故事告诉我们,坚守承诺和契约,你就能克服暂时的苦难,最终获得成功。尽管过程会非常艰辛,但是不经历风雨哪能见彩虹。1915年,罗迪的银行被抢劫,250个储户损失了18 000美元,即使在今天看来也是一笔巨款。然而,当罗迪面对这样巨额的损失,面对这笔不必归还的债务时,罗迪并没有归咎于歹徒抢劫、银行破产,而是努力想办法归还。因为在他看来,虽然从法律的角度来说,自己已经不需要负担这笔债务,但是从信誉角度来说,这是他的责任。于是罗迪开始努力工作来还债。直到1946年圣诞节前夕,银行被抢31年后,罗迪终于还清了250位储户的18 000美元存款。而罗迪的孩子也再次团聚到了一起,一家人决定重操旧业,于是罗迪银行再次开始营业。得到这个消息之后,老储户们纷纷来存钱,很多美国人听到这个故事,也把自己的钱存进了罗迪银行。他们看中的显然不是罗迪银行有多么雄厚的资金,或者显赫的背景,而是看中罗迪本人和他的家人用31年证实了的信誉。

从罗迪的故事中我们可以发现,还债这个行为本身,从法律的角度来说已经没有必要。一些人可能就会认为,既然已经没有法律上的义务,再去还债就是很愚蠢的行为了。就目前中国的一些现象来说,我们也能发现更为痛心的情况。就像一些人所讽刺的,欠钱的成了"黄世仁",要债的成了"杨白劳",这是非常糟糕的情况。法律不能解决所有问题,制度监察也难免会有漏洞。作为公民,我们应该多一些自律和自省,用心播下诚信的种子,在不久的将来,收获的会是耀眼的金子。

▷ 公民采访

采访者:您对欠债不还这种事情怎么看?您有过别人借了钱却不归还给您的经历吗?

受访者(王女士,采访地点:上海某超市):这种行为是很不道德的。我自己没碰到过,但是听说过。有的人就是不讲诚信,还有的人拖欠农民工的工资不给。这些事情都是错误的。国家法律要管一管,公民自己也得自律。

采访者:陶行知先生曾经说过,千教万教,教人求真;千学万学,学做真人。你觉得父母、学校应怎样培养孩子诚信的品质?作为一名公民又该怎么自律呢?

受访者:学做真人,这4个字看起来简单,做起来却很困难。培养诚信品格是一辈子的事情。父母、学校要做好教育,自己也得时刻牢记,养成习惯。无论面对何种处境,诱惑也好,困难也罢,都要做真人,做一个堂堂正正的人。

▷ 专家点评

在银行的钱被洗劫一空的情况下,罗迪一家坚守契约和承诺,用了31年的时间还清储户的存款,赢得了储户们的信任。在他的后代重启银行业务时,老储户们不远千里来罗迪银行存款。这个故事告诉我们"信誉是经营必备的品质",老储户之所以选择罗迪银行,并不是因为罗迪银行的实力,而是因为罗迪银行的"践约守信"的信誉。

▷ 延伸思考

在经济生活中,类似的债务问题非常常见。一些企业由于诸多原因申请破产后,往往不会再理会之前欠下的债务;反之,银行也不愿意贷款给急需资金的中小企业,因为对他们缺乏信任。可见,信任问题与诚实问题其实是相辅相成的。要提高社会的信任水平,需要每一个企业和个人去努力做到诚实守信。

故事 69 银行的故事

故事内容[①]

说起银行,相信每一位朋友都不陌生。可以说,在现代社会,少了银行简直寸步难行:到商场购物可能需要随身携带大量的现金,很不方便;企业经营得不到必需的贷款,难以进行。如果有某一家大型银行突然倒闭,可能整个社会生活都会陷入一片混乱。银行与我们的生活息息相关,那么它是怎么产生的呢?

关于早期银行业的产生,欧洲流传着一种"金匠起源论",这一说法是基于银行的储存功能。中世纪时,欧洲商业日渐兴起,造就了一批有钱的商人,他们将赚来的金子存放在保卫措施较好的金匠铺,同时交付一定额度的保管费。金匠为存钱人开立存钱凭证,存钱人以后拿着这张凭证就可以取出黄金。很快,商人们就发现,用钱的时候根本不需要取出黄金,只要把黄金凭证交给对方就可以了。再后来,金匠也恍然大悟,原来自己开立的凭证,居然具有货币的效力。他们抵抗不了诱惑,开始开立"假凭证",把不动用的金子借贷出去获得利息收入。神奇的是,只要所有客户不是同一天来取黄金,"假凭证"就等同于"真凭证"。这就是现代银行"准备金制度"的起源,也是"货币创造"机制的起源。由此说来,早期的银行起源于金铺,而金匠就是早期的银行家。

还有一种基于银行汇兑功能的"汇兑商说法",认为货币兑换业是银行业形成的基础。货币兑换业起初只经营铸币兑换业务,以后又代商人保管货币、收付现金、办理结算和汇兑等。这样,兑换商人手中就逐渐聚集起大量货币资金。当货币兑换商从事放款业务时,货币兑换业就发展成为银行业。

实际上,中西方银行业的起源都是多元的。公元前2000年的古巴比伦寺庙以及公元前500年的古希腊寺庙,就已开始了从事保管金银、发放贷款、收付利息的货币兑换活动。公

[①] 李飞:《银行:因信而立》,《北京日报》,2014年4月30日,第020版。

元前5世纪至公元前3世纪,在古希腊和古罗马先后出现了银钱商和类似银行的商业机构,它们不仅经营货币兑换,还经营放贷、信托等业务,当时已有明确的法律条文对这些金融机构监督管理。

近代最早的银行是1580年建于意大利的威尼斯银行。此后,1593年在米兰、1609年在阿姆斯特丹、1621年在纽伦堡、1629年在汉堡以及其他城市也相继建立了银行。当时这些银行主要的放款对象是政府,并带有放高利贷性质,因而不能适应资本主义工商业发展的要求。

最早出现的按资本主义原则组织起来的股份银行是1694年成立的英格兰银行。到18世纪末19世纪初,规模巨大的股份银行纷纷建立,成为资本主义银行的主要形式。

随着信用经济的进一步发展和国家对社会经济生活干预的不断加强,又产生了建立中央银行的客观要求。1844年改组后的英格兰银行可视为资本主义国家中央银行的鼻祖。到19世纪后半叶,西方各国都相继设立了中央银行。早期的银行以办理工商企业存款、短期抵押贷款和贴现等为主要业务。西方国家银行的业务已扩展到证券投资、黄金买卖、中长期贷款、租赁、信托、保险、咨询、信息服务以及电子计算机服务等各个方面。

在西方,"银行信用"的起源有这样一段历史。1609年,世界上第一个股票交易所在荷兰阿姆斯特丹诞生,大量的股息收入从这里流入荷兰国库和普通荷兰人的腰包。为了畅通荷兰的经济血脉,于同一年成立的阿姆斯特丹银行承担起了城市银行、财政银行和兑换银行的角色,当时规定所有一定数量的支付款都要经过银行,这不仅稳定了荷兰的经济,更重要的是,它发明了我们现在所说的"信用",那时叫作"想象中的货币"。

为了保障银行的信用,阿姆斯特丹通过立法规定,任何人不能以任何借口限制银行的交易自由。由此,一个看上去不可思议的现象出现了——当荷兰和西班牙的军队正在海上厮杀时,西班牙贵族手中的白银仍可以自由地从阿姆斯特丹银行流进流出,而荷兰的银行可以合法地贷款给自己国家的敌人。

▷ **故事解读**

　　银行一词，源于意大利语 banca，其原意是长凳、椅子，是最早的市场上货币兑换商的营业用具。到英语中转化为 bank，意为存钱的柜子。在我国，之所以有"银行"之称，则与我国经济发展的历史相关。在我国历史上，白银一直是主要的货币材料之一。"银"往往代表的就是货币，而"行"则是对大商业机构的称谓。把办理与银钱有关的大金融机构称为银行，最早见于太平天国洪仁玕所著的《资政新篇》。

　　从西方银行的产生和发展历程我们不难看出，公众信任是银行业生存和发展的基础。而要赢得公众的信任，银行就必须坚守自己与客户签订的协议。我们看到，在历史上甚至出现过在战争期间，也没有因为敌对关系没收或者冻结对方资产的故事。当然从国家利益考虑，这些做法比较极端，会招来非议，银行也应遵守国家的法律。而从公民个人角度来说，要想获得更多更好的银行服务和便利，也要让银行信任你。

▷ **公民采访**

　　采访者：请问您信任银行吗？

　　受访者（孙姓女大学生，采访地点：松江大学城）：我信任银行。钱存在银行里面安全，用着也方便。

　　采访者：那您有听说过一些银行存款被盗的事件吗？

　　受访者：这类事情我听说过，不过为什么中国人还是这么信任银行呢？因为除了银行之外，钱放在别的地方也未必安全；放在家里可能被偷；买理财产品可能亏本。放在银行里面还是相对最安全。关于近年来银行存款被盗窃事件屡见不鲜！一方面是窃贼的手段越来越高明，银行里面也有内鬼；另一方面就是银行管理机制的问题。我相信只要银行加强管理，公民个人注意保密，钱放在银行里面还是安全的。公民对银行的信任是长时间建立起来的，当然政府也需要督促银行解决问题。

▷ **专家点评**

　　本故事通过对银行业的发展历程的简要回顾，强调了公众信任对银行运行发展的重要性。诚信是本，不仅是银行也是整个金融业发展的基石，市场经济就是诚信经济。没有了诚信，还会有市场吗？本故事对于当前我国金融行业的健康发展具有重要的启示作用：加强诚信体系建设，营造良好金融生态环境，才能促进我国社会经济的有序运行。

▷ **延伸思考**

　　说起诚信档案，人们总是想着公民个体要诚实守信。本故事告诉我们，除了个体，银行、企业等也要坚守诚信。因此，对银行的信用情况也需要有一个评价体系。

故事 70

诚信是一笔无形的财富

故事内容[①]

一个人有两样东西谁也拿不走:一个是知识,一个是信誉。一个没有诚信的人,必是孤家寡人;一个没有诚信的家庭,必无亲朋好友;一个没有诚信的社会,必将是一个贪婪、欺诈横行的社会。可以说,不讲诚信的行为,就是摧毁财富的魔鬼。

为什么这么说呢?因为诚信虽不是财富,但它可以带来更多的财富,拥有它,便拥有了财富。从这种意义上说,诚信就是财富。甚至有人说,诚信比钱、比一切东西都要有价值,诚信是无价之宝。

哈特福是美国保险业的发祥地,但是当时的保险公司仍然屈指可数、寥寥无几。1835年,摩根先生听一位朋友讲:"一家名叫伊特纳的火灾保险公司为了扩大自己的实力,宣布任何人,不需马上注入资金,只要在股东名册上签下自己的名字,就可以成为该公司的股东,而且很快就会有良好的收益。"

摩根先生毫不犹豫地在那本股东名册上签下了他的名字,成为伊特纳火灾公司的一名股东。然而,天有不测风云。同年冬天,纽约发生了一场特大火灾。

伊特纳火灾保险公司的股东们一个个傻了眼,纷纷用退股来挽回自己的损失。

珍惜自己信誉的摩根先生再三斟酌,决定舍财保信誉。他卖掉了自己苦心经营多年的旅店和酒店,低价收购了大家的股份。他又通过其他融资渠道,以最快的速度将15万美元的保险赔偿返还给了投保人。一时间,伊特纳火灾保险公司的声誉传遍了整个纽约城。

为了偿还赔偿金,摩根先生已经濒临破产,只剩下一个空壳般的保险公司,当然,摩根先生也成了这家公司最大的股东。他从朋友那里借钱,刊登广告:本公司为了偿还保险金已

[①] 胡国俊:《会做人,让你人财两旺》,中国画报出版社,2012年版,第3~4页。

经竭尽所能,从现在开始,再入本公司的投保人,保险金一律增加一倍。"

第二天早晨,身上只有5美元的摩根先生拎着公文包上班。当走到公司所在的那条大街时,只见整条大街被挤得水泄不通,许多前来投保的人挤在伊特纳火灾保险公司的大门口……

不久,摩根先生就买回了原来的旅馆和酒店,还净赚了30万美元。

这位摩根先生,就是主宰华尔街帝国的约翰·皮尔庞特·摩根先生的祖父——约瑟夫·摩根,摩根家族的创始人。

一场突发的火灾,曾使摩根先生濒临破产,同样,也是这场火灾成就了一个家族的事业。摩根先生成功的秘诀就是讲诚信、重信誉。

当然,摩根先生并不是因为一场火灾而成为美国的亿万富翁的,他后来之所以能富可敌国,是因为他在之后的商场风云中讲"诚信"。摩根先生曾说:"信誉是我一生的恪守,因为它具有无穷的复利效果,可以让你从身无分文变成真正的亿万富翁。"从摩根先生的话中不难看出,诚信就是一笔无形的财富。

▷ **故事解读**

本故事介绍了约瑟夫·摩根创业初期的经历。刚刚入股伊特纳火灾保险公司的时候,摩根可能希望能够轻松获得财富。可是没想到天有不测风云,火灾发生了,保险公司如果不给予客户赔偿,就会丧失商业信誉。权衡利弊之后,摩根选择了坚持道义,这既是他诚信经营的理念展现,也是一次大胆的商业冒险。事实胜于雄辩,顾客纷至沓来,说明企业信誉是非常重要的。有信誉的企业才能赢得顾客的信赖和忠诚。

君子爱财,取之有道,摩根家族之所以会兴起,与其创始人坚持道义密不可分,诚信正是他们最宝贵的无形资产。

以诚信待人,则言必行、行必果,一言九鼎,一诺千金。对个人而言,诚信是人的一种基本品质,是为人处世的基本原则,是取信于人的良策,是处世立身、成就事业的基石。对企业来说,信誉是企业的生命线,没有信誉的企业必然被市场抛弃。

▷ **公民采访**

采访者：请问读了上述故事之后，您有什么感想？

受访者（赵先生，采访地点：上海某小区）：我非常佩服摩根先生。我们中国人说"一言既出，驷马难追"，就是要重承诺，守道义。我想，如果我要买保险的话，听说这件事后一定会去这样的公司买。放心可靠嘛！

采访者：您觉得这个故事对中国企业有何启示？

受访者：我感觉中国的企业应该多向国外类似的企业学习。近些年来，有好多事情让我们消费者越来越不放心，像毒奶粉、染色馒头什么的。吃的用的都不安全。社会信任度极低。逼得老百姓代购国外产品。如果企业讲信誉、人人讲诚信，大家就都开心了。

▷ **专家点评**

人无诚信不立，业无诚信不兴。诚信是宝贵的声誉。一场突如其来的大火，让约瑟夫·摩根濒临破产的边缘；但也正是这场大火，让人们看到了摩根讲诚信、守信誉的优秀品质。故事带给我们的启示是，诚信是经商的黄金法则，在市场经济的浪潮中，只有那些有良心的经营者才能立于不败之地。

▷ **延伸思考**

做人，首先要讲诚信。正如本案例中所说的，诚信是一笔无形的财富。不仅做人要讲诚信，而且企业在经营时，也要注重企业的诚信即信誉。

可惜的是，目前有些中国本土企业仍然把信誉当作脂粉，而不是企业业绩的驱动；当作玄机，而不是宝贵的无形资产；当作权宜，而不是企业的核心竞争力。他们偏爱用"关系"来铲除既有的障碍，热衷用潜规则来获取短期利益，而不注重从长远利益出发，制定透明度较高的市场化措施。而一些著名跨国公司在中国要么一味"孤芳自赏"，要么搞所谓"因地制宜"，让整个企业遭受信誉危机。这些，都是以牺牲信誉为前提的短视行为，必然导致灾难性后果。因此，除了提高个体的诚信意识，提高企业家们的信誉意识，也非常有必要。

故事71 路透和路透社的故事

故事内容①②

路透(1816—1899)，英国路透社的创办人。日本作家仓田保雄在《路透其人和路透社》一书中为路透本人和路透社做了传记。书中详细记录了从路透结识大数学家高斯，认识到电报在未来可能发挥的巨大作用；到路透在哈瓦斯通讯社工作之后开始独立创办自己的通讯社；到从巴黎"逃"到伦敦，最后终于在英国建立了路透社，并克服一次次困难使路透社成为世界级通讯帝国的历程。之后，书中略写了路透社在路透死后的发展历程，路透社将独立自主的宗旨保留到了今天。

此书给人印象最深的自然是路透这位主人公的形象了：精明而且有着很强的商业意识；坚持原则；遇到困难毫不畏惧。据说，路透和高斯结识的过程非常有意思。

路透生于德国，父亲去世后他在银行工作。有一天，银行派他到高斯家中取款。路透在完成工作回到银行仔细清点钱的数目时，发现高斯多给了300马克，这在当时算是一个不小的数目。于是路透急急忙忙地又到高斯家中，然后恭敬地对高斯说："先生，你先前给我的钱数目错了……"

高斯由于正在忙着一道公式解答，头也没抬地大声说："我是知名的数学家，就这么一点小小的数目，我会算错？况且我已经把钱交给你很久了，你现在还跑来跟我说数目不对……我们早已互不相欠了。"

路透只好说："好吧！既然您这样说，那您多给的300马克我不用还了。"

当然，最后路透还是将多出来的300马克还给了高斯。而高斯经过这次事件，也收敛了不少傲气。

高斯当时正在进行传输电信号的实验，路透和他结下了友谊，见识了电报的神奇。这为他后来用电报进行新闻传输埋下了伏笔。

---

① （日）仓田保雄著，回瑞岩、任长安等译：《路透其人和路透社》，新华出版社，1980年版。引用时有改编。

② 编者注：对原文进行了一定改编。

1845年,路透离开柏林来到了英国,这次英国之行对路透来说是人生中的一个转折。因为受到1848年革命的影响,路透逃到巴黎,并在当时世界上最大的通讯社,也是第一家现代意义上的通讯社哈瓦斯社供职。在这里当了半年多的翻译员以后,欧洲的整个革命逐渐平息下来,于是路透在1849年来到亚琛,凭借他对商业信息传递市场的惊人洞察力,建立起了一个通讯机构,利用信鸽向布鲁塞尔传递商业、股票和各种金融信息。当时,利用信鸽来进行传播商业信息的现象并不多见,一般的商业信息都是靠火车传递的。但路透对信息的时效性的理解却比常人深刻,为了在市场上取得主动,他选择了信鸽作为传播的媒介。这样的传输方式比一般的火车快了4~5倍,所以他的消息总能抢在别人前面到达顾客那里。这样,路透在这个行当里逐渐取得了相当的地位。

1851年,路透回到了他接受洗礼的伦敦,在这里继续他的商业信息传播事业。他在伦敦的皇家股票交易所里租了房间,建立了一个商业新闻社。这是路透第一次把自己收集的商业信息称为"新闻",为他真正走向新闻行业奠定了基础。当时,多佛尔到加莱的海底电缆已经建好了,这引起了对信息时效性异常重视的路透的关注;加上他早年和高斯的友谊,路透决定使用电缆进行商业信息的传送。

到1863年,靠电报建立起来的欧洲大陆和英国的联系延伸到了英国西南部的科克。至此,路透的电报传输帝国已经遍及了整个英国。为了表达自己对电报技术的感激,路透还亲自投资进行了电缆的建设。随着路透事业的扩展,他已经不满足于单纯地经营商业信息了,他想把自己的信息机构打造成为一个像"哈瓦斯"那样的综合性新闻社。1855年,英国政府废除了"印花税",英国的大众报纸迅速兴起,这增加了对新闻的需求量。路透看准了这一趋势,着力进行了政治、经济和军事新闻的采编。1858年,路透基本上争取到了英国本土的《泰晤士报》等几家最重要的报纸,使它们成为自己的客户。路透社完成了从纯粹的商业信息提供者到现代通讯社的转变,并逐渐在世界上产生了越来越重大的影响。

路透亲手创立起来的路透社之所以一直能够在新闻业保持举足轻重的影响力,除了善于经营外,更重要的是路透社所坚

> 持的新闻原则：永远坚守报道的准确性；永远坦诚地纠正错误；永远为远离偏见而保持中立；永远向上级坦白工作与私人之间产生的利益冲突；永远尊重隐私信息；永远保护新闻的提供者免受权力的伤害；永远不让私人观点影响报道；绝不捏造和剽窃；绝不对图片或者视频进行质量调整之外的改动；绝不为报道行贿也不接受贿赂。

▷ **故事解读**

本故事讲述了路透其人和路透社建立的小故事。路透出身寒微，但他拥有高尚的品格。面对天上掉下来的馅饼"300马克"巨款，年纪轻轻的他顶住了诱惑。正是通过自己诚实的行为，路透与数学家高斯建立了友谊，进而在事业上得到了高斯的帮助。尽管经营报社和经营人生不同，但路透显然把他的诚实哲学变成了路透社报道新闻的信条，进而引领了新闻业的风向。

不少掌握了话语权的人总是以为自己能够呼风唤雨，特别是在利益面前，很多人违背了新闻真实性的原则。近年来，公众常常被许多矛盾虚假的报道所误导，一些影视明星更是为了出名不惜借假新闻炒作自己，使得公众对新闻的真实性产生严重的质疑。反观路透社的新闻准则，我们发现，其准则的核心就是努力维护报道的真实性。这值得国内媒体人深省。

▷ **公民采访**

采访者：您听说过路透和路透社吗？

受访者（刘姓男大学生，采访地点：松江大学城）：听说过。路透是路透社的创建者。路透社是世界上最早创办的通讯社之一，也是目前英国最大的通讯社。影响力非常大。

采访者：您觉得路透社的影响力来自哪里？对构建诚信社会有什么启示？

受访者：路透社之所以这么有影响力，主要是因为追求新闻报道的真实性和独立性。他们的报道相对更加真实可靠。曾经有一部韩国电视剧《匹诺曹》在国内热映，剧中也有很多地方探讨了新闻报道的真实性问题。近年来，国内对新闻报道真实性的质疑越来越多，这是一个很好的现象，希望国内媒体未来能够以路透社的新闻原则为标杆，让公众看到真实的新闻。

▷ **专家点评**

这是一个关于新闻报道要真实、客观、公正的典型案例。在虚假新闻、误导性新闻充斥社会的今天，路透的个人经历及路透社的发展可给新闻工作者带来深刻的思考。真实是新闻的生命,是新闻事业持续健康发展的重要前提和根本保障。虚假新闻不仅损害了新闻人的声誉,同时也极大地破坏了媒体的公信力。

▷ **延伸思考**

新闻报道除了追求真实性之外,还应坚持其他相应的伦理道德。国内一些媒体人为了追求所谓"真实",而对新闻事件当事人作出一些不人道的行为,如"姚贝娜事件",需要我们提高警惕。

下篇

故事 72

卢梭反思少年时的不诚信

故事内容[①]

卢梭在《忏悔录》中的一段自述：

关于我在维尔塞里斯夫人家逗留期间发生的事，我还没有说完！我离开她家时，虽然从表面上看来是依然故我，但是我的心情和我进她家门的时候迥然不同。我从那里带上了难以磨灭的罪恶的回忆和难以忍受的良心的沉重负担。这种负担过了40年还压在我的心头，我因此而感到的痛苦不但没有减轻，反而随着我的年龄的增长而加重了。一个家庭瓦解的时候，难免会发生一些混乱，难免会丢失一些东西。然而由于仆人们的忠实和罗伦齐夫妇的周密照料，列入财产目录的东西一样也没缺。只有朋塔尔小姐丢失了一条已经用旧了的银色和玫瑰色相间的小丝带子。其实我要拿的话可以拿到许多好得多的东西，可是偏偏这条小丝带把我迷住了，我便把它偷了过来。我还没把这件东西藏好，很快就被人发觉了。有人问我是从哪里拿的，我立即慌了神；结结巴巴说不出话来，最后，我红着脸说是玛丽永给我的。玛丽永是个年轻的莫里昂讷姑娘，不仅长得漂亮，而且还有一种山里人所特有的鲜艳肤色，特别是她那温和质朴的态度，没有人见了不觉得可爱；她也是一位和善、聪明和绝对诚实的姑娘。因此我一提她的名字，大家都感到惊异。但是人们对我比对她更不信任，所以必须弄清楚究竟我们俩谁是小偷。人们把她叫来了，大家蜂拥而至，聚集在一起，罗克伯爵也在那里。她来以后，有人就拿出丝带来给她看，我厚颜无耻地硬说是她偷的，她愣了，一言不发，向我看了一眼，这一眼，就连魔鬼也得投降，可是我那残酷的心仍在顽抗。最后，她断然否认了，一点没有发火。她责备我，劝我扪心自问一下，不要诬赖一个从来没有坑害过我的纯洁的姑娘。但是我仍然极端无耻地一口咬定是她，并且当着她的面说丝带子是她给我的。可怜的姑娘哭起来了，只是

[①] （法）卢梭著，马振骋译：《忏悔录》，译林出版社，2011年版，第27～28页。

对我说:"唉!卢梭呀,我原以为你是个好人,你害得我好苦啊,我可不会像你这样。"两人对质的情况就是如此。她继续以同样的朴实和坚定态度来为自己辩护,但是没有骂我一句。她是这样的冷静温和,我的话却是那样的斩钉截铁,相形之下,她显然处于不利地位。简直不能设想,一方面是这样恶魔般的大胆,另一方面是那样天使般的温柔。谁黑谁白,当时似乎无法判明。但是大家的揣测是有利于我的。当时由于纷乱,没有时间进行深入了解,罗克伯爵就把我们两个人都辞退了,辞退时只说,罪人的良心一定会替无罪者复仇的。他的预言没有落空,它没有一天不在我身上应验。我所能够做到的只是承认我干过一件应该谴责的残忍的事,但从来没有说过究竟是怎么一回事。这种沉重的负担一直压在我的良心上,迄今丝毫没有减轻。我可以说,稍微摆脱这种良心上的重负的要求,大大促使我决心撰写这部《忏悔录》。

▷ **故事解读**

让-雅克·卢梭(Jean-Jacques Rousseau,1712—1778)是欧洲启蒙时代的伟大思想家、哲学家、政治理论家、文学家,与伏尔泰、孟德斯鸠合称"法国启蒙运动三大家",是18世纪法国大革命的思想先驱,杰出的民主政论家和浪漫主义文学流派的开创者,启蒙运动最卓越的代表人物之一。卢梭不但启迪了整个欧洲从神权统治的黑暗时代走向高扬人权的启蒙时代,而且在其个人人格魅力和诚信品格上也成了启蒙时代的卓越代表。卢梭在《忏悔录》中无处不闪现出高傲的姿态,就算不是对上帝高傲,也明确是对世界上其他人高傲。他高傲的理由,正是来自他敢于面对、记录自己所有的行为,让自己诚实、透明而不顾外在的评判,丝毫不为了别人的眼光而掩饰、欺瞒。这样的态度,和卢梭所处的时代——18世纪的王权法国形成如此强烈的对比。卢梭的透明诚实,格外反衬了当时那个社会的虚伪,尤其是贵族阶级的虚伪。卢梭对于诚实的高傲自信,感染了社会底层的人民。面对贵族,他们不需继续自卑;依照卢梭的信念,他们身上有着贵族没有的"另一种高贵性"——他们比贵族诚实,不像贵族那样虚伪造作,因此他们也就比贵族自由,一种忠于自我,不必屈从别人标准的自在自由。无怪乎卢梭成为"法国大革命第一人",他给了自由新的定义,也给了人自我追寻自由的信心。卢梭生活的时代正处于古代向近代过渡的历史时期,在过渡时代,一个人该如何生存?一个有尊严的人,自我的生存价值在哪里?这是卢梭试图解释的问题。在18世纪之前,除了教师、贵族等人,绝大多数人甚至作家都没有必要认真考虑自己的生活;而18世纪则是平民意识觉醒的时代。《忏悔录》写出了一个榜样的人生。榜样在哪里？洛克的墓志铭讲,只有福音是人生的榜样;苏格拉底认为只有在人生临死的时候人才成为榜样;中国古代先贤也认为"人之将死其言也善"。当然,卢梭并非是在宣扬自己是一个榜样。卢梭尝试表达的是,我不是作为一个贵族,而只是作为诚实的一个人而高贵;衡量一个人地位的标准不是他的权贵,而是他得以站在世界上的可贵的诚实。那些原来被视为卑微的底层民众也应该来思考如何使自己生活得有价值,而非像一个动物一样。贝多芬受此影响说道,贝多芬在世界上只有一个,但国王有的是。我们在《忏悔录》中看到,卢梭认为自己绝对不是一个天才,而是一个很笨的人。他反而认为,没有人需要以天才作为榜样,而只有诚实才能成为人的典范。卢梭为即将来临的平民社会做了一个典范,他用自己的一生为后世的人做了一个人格的典范。卢梭的《忏悔录》对其少年时代缺乏诚信进行了反思(实际上少年卢梭还有着较严重的盗窃恶习)。在其以后坚持真理、勇于抗争的伟大一生中,始终秉持诚信的高贵品格,赢得了法国人民乃至世界人民的敬意。在智者多如璀璨星河的法兰西,唯有最睿智伟大者得以进入先贤祠。即便是在埋葬着笛卡儿、雨果、左拉、居里夫人等成就足以使世人仰慕的先贤祠中,也只有两个人拥有遗体享以单独房间的尊荣——伏尔泰和卢梭。而法国人民坚信,如果在这样的先贤祠中唯有一人可以享有居于单独房间的荣光,那他必为让-雅克·卢梭而非伏尔泰。

▷ **公民采访**

采访者:您知道卢梭和他的《忏悔录》中的故事吗?

受访者:(高姓大一学生。采访地点:松江大学城):是的,知道,我看过《忏悔录》。

采访者:那您能谈谈您对卢梭和他的《忏悔录》的认识吗?

受访者:我认为卢梭是勇敢的人,敢于承认自己做过的违背道德的事情,不是伪善者。卢梭披露了自己一生自认为"恶"的各个丑态,包括许多不诚信的往事,并对此自省自悟,敢于自我承认。我认为他的自悟与承认就是一种人格上的诚信与美。

▷ **专家点评**

《忏悔录》是一本记录卢梭对自己曾经所犯下的错误进行深刻反思的书。他在年轻时曾做过偷盗、欺骗等有违良心的事。晚年的他,却以超乎常人的勇气,直面自己不光彩的过去,把自己人性中的"恶"和"丑"公之于世。卢梭以其真诚而勇于剖析自己的态度,获得了后人的尊重。

▷ **延伸思考**

　　人在年幼或者年少时候,出于懵懂或者趋利避害的本能,总有某些不诚实或者掩盖不诚实的事情。中国古人常说"三岁看大",意思是年幼时的某些行为可能会影响人的一生。在某些传统思维中,有的人将年少时不诚信的行为或者掩盖不诚信的行为认为是聪明,甚至是少年老成的表现。卢梭能够在成年之后想到少年时不诚信的事情并进行忏悔,这不仅仅是人生智慧的总结,更加是重视诚信的自觉反思。

故事 73　百年漂流瓶的诚信传奇

故事内容[①]

据英国媒体报道,人总是对古老的东西很感兴趣,喜欢挖掘出不同的历史,满足好奇心。就在4月,德国一对老夫妇在德国北部海岸的阿姆鲁姆岛度假时,捡到了一只漂流瓶。当他们打开瓶子看到其中一张纸上的日期后,才知道这个漂流瓶竟然在海上漂流了约108年之久,成了史上最久远的漂流瓶。不过再仔细一看纸上内容,他们发现那竟然是一份百年前的调查问卷。

报道称,德国退休邮局职员温克勒夫妇捡到漂流瓶时,看到瓶身上的标签写道:"打开瓶子。"而他们打开瓶子后,发现里面有一张明信片,还有一封以英文、德文与荷兰文写的信,信的内容是一份调查问卷。信中写道,拾获者将资料填写后,寄回英国普利茅斯海洋生物协会,随后能获得一笔奖金。

而海洋生物协会收到该明信片后才知道,原来这是协会已故会长比德在1904—1906年间,为探索深海洋流动方向而丢在北海的1 020个漂流瓶之一。当年的这些漂流瓶大多数在几个月内就被拾获了,剩下的不知去向。没想到经过108年的漂流后被温克勒夫妇捡到,非常不可思议。

该协会同时还表示,在经过吉尼斯世界纪录认证后,温克勒夫妇捡到的漂流瓶为至今为止历史最悠久的漂流瓶。而至于协会已故会长比德所承诺的"一先令奖金",虽然该币种已经不再流通,但协会特意从拍卖网站上买回来一枚送给了温克勒夫妇,以表心意。

▶ **故事解读**

漂流瓶是古代人们跨越广阔大海进行交流的有限手段之一,密封在漂流瓶中的纸条往往包含着重要的信息或者衷心的祝福,发现一个可能从未知领域而来的漂流瓶,对于古人而言或许是一种惊喜、神秘、偶然、期待。它是一种充满浪漫情调的信息传播方式,其中也蕴含了游戏情节和神秘感觉,使信息交流不便时的人际活动充满了趣味。或许你永远不会知道它的下落,但同时却有着强烈的期待,他人或

---

① (新加坡)《联合早报》,2015年8月25日。

许有和你一样的感悟,这是一种多么令人宽慰的默契。如果漂流瓶中有对捡到瓶子的人提出一些请求,那么就产生了基于漂流瓶的诚信关系。古人掷出漂流瓶,经过漫长的岁月流转,被现代人捡到。现代人拾获漂流瓶并完成古人在漂流瓶中提出的愿望,那更是一段跨越时空的诚信故事。随瓶漂流的不仅仅是瓶中的信,还有公德和信任。作为一个真诚的人,如果遇到漂流瓶,就应该遵从其规则,在打开漂流瓶后,负责任地信守瓶中所托,完成漂流瓶中的愿望。如此,在漂流瓶漂流过程中形成的新规则,才会在人与人之间形成一种规则力量。只有越来越多这样的人参与,才会让整个社会渐渐把遵守规则、自我诚信守诺变成一种习以为常,潜移默化中将遵纪守法、维护共同利益作为生活中的内在力量。这在中国社会重建社会秩序和社会道德的进程中,或许将迸发出令人意想不到的能量,这也正是我们建设诚信社会的需要。

▷ **公民采访**

采访者:您听了这个故事有什么感想?

受访者:(江姓大二学生,采访地点:松江大学城):漂流瓶在古代有很多,尤其是通讯不发达的前航海时代。据说在1492年,哥伦布考察一个美洲小岛后,担心自己无法返回欧洲,就给西班牙女皇写了一封信,连同他绘制的一张美洲地图一起密封在一个瓶子里,投入大西洋,期望它漂到欧洲。结果,300年之后,直到19世纪50年代,这瓶子才被人发现,真算得上漂流瓶之最了。当然这不像上面的故事,有据可查。上面这个故事中能够创造吉尼斯世界纪录的漂流瓶,同时也创造了传递漂流瓶的人们之间互相信任的新纪录。

▷ **专家点评**

这则故事围绕百年前的漂流瓶被偶然发现并回归故土这件事展开,在此基础上对漂流瓶的作用与规则进行分析和思考。漂流瓶产生于信息交流并不便捷的时代,作为跨越广阔大海进行交流的一种手段,它不仅是一种游戏,同时也内含着相互信任的规则。正是自我诚信和相互信任,才铸就了这一神奇的漂流瓶历史。

▷ **延伸思考**

诚信在相互认识的人之间建立起来较为容易,但如何在不认识的人,甚至跨越时空的人之间建立信任,这就需要更多的人参与,并真正践行诚信。

故事74　拿破仑的玫瑰诺言

故事内容[①]

1797年3月28日,法兰西执政者拿破仑在参观卢森堡第一国立小学时,受到该校师生的热烈欢迎。

在学校的欢迎大会上,拿破仑手举一束价值3路易的玫瑰花,激动地说道:"为了答谢贵校对我的盛情款待,我今天向贵校献上一束玫瑰花,并且向你们承诺,只要法兰西存在一天,每年的今天,我都会派人送给贵校一束等价的玫瑰花,作为法兰西与卢森堡两国友谊的象征!"拿破仑慷慨激昂的演说,使全校师生激动不已。那束鲜红的玫瑰,就像跳动的火焰,在人们心中熊熊燃烧着。

可是,回国后的拿破仑很快就把赠送玫瑰的承诺忘得干干净净,与此相反,卢森堡第一国立小学的师生却把这一承诺深深地记在了心里。

第二年的3月28日,这所小学的师生们穿上节日的盛装,跳着欢快的舞蹈,准备迎接拿破仑派人送来的玫瑰花。可是,他们从清晨盼到天黑,也没有见到玫瑰花的影子。大家非常失望,孩子们眼含热泪,抽泣着问老师,拿破仑什么时候派人送玫瑰花来?老师们也不知该如何回答。

第三年的3月28日,师生们又从早盼到晚,但还是没有收到玫瑰。

就这样,每年的3月28日,卢森堡第一国立小学的师生都会盼望着有人送来玫瑰。尽管希望一次次地破灭,但他们依然相信拿破仑会实践他的诺言。

他们还把3月28日作为学校的纪念日,写进了校史。每年的新学期开学典礼上,校长都会在致辞时,热情洋溢地叙说当年拿破仑参观学校时许下的承诺。

沧海桑田,物换星移。两个世纪过去了,尽管拿破仑早已作古,但卢森堡第一国立小学的师生依然会在3月28日这一

[①] 曾高潮:《诚信》,天地出版社,2012年版。

天,等待着玫瑰的到来。可是,望眼欲穿的等待,每次都以希望破灭而告终。

将近200年的等待,将近200次的失望。第一国立小学的师生们这下真的生气了,他们要让法国政府给个说法!

1984年,卢森堡第一国立小学一纸诉状,将法国政府告上了国际法庭。

他们向法国政府提出两点要求:第一,从1798年起,用3个路易为本金,以5厘的年息计算,清偿这么多年来的所有金额;第二,在法国各大报刊上,公开承认拿破仑是个言而无信的小人。

接到国际法庭的传票,法国政府不敢怠慢,查阅了相关历史资料后,证实了拿破仑的确许下过赠送玫瑰的诺言。他们计算了一下赔偿金额,结果让他们大吃一惊:原本3路易的一束玫瑰花,至今本息竟已高达1 375 596法郎!而在报刊上承认拿破仑言而无信的要求,法国政府表示更不可能接受。

经过反复斟酌,法国政府终于给出了一个令双方都满意的解决方案:第一,马上给卢森堡第一国立小学建一座现代化的教学大楼,这所小学的毕业生将来如果愿意到法国留学,一切费用将由法国政府提供;第二,以后无论在精神上还是物质上,法国政府将坚定不移地支持卢森堡的中小学教育事业,以弥补当年拿破仑的食言之过。

一场跨越了两百年的等待终于画上了圆满的句号。从此,卢森堡第一国立小学的大门口竖立起了一座玫瑰花束的雕塑,雕塑的下方刻着"1797—1984"字样。每当人们从这座雕塑前走过,内心总是荡起层层涟漪,久久不能平息。

▷ **故事解读**

　　身居高位者很多时候出于政治姿态,会作出承诺,但是作出承诺容易,而一直兑现承诺,则要难得多。身居高位者一旦不能兑现承诺,或者兑现的承诺打了折扣,甚至否认曾经作出承诺,那么不仅会伤害自己的诚信形象,也更加伤害全社会的诚信体系。在这个故事后续中,还出现了另一个诚信的故事:当一百年后卢森堡人要求法国兑现拿破仑的承诺时,两届法国总统都没有兑现。新总统德斯坦上任后,一开始对此事不置可否,直到爱犬庞贝让他改变了看法。有一天,德斯坦总统与爱犬庞贝在牧场散步,不巧一阵风把他的礼帽吹得无影无踪,爱犬花了不到一刻钟就帮他找到了帽子。回到住处,德斯坦从冰箱中拿出两袋精美可口的狗粮奖励庞贝。刚喂完一袋,电话铃响了,他下意识地将另一袋装进自己的口袋。事出紧急,接完电话他就出门了,等上了车,才发觉口袋里的狗粮,便顺手扔了。当晚回到家,爱犬仍在等候着他,并用前爪扒他的口袋,当时他并没有意识到是怎么回事。但从此以后,每次回到家,爱犬庞贝都会扒他的口袋。终于有一天,他猛然想起来,爱犬这是在提醒自己,还有另一袋狗粮的承诺没有兑现。这件事给德斯坦的触动很大,想起当年拿破仑给卢森堡的承诺时,他便在议会提议,了结这桩历史遗案,为法国、为拿破仑,更为自己赢得了信守诺言的好名声。在社会生活中,承诺和诚信就是一次次的心理博弈,遵守约定的人最终收获的将不仅仅是经济利益,如德斯坦先生,从法国总统位置上退下来后,他又光荣地被选为欧盟制宪委员会的主席。

▷ **公民采访**

采访者:您听了这个故事有什么感想?

受访者:(钱姓大二学生。采访地点:松江大学城):我认为普通人的诚信承诺与身居高位者的诚信承诺在性质上一样,但是在社会影响力上显然不一样。

采访者:您认为他们的社会影响力不一样体现在哪里?

受访者:普通人的承诺可能仅仅面向个别人,身居高位者的承诺可能面向全社会甚至全世界;普通人作出承诺或者是基于双方信任而未作明示的承诺而不履行,损害范围可能仅限于双方。身居高位者作出承诺而不履行,则伤害范围要大得多。

▷ **专家点评**

拿破仑的玫瑰诺言是关于承诺和守诺之间关系的一个典型案例。承诺容易守诺难,案例中的拿破仑在许下诺言后却将诺言抛之脑后,但被承诺的卢森堡第一国立小学的师生们却深信其诺。许多年以后,法国政府对拿破仑的失信行为采取了补救措施。本案例给我们最大的启示是:对于自己无法完成的事,不要轻许诺言;而一旦许诺,就要一诺千金。

▷ **延伸思考**

作出承诺易、履行承诺难,特别是对于带有永远或者每一天、每一年等期限的承诺。不要轻易作出承诺,一旦作出就要履行。

故事 75 格兰特将军的陵墓

故事内容①

在纽约曼哈顿区西北部高地上，濒临哈得逊河的河滨公园北端，耸立着美国历史上赫赫有名的格兰特将军的陵墓。格兰特将军是美国南北战争中北军的统帅，他率领北军在艰苦卓绝的战争中转败为胜，赢得了这场解放黑奴和挽救国家于分裂边缘的战争的最后胜利。其后，他连任两届美国总统。他的陵墓是一幢巨大的钢筋水泥建筑，列柱穹顶，巍峨壮观。高高的台阶两旁耸立着象征美国精神的展翅欲飞的石鹰，整个陵墓的布局庄严肃穆，气象万千。陵墓后面是一片四季常青的草坪，草坪的西北角则是陡峭的悬崖，从这里可以俯视哈得逊河雄浑奔流的气势。

在陵园西北角悬崖边的小林中有一座不起眼的小冢，更靠近悬崖边的地方，还有一座小孩子的陵墓。那是一座极小极普通的墓，在任何其他地方，你都可能会忽略它的存在。它跟绝大多数美国人的陵墓一样，只有一块小小的墓碑。在墓碑和旁边的一块木牌上，却记载着一个感人至深的关于诚信的故事：原来这是一座孩子的墓冢，孩子于1797年从这个悬崖上不慎摔落，掉到河边的岩石上不幸身亡，当时他年仅5岁。那时孩子的父亲是这片土地的主人，就把孩子安葬于此，并刻石为记。后因世事变迁，这片土地不久就转属他人了，孩子的父亲恳求土地的新主人把孩子墓看成他财产的一部分，永远不要毁坏它，并把此恳求写入了卖地的契约之中。沧海桑田，100年过去了。这片土地不知道辗转被卖过了多少次，也不知道换过了多少个主人，孩子的名字早已被世人忘却，但孩子的陵墓仍然还在那里，它依据一个又一个的买卖契约，被完整无损地保存了下来。1897年，也就是孩子死后的100年，这片土地被选定用于建造格兰特将军的陵园，这座"无名"小孩的荒冢却被完整地保存在一旁，它与赫赫有名的格兰特大将军墓毗邻而居，相距不足百米，形成了伟人与凡人并存的引人注目的

---

① 《人民日报（海外版）》，2002年05月15日，第六版。

> 景观。现在孩子冢旁的这块木牌上的碑文,是由纽约市颇具声望的朱利安尼市长于 1997 年亲自撰写的,当时是格兰特将军陵园修建的 100 周年,也就是孩子死后 200 年。
>
> 伟人墓旁的孩子冢看似小事,但是彰显着这样一种精神:即凭着卖地契约中的一纸承诺,虽历经百年沧桑和几度易手,孩子墓仍得以保存完好的那种诚信精神,这些都是值得人们深加反思的。

▷ **故事解读**

这个孩子名叫 St. Claire Pollock。在孩子墓碑的一侧,镌刻着这样一段文字:"人生下来就充满了烦恼。他的来到像一朵鲜花,很快地凋谢了;他的匆匆离去则像一道闪亮的影子,仍在继续发光。"是的,"鲜花"凋谢了,"影子"留下来。使"影子""继续发光"的,是那位可亲可敬的父亲,是一代又一代的土地主人,还有格兰特陵墓的修建者、历任纽约市长,以及整个社会。一滴水可见大海,从对一个孩子墓地的爱护和尊重,可以见到一个社会的道德风尚。在当代社会中,诚信的最突出的表现就是契约精神,正是契约精神,孕育了西方人的诚信观念。他们认为,人与人之间与生俱来的天分和财富是不平等的。但是,可以用道德和法律上的平等取而代之,让在最初状态不平等的个人在社会规范和法律权利上拥有完全的平等。良好的社会道德风尚不是光靠喊口号、做报告、写文章就能建立起来的,而是要靠整个社会(包括政府和社会上每一个人)从日常生活中的点滴事情做起。这就是这个孩子墓地的故事给人们的启示。

▷ **公民采访**

采访者:听了这个故事,您有什么感想?

受访者(章姓大一学生,采访地点:松江大学城):我以前听过这个故事,给我的印象特别深刻,让人难忘。

采访者:为什么让您难忘呢?

受访者:正是这样的故事让人认识到什么是言而有信,什么是诚信精神。诚信会让人感动!

采访者:如果大家都能坚守诚信,您觉得世界会怎样呢?

受访者:如果我们每一人都能够从自身做起,坚守诚信,延续诚信,那么这个世界将更加美好。

▷ **专家点评**

这份延续了 200 年的契约揭示了一个朴素的道理:承诺了,就一定要做到。这正是西方社会深入骨髓的契约精神,正是这种契约精神,孕育了西方人的**诚信观念**。人与人之间与生俱来的天分和财富是不平等的,但是可以用道德和法律上的平等来取而代之,做到法律面前、契约面前人人平等。

▷ **延伸思考**

诚信是一个社会体系,如果其中任何一个人掉链子,打断了其中一个诚信环节,那么重新恢复将非常困难。

下篇

故事 76

凯萨琳的过期面包

故事内容[①]

在美国,有一种名叫"凯萨琳"的面包非常有名,它的创办人凯萨琳女士从1887年开始经营面包店,一直注重面包的高质量和信誉,至今还流传着一个凯萨琳的过期面包的故事。

凯萨琳女士从创办面包店开始就视面包的品质和信誉为生命,她认为要在一个以面包为主食的国家的市场竞争中脱颖而出,必然要有过硬的品质和优质的服务。为了取信于消费者,她发明了在每一个面包上都注明生产日期、保质期和成分,并规定所有的面包保质期都不超过3天,超过3天的面包绝不出售、立即收回的方法。这对今天的人们来说可能习以为常,但在19世纪末是前所未有的事情。后来有一年秋天,凯萨琳面包店所在的州发生了水灾,交通不畅、食物供给困难,同时也影响了面包的转运,但凯萨琳照常派人将因受水灾影响而过期的面包回收。没想到,回收面包的车辆经过一个受灾的地区,被饥饿的人们团团围住,人们一定要买过期的面包,但押车的收货员无论如何也不肯卖,并解释说:"不是我不肯卖,而是公司规定太严了,如果有人将过期的面包出售给顾客,就会被开除。"但饥饿的人们怎么可能被这番话劝走。恰好有几个记者经过此地,知道情况后,代表群众也提出了抗议:"现在是非常时期,这些面包仅仅过期一两天,品质还是不错的,总不能让人看着满车的面包而忍饿受饥吧。"收货员被逼无奈,灵机一动,偷偷地对记者说:"我想到个办法,卖,我是无论如何不肯的,也不敢,但是,如果大家都来抢面包,那我就没办法了。"话悄悄地被传了出去,一车过期面包很快被抢光了。这个真实的故事被记者发表在了当地报纸上,凯萨琳的面包给人们留下了注重信誉和品质的印象,很快声名鹊起,经过不长时间的发展,成了全国知名的面包品牌。

[①] 小平:《成功的密码》,右灰文化传播有限公司,2012年出版。

▷ **故事解读**

　　社会生活的方方面面都需要诚信,总体而言称为"诚信文化"或者"诚信文明"。凯萨琳的面包反映出了她坚守诚信的顽强品格,甚至当坚守诚信与生死存亡联系在一起的时候,也要坚守诚信,这体现了诚信高于一切的珍贵理念。在坚守诚信和失信的根源问题上,人们往往从"成本—收益"的角度对自身是否选择诚信加以权衡,综合考虑制度环境、体制约束、良心等因素后,一旦失信能带来更大利益,不少人会选择"主动欺骗"他人。于是,外在的利益权衡或成本计算成为人际交往中失信的重要根源。还有一些人缺乏诚信的道德观念,甚至缺乏明辨是非曲直的能力,造成诚信交往的"内驱力"匮乏,并造成交往主体诚信道德底线屡屡遭到破坏。另外,一些人深受传统文化的负面因素影响,认为"老实人吃亏",深受"权变"文化影响,将诚信交往视作可有可无的工具,在交往中肆意贬低诚信的固有价值。社会是否公正、制度是否合理、法律是否健全、教育是否到位、习俗是否向善,这些问题是人际交往失信根源的具体体现形式。

▷ **公民采访**

　　采访者:您认同这个故事里收货员的做法吗?

　　受访者:(林姓大三学生,采访地点:松江大学城):是的,我认为他既遵守公司规定,又是一个在特殊情形下懂得变通的人。

　　采访者:麻烦讲讲您的看法。

　　受访者:这个故事很像法律上的紧急避险,法律说当灾难来临时,生命高于一切。在凯萨琳看来,灾难来临时,也要坚守诚信。但是他的员工很聪明,可以用变通方法将坚守诚信与保全生命作良好的契合。

▷ **专家点评**

　　诚信是一笔无价的财富。黄金有价,但诚信无价,诚信却比金钱更贵重,它可以给我们带来意想不到的财富。美国著名学者富兰克林曾说过:"从理性的角度出发,诚信是一种工具,信用就是金钱。信用是一种能为人们带来物质财富的精神资源。在市场经济中,必须充分发挥这种无形资产的社会功能。"

▷ **延伸思考**

　　市场经营需要诚信,短时间的不诚信可能带来一些利润,但是从长远来看无法真正做到经营成功。

故事77 坚守诚信的林肯

故事内容①

1809年2月12日,亚伯拉罕·林肯出生在一个农民的家庭。小时候,家里很穷,他没机会上学,每天跟着父亲在西部荒原上开垦、劳动。他自己说:"我一生中进学校的时间,加在一起总共不到1年。"但林肯勤奋好学,一有机会就向别人请教。虽然没钱买纸、笔,但他放牛、砍柴、挖地时怀里总揣着一本书,休息的时候,一边啃着粗硬冰凉的面包,一边津津有味地看书。晚上,他在小油灯下常读书读到深夜。

长大后,林肯离开家乡独自一人外出谋生。他什么活儿都干,打过短工,当过水手、店员、乡村邮递员、土地测量员,还干过伐木、劈木头的重力气活儿。不管干什么,他都非常认真负责,诚实而且守信用。

他十几岁时当过村里杂货店的店员。有一次,一个顾客多付了几分钱,他为了退还这几分钱跑了十几里路。还有一次,他发现少给了顾客2两茶叶,就跑了几里路把茶叶送到那人家中。他诚实、好学、谦虚,每到一处,都受到周围人的喜爱。

1834年,25岁的林肯当选为伊利诺伊州议员,开始了他的政治生涯。1836年,他又通过考试当上了律师。

当律师以后,由于他精通法律,口才很好,在当地很有声望。很多人都来找他帮着打官司。但是他为当事人辩护有一个条件,就是当事人必须是正义的一方。许多穷人没有钱付给他劳务费,但是只要告诉林肯:"我是正义的,请你帮我讨回公道。"林肯就会免费为他辩护。

一次,一个很有钱的人请林肯为他辩护。林肯听了那个客户的陈述,发现那个人是在诬陷好人,于是就说:"很抱歉,我不能替您辩护,因为您的行为是非正义的。"

那个人说:"林肯先生,我就是想请您帮我打这场不正义

---

① 一品故事网,http://www.07938.com/mingrengushi/guowaimingren/65070.html。

故事 77 坚守诚信的林肯

> 的官司,只要我胜诉,您要多少酬劳都可以。"
> 林肯严肃地说:"只要使用一点点法庭辩护的技巧,您的案子就能胜诉,但是案子本身是不公平的。假如我接了您的案子,当我站在法官面前讲话的时候,我会对自己说:'林肯,你在撒谎。'谎话只有在丢掉良心的时候,才能大声地说出口。我不能丢掉良心,也不可能讲出谎话。所以,请您另请高明,我没有能力为您效劳。"
> 那个人听了,什么也没说,默默地离开了林肯的办公室。
> 1860年,林肯51岁时在美国总统竞选中获胜,当上了美国总统。他废除了奴隶制,不忘初心,坚守诚信品格。他实现了自己的伟大抱负,同时他也得到美国人民的尊敬。

▷ **故事解读**

　　诚信,作为个体的优秀品质,需要从小事做起,不断培养。只有在生活的细微小事中坚守诚信的道德底线,在遇到更大的人生诱惑时,才能抵御诱惑,不忘初心,并最终取得成功。人在逆境中能坚守诚信,这一点更显珍贵。案例中的林肯,自幼生活在贫困家庭中,但他却没有被困苦的外部环境击垮,小小年纪就可以做到待人诚信,做事诚信,并将这种习惯内化为自身的品格。成年后的林肯仍然将诚信视为自己的职业操守,不为利益所动,这是非常难能可贵的优良品质。拥有这样优秀品质的林肯最终竞选总统成功,并被国人所敬仰。其实,我们的社会也一直在通过诸多的教育,通过家庭和社会环境的影响,向社会成员灌输诚信的价值规范,希望全社会的公民都能够自觉践行诚信,树立诚信品质。然而,以市场经济为重要内容的现代社会,给人们带来了巨大的价值挑战,工具理性得到前所未有的张扬,不断发展的科学技术和持续更新的器物手段将"满足需求"抬升至空前的地位。人们无限膨胀的欲望不断翻新,并在膨胀中逐渐丧失对人生终极目标的关注。以"利益最大化"为代表的工具理性大有压倒价值理性之势,成为人们各类行为的目标。所以在很多情况下,我们发现只要能够给行为人带来利益,那么不论这种行为是否违背价值理性,是否有违良心,是否违背情感,都可能被纳入行为人的选择范围。但长此以往,这样的行为和行事风格必将导致个体道德沦丧,甚至走向犯罪的道路。

▷ **公民采访**

　　采访者:(讲了林肯的故事后)你听了这个故事有什么感想?
　　受访者:(王姓大三学生,采访地点:某大学校园):在身处困境中也不放弃诚实,这是多么可贵的品质,林肯不断内化诚信的品质,在这一过程中升华自己的人格,得到了越来越多人的信任,为全社会作出了典范,也为自己开辟了不一样的人生。

采访者:您在生活中会坚守诚信的品质吗?

受访者:我非常希望自己能做一个有诚信品质的人,但在有些小事上可能会疏忽。我觉得自己应该向林肯学习,时时刻刻要求自己,小事上也要坚守诚信,这样才能磨炼出自己完善的品格和人格,才会成为一个有出息的人。

▷ **专家点评**

世界上永远不缺投机取巧之人,而面对利益,诚实守信的人却总让人萌生敬意。小胜靠智,大胜靠德。投机取巧赢一时,诚实守信赢一生!尽管这是一个名人的故事,但对我们所有人都有启迪。面对利益或者困境,我们都不能忘记初心,要坚守底线,方能走向成功。

▷ **延伸思考**

在诚信缺失严重的社会,重温那些令人敬仰的名人的诚信故事,感受他们身处逆境仍然可以坚守诚信底线的优良品质,是否可以激励我们不忘初心,走得更远呢?

故事 78 芬兰人的清廉诚信

故事内容①

在"世界经济论坛"2004—2005年"成长竞争力"评比中,芬兰又一次位居全球第一。芬兰何以能连续3年排名首位?借助几位芬兰政治家的言行,我们或许可以了解一二。

国会议员 不敢让人民讲闲话

某些国家稀缺的"清廉"和"诚信",在21世纪的芬兰却成为政治人物的基本条件。芬兰人说,在芬兰不会有人告诉你要诚实、要诚信,就像不会有人告诉你,想活着就必须要呼吸一样。

芬兰政治人物的清廉,可以从一件小事中来观察:社民党国会党团国际事务秘书索别斯钦引导笔者一行参观完芬兰国会后,将我们领进一个小会客室。室内有一张桌子和几把椅子,桌子上已经备妥一壶咖啡,三个咖啡杯。他敬谨地为我们倒咖啡。桌上还有三碟饼干,一人一碟。每盘饼干都一样多和一样大。每一块都像新台币50元铜板那般厚。这就是最高的接待规格了。平民和总统待遇一样。索别斯钦说:芬兰人注视着国会所花的每一块钱,芬兰国会议员不敢让芬兰人讲一句闲话。

品格遭疑 不管真相主动下台

芬兰政治人物又有多重视诚信呢?芬兰是内阁制国家。2000年,芬兰新宪法规定,芬兰总理并不由总统直接提名或任命,而是先由国会议员选出,再由总统任命。按惯例总理由国会最高席次的政党党魁出任。在这个制度下,要撤换总理,连总统都没权力。

本来,2003—2007年的总理是中央党党主席雅婷玛琪女士。她于2003年4月7日经国会推选,成为芬兰有史以来第一位女总理。但就任仅两个多月后,她便于6月18日向哈洛宁总统辞去总理职务。原因是她在竞选期间,引述外交部机

---

① 吴祥辉:《芬兰政治家:清廉诚信像呼吸一样》,《政工研究文摘》,2006年第3期,第115~116页。

> 密文件,抨击社民党籍前总理参加美国对伊拉克动武阵营的决策。
>
> 这原是严肃的、可受公评的政策辩论。但是,她"失言"了,也可能"犯法"了。她不能够公开引述机密文件。
>
> 这个选举插曲被外交部以重大泄密事件报警侦查。法律面前人人平等,在芬兰被说到做到。即使是全国最高行政首长权责单位照样主动移送。
>
> 经过警方调查,证据显示雅婷玛琪总理涉嫌要求总统府副秘书长提供该机密文件,舆论哗然。她二话不说,毅然辞去总理职务。这就是芬兰"诚信至上"的优良政治传统:政治人物品格一旦遭受公众合理的怀疑,就当下台,不管真相如何。
>
> 泄密案在2004年3月开庭审理,3月19日宣判。雅婷玛琪女士获"不起诉"处分。2004年6月,她角逐欧洲议会议员,成为芬兰12位欧洲议员中得票最高者。2006年下半年芬兰担任欧盟主席国。她的政治影响力继续"向前行",迈向全欧洲。

▷ **故事解读**

根据致力于打击贪污腐败的无政府国际组织"透明国际"所发布的世界清廉国家排名,芬兰连年排名稳居前三。在有效的监督机制和深入人心的廉洁文化的影响下,芬兰目前已成为世界上最清廉的国家之一。芬兰能够做到如此清廉,与其良好的社会基础、严格的法律制度、公开透明的监督机制和廉洁文化是密不可分的。

正如故事中所提到的"在芬兰不会有人告诉你要诚实、要诚信,就像不会有人告诉你,想活着就必须要呼吸一样",芬兰人深受诚信文化的影响。《美国读者文摘》杂志曾在全球16个大城市进行一项"还钱包"测试,测试内容是故意丢下附有失主联系方式的钱包,并考察返还钱包的情况,排名第一的是芬兰首都赫尔辛基。诚信氛围同样影响到政治人物,在芬兰,腐败被视为刑事犯罪的一种,是政府无能或政治腐化的体现。因此,不同层次的法律、规章或监督体制都可以对腐败加以纠正。从宪法、刑法、民法、行政管理法到伦理道德都可用来反腐败。[①]

全方位、多角度的监督机制促使芬兰形成了诚信的政治文化和良好的廉洁文化,尤其是在政界,公务员受到来自各方面、全方位的监督。故事中,雅婷玛琪女士因为在竞选期间的"失言"而被警方调查,她的主动请辞表现出了足够的诚意和诚

---

① 刘仲华:《芬兰清廉国家排名连年第一——反腐倡廉靠机制》,《人民日报》,2003年10月27日。

信。诚信文化深刻影响了芬兰的政治人物,也是芬兰保持清廉国家的秘诀。

▷ **公民采访**

采访者:听了关于芬兰政治家的故事,您是怎么看待这个主动辞职的女总理的?

受访者(王先生,采访地点:松江大学城):尽管这位雅婷玛琪女士在竞选期间,犯了泄露机密的重大错误,但是她能够勇于承认和辞职,我认为她是很讲政治诚信的,并且也非常勇敢,是一位非常出色的政治家。

采访者:您对芬兰的"清廉"怎么看?

受访者:芬兰给人的印象是一个北欧国家,非常富裕,他们的"清廉"反映出政治人物的诚信。我对芬兰政府官员能够从一杯咖啡、一碟饼干这样的小事上做到严格控制,在法律、规章上能够对公务员全面监督印象深刻。这或许是他们能够保持清廉的重要社会基础。

▷ **专家点评**

本故事主要讲述了芬兰前总理雅婷玛琪女士因涉嫌重大泄密而主动下台的政治事件。充分说明了芬兰政治人物的清廉诚信,其教育意义深刻。"故事解读"部分分析了健全的机制与诚信文化对芬兰政治的影响;"延伸思考"部分给读者进一步思考政治清廉与国家富裕的关系留下了空间。运用该故事,可以起到教育启迪的作用。

▷ **延伸思考**

"清廉诚信像呼吸一样成为自然",令人羡慕敬佩。芬兰是一个高度工业化、自由化的市场经济体,是高度发达的国家,国民享有极高标准的生活品质。芬兰被公认为最清廉国家之一。只有政治人物做到诚信,才能保证政治清廉、国富民安。

故事 79　两瓶酒毁掉一位部长

故事内容①

　　新西兰房屋部长希特利是资深的内阁高官,作风果敢,有魄力。多年来,他一直致力于新西兰的住房改革,一方面,打击开发商囤积土地哄抬房价;另一方面,大力开发平价房,使新西兰房价一直维持在低水平上。希特利被人们普遍看好,并被认为是下届总理最热门的竞选人之一。

　　2010年2月5日,希特利约好了几个同事和朋友到自己家共进晚餐。下班后,路过一家超市,想到家里的酒没有了,希特利便进去买酒。

　　他掏钱包时,发现钱包没有带在身边,犹豫了一下,从口袋里掏出一张信用卡。这是一张政府专用的信用卡,主要用于公务招待。希特利手里拿着信用卡,仿佛在做贼。他用眼睛向四周一瞟,迅速地将这张卡递给超市收银员,刷了约1 000新西兰元,购买了两瓶酒。

　　当收银员将这张卡递还给希特利时,不经意地发现他好像有点古怪,手在微微发抖,脸涨得通红,额头还渗出丝丝汗珠,眼睛不敢正视别人。看着希特利拎着两瓶酒匆匆离去的背影,收银员心里直犯嘀咕,这人怎么啦,慌慌张张的,像做贼似的。

　　第二天,希特利回到部里,在去报销前,他拿着账单思前想后一番,才来到财务部门。对这两瓶酒的用处,他谎称是上次参加会议的餐费,是用于公务接待的。

　　出了财务办公室,希特利长长吐了一口气,掏出手绢,不停地擦拭着额角。有人从旁边走过,发现希特利脸色苍白,虚汗直冒,就关切地询问他,是不是身体不舒服?希特利连忙摆手说没事,然后匆匆离开。

　　过了一个多星期,政府的审计员对希特利的报销账单做审计,发现那张购买两瓶酒的账单好像有些问题。于是,审计

---

　　① 《两瓶酒毁掉一位部长》,羊城晚报,2010年11月5日,http://www.ycwb.com/ePaper/ycwb/html/2010-11/05/content_963004.htm。

员立刻把这一重大发现向审计长作了汇报。

审计长听了,感到事态严重,心想,如果这是公款私用,将是一起十分严重的腐败事件,直接影响到政府的信用。他立刻成立了以自己为组长的调查组,对希特利购酒的事立案调查。

很快,调查组就掌握了希特利购酒的整个过程和用途。于是,立刻向内阁会议作了报告。

事情很快被媒体获知,被连篇累牍地报道出来。

一下子被推到舆论风口浪尖的希特利,马上退还了两瓶酒的钱,还通过媒体向公众作出深刻的道歉和反省,并向总理递交了辞呈,总理约翰·基随即接受了他的辞职请求。

随后,检察机关向法院提出诉讼,追究希特利的法律责任。根据新西兰的法律,希特利的行径,很有可能被判处3年以下有期徒刑。

希特利的腐败丑闻,在惠灵顿、奥克兰、汉密尔顿等地引起了人们大规模的游行示威。有媒体猜测,这件事很可能导致这届政府提前解散。

在新西兰老百姓看来,两瓶酒的腐败就是天大的腐败,如果不依法追究政府的渎职和监管责任,这件事就没完。

▷ **故事解读**

新西兰前房屋部长希特利违规使用政府专用信用卡购买了两瓶酒,在新西兰国内引起了轩然大波。尽管希特利最终的态度是还钱、道歉并辞职,但是他的所作所为仍然为政府带来了不良影响,民众不仅认为这是天大的腐败,而且还示威游行表示反对。两瓶酒带给房屋部长的是政治生涯的终结。

新西兰被称为"阳光下的国家"。事实上,新西兰公务员能够保持廉洁、诚信,得益于政府对于公务员的严格要求以及媒体、民众对公务员的有效监督。新西兰政府十分重视对各级官员操行的培养,要求公务员坚守"敬业、廉洁和政治中立"三大原则,强调"公务员应诚实地、不偏袒地执行他们的公务,并避免可能危及他们廉政,或引向利益冲突境地的行为"。在新西兰,媒体的监督力量是非常强大的,一旦发现政府官员的问题,无论职位高低,媒体都穷追不舍。如果公务人员上了头版内容,那会是很麻烦的,有的会面临被解职或须自行申请辞职的危险,因此媒体是让政府官员们畏惧的一种有效的社会监督。[1]

---

[1] 李俊峰:《新西兰:阳光下的国家》,《检察风云》,2012年第3期,第32~34页。

社会诚信首先应从政府公务人员的诚信做起。"阳光下的国家"新西兰的做法值得我们借鉴,对于公务人员,不仅在个人道德上要讲诚信,还需要有行之有效的制度保障和全民的监督机制对其进行约束。只有这样,才能使社会更加诚信。

▷ 公民采访

采访者:您是否知道新西兰前房屋部长希特利因为两瓶酒而辞职的故事?

受访者(陈女士,采访地点:松江区图书馆):听说过,好像是一位部长由于用公务卡买了两瓶酒用于私人招待,被曝光后引咎辞职。

采访者:您对这个事情有什么看法?

受访者:"千里之堤,毁于蚁穴",作为部长因挪用公款买了两瓶酒而丢官。这位部长用公款买两瓶酒是被媒体披露的,可见舆论对新西兰官员监督之严、之细。两瓶酒并不是什么惊天大案,但部长不但公开道歉,还偿还了所有酒钱。从道歉、偿还到辞职三部曲,显示出部长闻过则改、知耻为勇和敢于担责的品质。

▷ 专家点评

本故事主要讲述了新西兰前房屋部长希特利违规使用政府专用信用卡购买两瓶酒用于私人聚会,最终结束政治生涯的腐败丑闻。这充分说明了:在新西兰,腐败无小事。该故事让读者明白公务员的诚信、廉洁得益于媒体和民众的有效监督,外部监督比个人的内省更重要。本故事教育意义深远,可用作大学生政治诚信教育的素材。

▷ 延伸思考

新西兰作为太平洋岛国,是经济高度发达的国家。世界银行将新西兰列为世界上最方便经商的国家之一。从"两瓶酒毁掉一位部长"的故事可以明白,正是"诚信政府",使美丽的大洋洲小国成为"阳光下的国家"。

故事 80

丹麦警察的良好声誉

故事内容①

丹麦警察是最受丹麦人爱戴的一种职业。很多丹麦人对自己国家警察的印象是："我们丹麦警察很不错。"因为他们不仅严格照章行事，而且还都是些热心肠的人。丹麦警察彬彬有礼，只要不是执行紧急警务，绝不会鸣着警笛在街上横冲直撞。无论走到哪里，该交的过路费、过桥费，一分都不会少。如果遇到紧急任务来不及交费，收费员会记下警车牌照，事后给警车所在的单位送去账单。

收入高，腐败受到抵制

丹麦警察的工资、装备和服装由国家警察总局统管。丹麦人认为，警察是维护社会稳定的重要力量，必须吃"皇粮"。因为如果地方警察靠地方财政发工资、加班费和配发装备与服装的话，一旦地方财政有困难，警察的工作就会受到影响，而且警察局长除了工作还得花相当大的精力去搞钱。在这种情况下，一个国家的治安是很难维护的。所以，警察应该像军队一样吃"皇粮"。

丹麦是经济发达国家，实行高税收、高福利政策，一般居民的生活水平都较高。考虑到警察工作的危险性，丹麦警察的工资在丹麦属于中上等水平，比普通公务员的工资高一点儿。丹麦警察在法定值班时间之外工作，要领一点加班费。其中，下午5点到清晨6点及节假日领的加班费要略高于其他时间的加班费。

制约多，渎职就要坐牢

在丹麦，试图贿赂警察是非常危险的。比如，你违反了交通规则，被交通警察逮个正着，这时，如果你试图给警察塞钱或送物以便"私了"，警察会收下你的东西，然后把这些东西交公，并在你的违章记录中加上一条"试图贿赂警察"。这样一来，对你的处分将会加重。你开车违章后，丹麦警察会和颜悦

---

① 刘进国：《受尊敬的丹麦警察》，《人民公安报》，2009年第11期。

色地提醒你注意，但也会给你开一张罚单，请你交罚款。

丹麦警察之所以能够这么做，是因为他们非常珍惜自己的廉洁形象。因为保持警察队伍的廉洁形象是使警察这个职业获得市民尊重的重要保证。为了培养警察高度的荣誉感和责任感，丹麦警方经常利用民意测验的结果，进行"警察是最受尊重的职业"的职业道德教育。除此之外，丹麦的各级警官按规定每年都要找下属谈一次话，了解其个人、家庭等方面的情况，以防范各种违纪和腐化苗头的出现。

除了内部监督之外，丹麦还在全国各警区设立了由议员、群众代表和律师组成的警察诉讼委员会，独立于警察队伍之外，负责对警察渎职及其他违法行为进行调查和处理。一旦有确凿证据证明警察有渎职及其他违法行为，就可以移交法庭审判。

告警察不难，议员随时准备接听投诉电话

尽管丹麦在警察内部和外部都建立了严格的监督体系，但要保证丹麦警察的良好信誉还是少不了议会和媒体。

丹麦议会有179名议员，24个委员会，其中法律委员会负责对司法部的监督。议员的电话是公开的，名片上都印着自己的手机号码，有的还印了电子邮件地址。市民可以随时向议员反映情况。只要是市民投诉，议员必须在1个月内给予答复。如果市民投诉警察，或者媒体披露了警察中存在的问题，委员会经讨论，就会以书面形式向司法大臣或警察总局局长发出质询，而他们必须在一周内以书面形式答复议员。然后，议员会将这个结果通知投诉的市民，必要的时候还会举行听证会。不过，议员工作的出发点是敦促警察做好工作，而不是与警察过不去。

丹麦议会对警察部门制约的另一大措施，是审批警察总局的预算。警察的经费是怎么花的，议会也要问个明白。

▷ **故事解读**

作为世界上最清廉的国家之一，丹麦的警察尤其受人尊敬。丹麦的警察之所以受人尊敬，有三个原因：其一，有良好的职业道德，因为他们"不仅严格照章行事，而且还都是些热心肠的人"，警察这一群体给人的整体印象优秀；其二，丹麦的警察收入水平合理，工资有保障，能够遏制腐败；其三，由于受到严格的内外部监督，警察的一举一动都必须规范；其四，丹麦议会和媒体对警察部门的制约和监督让其行为变得透明。

其实丹麦的其他政府部门也是相当廉洁的。丹麦有着较完善的官员财产申报制度，人们的住房、财产、土地都是经过所有者注册的，想要隐瞒个人财产几乎是不可能的事情。税务部门对包括公务员在内的所有丹麦公民和公司的财产状况都了如指掌，个人和企业逃税也就成了"白日做梦"。丹麦的预算监督体系也很给力。为了让所有的公共部门都公开预算和开支情况，丹麦成立了独立的审计机构，对公务体系的预算和开支进行调查、研究，检察是否有违规和滥用的情况发生，并把相应情况上报给丹麦议会。媒体从业人员的素质普遍较高，媒介舆论对官员腐败形成了强大的威慑。①

丹麦的警察得到民众高度的评价，是制度建设对良好信誉的保持所产生的积极作用。丹麦不只因为"人口少、地盘小、公务员高薪养廉"而知名，其在制度和文化上的建设成绩也有目共睹。

▷ **公民采访**

采访者：丹麦警察的故事带给您什么启示？

受访者(李先生，采访地点：松江大学城)：警察往往给人一种比较威严的印象，而通过这则故事对丹麦警察的介绍，我发现他们之所以受人尊敬和喜爱，首先是因为他们的收入较高，所以不会为一些蝇头小利而毁掉自己的工作；其次是警察部门的制度完善，对警察的监督到位；再次就是政治制度公开透明，如有市民投诉，媒体和议会也可以随时对其进行调查处理，这保证了警察队伍廉洁、自律的良好形象。

▷ **专家点评**

本故事主要通过讲述丹麦警察受尊敬的原因，说明良好的制度与监督对于丹麦警察的极端重要性。故事的几个部分"故事解读""公民采访""延伸思考"相得益彰，从不同角度分析了文化建设对丹麦警察及丹麦政府的良好信誉与廉洁的重要性。故事具有启迪作用，可用作诚信教育的典型素材。

▷ **延伸思考**

丹麦合理的薪水制度、完善的法律法规、科学的监督机制、透明的执法程序、优异的社会环境是让警察保持良好的形象和信誉的关键所在。

---

① 张军兴：《丹麦如何成为"最廉政"的国家？》，《重庆日报》，2011年1月6日。

故事 81 新加坡公务员档案造假成本高

故事内容①

新加坡的严法严罚，显然是让蠢蠢欲动的投机分子止步不前的最大约束力。《国际先驱导报》记者在新加坡询问了一些在政坛上有过多年经验的人士，谈起学历造假，他们直呼"想都不敢想"。

其实，在新加坡，要想造假并不难。新加坡隆道研究院总裁、原新加坡驻沪领事许振义告诉记者，事实上，新加坡的政府办事大多是基于一种相互信任的原则。因为为了提高效率，新加坡政府的工作流程已经非常简化，而"简化的前提则是诚信"。

"比如你去政府部门办事，很多时候会发现，政府部门让你提交文件几乎是基于一个无条件信任的前提，政府假定你的材料是真实的，而它并没有立刻去审核。"许振义说道。不过，他也指出，之所以能够做到这样，是因为新加坡在法律上对于诚信欠缺的行为给予极为严厉的惩罚。

就以新加坡的小学报名为例。同中国一样，新加坡也有学区房的概念。不过，在新加坡，政府允许的家庭租房也作为学区房的考量因素。也就是说，只要你住在这个学区里，不管是购置还是租住的房产，都纳入该学校入学范围。因此，有"聪明"的家长就会采用技术手段，在孩子入学之前，到某一名校的学区内"假租"几个月或者半年，等到小孩成功入学后再搬回原住所。

这种情况，在新加坡一旦被发现，就会被冠以"虚假文件"的刑事罪名被控上法庭，肇事者也将面临牢狱之灾。

许振义说，在新加坡，只要涉及"虚假文件"，就一定是刑事罪名。甚至是在路边停车时，司机用一张用过的停车券冒充新券这样社会影响很小的行为，也必须上法庭接受判决。冒着名誉扫地甚至锒铛入狱的风险，自我约束甚高的官员断不敢作出类似伪造学历的行为。

---

① 马玉洁：国外官员档案造假成本高，《国际先驱导报》，2015年5月5日。

> 尽管如此,新加坡也并未与虚假文件绝缘。不过,大多数顶风作案的还是新移民或者是申请居留权的外来人士。去年在新加坡闹得沸沸扬扬的中国导游卷入新加坡富婆遗产托管一案中,涉嫌侵吞财产的中国籍男导游杨寅就被连带查出涉嫌学历和收据造假。对此,新加坡法院在2014年11月一共控告他高达331项伪造收据的行为,而一旦罪名成立,他就将面临最高10年监禁或罚款,或者两者兼施。
>
> 另外一个例子是在2014年12月,一名中国女生为了赚钱治病,答应以7 000元人民币的酬劳担当"枪手",冒充他人来新加坡参加雅思考试,结果,她在考场上被当场揭穿。即使辩护律师在法庭上强调她是因为胸部有囊肿,为赚取医药费才以身试法,在2015年3月,法官仍判她入狱5个月。
>
> 在新加坡,一旦学历或者文件上的信息涉嫌欺诈,政府也可以轻易查证。新加坡三所大学都会提供毕业生学历查询的服务,国外大学同样也都设有类似的部门。而在新加坡,不论是在诊所洗牙拿药,还是网上报名如马拉松等社会活动,均需要填写详细的身份证信息等个人资料。因此,一旦查出某人有伪造文件的嫌疑,也可以轻易调取文件记录,不会让违法者逍遥法外。

▷ 故事解读

在新加坡,个人的证明文件、简历或者相关资料的造假一旦被发现,将会面临非常严重的刑事罪名。严苛的法律制度是保障公民诚信,尤其是公务员诚信的重要基础。新加坡公务员同样也非常讲诚信,对于档案造假不敢越雷池半步。

新加坡为了建立诚信政府,从全世界名牌大学毕业生中招录公务员,要求公务员重理想,要有牺牲精神,对其有完整的培训理念和完善的计划。重点是强调培育诚信文化:包括持续推广诚信计划及把诚信计划纳入员工培训及工作系统。又如,在政府部门设立由高层人员担任主席的诚信推广委员会,设立多个小组委员会,在员工入职训练和重修课程中加入有关诚信理念的环节等。[①]

新加坡公务员的民事服务价值观中要求公务员做到平等公正,就是要平等对待每个公民,办事公平,诚实守信。因此,新加坡在不到30年的时间里迅速崛起,并跻身发达国家行列,这与其公务员制度和诚信理念是密不可分的。法律对官员、

---

① 陈尤文,王丹,聂元军:《国外公务员诚信体系建设及其启示》,《理论探讨》,2006年第1期,第105~108页。

民众的造假行为具有强大的震慑力,这也是新加坡政府能够长期保持客观公正、诚实守信的重要原因。

▷ 公民采访

采访者:您对新加坡印象最深的是什么?

受访者(杨姓大学生,采访地点:松江大学城):对新加坡的印象很深的一个是法律完备;另一个就是高薪养廉了。

采访者:您如何看待新加坡的社会诚信?

受访者:在新加坡,不诚信是要付出很大代价的。比如,故事中提到了档案造假在新加坡极少出现,违规行为无论大小都要受到法律制裁。对待弄虚作假的人,新加坡更是严惩的。我认为新加坡拥有良好的诚信环境,并且不诚信的违法成本非常高。这两点值得我们学习和借鉴,我们应该在媒体上积极宣传诚信、加强诚信教育、形成良好的诚信氛围,并且我们应该让欺诈者获罪,让诚信者受到法律保护。

▷ 专家点评

该故事紧紧围绕"新加坡官员档案造假成本高",讲述了几个因造假而受到严厉惩罚的小事例,很典型,影响力大。"案例解读"部分详细分析了新加坡迅速崛起的原因,其中政府的诚信至关重要。"延伸思考"部分给读者分析他国的"档案造假"现象留下思考的空间。本故事可用作大学生政治诚信教育的典型素材。

▷ 延伸思考

据报道,"档案造假"在世界各国较为普遍,这种失信行为,在不少国家屡禁不止。新加坡的"档案造假"者会付出惨重代价,因而能令行禁止。看来必须建立科学严谨的法规,才能营造出良好的诚信环境,才能使诚信在人们心中生根。

故事82 拾金不昧的流浪汉

故事内容[①]

哈里斯是美国纽约一家知名广告公司的高级职员,2010年8月的一天中午,她和朋友在一家餐厅用餐,中途她的朋友想出去抽支烟,于是两人一起走出餐厅,来到街上。此时,一名流浪汉走近哈里斯的身边,嗫嗫嚅嚅地对她说:"你好,我叫瓦伦丁,今年32岁,失业3年了,自从失去了允许我在办公室过夜的房地产公司工作后,我只能睡在网吧的椅子上。我想说的是,不知道您是否愿意帮助我,比如说给我点零钱,让我买一点生活必需品。"

哈里斯看着满眼期盼的瓦伦丁,微笑着对他说:"没问题,我十分愿意帮助你。"在翻找了口袋后,哈里斯发现她没有带现金,只有一张美国运通白金信用卡,这时她拿着信用卡有些不知该怎么办。瓦伦丁看出了她的难为情,小声说:"如果您相信我,能将这张信用卡借给我吗?"哈里斯看着面前的瓦伦丁说:"我可以信任你吗?""是的,我是非常诚实的",瓦伦丁如此回答道。

瓦伦丁从哈里斯手上接过信用卡,又轻声地问哈里斯,"我除了买些生活必需品之外,还能再买一瓶水吗?"哈里斯不假思索地说:"完全可以,你还有什么需要,就用信用卡上的钱去买吧。"

在瓦伦丁拿着信用卡离开后,哈里斯和她的朋友重新回到了餐厅。不久后,哈里斯开始有些怀疑和后悔,她对朋友说:"我的信用卡不仅没有设密码,里面还有十万美金,如果那个人拿着信用卡跑了,我就要倒大霉了。"她的朋友也埋怨她说:"你就这样随随便便相信一个陌生人。你呀,真是又善良又天真呀!"

此时,哈里斯也没有心情再吃饭了,她和朋友付完账后,两人默默地走出了餐厅。但让她们意外的是,刚走出餐厅大

[①] A bum you can trust-honest!《纽约邮报》,2010年8月13日,http://nypost.com/2010/08/13/a-bum-you-can-trust-honest/.

门,就发现流浪汉瓦伦丁已经在门外等候着了,他双手将信用卡还给哈里斯,恭敬地将自己消费的数额一一报上:"我一共花费了 25 美元,买了一些洗漱用品和两瓶水,请您查收一下。"面对这位诚实守信的流浪汉,哈里斯和朋友在诧异的同时,更多的是被他感动,她不由自主地拉住瓦伦丁说:"谢谢你,谢谢你!"

瓦伦丁一脸疑惑,她帮助了我,应该是我谢谢她才是,为什么要反过来谢我呢?

此后,哈里斯对瓦伦丁的诚实事迹做了宣传,在社会上引起了巨大的反响。一位得克萨斯州的商人在得知此事后给瓦伦丁汇款去了 6 000 美元,以奖赏他的诚实。更让瓦伦丁惊喜的是,几天后,他又接到了威斯康星州航空公司的电话,表示愿意聘任他担任公司的空中服务员。沉浸在巨大喜悦中的瓦伦丁感慨万千道:"从小母亲就教育我,做人一定要诚实守信,即使身无分文流落街头,也不能丢失诚信。我之所以能得到这么多人的帮助,是因为我始终相信诚实的人,总会有好报!"

▷ **故事解读**

本文讲述了高级白领在街头偶遇流浪汉瓦伦丁向其求助,并被他的诚实守信所感动的故事。瓦伦丁是一名失业的流浪汉,当时他居无定所、食不果腹,但在面对巨额金钱时,他坚守自己的道德信念。《管子·牧民》云:"仓廪实而知礼节,衣食足而知荣辱。"瓦伦丁在窘迫中仍旧遵循着母亲的教诲,保持着自己人生的操守,令人动容。流浪汉瓦伦丁用自己的行动告诉世人,平凡也可以伟大,他诚实守信的行为引起社会的关注,自然也是情理之中。

亚里士多德[1]认为德行是值得称赞的优秀品质,"是一种使人善良,并获得其优秀成果的品质"。从案例中可以看出无论是作为高级白领的哈里斯还是流浪汉瓦伦丁,他们都具有优秀的品格和高尚的德行。哈里斯以她的纯真善良给予素不相识的瓦伦丁最初的信任,虽然她在瓦伦丁拿走信用卡之后产生了不信任甚至懊悔,但这从某种程度上来说也是人之常情。在见证瓦伦丁的守信之后,她被深深地感动,不遗余力地对他的诚信行为进行宣传。

中国古语常说:好人终有好报。故事的最后,流浪汉瓦伦丁收获了工作和尊

---

[1] 苗力田:《亚里士多德选集·伦理学卷》,中国人民大学出版社,1999 年版,第 26 页。

重,整个社会都对他平凡、朴实却高尚的行为给予了肯定。可以说,无论古今中外,诚信都是社会的核心价值观之一,都是一种优秀自我修养和良好社会风气的体现,都将获得他人和社会的尊敬与认同。

▷ **公民采访**

采访者:这个故事里您印象最深刻的是什么?

受访者(胡姓大学生,采访地点:某大学会计学院):我印象最深的是流浪汉瓦伦丁不仅还回了信用卡,还将自己消费的详细账单也一一告知帮助他的人,可见他的内心真诚、品格高尚,让我十分敬佩。

采访者:能和我分享一下您读完这个故事的体会吗?

受访者:诚信是我们每个人不可或缺的品质,这个故事给我带来了满满的正能量。无论贫贱富贵,只要我们保有一颗真诚的心,将诚信融入我们生活的点点滴滴,就能获得他人和社会的尊重。我觉得现在社会需要更好地树立诚信意识。作为一名大学生,尤其是会计专业的学生,我觉得把诚信作为自己做人的基本准则是非常有必要的,我也会努力践行潘老的"信以立志,信以守身,信以处事,信以待人,毋忘'立信',当必有成"24字教诲。

▷ **专家点评**

纽约的高级白领被流浪汉瓦伦丁的诚实守信所感动后向媒体反映,媒体的报道给瓦伦丁带来了意想不到的惊喜。这是本故事所讲述的主要内容。故事充分说明诚实守信的良好品行能给困境中的好人带来好报。本故事讲述的虽是凡人小事,但和发生在政治人物身上的大事件一样,其教育意义同样深远。建议作为典型事例用于大学生经济诚信的教育。

▷ **延伸思考**

穷则独善其身。窘迫的流浪汉尚且知信,生活无忧甚至优渥的我们是不是也应该对"诚信"两字进行更深刻的思考呢?笔者认为,诚信本质上是一种他人信任自己,自己以切实的行动对他人的信任进行反馈的行为。我们现实生活中的许多方面活动都是在他人的信任和帮助中得以进行的,在这个过程中,时刻铭记他人对自己的信任、帮助和托付,才有利于自己树立诚信意识,使自己成为一个真正诚信的人。

故事 83　寻找最诚实的城市

故事内容①

在一个炎热的 8 月，美国可口可乐旗下的一家分公司诚实茶（Honest Tea）公司针对全美开展了一项关于诚实的社会调查，以检验全国各地区的诚信指数。公司称要把诚实贯彻到经营的每一个步骤，包括所有饮料的原料组成都公开透明，童叟无欺。因此，它要核对全国各地的人们是否持有同样的价值观念。

诚实茶公司在美国各州 60 个城市设立无人看管的饮料架，标价每瓶 1 美元，任人取用，任人决定是否付钱。取了饮料是否付钱，考验着每个人的诚信。自觉付钱的人们无形中为自己所在城市的诚实度贡献了一票。

这个实验的结果显示，夏威夷州檀香山的诚实度最高，为 100%；罗得岛州普罗维登斯的诚实度最低，为 80%；纽约市这个每天都演绎着华尔街内幕和街头暴力的国际大都市，竟然也挤进前 10 名，其诚实度为 98%。总之，95% 的美国人是诚实的。诚实茶公司的总管赛斯·戈德曼先生认为，95% 的诚实度显示美国人比自己想象中还诚实。他说：" 我们尝试将诚实的理念注入我们公司的每一个经营环节，所以我们进行了这个覆盖全美的诚实调查实验，想让全国各地的人们与我们一起分享诚实这个理念和它的价值。"

除了收银数据，还有别的数据，能够得知你是男是女，是黑发还是红发。以全美相对较高的城市——波士顿为例，数据分析表明波士顿人较诚实，女性的诚实比例高达 96%，而男士则仅有 93%；红发人士都很诚实，而秃顶男士的诚信比例仅有 88%。

诚实茶公司在编制全国诚实指数时，为突出主题性和公益性，将其做成一个动态的指数放在网上，让读者可以根据体

---

① Honest Tea 公司官网，Creativity-Online: Honest Tea: The National Honesty Index，2012 年 8 月 23 日，http://creativity-online.com/work/honest-tea-the-national-honesty-index/28928。

> 貌特征以及居住地，了解自己这个类型的人的诚实度，如头发的颜色、风格，是否戴眼镜、眼镜的类型，是否戴帽子、帽子的形状等。哪个是最具诚实度的城市，哪个又是诚实度最差的城市，诚实甚至关乎人种与肤色，这些话题极易为人们津津乐道。

▷ **故事解读**

可以说诚实茶公司开展的"1美元"诚信调查别开生面，这项调查虽然有局限性，但还是能从一定程度上反映各地美国人以及不同美国人的诚实度。我们从现实和数据中去观察和思考这一实验，结果值得我们思考。

人的生活离不开经济活动，而人又是经济活动的主体。新古典经济学家马歇尔认为，经济活动中"经济人"的自利追求不仅表现在物质利益层面，而且还表现在精神利益层面。所以人们除了追求物质利益外，还想要获得赞美、尊敬和肯定等心理满足。案例中，在无人售卖的饮料架面前，几乎所有的人都不愿意因为1美元而丧失自己的诚信道德，可见，人们在追求自身利益的同时会兼顾精神道德层面的准则。市场经济也是信用经济，是具有诚信精神的经济。

勿以恶小而为之，勿以善小而不为。1美元金额虽不大，买到的却是纯粹的人格，是最宝贵的诚信。诚实茶公司的这一活动让我们看到了他人、看到了一个城市，也看到了自己。在数据面前，我们也许会忍不住想想自己是红发还是黑发、是男性还是女性，甚至也会思考，这样的调查如果发生在我所在的城市，结果会如何？如果是我，我会怎么做？个人诚信与否，其实不仅关乎自我修养，也关系他人是否拥有良好的生活体验、关系到自己所在的社会环境是否拥有良好的风尚。没有人希望自己处于一个失信的社会，诚信关乎所有人。

▷ **公民采访**

采访者：您觉得诚实茶公司的这个社会调查对我们的启示是什么？

受访者（陈姓大学教师，采访地点：松江大学城游泳馆）：诚实茶公司的这个调查活动很有创意，不论是调研方式还是数据分析方法都让人感觉耳目一新。标价1美元的饮料能干什么？不仅能饮用，还能测试诚信度。虽然诚实茶公司的社会调查源于企业营销的创意，但不可否认，活动引起了全社会对于诚信行为的热烈讨论和关注，也向民众传播了公司"诚实"的经营理念。

我们生活在大城市，诚信遍布我们生活的每一个角落。其实每一天我们都在进行诚信测试，无论什么性别、肤色和人种。你可以选择乘坐无人公交车大大方方地逃票，你可以选择在某场考试中偷偷摸摸地作弊，但这么做无疑丧失了自己的人格和品德,也会得到应有的惩戒。

▷ 专家点评

本故事主要讲述了诚实茶公司开展的一项针对全美的关于诚实的别开生面的社会调查,调查结果引发了人们对诚信行为的讨论与高度关注。"故事解读"部分让读者明白,经济利益不是经济人在市场经济中追求的唯一,市场经济也是信用经济。"延伸思考"部分的发问弥补了原有调查的局限性。本故事有一定的影响力,能在大学生经济诚信的教育中发挥作用。

▷ 延伸思考

在 1 美元与丢失诚信之间,相信绝大多数的人都会选择前者,但如果是 100 美元、10 000 美元甚至更多呢?面对巨大的金钱诱惑,我们是否还能够毫不动心,是否还能坚守住道德底线,是否还能够坦然面对自己的内心?

故事 84

一张无人领取的床垫

故事内容[①]

美国人汤姆搬家时，准备换一张新床垫。汤姆去了一家名为"蓝森林"的家具店买床垫，这家店的床垫出自美国最知名的家具厂——美像厂，床垫的质量与价格都是美国一流的，在社会上很有声誉。

汤姆买床垫的那天，按规定先向家具店交付了200美元订金。交完钱后，他便高高兴兴地回家了。谁也没有想到的是，汤姆在回家的路上遇到了不幸：路边的一辆煤气车突然发生爆炸，汤姆的车子被炸翻了。他被送到医院时，已经不省人事。几天后，他仍然没有脱离危险。

这时已经到了家具店给汤姆送床垫的日子。当家具店把床垫送到汤姆家里时，开门的人却是一副不知所措的样子。他说他从来没有订过什么床垫，对送床垫一事感到莫名其妙。送货人对照了订单上的地址，发现一点也没错，就是这个小区，就是这个门牌号。但房子的主人坚持说送错了，还说这里根本没有一个叫汤姆的人。事情让人百思不得其解，送货员只好将床垫拉回店里。他想，如果出了什么差错，那个叫汤姆的一定会回来找的，毕竟他已经交了200美元的订金。

而此时，汤姆已经被医院诊断为植物人，他的家人也不知道汤姆已经预订了一张床垫。"蓝森林"家具店为了找汤姆，在店门口张贴了广告，又在当地报纸发布了消息，并希望知情者提供有关汤姆的线索，好让他将床垫领走。汤姆的处境使他的家人根本没有时间看什么报纸。他的邻居们更没有想到，遭遇了不幸的汤姆，在这之前还订购了一张床垫。事实上，这已经成了一桩悬案。

然而家具店和生产床垫的厂家坚持一定要等汤姆来领床垫，这是关乎信誉和诚实的问题。做生意怎么能不讲诚信呢？但事实是，汤姆不能来领床垫了，一切如石沉大海。

[①] 田耘：《一张无人领取的床垫——执著信誉的"奇迹"》，《中外管理》，2005年第8期，第48~49页。

汤姆订购的床垫放在家具店里1年了,依然没有人来认领。汤姆的床垫在店里放置2年了……还是那个老样子。又过了2年,厂家已经不再生产这种床垫了,汤姆还是没有来。其间商店和厂家为这张床垫又交换了几次意见,双方商定还是留下这张床垫。虽然事实上也许不可能有人来认领这张床垫,但道义上他们仍然选择了信守诺言。因为他们是美国知名的厂家和商店。

其间,家具店换过两次老板。接任时,前任都要领着接任者走到这张奇特的床垫前,说明几年前发生的事情,接任者也像他们的前任一样信守诺言。每隔一段时间,他们就会照样拿出一支粗笔,把床垫上几个已经模糊的大字再描上一遍:"订购人:汤姆"。他们不仅耐心地等待着汤姆,而且把这件事作为信守合同的义务让自己履行。蓝森林家具店的做法笨拙得让人感动。

谁也没有想到,7年之后,奇迹发生了,植物人汤姆苏醒了!他已经不记得从前的事了,毕竟已经过去7年了,但离他最近的一件事他还是想起来了,那就是7年前,他是在订购床垫回来的路上出了事。

家具店老板得知这一消息后十分惊讶,急忙派人去医院找汤姆。原来,7年前汤姆把订货单上的地址写错了,怪不得床垫送不到汤姆家里。

7年之后,家具店终于把床垫送到汤姆的家。店家是将床垫作为汤姆康复回家后的一个礼物送去的。这件事在全美引起了轰动。汤姆回家的那天,许多市民跑到街上,他们一定要抬一抬、摸一摸这张神奇的床垫。人们说,汤姆的苏醒肯定与这张床垫有关。他们不但认为汤姆的苏醒是一个奇迹,同时也认为:家具店7年来对汤姆的深情召唤功不可没。是上苍不肯放走汤姆,一定要他睡一睡这张床垫。

▶ **故事解读**

对一个企业而言,良好的信誉是最宝贵的无形资产,长期的经济诚信可以打造一个经济主体的信誉,而诚信的作风则是企业名誉的重要支撑。如果床垫是在另一个厂家生产、在另一个商家销售,或许这样有趣的故事就不会发生了。恰恰是因为它出身名厂又销于名店,才令它有所不同。名厂、名店之所以得以出名,和他们的诚信经营是密不可分的。马克斯·韦伯在《经济与社会》中早就提到"诚实是最好的政策"。信誉是无形的力量、无形的财富。拥有这样一诺千金的强大经营理念和人文主义精神的厂商和店家必定会在市场上占有一席之地。企业的诚信价值是未来经营的保障,深深烙刻在企业的名字中,与其说人们相信一家企业,不如说人们相信这家企业的信誉。普通的企业出售产品,一流的企业销售价值观。

你沉睡时,你忘记了它,但它却没有抛弃你。你醒来时,你记得它,发现它就在你眼前。它只是一张普通的床垫,却因为产自一家知名的公司,售于一家知名的商店而成为唤醒植物人汤姆的"神奇床垫"。其实没人能确切地知道汤姆是怎样被唤醒的,但是这张床垫却唤醒了社会的诚信。厂商和店家的坚持不懈,演绎了一则床垫唤醒植物人的趣闻。试想,在植物人汤姆被唤醒之后,将会为厂商和店家带来什么呢?经济主体的信誉一旦形成,将会产生强大而无形的吸引力。诚信是品牌经营的立足点,并且诚信度一定会影响企业今后的竞争。竞争的参与主体一定会尝到"种瓜得瓜,种豆得豆"的甘露与苦果。

▷ **公民采访**

采访者:听完这个故事您有什么感触吗?

受访者(李姓乘客,采访地点:虹桥机场):这个故事让我深受感动,如今能够为了一个只付了 200 美元订金的商品而坚守 7 年等待顾客的商家实在太少了。在当今社会,肯德基中有苏丹红、三鹿奶粉中有三聚氰胺、老酸奶中有皮革废料胶囊……如此罔顾道德底线的商家不胜枚举。作为消费者,希望能有更多的商家像"蓝森林"和"美像厂"一样,坚持诚信为本的经营理念,用诚信创造财富。

采访者:您觉得是什么原因让"三鹿奶粉""肯德基添加剂"这些事件频发?

受访者:现在有些企业目光短浅,片面追求眼前利益,在利益与道德发生冲突时,他们站在了正义的背立面。这些企业忽视诚信道德,不讲信誉,坑害消费者,不仅败坏社会风气,还影响社会和谐稳定,影响国家发展。对于有失诚信的企业,政府应该采取零容忍的态度,坚决抵制和惩处,绝不姑息。我们呼唤有良心、讲信誉的企业。

▷ **专家点评**

这是一个令人感动的故事,顾客没有因为长达 7 年的昏睡和失误丢失自己订购的商品,商家在 7 年里为寻找和保管无人认领的床垫花费了大量的精力,结局皆大欢喜。"故事解读"部分从正面分析了良好的信誉对于企业的重要性。"公民采访"部分则从反面说明失信给企业造成的损失。本故事典型性强,可用于企业诚信的案例教学。

▷ **延伸思考**

　　买卖可以是一种交易行为,也可以是一种交心行为。企业良好的声誉,来自其一点一滴的坚持与努力,来自其每时每刻的坚守与诚信。我们在经济生活中要想制胜,必须遵守诚实守信的原则,把顾客的利益放在第一位。北京同仁堂因注重诚实守信经久不衰,南京冠生园因"陈馅事件"申请破产,这两个正反相对的事例告诉我们,诚实守信是一切经济行为的基本准则,有之则兴,无之则衰。

故事 85 一毛钱的诚信

故事内容①

岛村芳雄是日本赫赫有名的富商,日本东京岛村产业公司及丸芳物产公司董事长。他是在几年时间内迅速富起来的,人们问他:"您在短时间内成为富商的秘诀是什么?"

岛村芳雄说:"诚信,我是从1角钱的诚信起家的。"

岛村先生原来是一个做小规模批发生意的普通商人。干了几年以后,他看到周围的很多商人都因为诚信博得了同行们的尊敬,渐渐体会到诚信在商业交往中的作用,就想出了一个赢得信誉的好方法。

日本渔民很多,麻绳是他们必不可少的生产工具。如果能够做麻绳生意,一定会很快富起来。他就决定做批发麻绳的生意。他先从一家生产麻绳的厂家进麻绳,每根麻绳的进价是5角钱,照理说加上运输费、保管费、搬运费,每根麻绳卖出去的价格肯定要高于5角钱。可是岛村却又以每根5角钱的价格将麻绳卖给了东京一带的工厂和零售商,自己不但一分钱没赚,还赔上了一大笔钱。1年以后,人们都知道有一个"做赔本买卖"的商人,这个人叫岛村芳雄,于是订货单像雪片一样飞到岛村的手中,他的名字也像长了翅膀一样飞到人们的耳朵里。

岛村找到生产麻绳的厂家说:"过去的1年里,我从你们厂购买了大量的麻绳,而且销路一直不错。可是我都是按进价卖出去的,赔了不少钱,如果我继续这样做的话,没几天就要破产了。"

厂商看到他给客户开的收据发票,得知果然是原价销售,便大吃一惊,头一次遇到这种甘愿不赚钱的生意人。厂商感动不已,考虑到现在向岛村订货的客户很多,于是一口答应以后每条绳索以4角5分钱的价格供应。

岛村又来到他的客户那里。很诚实地说:"我以前为了扩

---

① 瓦赫:《一毛钱的诚信》,《名人传记·财富人物》,2009年第11期,第89页。

> 大自己的影响,原价出售麻绳,到现在为止,我是一分钱也没赚你们的,但如若长此下去,我只有破产的一条路了。我刚从麻绳厂回来,他们决定每根麻绳给我让5分钱。你们是不是商量一下,也给我加一点。"他的诚实感动了客户,客户心甘情愿地把进货价提高到了5角5分钱。
>
> 这样两头一交涉,一条绳索就赚了1角钱。他当时有许多份订货单,利润相当可观。几年后,岛村就从一个穷光蛋变成了日本绳索大王。

▷ **故事解读**

在本故事中,如果说岛村芳雄的亏本买卖只是为了扩大自身的影响则不足为道,净赚1角钱也只是形势所迫不足为训,但最可贵的是他的诚信——对供应商和客户的坦诚无保留。他并没有因为订单过多就给供应商施加压力来降低原料的供应价格,而是坦白了自己用成本定价所带来的窘迫处境,使供应商都"感动不已"。他也向所有客户公开了自己的成本,没有设置任何差价,没有欺瞒,使得自己的顾客也"深受触动"。做亏本买卖,最后只赚1角钱的岛村芳雄,无疑是众多商人中的异类。他做了一件谁都可以做,但却没有人会做、没有人敢做的事。岛村芳雄创造的"原价销售术"看起来似乎有点傻,然而这正是大智若愚的体现:他知道信任比麻绳更赚钱,比黄金更可贵。他用坦诚相告获得了他人的信任和认可,赢得了财富和信誉的双丰收。诚信是一种可以"炼金"的高尚品质,这是它较为特殊的属性。信用卡、贷款等各种以个人信誉为基础的金融产品和金融活动,无疑都是将诚信作为资本的一种投资、盈利和消费。

在现代市场经济中,信誉是企业发展和生存的奠基石,信誉就是广阔的市场,信誉的高低决定了市场份额的大小。随着社会的快速发展,诚信的范畴不仅局限于道德规范,也成了为企业和商户带来经济效益的重要手段。且不论企业商家将"诚信"作为经营的筹码还是出于良好的商业道德,信誉保障都已成为现代企业发展的一个黄金守则。

▷ **公民采访**

采访者:请问您怎么看待岛村芳雄的举动?

受访者(沈姓商人,采访地点:某小百货店):对于供应商和客户,岛村芳雄都是以诚待人,以诚感人,赢得了他们的赞誉,在商业上也取得了巨大的成功。除了具备诚实的品格,他还兼具智慧与魄力,懂得诚信为本是经济行为的基本法则,并将该法则运用至极致。据我所知,日本的诚信文化氛围非常浓厚,社会信用体系比较完善,在这种文化背景下,岛村能取得最后的成功与供应商和客户对他的信任是分不开的。

采访者:您觉得诚信对经商是否重要?

受访者:当然非常重要!别看我的商铺门面不大,经营的都是一些百货商品,但都是明码标价,虽然是小本生意,但也绝对做到诚信经营。俗话说:店大欺客。大家都知道央视会在"消费者权益日"举办3·15晚会,曝光企业的非诚信经营行为,其中不乏工行、中国联通、路虎、东风日产等知名企业,虽然有些是经销商的个别行为,但如今的消费者重视企业信誉大于企业产品,这也为企业敲响了警钟。

▷ **专家点评**

岛村芳雄"1毛钱的诚信"故事的影响力和典型性不言而喻,充分验证了诚实守信品质在商海的魅力,彰显了"信誉比利润更重要"的道理。"故事解读"部分抓住了故事实质;"公民采访"部分内容得体、主旨鲜明;"延伸思考"部分能发人深思。运用该故事,可收见微知著、引领诚信之良效。

▷ **延伸思考**

岛村在经营之初使用"原价销售术"来赢取广泛的知名度和影响力,这期间他并没有获得利润,相反,他还赔上了一大笔钱。生活中的我们有时会因为一时的得失斤斤计较,甚至钻牛角尖,忽略了更长远的未来。如果太专注于眼前,那么必定会失去长远。

故事86 一名乘客的航班

故事内容①

有一天,一架英国航空公司波音747客机仅搭载了唯一的一名日本女乘客从东京飞往英国伦敦。在这趟历经13个小时、全程8 000英里、从东京到伦敦的飞行旅途中,她一人独享该机的353个飞机席位、六部电影、美味的食物和饮料以及6位机组人员和15名服务人员的周到服务。这位"特殊"的乘客是山本太太,她此前定了一张英国航空公司的经济舱机票。

英国航空公司的这架大型波音747客机由于技术故障,从成田机场起飞的时间要延迟20多个小时。为了不使在东京等候此班机回伦敦的乘客耽误行程,英国航空公司及时帮助这些乘客换乘,并提供给他们飞往伦敦较早的其他航空公司的飞机。有190名乘客欣然接受了英国航空公司的妥当安排,分别改乘别的班机飞往伦敦。但其中有一位日本的山本太太,说什么也不肯换乘其他班机,坚持要乘英国航空公司的008号班机。事实上,对于只有单个或较少乘客的行程,航空公司是不提供业务服务的,因为飞行管制的放松会导致天空更加拥挤,而且国际竞争的加剧也使航空公司的每一次飞行行程要保有较高的上座率。但是,英国航空公司为了守信用,宁可损失巨额费用,也为这一位乘客照常飞行。

那么这趟飞行行程对英国航空公司造成了多少损失呢?这架大型喷气式飞机的发动机大约每小时要燃烧3 000加仑的燃料,每加仑的成本大约是65美分,而飞机燃料成本通常只占整个飞行成本的1/5。据估算,这次只有1名乘客的国际航班使英国航空公司至少损失约10万美元。

"她可能得到了航空飞行历史上最划算的交易。"全球各大航空公司的贸易团体代表——国际航空运输协会的一位日内瓦官员大卫·基德如此说道。英国航空公司发言人约翰·

---

① 《For This Airline Passenger, Her Own Plane》,《纽约时报》,1988年10月27日,http://www.nytimes.com/1988/10/27/world/for-this-airline-passenger-her-own-plane.html。

> 西尔弗说:"这个行程原本有191名乘客,由于航班延误,除了山本太太,其他190名乘客接受了航班调整,乘坐其他航班前往伦敦。山本太太选择了等待和坚持。所以,我们非常高兴可以给予她最好的服务,这样的旅程应该是每一位乘客的梦想。"

▷ **故事解读**

英国航空公司成立于1924年,是全球最大的国际航空公司之一,每年搭载约3 600万名乘客。英航因秉承提供优质服务的传统而享誉盛名,这也是为什么这家接近百年的"老店"能够历久弥新,一直保持着世界优秀航空公司的地位。

论语有云:言必信,行必果。全世界有许多深受民众喜爱的"老字号"企业,综观其发展历程,重视客户、言出必行,是成功的秘诀之一。但凡一流企业的经营理念,都会将"诚信"两字纳入企业宗旨或守则,这一点英国航空公司也不例外。山本太太出于什么原因坚持不肯换乘其他航班,我们不得而知,但英国航空公司对客户的决定无条件地理解和服从为其赢得了广泛的赞誉。这样的守信行为见诸报端,一石激起千层浪,英国航空公司以客户为重,宁愿承担巨额损失也要履行承诺的诚信行为,必然在消费者中引起强烈的反响。可以预见,英国航空公司将会得到广大客户的愈加信任和认可,也会赢得大量潜在客户的青睐。

诚信有时候像是一种神奇的、看不见的力量。它拥有"相互作用"的特质,你待我真诚,我便给予你信任,正所谓投之以桃,报之以李。国际航空运输协会的高级官员说,山本太太可能是得到了航空飞行历史上最划算的交易,对于英国航空公司来说,又何尝不是呢?虽然这一次的行程损失近10万美元,但所换得的美誉是无价的。有时候,诚信会让一个人成为最大的赢家。

▷ **公民采访**

采访者:请问您怎么看待英国航空公司的这一举动?

受访者(张姓机场管理员,采访地点:虹桥机场):英国航空公司的这一行为真正做到了经营以诚信为本,以顾客为本。曾经,纽约有位叫奥莱利的男子也遇到了类似的事件,他所搭乘的飞机由于天气原因长时间延误,当他登机时发现只有他一位乘客。由于达美航空公司的失误,遗漏了给奥莱利的改签,虽然通常情况下,航空公司会取消大量空余座位航班,但这个航空公司依旧坚持将仅有的一位乘客送抵纽约。虽然航空公司的工作存在失误,导致奥莱利没有能够改签,但他们坚守诚信理念,不因为只有一名乘客而取消航班的做法值得敬佩。我想,不仅是企业,为人处世同样如此,一旦有所承诺,我们就要努力实现对他人的许诺。

▷ **专家点评**

　　本故事讲述了一家全球著名国际航空公司宁可亏损10万美金也要履行飞行义务的故事,看似愚蠢、不可思议,实则极具人生启迪,传播着信誉高于一切的正能量,彰显了一个朴素的道理:只有守信,眼前小损失才能换得未来大回报。"故事解读""公民采访"和"延伸思考"部分都言简意赅,把握准确。

▷ **延伸思考**

　　人生也是一场航行,我们有时是乘客,有时候是航空公司。我们没有办法决定作为乘客时,航空公司该怎么做,但我们可以决定在作为航空公司的时候,为乘客做些什么。保持真诚的品质和高尚的品格,给他人以最大的包容和善待,就是在为自己创造巨大的财富。

故事 87　让拾金不昧者成为明星

故事内容[①]

　　为了测验澳洲百姓的道德水准并鼓励好人好事，澳大利亚国民银行设计了一系列有趣的"恶作剧"测验，并将整个过程秘密拍摄下来放到网上。据英国《每日邮报》网站的消息，其中一个测验是在一家购物中心进行的，测验内容是：工作人员在商场门口"意外掉落"一副太阳镜，看顾客是否会将太阳镜送到失物招领柜台。

　　拍摄的视频显示，几名好心人看到后纷纷将眼镜捡起，并主动送到了失物招领柜台。对于这样的善举，工作人员所做的并不仅仅只是简单地表示感谢，他们还询问了这些好心人的姓名，失物招领处的相机拍下了他们的头像。这些好心人的名字和照片会随即出现在购物中心的各个角落，如书报亭的通告栏、电子广告牌、模拟电视新闻报道中，甚至会印在某款蛋糕的脆皮表面上。

　　当自己的名字和头像出现在书报亭前或者广告屏幕上时，这些刚离开失物招领柜台的好心人看上去相当吃惊，很快他们就发现每走几步就可以看到自己的照片，而且还有大量"你是一个好心人""诚实理应得到鼓励"的字样。

　　身穿玫瑰红开衫的玛丽娜在一个朋友的陪同下，到失物招领处交还墨镜。她们并不知道，柜台后面身穿黑色制服的工作人员参与这项测试。工作人员请交还失物的人留下姓名，还有人在后方趁机偷拍下玛丽娜的头像。玛丽娜想不到的是，自己将经历一连串的"惊喜表扬"。视频中，她开始逛商场，突然发现自己的头像出现在电子广告栏中。广告栏上打出"这是诚实的最新面孔吗？"的大标题。再往前走，玛丽娜和朋友在蛋糕店展出的大蛋糕上看到了自己的头像和名字。目瞪口呆之余，朋友对她说："你成明星了！"接着，一个超大屏幕电视播出的"今日头条新闻"中出现玛丽娜的头像，播音员一

[①]《善举理应鼓励！澳洲银行创意举动让拾金不昧者成明星》，中国日报网，2012 年 7 月 9 日，http://www.chinadaily.com.cn/hqzx/2012-07/09/content_15559989.htm。

脸严肃地播报玛丽娜送还失物的"新闻"。

购物中心的故事是系列视频《诚实应有回报》中的一个。澳大利亚国民银行的另一个测验是在墨尔本街头一家咖啡店进行的:店员"忙中出错",多找给每位顾客5澳元。结果,所有顾客都还回了多找的钱。接着,店员改变策略,开始对顾客们出言不逊,如冲一名着装讲究的年轻男士说:"如果你继续喝摩卡咖啡,将穿不进现在的西装。"尽管这样,还是有91%的消费者归还了多找的零钱。

还有一组取景地点设在悉尼街头。工作人员把一个装满现金的钱包"落"在街上,尽管没有设立失物招领处,捡到它的人中,88%尝试找到失主。当人们一头雾水时,工作人员现身,献上鲜花。他们恍然大悟,这场"善意的恶作剧"完美落幕。视频最后是打着"诚实应有回报"的字样,其中"诚实"用红色显示,格外醒目。据英国《每日邮报》报道,宣传片被上传至视频共享网站 YouTube 后,火爆一时。

▷ **故事解读**

本故事中,为测试百姓的道德水平,澳大利亚国民银行通过预设的场景拍下普通市民"拾金不昧"的过程,把视频收进最新制作的宣传片,通过大屏幕播出,以此回报、鼓励诚实的好心人。俗话说"不以善小而不为",诚信无小事,小其实是事物的根本,所谓见微知著,微小的,甚至不经意的举动,往往能够透露出很多重要的信息。澳大利亚国民银行以这种隐蔽的方式记录着真实的事件,不仅让这样的诚信行为显得真实可信,让守信者受到心灵的震撼,更可以让现场的路人和电视机前的观众深刻地感受到善良而美好的诚信行为就在自己的身边。善乃诚信之源,人之善,在举手投足之间,在一笑一念之间,"拾金不昧"无关财富多少、价值大小,都是大德大道。

通过澳大利亚国民银行的系列视频《诚实应有回报》中的测试,我们可以看出,不论是商场墨镜测试、咖啡馆5澳元找零测试还是街头钱包丢失测试,澳洲有着自律、亲善、诚信氛围浓厚的社会环境,百姓的道德修养水平较高、诚实可信。这种环境给人的影响是非常之大的。为诚信者提供良好的制度设计、营造良好的社会环境,诚信者获得认可,诚信者通过自己的善行更好地感染他人,能使整个社会获得更多的正外部效应。如此往复,社会就会存在一种美德衍生美德的良性循环,让诚信之美蔚然成风。

人们的道德品性来源于日常生活和长期形成的处世之道,诚信不仅关乎个人的道德修养,更会影响社会公德的整体水平。泱泱中华乃礼仪之邦、信义之邦。中国是世界文明的发源地之一,我们曾创造出无数辉煌灿烂的古代文明,尤其是在道德修养方面。虽然随着社会发展变革,受经济利益的驱使,诚信缺失的现实案例充斥在我们身边,但我们绝不能遗失掉先辈流传至今的宝贵诚信品质。

▷ **公民采访**

采访者:这是一个"拾金不昧"的故事,在您的身边有没有发生过类似的"拾金不昧"的事情呢?

受访者(李女士,采访地点:上海地铁9号线宜山路站):有的,就发生在我自己身上。

采访者:详细谈谈可以吗?

受访者:去年冬天,我的孩子生病了,我带他去医院看病。在候诊时,我发现孩子的座位底下有一个皮包,打开一看,里面竟然全是百元大钞,我数了数大概有5万元左右。我的第一反应是这很有可能是别人的救命钱,便立即向医院的工作人员反映了这件事,我们随即一起去找失主。找到失主后,他对此非常感激,我也因为这件事上了报纸。其实这就是一件小事,但当时反响挺大的,单位领导还特意开会表扬我。我想在当时的情况下,很多人都会像我那样做的。做这样一件好事能够鼓励更多人做好事,我感觉非常开心和值得,就像澳大利亚国民银行所设计的实验,这不仅是对公民的诚信素养进行的测试,更是对诚信行为的大力宣扬和赞美,让"诚实理应得到鼓励""诚实应有回报"惠及更多的人。

▷ **专家点评**

这是一组澳大利亚国民银行通过系列诚信测试倡导"诚实应有回报"的诚信故事,颇具生活情趣和人生启迪,传播着好人应有好报的正能量,彰显了朴素的道理:诚信理应得到鼓励,不能让诚实守信的好人吃亏。"故事解读""公民采访"部分言简意赅,把握准确,而"延伸思考"部分则更具深度。

▷ **延伸思考**

本故事中的人们是善良而美好的,但是在我们的生活中,却也出现了"扶不起""不敢扶"等面对老人摔倒无所适从甚至避之不及的情况。是老人们诚实守信的美好品行都隐藏起来甚至消失了吗?还是像一部分人说的"坏人都变老了"?捡起眼镜只是一件小事,当你面对重大的利益时,你又会如何抉择呢?尤其是当不会有人知晓的时候,你还会放弃眼前的利益吗?其实很多时候,诚信的行为并不是为了外界的肯定,而是为了内心的安宁。

故事 88　在"无人超市"体验美式信用

故事内容[①]

在大洋彼岸的美国,无人收银已经在超市中推广。美国的"无人超市"如何操作？公民的社会诚信又是通过什么来维系和制约的呢？

(一)越开越多的自助付款通道

美国超市的自助付款方式已经存在三四年了,现在的大型超市基本上都有两条通道：一条通道仍然保留人工的收款方式；而另外一条通道则完全采用自助付款的方式。特别是在市中心的一些超市,由于人流量非常大,通过人工扫条形码和收钱根本忙不过来,因此在这些超市往往会开通十几条自助付款的通道,而仅保留一两条人工收款的通道。

自助付款,就是所有物品由自己扫描。不单单对有条形码的物品进行结算,没有条形码的物品,如散装的水果、蔬菜,同样也能够通过自助通道付款。

对于需要称重的散装物品,首先要自行确定你购买的是什么,如是香蕉还是樱桃,是美国加州樱桃,还是美国黑樱桃。当你在电脑屏幕上确认所显示出来的物品名称就是篮子里的物品之后,和电脑连接的电子秤会帮你计算选购的商品重多少、需要支付多少钱。

扫描或者称重之后,必须把东西放到旁边的台面上。台上放着一圈塑料袋,以便放置所购物品。台子下面有感应器,所购商品如果扫描完或称量完不放到自己的购物袋子里去,机器就无法继续操作。

所有东西都扫描完后,接着就是付账,刷信用卡或付现金都可以。机器接着会提示拿购物清单,然后所有商品自动消磁,此次超市购物便结束了。

(二)失去信誉比失去财富更可怕

参与信用测试的北京便利店,周六晚上11点过后,当工作人员在关门盘点商品时,一位外国顾客特意赶了过来。

[①] 王一:《在"无人超市",体验美式信用》,《解放日报》,2015年6月15日。

故事 88 在"无人超市"体验美式信用

原来他发现白天自己在这个"无人超市"少付了 5 元钱,所以深夜回到超市坚持要把钱补上。

这或许让人有些意外,但在美国,这是常事。说实话,当你购买了一推车东西之后,走自助通道付款时,多算一件少算一件根本看不出来。不过几乎没有美国人选择少算。要不然,美国超市也不会把自助消费的通道越开越多。很明显,自助消费所带来的超市劳动力成本的减少要远远大于超市的损失。

为什么美国人不那么干?

这自然与美国人重视诚信有一定关系。长久以来,美国都流传着这样的一个说法:"一个人可以失去财富、失去职业、失去机会,但万万不可失去信誉。"

但光靠道德自律,并不能解决所有问题。美国的超市如同中国和世界各地所有的超市一样,都会安装常规的电子防盗系统,超市出口的"检查门"都是非常灵敏的电磁感应器,几乎未付账消磁的所有物品都逃不了它这一关。超市偶尔会发生一两件忘了付款或不想付款把商品带走而被"检查门"拦下的事情,商家一般会让顾客退回收银台重新结账了事,不会动辄报警,更不会"私设公堂"对涉事顾客进行侮辱或搜身。

然而,对于情节恶劣的小偷,商家发现后首先会取证,然后报警交送警局处理。各州和市政府对这种行为的量刑有所不同,但是一般来说会根据被盗窃物品的价格来定罪,如果价格超过 1 000 美元,在有的州就会被视为是盗窃刑事罪,在有的州会被抓捕起来坐牢。如果价格还不到 100 美元,有的州就会将此界定为城市骚乱性行为,仅仅在记录上增加污点,名声会因此败坏。面对这种高昂的代价,理智的人一般不会愿意因为几件小商品而悔恨终生。

▷ **故事解读**

"无人超市"在当代美国不是什么新鲜的事物。在这个故事中,人们在"无人超市"中自助称重、自助扫描、自助付款,每个行为都与诚信息息相关,为什么美国的无人超市可以运行得如此秩序井然?

据了解,在美国,成熟的"无人超市"不是简单地撤掉营业员、代之以一套自助结账设备就能建立起来的,在有形的超市背后有着一套无形的、完备的个人信用体系和完整的监管体系作支撑。如果信用记录有了污点,那么在美国无论是贷款买房、找工作,还是办信用卡,甚至付水电费都会变得特别困难。

花旗银行副总裁汪劲先生曾经说过这样一席话:"坑蒙拐骗与其说是道德问题,还不如说是个人信用体系问题。因为道德概念很抽象,而信用体系是以制度为基础的,没有信用制度,缺乏约束,美国人一样不会讲信用。如果一个美国人坑蒙拐骗,那么他就会有不良的信用记录,这个记录可能断送他一生的经济生命。"因此,美国人一般都会把信用记录看得比自己的生命还要重要,因为信用污点对一个人今后的工作、生活,甚至发展都会带来很大的负面影响。

▷ 公民采访

采访者:请问您认为"无人超市"有哪些便利?

受访者(李姓女大学生,采访地点:松江大学城):"无人超市"主要可以加快收费速度,提高收费效率;对于超市而言,实行机器自动化,可以减少劳动力成本,有利于加强企业管理。而中国人口众多,则更加需要这样快捷的超市货物结算方式。

采访者:"无人超市"在中国是否可行?

受访者:我认为"无人超市"在中国可行。首先,从消费者需求方面分析,由于我国人口多达13亿以上,方便快捷的自助付款通道更加符合人们的需求;其次,随着国民教育水平的整体提高,公民素质也随之加强,加之有银行信用卡的信用记录监督,更提高了"无人超市"在中国的可行性。

采访者:您是怎么看待美式信用的?

受访者:我觉得美式信用就如美国这个国家目前在全球的地位一样,值得其他国家的人学习。我们都知道,美国人使用信用卡是比较早的,因此他们的信用体系培养了他们的诚信意识,所以他们的诚信意识也比较强,这种诚信意识同样值得我们学习。

▷ 专家点评

这是一组"无人超市"考量着社会诚信度的诚信故事,揭示了"一个人可以失去财富、失去职业、失去机会,但万万不可失去信誉"的道理,传播着信用比自己生命更重要的正能量。"故事解读"部分说理透彻,"公民采访"部分条理清晰,但有妄自菲薄之嫌,"延伸思考"部分颇有见地。

▷ 延伸思考

从美国"无人超市"运行的成功经验来看,我国要想效仿,首先需要完善个人征信体系,并对引起信用污点的行为建立一定的惩戒机制。从一定程度上来说,我国开设"无人超市"的技术环境正在一步步成熟。随着物联网、人脸识别等技术的进一步使用,免除了现金交易带来的找零等繁琐环节,自助交易将成为未来的大趋势。更有积极意义的是,起着支撑作用的个人征信体系同样正在逐步完善。未来,个人的QQ和微信使用情况、网上购物行为都或将成为评价个人信用的重要维度,从而影响个人信用贷款、购物消费等。

故事 89　两 张 月 票

故事内容[①]

在日本有着20多年公司工作经历的徐女士对日本的一切似乎都习以为常，但那天我们一起聊天，她还是给我讲了一个让她感动不已的故事。我听了扪心自问：我能做到吗？做不到！我周围的人能做到吗？大概也做不到吧。但日本就有这样的人！

徐女士娓娓道来……

某大公司部长高尾先生家住神奈川县的大矶，每天乘电车通勤到东京新桥上班。

日本的地铁、电车等公共交通大都是按段计费的，就是说坐的距离越长票价越高，月票也是如此，不同段长的月票价格也不同。

那天下班后，我和高尾先生约好要到东京站附近的一家餐馆聚餐。在新桥车站，我（徐女士）正打算购买两张去东京站的电车票，高尾先生拦着我说，他的那张不用买了，他有月票。"咦！你怎么会有东京站方向的月票？"我不禁问。

从高尾先生家住的大矶到公司所在地的新桥，有"东海道线"直通电车，按理说他有这段线路的月票是正常的，但怎么会有从新桥到东京站的下半段线路的月票呢？

原来，年近六十岁的高尾先生患有腰椎间盘突出，时常犯腰痛，为了能在始发站坐上有空座儿的电车，每天下班后他先由新桥站向相反的方向坐到终点东京站，然后再乘始发车（有空座）回大矶。高尾先生的这第二张月票就是为了乘坐这段车买的。

高尾先生就是那典型的"马鹿正直"日本人吧。我对东京的交通了如指掌。"东海道线"全线各站是通联的，日本有轨交通的验票系统只是确认你进站和出站而已，只要不出站你可以乘坐线内的任何列车，到任何站台。高尾先生

[①] 江冶：新华网，2014年8月28日，http://news.xinhuanet.com/world/2014-08/28/c_126929428.htm.

在东京站不用出站台,转乘一列有座儿的列车回大矶没有什么不妥。他有一张由大矶到新桥的往返月票足矣。没有必要再另买一张月票呀。这就如同我们坐地铁环线从崇文门去西直门,先向相反的方向坐到北京站找个座再回头坐到西直门。

可是,高尾先生就不愿意做那样占便宜的事,尽管在日本也不乏很多日本人那么做,而且也无人指责这有什么不好,但他就是认定那是一种不诚实的行为,既然是按段付费,乘坐了多远距离就该付多少钱。

我想,高尾先生一定是在一个"不撒谎"的环境中长大的,以至于都这个岁数了还那么"洁身自好",而且,把明明白白做人、老老实实做事变成为一种"自觉",不需要谁去监督,也不需要给什么人看。

末了,徐女士对我说:"若不是有这么一次聚餐,我还真不知高尾先生有这么一种品质。"

▶ 故事解读

很多人都有乘坐电车的经历,对电车票价的结算方式应该很清楚,即按照路程长短来计价,一般都是以进站和出站为准来计算票价,日本的电车也不例外,也是按段计费,故事中的主人翁高尾先生如果是所谓的"聪明人",完全可以利用这种电车计价方式,不买新桥往返东京的月票,可高尾先生就不愿意做那样的事,他认为那是一种不诚实的行为,既然是按段付费,乘坐了多远距离,就该付多少钱。

高尾先生是在完全没有监督的环境中作出的这样令人赞赏的诚信行为,也许他暂时为此多支出了一些金钱,在东京站出站还多付出了一点时间,但是他作为一名职场人,想必在工作中、生活中也是如此诚信待人、诚信做事的,了解他的人一定会给予他更多更好的发展机会,这就是诚信给人带来的无形资产。

▶ 公民采访

采访者:您是否赞赏高尾先生的这一行为,为什么?

受访者(段姓女大学生,采访地点:松江大学城):我觉得高尾先生的行为是让人敬佩的,因为在如今的社会,很少有人像高尾先生一样有着高度的自律,而是往往去钻法律、规章的空子。看完这个小故事,或许大家会认为高尾先生大可不必多买一张月票,照样可以达到自己的目的。可是正因为高尾先生有着"洁身自好"的品质,不愿意占便宜,尽管这种行为不被别人认可,他依然坚定地做自己。

采访者:上海地铁有人逃票吗?您认为逃票的原因有哪些?

受访者：平时乘地铁时常会看到有人逃票。我认为逃票的原因集中体现在：上海的交通费用很高，采用按段计费的方式，最少3元，多的达10多元，对于住在郊区，每天都需要往返两地上下班的人来说，的确是一笔不小的花费；上海是一线城市，消费水平高，导致生活成本很高，逃票可以稍微减少每日的开销；地铁的进出站通道设施比较简单，导致逃票很容易；还有一些人逃票纯粹是为了寻求刺激。

采访者：通过这个故事，您对诚信有哪些新的认识？

受访者：诚信应该从小事做起，虽然小事往往被人们所忽视，但它却能够体现一个人最细微、最真实的内心，要想成为一个真正守信的人，就必须把握好生活中的琐事；诚信是一种高度的自律行为，能不能做到守信，是由自己决定的，并且由自己承担后果。不管别人是否讲诚信，自己一定要做到"洁身自好"，不能被别人的行为所影响。

▷ **专家点评**

该故事通过自己的亲身经历，讲述了日本高尾先生看着便宜不占，放着空子不钻，坚持用两张月票乘坐只需一张月票的电车的经历，揭示了诚信比智商更重要的道理。高尾先生看似很傻，但他坚守的是实实在在的诚信。本故事告诫我们：诚信需要自律，贵在自觉。

▷ **延伸思考**

随着城市现代化建设步伐的加快，目前国内很多城市都有地铁，虽然车站有工作人员和志愿者监管，但仍存在逃票现象，国人素质的提高仍然任重道远。我们要实现中国梦，建设富强、民主、文明、和谐的社会主义现代化国家，除了加快科技进步，在精神文明建设方面仍需努力。

故事 90

美国大学生看电影学诚信

故事内容[①]

美国电影《欲盖弥彰》讲述了这样的故事：一个25岁的年轻记者，在3年间发表了数十篇具有影响力的报道，俨然成为一颗正在冉冉升起的新星。然而背后却隐藏着令人震惊的事实——他其实是一个靠编造假新闻来愚弄读者、获取荣誉的骗子。

密西西比州州立大学有一个名为"学术诚信周"的活动，这项活动每年都会从10月29日持续到11月1日。在2012年的"学术诚信周"期间，该校为大一新生安排了一系列活动，其中电影之夜就是对这部影片的欣赏。

美国大学针对大学生的学术诚信教育还有哪些？

（一）荣誉守则印在试卷上

美国许多大学都会建立自己的荣誉守则。

从大一新生入学开始，大学便会要求其在荣誉守则上签名，作出学术规范的保证。例如，普林斯顿大学为了降低学生的学术道德不规范行为的发生概率，在新生报到时便会发给每名大一新生一封信，告知若其在信上签名，将被视为已理解并信守对荣誉守则制度的承诺，不签署此承诺书的大一新生，不得注册入学。

在美国大学的荣誉守则中，有的荣誉誓言是对科研成果为自己独立完成的保证，有的是专门为督促学生独立完成作业而拟订的。例如，田纳西大学的学生荣誉誓言是：田纳西大学的一个根本特点，就是有责任保持知识纯洁和学术诚实，作为大学的学生，我发誓在学习研究中既不向他人提供也不接受他人任何不适当的帮助，以此誓言声明我个人对学术荣誉的义务。这段誓言不仅写在学生日常行为条例中，还印在学生试卷的封面上，作为试卷的一部分。爱荷华大学针对学生的作业完成过程制定的荣誉誓言是：我保证此课题作业成果

[①] 麦可思：《美国大学生看电影学诚信》，《北京日报》，2014年9月24日。

为我本人完成,没有欺骗、剽窃、伪造、虚假及违反其他任何学术规范的行为,我清楚不遵守这个承诺将导致零分成绩,并被通告系主任与学术事务部门。

根据美国学术诚信研究学者的一项统计,制定了荣誉守则的学校的考试欺诈行为,要比没有制定的学校少 1/3～1/2,书面作业中的欺诈行为要少 1/3～1/4。

(二)《诚实做学问》列入必读书目

针对有些大一新生可能不了解,甚至从未认真读过学生学术规范条例的情况,美国一些大学会在开学不久举办多种多样的活动,强化对大一新生的学术规范教育。宾夕法尼亚大学从 2000 年 10 月开始,每年秋季开学之际都会举行一次"学术诚信周"活动,让每名大一新生在签署保证书的时候阅读该校的学术诚信条例。芝加哥大学将该校教授查尔斯·利普森的书《诚实做学问》列入大一新生必读书目。书中从具体实例入手,讨论普遍存在的有意或无意的不诚信行为。

美国一些大学还创办了学术规范刊物,向全体学生介绍学校对学术规范的具体要求、目前学校学术规范的状况等情况。康奈尔大学在学生学术规范条例中,对如何使用互联网信息进行了明文规定,杜克大学也要求大一新生在注册前,要完成关于禁止网络剽窃和抄袭的线上辅导课程。普林斯顿大学则在其网站专门设立了一个网页,对此进行详细的举例说明。

▷ **故事解读**

在美国大学的荣誉守则中,有的荣誉誓言是对科研成果为自己独立完成的保证,有的是专门为督促学生独立完成作业而拟订的,有的大学每年秋季开学之际都会举行一次"学术诚信周"活动,让每名大一新生在签署保证书的时候阅读该校的学术诚信条例。还有的大学创办了学术规范刊物,向全体学生介绍学校对学术规范的具体要求、目前学校学术规范的状况等情况。所有这些都是美国大学对学生学术诚信作出的努力。事实证明,这些努力取得了显著的成果,正如原文中所列的数据:"根据美国学术诚信研究学者的一项统计,制定了荣誉守则的学校的考试欺诈行为,要比没有制定的学校少 1/3～1/2,书面作业中的欺诈行为要少 1/3～1/4。"这些数据都有力地证明了美国大学关于学术诚信的措施是得当的、有效的。在我们国内目前学术失范行为屡禁不止的情况下,我们如何有效参考、借鉴这些好的做法、经验,做到本土化,进而净化学术环境,还学术殿堂一个纯净的土壤,都是需要我们思考的问题。

▷ 公民采访

采访者:据您的了解,针对大学生的诚信教育举措都有哪些?

受访者(于姓女大学生,采访地点:松江大学城):主要有如下举措:通过开展诚信教育演讲,大力弘扬讲诚信的美好品质;通过社会实践活动进行教育,让大学生亲身了解守信的得与失;通过授课的形式进行教育,将学生的信用情况用分数进行比对;实行奖惩制度,对于考试作弊等行为严重的情况,采取有效的措施去纠正学生的错误。

采访者:您认为大学生诚信教育的关键是什么?

受访者:让学生亲身感受、体验失信所带来的恶果,只有当他们真正领略到守信的重要性,才会努力去践行讲诚信的好习惯。例如,我校在每次考试之前,都会让学生签署一个考试承诺书,保证考试不会作弊。可是一旦学生违背了承诺,那么学校就只能按照学校规定取消其学位证书,这个处罚还是很残酷的。所以为了不食恶果,学生一般不会做出不诚信的行为。

采访者:您认为大学生守信是否重要,为什么?

受访者:我认为大学生守信非常重要。大学生是当代新青年,是祖国的未来,守信是中华民族的传统美德,自古以来,守信之人方能成大器,对社会作出很大的贡献,成为被社会认可的人,所以,大学生只有守信了,才能在未来的道路上走得更远,才能对祖国有利。

▷ 专家点评

这是一组讲述美国大学运用反面典型和正面教育方式引导学生坚守考试诚信和学术诚信的故事,其反面典型告诫人们:人在做,天在看;聪明易被聪明误,多行不义必自毙;失信代价惨重,因为"出来混就得还"。给我们的启发是:美国大学极为重视诚信教育,其教育方法和具体举措值得我们借鉴。

▷ 延伸思考

据了解,在我校新生入学教育时,学校也会采取多种方式对学生进行诚信教育。在学生的考试试卷和答题纸上,都印有学校"信以立志、信以守身、信以处事、信以待人、毋忘'立信'、当必有成"的校训。在学生考试之前,辅导员也会再次强调必须诚信考试以及考试作弊的后果等。这些做法都对学生产生了潜移默化的影响,产生了良好的效果。

宽容的诚信氛围拒绝谎言

故事内容①

令我信服和感慨

我曾携父母去曼哈顿参观"无敌"号航空母舰,买票后走出人群,突然想到老人可能有优惠票,忙返回询问。售票员小姐闻讯赶紧一面赔不是,一面按老人优惠将余款退还。她并不查看任何证件,甚至也不去打量二老是否真老,其所奉行的恰是一个"信你"原则。

有一次,我去某大商场复印一本书,印完200多页去结账,收银小姐并不查验所印页数,只凭我自己报的数字收款,没有人怀疑我会虚报少交。

我的一个朋友跟我说起这样一件事:他刚到美国时,有一次开车经过一个十字路口,没有红绿灯,但在路口竖了一块写着"停"(STOP)字的交通指示牌。他没停下来,结果被藏在树荫下的警察逮个正着,开了个100多美元的告票。他当时没当一回事,也没去交罚款。警察局把他告上了法庭。开庭时,执勤的那个警察到庭作证。我那朋友辩解说,没看见标志,说那标志被树叶挡住了,加上他的眼睛有点色盲,对红色不敏感,所以就没看到"停"字。法官就相信了他的话,把告票撤销了,还对那警察说,你认为写这张罚单合适吗?

放心邮递

分检信函实现自动化的美国邮局,却对五花八门的信封来者不拒,小到巴掌大、大到4开报纸的信封,我都收到过。我在美国先后冲印过近20卷胶卷,全部是用信封寄出并收回的,尽管信封里只装了一两只胶卷,简直有些滑稽。由于既可以省去到超市送取胶卷相片的麻烦,又能节省些费用,很多美国人都喜欢用这种方式洗印照片。

不仅信封五花八门,信封内还常常包含着很重要的东西,如驾照,这是美国除了公民证、绿卡之外最硬的个人证件,因为通过驾照上的资讯,警察可以从计算机上调出包括你出生、

---

① 光明网,http://www.gmw.cn/01wzb/2007-11/25/content_702041.htm;原载《海外星云》,2007年10月下。

国籍、住址、社会安全号在内的一切个人记录。如此重要的驾照，也源自一封无须签收的邮件。诸如此类的还有银行支票、汇票、银行卡、信用卡、借书证、账单等。

美国的家庭信箱，通常竖立在马路边上，且均不上锁，邮件往往放在里面等候邮递员来取。1年内我先后寄出约50张付账的支票，张张安全到达对方手中。

诚信是双方的

在美国去各大小商场购物，出口处少有检查或防盗装置，更少见到把门的保安。商场总是竭力避免任何对顾客不信任的痕迹，即使有人监视，也会非常隐蔽，常常是挂一而漏万。在美国偷盗犯罪成本是相当高的，哪怕是偷一件小东西，一旦败露，这个记录将跟随你终生。

诚信是美国人立身之本。他们不骗人，并不是天生的，而是因为健全的信用制度。如果不讲信用，一个人在社会上就难以立足。比如，如果某人在经济活动中有过欺骗行为，他不但无法按揭买房、买车，而且工作不好找、租房也难、连买保险的保费都要比别人高很多。他的经济行为都在计算机里有记录，把他的社会保险号码输入资讯库一查，对他就知根知底了。

正因为诚信在美国如此重要，撒谎对美国人来说就是件大事，如克林顿的拉链门事件，独立检察官斯塔尔紧追不放的不是总统的婚外情，而是克林顿向全国人民撒了谎。

▷ **故事解读**

这则故事用三个独立的小故事讲了美国人的诚信，第一个小故事叫"令我信服和感慨"，讲的是笔者在美国携父母去曼哈顿参观无敌号航空母舰时，售票员对笔者的父母年龄毫无怀疑之心，允许其享受老人优惠票；去商场复印图书，结账时，收银小姐并不怀疑笔者自己报的数字；法庭上，法官相信被告对自己行为的辩解等。第二个小故事叫"放心邮递"，讲的是美国邮局不仅对信封的规格要求低，而且无论多么重要的东西都可以通过邮局邮寄，且从来没有出现过差错。第三个小故事叫"诚信是双方的"，讲的是美国无论大小商场，出口处少有检查或防盗装置，更未见到把门的保安，对顾客予以最大的信任。故事的最后也点出了美国人讲诚信的成因，是"健全的信用制度的要求"。如果不讲信用，一个人在社会上就难以立足，不但无法按揭买房、买车，而且工作不好找、租房也难、连买保险的保费都要比别人高很多。他的一切社会行为都将受到约束。这也给我们国家的诚信建设提供了很好的借鉴。

故事 91 宽容的诚信氛围拒绝谎言

▷ **公民采访**

采访者：我们的超市一般都安装有摄像头，出口有保安把门，检查购物小票。您听了这个故事后，对我们的超市安装有摄像头、出口保安检查购物小票是怎么看待？

受访者（赵姓女大学生，采访地点：松江大学城）：我自己习惯了我们超市的做法，因为我不会偷盗商品，所以我也没有不自在。但听了这个故事，再想想，为什么我们的行为要受人监控呢？这种不信任别人的行为会不会带来相反的效果呢？不得而知。但考虑到我国信用制度的现实情况，国内超市也只是不得已而为之，毕竟超市偷盗事件也屡有发生。

采访者：您认为故事中美国人的诚信是怎样养成的？对我国的诚信建设有怎样的借鉴？

受访者：故事中也有提到，美国人讲诚信并不是天生的，而是受到美国信用制度的约束。我认为美国人的诚信主要归功于信用卡的广泛使用，一旦你不能做到按时还款，那么你的失信行为则会伴你终生，这个成本对他们来说是相当高的。而我国却没有如此健全的信用制度，一个人的失信行为只要不是太严重，那么他就不会受到社会的惩罚。久而久之，只要失信能够让他获益，不诚信行为就会永远存在，由此可见，信用制度的完善至关重要。其实我们现在已经看到，国家和社会对诚信建设已经越来越重视，在诚信制度和管理上的举措已经越来越多。

▷ **专家点评**

这是一组中国公民在美国亲身经历的诚信故事，讲述了既被人信任，又信任别人的相互信任的愉快感受，揭示了美国成为世界超级强国的真正秘诀之一——诚信。同时告诫人们：诚信品质固然重要，信用制度和信用体系则更是保障。启发我们：建设社会主义文化强国，诚信品质、制度和体系都要加强。

▷ **延伸思考**

这篇"宽容的诚信氛围拒绝谎言"，令人想到了国内公民办事常被要求开具的奇葩证明，诸如"（无）婚姻证明""（无）犯罪记录证明"等，从一定意义上讲，这样的证明承载的是一个人的诚信，让第三方开具证明，即以证明的形式给当事人的诚信状况作担保。这样的话，我们不禁要问：除了种种证明以外，还有没有更好的体现诚信的方式？是否应该把每个人都假定为不诚信，要求其开具种种证明，即便这样做会让人们感到厌烦？由此我们可以看到，美国健全的信用制度给人们生活带来的便利。而我国废除奇葩证明最根本的做法是尽快建立和完善社会信用体系，对不诚信行为加大惩处力度，让所有人不能造假、不敢造假，每个人必须对个人提供的信息负责。如果能把社会信用体系建起来、用起来，一定可以节省社会人力、物力等诚信成本，形成整个社会诚信意识不断增强的正态循环。

故事 92

在德国逃票之后

故事内容①

在德国,一些城市的公共交通系统的售票是自助的,也就是你想到哪个地方,根据目的地自行买票。没有检票员,甚至连随机性的抽查都非常少。一位中国留学生发现了这个管理上的漏洞,于是,很庆幸自己可以不用买票而坐车到处溜达,在几年的留学生活中,他一共只因逃票被抓过3次。

毕业后,他试图在当地寻找工作。他向许多跨国公司投递了自己的资料,虽然这些公司都在积极地开发亚太市场,可他都被拒绝了。一次次的失败,使他愤怒。他认定这些公司有种族歧视的倾向,排斥中国人。最后一次,他冲进了人力资源部经理的办公室,要求经理对不录用他给出一个让人信服的理由。

"先生,我们并不是歧视你,相反,我们很重视你。因为公司一直在开发中国市场,我们需要一些优秀的本土人才来协助我们完成这个工作,所以你来的时候,我们对你的教育背景和学术水平很感兴趣,老实说,就工作能力来说,你就是我们所要找的人。"

"那为什么要拒绝我?"

"因为我们查了你的信用记录,发现你有3次乘公车逃票被处罚的记录。"

"我不否认这个。但谁会相信,你们就为这点小事而放弃一个自己急需的人才?"

"小事?我们并不认为这是小事。我们注意到,第一次逃票是在你来到这里后的第一个星期,检查人员相信了你的解释,因为你说自己还不熟悉自助售票系统,因此只是给你补了票。但在这之后,你又两次逃票。"

"那时刚好我口袋中没有零钱。"

"不,先生,我不同意你这种解释,你在怀疑我的智商。我相信在被查获前,你可能有数百次逃票的经历。"

---

① 钱阳:《在德国逃票之后》,《现代交际》,2006 年第 1 期,第 46 页。

> "那也罪不至死吧？干嘛那么较真？我以后改还不行吗？"
>
> "不，先生。此事证明了两点：一是你不尊重规则，不仅如此，你还擅于发现规则中的漏洞并恶意使用；二是你不值得信任，而我们公司的许多工作的进行是必须依靠信任进行的，如果你负责了某个地区的市场开发，公司将赋予你许多职权。为了节约成本，我们没有办法设置复杂的监督机构，正如我们的公共交通系统一样，所以我们没有办法雇佣你。确切地说，在这个国家甚至整个欧盟，你可能找不到雇佣你的公司，因为没人会冒这个险的。"
>
> 这位仁兄在心中暗骂了多少声"打倒帝国主义"，嘴上获得了痛快，可还是不得不选择回国发展。

▷ **故事解读**

诚信无小事，所谓见微知著，微小的，甚至不经意的举动，往往能够透露出很多重要的信息。这位留学生以为逃票是微不足道的小事，甚至在被雇主拒绝后仍旧不以为耻，这是一个经历多年高等教育的所谓"人才"的悲哀。而重视规则、严谨处事的国家和企业，因为恪守规则、追求诚信而变得高大。这一高一矮的对比，发人深省。

"民无信而不立"，诚如故事中的经理所言，不尊重规则且恶意使用规则漏洞的人不可信任，不可任用。无诚信可言的人意味着对社会、对企业、对他人都可能造成巨大的风险，投机者根本没有行事的原则和底线。在被拒绝时，这位留学生竟然还言之凿凿，甚至不知悔改，还要"打倒帝国主义"，这是对道貌岸然、恬不知耻者的莫大讽刺。

此外，这件事发生在一名中国留学生的身上，这也值得我们深思。虽然这名留学生的言行只代表极少数中国留学生的素养，但我们仍旧要思考，我们的社会诚信体系是否像欧盟国家那样健全，为何受过多年高等教育的大学生依旧面临诚信缺失，我们实行多年的诚信教育真的深入人心了吗？

▷ **公民采访**

采访者：这个故事给您什么样的感受？

受访者（姚姓大学生，采访地点：某大学）：德国是欧盟中经济实力最强的国家，以严谨著称，国家信用体系制度比较健全，严格完善的监督惩罚机制不仅可以约束有不诚信行为的人，也营造了一个自律氛围浓厚的社会环境。中共十八大提出的24字社会主义核心价值观中就有"诚信"两字,可见,我国现在对培养诚信意识、宣扬诚信理念、倡导诚信行为非常重视。

　　这位留学生的行为让我感到汗颜,他让知识分子丢脸,让国家蒙羞。在故事的最后,这名留学生因为德国的"零容忍"制度,最终只能选择回国发展。由于我国的信用监督体制还不完善,还无法让这些不诚信者无处遁形。所以加强诚信制度保障、完善监督体制是刻不容缓的,从制度上保护守信者,惩罚失信者,将有助于形成良好的社会风气和个人信用。

▷ **专家点评**

　　这个故事反映了当下一些人扭曲的价值观:仅以教育背景和工作岗位衡量人的价值,忽略了"诚信"是人应该拥有的重要品质,从而让整个社会都缺乏完善的诚信监督机制。故事中留学生的逃票行为正是道德观念模糊、规则意识淡薄的写照,该故事告诫我们:诚信作为人类道德的基石,不仅需要自律,也需要切实践行中国古已有之的"君子慎其独"的信念,并建立和完善现代社会监督机制。

▷ **延伸思考**

　　"人而无信,不知其可也",抛弃诚信的人最终会被社会抛弃。你选择逃票,美好前程则选择逃离你。我们看到了以德国为代表的西方国家重视个人诚信,重视制度建设以保障社会诚信,也看到了留学生的失信所带来的严重后果。可见,"一个信字胜黄金",无信之人必将失去别人的信任,失信终害己,守信方长久。

故事 93　里根总统给女儿的一封信

故事内容①

亲爱的帕蒂：

是的，主动交代自己的错误是正确的，我相信，承认了自己的错误后，你就会感到如释重负。我相信，你应该理解学校对你的惩罚是恰如其分的。

如果仅仅凭坦白就能使违反纪律的行为得到弥补，那就不需要更多的法律制度了。我们在《圣经》中读到：当耶稣听到忏悔后，就答应宽恕。但这有个前提，那就是从此以后不再犯同样的错误。

亲爱的帕蒂，我要指出你的问题：这两年，你不仅违犯学校的规章制度，也屡屡打破家规，并施展欺骗等诡计。为什么我、你母亲和学校对此事如此关切？答案很明显，我们担心你把不诚实作为人生态度。

我们姑且不说你，看看别人处于你的位置该是什么情景。如果我自己不太诚实，你会感到快乐吗？如果你对我说的事情有怀疑，那你会感到自在吗？那么，也许你现在就担心，会不会因为我在工作中不诚实，总有一天报纸会把我作为违法者曝光？你当然知道答案是怎样的。难道你不明白，任何欺骗行为——不管它多么微不足道，都会带来不利影响。如果一而再再而三地这样做，总有一天会陷入困境，甚至到那时还不明白这是为什么、是如何走向绝路的。

我得走了，我希望你接受我的忠告，避免让自己生活在痛苦之中，下决心不再犯让自己痛苦的错误。我也希望，你要继续在学习上取得进步。

▷ **故事解读**

里根是美国第 40 任总统，美国人民对于里根总统的评价非常高，在美国人民评比的"美国历史上最伟大的十位总统"中，里根总统名列第二，仅次于林肯。1987 年 6 月 12 日，里根在柏林勃兰登堡门发表的有关东西方关系的政策演说令世人

---

① 刘植荣：《美国总统家书精选 50 封》，江西人民出版社，2009 年版。

难忘,尤其是那句经典中的经典:推倒这堵墙!这封信是里根担任第33任加利福尼亚州州长(1967—1975)期间,得知女儿帕蒂在学校违犯纪律后,于1968年3月5日给她写了一封信,里面劝告女儿做人一定要诚实,犯了错误一定要改过,做一个诚实守信、勇于知错就改的好孩子。信中内容不多,但字里行间却处处散发出深深的父女情,至今仍然让我们回味和感动。

▷ 公民采访

采访者:你们如何看待对自己孩子的品德教育和诚信品质的培养?

受访者(家长一,采访地点:某居民小区):在家庭教育过程中,我非常重视在潜移默化中对孩子开展行为规范、社会公德意识教育。

受访者(家长二,采访地点:某居民小区):孩子是父母的影子,有什么样的家庭就有什么样的孩子,古今中外、贫贱高贵概莫能外。

受访者(家长三,采访地点:某居民小区):父母对孩子成长的影响至关重要,负责任的父母一定会十分注意自己的言行对孩子的示范作用的。

▷ 专家点评

这封家书字里行间透露出一个父亲对犯错女儿的真切教诲,严厉却不乏温情。治家如治国,作为一名优秀的美国总统,当角色转换为父亲的时候,他没有选择包庇和溺爱,而是强调诚实作为重要的人生态度,让女儿勇敢地承认并改正错误,并且给予了真诚的忠告。让我们看到,无论种族、阶级,诚信的标准始终不会改变,而作为一名家长,一名领导,更有倡导社会公德教育的责任。

▷ 延伸思考

里根总统的故事给众多家长们提了个醒:那就是对孩子不能粉饰、透过,更不能欺骗。一名王姓妈妈在聊天时对作者说:可怜天下父母心,舐犊情深是人之常情。但对孩子一味呵护,甚至溺爱,可能把孩子真的宠坏了,这是典型的过犹不及,是好心办了坏事,必须纠正。只有好的家教、家风才能陶冶出好的下一代。在这方面,里根无疑为我们树立了好榜样。

故事 94　让校规看守哈佛的一切

> **故事内容**[①]
>
> 　　18世纪中叶(1764年)的一天,美国哈佛大学图书馆突发火灾,数百本哈佛牧师捐赠的重要图书被焚毁一空,只有一本书幸免于难——前一天晚上,它被一位学生违章带回了宿舍(哈佛大学有一项校规就是学生在图书馆借阅学校的珍贵图书只能留在图书馆阅览)。次日,这名学生把书交还给学校,而这本书也成为哈佛牧师捐赠图书的孤本。在处理这一事件时,哈佛大学召开大会,校长对该学生提出了表彰,对他保留了学校最珍贵的图书表示最高的谢意,然后当众宣布开除这名学生。
>
> 　　不开除这名学生行吗?他毕竟已将功补过,甚至功大于过——这可能是我们的行事态度。但哈佛校长没有这么做。他感谢那位同学,是因为那位同学诚实;开除他,是因为校规不可违。哈佛的理念是:让校规看守哈佛的一切,比让道德看守哈佛更有效。
>
> 　　哈佛大学的校长说了一段至今仍为人们铭记的话:你保留了学校最珍贵的图书,理应得到赞赏。你违反了学校校规,理应被学校开除。没有这一套严格管理制度,整个学校就不能运转,我不能因为你而破坏了规矩。

▷ **故事解读**

　　这则关于哈佛大学的掌故让我们从另一个侧面得以一窥世界名校长盛不衰的原因。诚然,哈佛大学的成功,主要得益于其独特的学术与创造、文化与传统、精神与气质,更与哈佛大学严格的管理密切相关。毫无疑问,哈佛大学非常呵护她的每一位学生,但在原则和制度面前,也绝不纵容和宽容任何一位哪怕是最优秀的学生,长此以往,才有了今天的哈佛,才让全世界纷至沓来。请我们记住哈佛的这句名言:让校规看守哈佛的一切。

▷ **公民采访**

　　采访者通过微信视频联系到了在美国华盛顿霍普金斯大学就读的钱姓学生,

[①]　魏得胜:《用校规看守哈佛》,《教师博览》,2000年第11期。

向她讲述了哈佛大学的这则掌故,并请她谈谈体会。

小钱同学发来了回复,以下是她对此事发表的看法:由于我没有去过哈佛,也和你一样在网上查了一下相关内容,据目前的资料来看,这件事是否是哈佛大学历史上的真实故事,我还无法确认。但就文字描述的事件本身看,确实符合哈佛大学的一贯做法。中美高等教育差别很大,由于社会背景、历史文化、投资主体、学术标准、管理运行的不同,两国高等教育的面貌迥然相异。哈佛大学在学术上非常讲究诚信,对师生作弊、抄袭之类的任何行为绝对零容忍,且往往重拳相加,严惩不贷。我是从中国走出来的,我的本科学习也是在国内完成的,来到美国高校最大的感受是高等教育的理念不同。我在这里不是等着学校、老师教我学、叫我学,而是完全按照我自己的兴趣、爱好、专长去不受任何限制地选课学习。我每天感觉很累,似乎有太多的东西要补回来。这与我在国内懒散无目的的学习反差太大。真心希望我回国后能在事业上找到自己合适的位置,为国家发展作出自己的贡献。

▷ 专家点评

这个故事告诉我们规矩和制度的重要性。尽管这个学生无意中为学校保存了珍贵的资料,但仍须为其违规行为付出应有的代价。这对该生来说虽然有些残酷,但正是这种公正严格的校园管理制度,使哈佛大学的学生更加意识到规则和诚信的重要性,进而严于律己。校园是一个小社会,违背制度的"恻隐之心"会让学生轻视原则,进入社会后酿成更大的错误。所以,严格的奖惩制度才能规范学生的言行,培养他们正确的道德观和价值观。

▷ 延伸思考

本故事描述的情况在不同文化环境中,可能会有不同的处理结果,但哈佛的今天告诉人们,哈佛对制度的坚持是正确的。在中国的教育里,我们往往会认为这是为学生人生发展考虑,而在原则性问题上产生恻隐之心。事实上,这样的做法在伤害了制度威严的同时,是否真的挽救了学生的未来也未可知,但可以预计的是更多的人可能因此而敢于挑战原则。2015年5月28日,《环球时报》刊出的一篇文章《中国留美学生被开除多因不诚实》也值得我们反思。

故事95 科学家销毁假著作

故事内容①

贝林格尔(1667—1740),德国维尔茨堡大学的教授,杰出的哲学和医学专家,曾经在1726年出版了一部古生物专著《维尔茨堡化石石版图集》,在世界上引起了轰动。不久后,他却发现自己的研究是一场被人存心谋划的闹剧,在辛苦获得的名利和荣誉前,他宁愿破产也要向人们澄清事实的真相。

贝林格尔是一个地道的"化石迷",他不仅收购各种化石,还到各地去采集。化石研究在当时是非常时髦的学问,贝林格尔在化石研究上的专注引起了一些人的妒忌,他的两个同事就存心想要捉弄他。

两个同事经过一番谋划之后,雇了工人把雕刻有昆虫、青蛙、鸟类、怪兽等各种图形以及古代希伯来文字的假化石,埋藏在城郊的采石场里,并把消息透露给贝林格尔,引诱他去采集。

不明真相的贝林格尔来到采石场,发现如此丰富多样的"化石",顿时欣喜若狂。他先后采集了2 000多块"化石"标本,并花费了数年的努力,从中整理出200多种石版,并于1726年秋天出版了著作《维尔茨堡化石石版图集》。

不久后,他在继续采集"化石"的过程中,偶然发现一块"化石"上刻着自己的名字,他顿感奇怪:"真不可思议,我还没有死呢,怎么会有化石?"他越想越觉得事情不妥,便立即重新检查了过去的研究成果。经过认真仔细地观察以后,他终于发现原来自己辛辛苦苦采集来的化石都是假的,多年的心血全部白费。

伤心愤懑之余,贝林格尔深感责任的重大,为了不让假化石流传出去,他下决心要收回并销毁自己那部轰动科坛的著作,为此他耗费了数年的时间和所有的财产,最后,终于在穷困潦倒中默默地告别了人世。

为了纪念这位诚实的科学家,维尔茨堡大学的同事们特意将他安葬在维尔茨堡城郊的采石场,并为他立了一块墓碑,墓碑上刻着:"贝林格尔是一位诚实的科学家!"

---

① 陈为彬:《诚实科学家 销毁假著作》,《珠江时报》,2014年11月4日,A02版。

▷ 故事解读

本故事讲述了德国维尔茨堡大学教授贝林格尔受到同事愚弄,用虚假的素材出版了著作,获知真相后又耗尽家产收回并销毁自己的著作的真实故事。

通过本故事,可以了解到贝尔格林其实是一名无辜的受害者,他的过错在于因自己的不严谨,轻信了虚假的所谓古化石素材,并编撰成著作发行。在获知真相后,贝尔格林的行为反映出诚信的两层意义:一是道德意义,贝尔格林没有回避自己的过失,推诿自己的责任,而是承认自己著作的虚假性,这是个人诚信道德品质的体现。二是社会责任意义,在真相被揭露后,贝尔格林完全可以发表声明澄清事实,让人们自行毁弃他的著作,或者退回著作由他予以赔偿,而无须耗费剩余生命与财产来尽力回购并销毁已售著作。但贝尔格林身为大学教授,他深知大学应该是传播真理的地方,而他传播了虚假,这种不诚信影响了大学和大学教师的声誉;同时,若不收回已造成轰动的著作,那些不明真相的人,还将因他的不诚信而继续传播虚假,他的不诚信将可能深远地影响科学的严谨,这时他坚持散尽家财来销毁著作,正是体现了贝尔格林不仅是一名诚实的人,更勇于承担坚守诚信的社会责任。

▷ 公民采访

贝尔格林的故事很有教育意义。采访者把该故事分享给教育工作者后,让我们一起来听听他们的理解和看法。

受访者(刘姓大学老师,采访地点:某大学):当前,我们的科研工作者主流是好的,但也有部分人以学术之名求功名利禄之实。这部分人绝不能称为学者,而应当叫学术败类。

受访者(毕姓大学老师,采访地点:某大学):贝尔格林的故事过去听说过,像他这样的人,现在很少。因为学术在当前被赋予了太多现实的、利益的因素,它被扭曲了。

受访者(蔡姓大学老师,采访地点:某大学):科学家代表人类的良知,他们的一言一行具有普遍的社会意义。应当用贝尔格林的故事教育现在的人们。

▷ 专家点评

贝尔格林的伟大之处在于他的成果已引起科坛轰动,功成名就之际他又不惜一切代价销毁了自己的成果,担负起作为一名科学家、大学教授探求和传播真理的神圣使命。虽然他在穷困潦倒中离去,但他勇于改错、忠于良知、追求真理的精神,却使人们更加敬佩他。这与一些沽名钓誉、钻营取巧的学者形成鲜明的对比,为教育界和学术界带来积极深远的影响。

▷ **延伸思考**

科学家也好,教育工作者也好,其身上最紧要的素质就是对真理的尊重,以及传播真理时的严谨,因此,诚信在古往今来的大学校园里可以说是师德的核心,开展诚信教育,教育工作者自身的示范义不容辞。

故事96 一个人的火车站

故事内容[①]

上白滝站位于北海道纹别郡远轻町,是北海道旅客铁道(JR北海道)石北本线上的一个小站。这是一个日本较古老也较有名的秘境车站,由于当地人口锐减,车站的乘客越来越少……

现如今,乘客只剩下一个搭乘该列车上下课的当地女高中生了。

上白滝站为了仅有的这一名女高中生,不惜成本一直保持运营着。今年春天这位女高中生即将毕业了,上白滝也宣布于2016年(平成28年)3月26日因使用者减少废止该车站。

该站列车时刻表显示,该站一天只有来回一趟车,早上上学前一班,傍晚放学后一班(下行7:04发,车次编号4621D,开往网走方向;上行17:08发,车次编号4626D,开往旭川方向)。

上白滝站早期为了货运而设置,但在1983年停运货物之后便逐渐没落,如今更是成了只有一个乘客的车站。临近的上滝龙站、白滝站、旧滝龙站、下滝龙站四站,被日本的铁道爱好者并称为"白滝系列"(白滝シリーズ),且除了核心的白滝站之外,对其他没落的三站则以"秘境车站"称呼。

该学生每天往返于上白滝站与旧滝站之间,别看只有短短两站,其实距离十分远。上行4626D列车由上白滝站到达次站上川站需耗费1小时8分,这是目前日本两站单一区间行驶最久的列车。

每天早上女高中生都于上白滝站搭乘列车经过上川站到达旧滝站,傍晚时分又从旧滝站返回上白滝站。她也是旧滝站唯一的乘客,2016年3月26日,随着女生的毕业,上滝龙站、旧滝龙站、下滝龙站也都将被关闭。

[①] 《火车站为一人保留 日本网友纷纷表示太感动了》,央广网,2016年1月21日,http://auto.cnr.cn/gdbkxw/20160121/t20160121_521191596.shtml。

▷ **故事解读**

日本这种小型的古老的火车站真的是太有爱了,为了唯一的乘客而坚持到最后,故事带给人们更多的是温暖和感动。这件事被媒体报道出来后感动了无数日本民众,大家纷纷去参观上白滝站与旧滝站等北海道最古老的车站。如此温情的宫崎骏式故事背后体现的是日本人对孩子的关爱、对教育的重视,更体现出政府以人为本的执政理念。

近些年来,由于日本社会过度老龄化,人口比例中青年人的比例在下降,大量人口从农村转移到城市,致使乡村被疏远和边缘化,"过疏化"问题给部分地区的铁路运营增加了很多负担,在这种情况下,企业、政府依然把"通学"问题作为废站与否的重要考虑,确实可以看出日本人对教育的重视,也确实反映出了人与人之间的温情。据媒体报道,一位 60 多岁叫丹羽范史的老人,他曾经也是旧白滝站的使用者,而在车站只剩一位固定乘客的如今,老人与他的妻子依然会主动在车站附近进行无偿铲雪和清理,更加让人唏嘘不已。日本人对国家政策、工作职责的坚守,体现了他们的诚信意识。

▷ **公民采访**

采访者:我曾到过日本的北海道,除了饱览北海道的美景、美食之外,让我感到惊奇的是日本当地的公共交通设施。日本的铁路系统异常发达,即便是极其偏远的山区,如北海道,铁路、公路、公交都实现了全覆盖,而且硬件设施、服务水平与东京、大阪等大城市几乎无异。本则故事所反映的内容发生在日本一点也不让人感到意外。作为一个中国人,我感到我们国家在这方面还有很大的提升空间。此外,我的同事、朋友、学生中,凡踏足过日本的无不对日本的公共设施、公共环境、公民道德赞赏有加,因为处处体现出亲民、便民、利民和为民。王老师,您的感受是什么?

受访者(王姓社会学教授):毫无疑问,社会公共服务理应处处体现出社会公益性,政府施政,也应当彰显公民价值,体现权利的公共属性,而绝不能无视民众利益诉求和社会普遍价值诉求。如果我们的国家、社会、公职人员都能立党为公、执政为民,我想那些困扰各级政府的上访户、钉子户、困难户必将大大减少,社会治理的成本也会随之大大降低。

▷ **专家点评**

一个暖暖的故事,引发众人沉思。大家为这个唯一的乘客感到高兴的同时,必定会问:运营方为什么要这么做?每一个提问者都会对这种违反经营逻辑的做法感到诧异。我想运营方作出这样决定的原因会有几个,但最闪光之处在于经营之外,即社会意义。正如诱发众人思考的那样:当你的用户只有一个人的时候,你还会坚守你的诚信吗?

▷ 延伸思考

《一个人的车站》这则来自日本的小故事之所以会引起这么高的社会关注度,原因在于由人推己,我们自己对当前我们的社会有着更高、更美好的期待,然而,现实是残酷的。当前,中国社会治理中的道德滑坡问题,社会失信问题,环境污染治理问题,群体事件高发、频发问题等,都迫使我们反思我们的思想、理念、决策、行为和过程。

故事 97　致命的"表外事件"

故事内容[①]

1997年11月22日,日本第四大证券公司(山一证券公司)宣布,因资金周转失灵、经营陷入困境等原因,决定自即日起进行"自动停业"。这实际上是宣布了这家具有100年历史的证券公司破产倒闭。山一证券公司的破产,已引起各国的关注。

位于东京都中央区的山一证券公司总部24层高的大楼彻夜灯火通明。从21日夜8时开始,山一证券公司的董事会全体成员被召集在一起,在野泽正平总经理的主持下,召开这家已有100年历史的公司最后一次董事会全体会议。上任才3个月的野泽总经理几乎是流着眼泪向全体董事宣布:由于公司负债总额已达3.3万亿日元,而公司的支持银行富士银行已宣布不再贷款救济,所以,我们不得不向政府申请"自动停业"。

山一证券的"自动停业",即事实上的倒闭。这一决定,不仅令日本的金融界和财经界措手不及,也令大藏省焦头烂额。山一证券位居日本各大证券公司第四,投资者寄存在该公司的资产高达24万亿日元。它的倒闭,即预示着在经济长期不振和金融秩序混乱的日本,出现了第二次世界大战以来最大的一家倒闭公司。正如一位投资者所叹息的那样:山一证券公司尚未举行创业100周年庆典,却先敲响了关门的钟声。

▷ **故事解读**

日本山一证券公司成立于1897年。截至1997年3月底,该公司拥有资本4 313亿日元,替客户保管的资产达24万亿日元;公司在国内设有107个营业部,在30多个国家设有境外分支机构,拥有员工7484人,是日本证券业四巨头之一。

具有如此庞大规模、如此重要地位的山一证券公司,缘何在日本大兴金融体制改革,抵御境外投机风险的关键时刻倒闭呢?根本原因之一就是:从事非法交易使

[①] 《日本山一证券公司为何破产?》,《中国经济信息》,1997年24期,第45页。

公司丧失了信用。山一证券公司多次涉嫌向具有黑社会背景的"总会屋"非法提供好处,公司前主要领导人因此被捕,在这种情况下,公司却文过饰非,不给客户一个明确的答复,从而也失去了信用。许多客户和地方政府都停止了对该公司的证券委托发行业务,个人投资者也悄然离去。几年来,山一证券的营业额逐渐下降,收入随之大减,经营也陷入困境。

山一证券倒闭的另一个众所周知的原因是所谓的"表外事件"(所谓表外业务 off-balance sheet activities,OBS,是指商业银行所从事的,按照通行的会计准则不列入资产负债表内,不影响其资产负债总额,但能影响银行当期损益,改变银行资产报酬率的经营活动)。据1997年日本证券交易监视委员会的调查,山一证券的账外债务达2 648亿日元。对如此巨额非法账外债务,山一证券的有关方一味隐瞒,并未如实地向外公布。富士银行就曾要求山一证券尽早采取对策处理账外债务问题,并忠告山一证券尽快将这一情况上报给当局。但山一证券决策层又一再否认真相。这样,一次次失去亡羊补牢之机会。同时,美国穆迪公司也宣告其债券无信誉。至此,山一证券公司最亲密盟友富士银行不再信任山一证券,而拒绝向山一证券提供援助。同年11月,日本大藏省对外又宣布,发现山一证券公司有2 600亿日元的账外债券。后来山一证券举行了最后一次临时董事会会议,之后的2天内无奈宣布以负债3.3万亿日元而破产。

▷ **公民采访**

采访者:(向受访者简介"表外事件"后)请问您对此事有何看法?

受访者(李姓教师,采访地点:松江大学城):我的疑问是,"如果一家公司能够把公司置于死地的风险放在资产负债表的'表外',那资产负债表还有什么用处呢?"美国拉尔森教授在第12版《基本会计原则》中,就以"道德:最基本的会计原则"为题,专门讨论了会计职业道德,并配以精选的案例,使学生一开始学习会计就接受职业道德学习。这种做法是值得借鉴的。

▷ **专家点评**

百年基业,毁于一旦。击溃它的恰恰是金融公司赖以生存的信用。本书的诸多实例,无一不印证了这一社会经济领域的法则———一切经济活动的基石就是诚信,无论时代如何演变,科技如何发达,模式如何创新。这就好比游戏规则,经济活动、经营管理的最基本游戏规则就是诚实和信用。偶尔的侥幸或许可以逃过触犯规则的惩罚,但终究是要付出代价的,百年老店也不例外。

▷ **延伸思考**

是谁给了山一证券如此大的权力,以致他们可以如此不讲信用,玩弄客户对他们的信任。为什么山一证券账外债务如此的巨大还无人知晓,而且能够一次又一次进行内部秘密操作,有关方却还能一味隐瞒事实,遮盖公司财务。正是因为管理层、决策层手中权力过大而且缺少监管,缺少制约。对此我们认为,可在证券经营机构设立董事会、监事会,加强对经营管理层的制约,彻底改变经营管理者缺乏风险约束的现状并且可以从强化公司整体风险管理水平的角度出发,在证券经营机构内部建立以统一授信、逐级授权、多级经营为核心,以资金成本、利润的综合管理为内容的事业部制经营体制,使各个层次的领导者的责、权、利有一个明确的界定。

故事 98　三菱汽车隐瞒汽车缺陷事件

故事内容①

近日,日本第四大汽车生产厂家三菱汽车公司因做假的丑闻不断被曝光,企业信誉遭到了前所未有的损害。三菱汽车公司也为此而面临有史以来最大的生存危机。

该公司隐瞒汽车缺陷的问题导致了多起伤亡事故的发生。6月10日,日本神奈川县警方以涉嫌"业务过失致死罪"逮捕了三菱汽车公司前总经理河添克彦等6名高层主管;而在这之前的5月份,日本警方也以涉嫌相同的罪名逮捕了2003年1月从三菱汽车公司独立出去的前三菱扶桑汽车公司董事长宇佐美隆等7名有关人员。

根据日本警方的调查以及三菱汽车公司事后被迫公布的调查数据,三菱汽车公司以及三菱扶桑汽车公司自1992年8月以来,先后共隐瞒了155起汽车缺陷事件,其中有42起为存在"重大事故隐患"事件,涉及的汽车必须予以召回,并给予免费更换零部件的补救。由于该公司没有及时给予召回更换,结果导致在日本17个都道府县共发生了31起各类交通事故,并伴有6人受伤,2人死亡。

三菱汽车公司隐瞒缺陷的丑闻被披露之后,日本国土交通省也因此而受到了巨大冲击。因为在车轮飞出导致人员死亡的事故发生之后,国土交通省有关负责人曾经就是按照三菱汽车公司自己的说法(认为事故是由于车辆维护和使用不当造成的)在国会进行答辩的,这使得日本国土交通省成了三菱汽车公司在国会的"假话代言人"。国土交通省为此十分恼火,他们率先对三菱汽车公司进行了封杀,并决定取消该公司18个月在政府采购活动中的投标资格。

此后,东京都、京都府、名古屋市、静冈县、琦玉县、爱知县等38个地方政府以及警察和消防部门也决定取消三菱汽车公司3~18个月不等的车辆投标资格。一些民间的公共汽车

---

① 乐绍延:《隐瞒缺陷　失信于民　三菱汽车遭遇空前生存危机》,《经济参考报》,2004年6月21日。

公司和汽车运输公司也相继表示要在一定的时间内停止购买三菱汽车公司的车辆。有的政府部门和企业还表示要等到三菱汽车公司有了100%的质量保证之后才会再次考虑购买该公司的车辆。

政府和有关部门的封杀以及个人消费者的离去,使三菱汽车公司2014年5月份的汽车销量比上年同期锐减56.3%。这无疑使正在重建之中的三菱更是雪上加霜。由于被消费者抛弃的实际情况远比预计的要严重很多,三菱当初制定的重建计划将难以实现,为此该公司不得不重新加以修改,并于6月16日发表了新的重建计划。

根据这项新的重建计划,三菱将本年度(2004年4月至2005年3月)在日本国内的汽车销售计划从30万辆减少到22万辆;并将所有普通职工的工资减少5%,将公司管理人员的工资削减10%,另外还取消了今年冬季的所有奖金。公司还宣布,在今后的2年间,将公司董事等高层领导的工资削减25%～50%,扣发公司正副董事长、总裁及其他高层领导人3个月的全额工资,并通过实施这些措施,使公司在今后2年内削减726亿日元的经费。

三菱汽车公司虽然已经修订了重建计划,但汽车销量的下跌势头能否被控制在计划制订者的预测范围内依然是个未知数,业内人士普遍表示三菱汽车的前途凶多吉少。

▷ **故事解读**

日本老牌汽车生产厂家三菱汽车公司隐瞒产品缺陷的丑闻被曝光后,企业信誉遭到了前所未有的严重损害。三菱汽车公司也为失去诚信付出了沉重代价,目前面临着公司创建以来最大的生存危机。

据日本警方调查结果以及三菱汽车公司事后被迫公布的数据,三菱汽车公司以及三菱扶桑汽车公司自1992年8月以来,先后共隐瞒了155起汽车零部件质量问题,其中42起为存在"重大事故隐患"、必须召回并免费更换零部件的严重质量问题。由于该公司没有及时给予召回更换,结果导致在日本17个都道府县发生了31起交通事故,造成2人死亡,6人受伤。

三菱公司缺乏起码的质量责任感,这使三菱公司在错误的道路上越走越远。三菱汽车公司对生产的乘用车中有19种车存在隐瞒缺陷、"暗自修理"的现象,并不上报上级部门实施汽车召回。设计存在缺陷,缺陷发生后没有及时发现,发现后没有及时处理,这一系列的失误反映出三菱企业员工的质量意识存在严重的问题,这是一种质量责任感严重缺乏的表现。具有质量责任感的企业要用"假如我是顾客"的态度来对待质量,把不合格产品推向社会看成是一种严重失职行为,甚至是一种犯罪行为。而三菱公司的行为则背道而驰,三菱员工在面对责任和短期利益的选择时,选择了欺骗顾客、坑害社会,三菱汽车公司在培育员工的质量道德感方面是失败的。

三菱汽车公司隐瞒汽车缺陷事件凸显了企业诚信的重要性。此次事件虽然源于产品质量问题,但实际上对三菱汽车公司造成毁灭性打击的是丧失诚信。该公司置国家法律、法规于不顾,忽视用户的生命安全,有意向有关部门和消费者隐瞒必须回收的零部件质量问题,最终导致发生重大人身伤亡事故,企业与消费者两败俱伤的结局。

▷ **公民采访**

采访者:您知道三菱汽车公司有隐瞒缺陷的情况吗?您对此是怎么看的?

受访者(邵姓市民,采访地点:商厦休息区):三菱,来自日本的大品牌,这件事情的确让我震惊,竟然拿消费者的生命开玩笑。三菱汽车公司为什么敢几十年来一直干着隐瞒产品缺陷的违法事呢?因为他知道监管部门不可能发现。事实上如果不是因为知情人的举报,光靠监管部门每年一次的例行检查,三菱汽车的违法行为说不定至今还在继续。

说实话,光靠行政力量来监管每年生产近千万辆车的大产业,非常困难。保证质量更需要企业的自身约束,需要经营高层的良知、良心、诚信!

▷ **专家点评**

汽车是一种特殊产品,就像食品一样,因为它关乎人的生命。任何一个车企的经营者把关时的首要任务就是产品的安全性能,对其的关注要多于诸如利润、规模或者创新等经营目标。在本案例中,厂方发现产品缺陷,应该诚实公布于众,第一时间启动召回程序,而非度量成本而图它。等到被媒体曝光,损失的不光是弥补成本,而是让消费者看清了三菱对汽车安全的态度,这才是致命的。

▷ **延伸思考**

三菱汽车公司的产品会有缺陷?三菱是名牌车!人高马大的"帕杰罗"牌越野车、强悍有力的三菱卡车……是的,在2000年6月以前,大概没有多少消费者会怀疑三菱汽车公司的产品质量。三菱汽车公司在产品的品质管理、产品研发等方面的经验,曾被作为范例写进了许多经济学论著中。然而,在日本,这家名牌企业已经因为自己的隐瞒产品缺陷的行为,成为社会舆论谴责、司法机关追究的对象,其产品也不再像往日那般畅销。

　　如果公司不隐瞒产品质量问题,尽早采取适当措施,这些伤亡事故是有可能被避免的,公司经营也不会出现严重危机。中国的汽车产业正处于史无前例的高速增长时期,国内外汽车生产厂家在中国市场上的竞争也愈加激烈。三菱汽车公司的诚信问题也为我国的汽车生产厂商提供了经验教训:将用户的安全放在首位,以诚信为本,将关乎中国汽车产业能否实现健康有序的发展。

故事 99 大众汽车的失控与失信

故事内容①

德国大众汽车公司 2015 年曝出的汽车尾气检测造假丑闻令人震惊。这一汽车行业近年来最大的丑闻之一不仅促使多国展开对大众汽车的调查,还波及其他汽车制造商,甚至引发人们对德国制造行业信誉以及整个清洁柴油车辆技术的信任危机。

2015 年 9 月 18 日,美国环境保护署对大众公司提出指控,称其美国市场的部分柴油车存在使用操控软件躲避尾气检测的情况,涉及汽车 48.2 万辆。"排放门"事件自此浮出水面。

监管部门调查发现,大众汽车所售部分柴油车安装了专门应付尾气排放检测的软件,可以识别汽车是否处于被检测状态,继而在车检时秘密启动,调控所排放的尾气。这样一来,它们在车检时能以"高环保标准"过关,而在平时行驶时却超标排放污染物,最多可达美国法定标准的 40 倍。违规排放涉及的车款包括 2008 年之后销售的捷达、甲壳虫、高尔夫、奥迪 A3 以及 2014 至 2015 款帕萨特等车型。

这一消息令美国监管部门、环保组织和消费者等各界人士感到震惊。美国已暂停了大众品牌的柴油汽车的新车销售。美国环境保护署和空气治理委员会宣布立即介入调查,美国司法部也宣布展开刑事调查,据称美国国会计划几周内宣布对大众的排放检测丑闻进行听证。根据美国《清洁空气法》,每辆违规排放的汽车可能会被处以最高 3.75 万美元的罚款,大众面临的罚款总额可高达 180 亿美元。

"排放门"丑闻不断发酵,其影响迅速在全球蔓延。德国的交通部门表示,大众汽车公司已经承认在欧洲也使用了在美国市场使用的排放检测造假软件,在德国市场涉及的汽车达 280 万辆。

欧盟呼吁 28 个成员国调查制造商的汽车排放检测是否

---

① 王倩:《"大众"的失控与失信》,《名人传记》,2015 年第 10 期。

符合环保法规,包括德国、瑞士、意大利、法国、英国和韩国在内的多个国家的监管部门都在针对大众汽车进行相关调查。挪威、澳大利亚、印度政府宣布调查本国在售的大众汽车是否有类似问题,要求大众公司尽快"给个说法";韩国环境部表示将考虑是否勒令大众进行召回;瑞士表示将暂停大众柴油车在该国的新车销售;西班牙政府表示,要求大众归还采用了造假软件的柴油汽车获得的高能效车辆补贴。

除了来自监管部门的调查,大众也立即成为法律公司的关注目标。法新社的报道称,有不少律师正在排队等着向大众提起诉讼,西雅图的一家律所已经向大众提起了相关的集体诉讼。

《泰晤士报》25日的报道称,英国运输部承认,2014年10月就收到国际清洁运输委员会的一份长达60页的报告,报告称有明显证据显示,在欧洲和美国的汽车路检中,均存在柴油乘用车氮氧化物排放不合格问题。但该部门并未就此展开调查。在大众汽车"排放门"丑闻发生后,英国运输大臣帕特里克·麦克洛克林才致信欧盟委员会呼吁展开相关调查。

分析认为,大众接下来将面临来自政府和私人部门的各种诉讼和调查,需要支付大量的罚款、赔偿和召回等费用,目前拨备的65亿美元资金可能仍不足以应付这些支出。

▷ **故事解读**

德国拥有严谨的信用保障体系,可以全方位地对个人和企业的信用进行评分,形成社会信用记录数据库,监督社会成员遵守社会秩序。因此,无论个人还是企业都严格恪守诚信,诚信是保障社会各项事业良好运作的基础。在这样的社会里,个人和企业都必须信守承诺,出现信用问题的个人无法在社会上立足,而信用记录不良的企业,在市场上也很难再找到商业伙伴与其合作。

身为世界最大汽车公司的德国大众汽车公司因柴油车尾气排放曝出了欺诈丑闻,使其渐渐失去越来越多的消费者。德国大众集团在2015年10月28日发布三季度财报,2015年1~9月,大众营业利润为33.42亿欧元,同比下降了64.5%,其中,第三季度集团亏损高达34.79亿欧元(约245亿元人民币),这是大众集团15年来首次出现季度亏损。① 同时,"排放门"事件也让公众对大众汽车甚至"德国制

---

① 李祝义:《"大众失信"渐失大众》,《中国品牌》,2015年第11期。

造"的可靠性产生疑虑,多年来值得称道的"德国诚信"亦面临空前的信任危机。

诚信是现代市场经济的基石,市场经济实际上也是信用经济。在全球汽车市场,大众公司多年来一直凭借"德国制造"的过硬品质和诚实守信的企业文化占据有利地位和竞争优势,此次危机让大众公司从诚信的正面形象转变为失信的典型。无论何种规模的企业,在经营过程中,任何一个环节的作弊造假都会对其自身发展造成沉重打击,也会对市场的良好运行秩序产生负面影响。

▷ **公民采访**

采访者:您对大众汽车了解吗?

受访者(周先生,采访地点:上海市金山区):大众汽车是非常著名的世界汽车生产商,也是较早进入中国市场的合资汽车品牌。提起大众汽车,最熟悉的应该就是桑塔纳、捷达,这些车至今都还能在街头巷尾看到。

采访者:您是如何看待大众汽车的"排放门"事件的?

受访者:据说这次"排放门"事件造成了大众的股价连续暴跌,对大众汽车这个品牌的声誉也造成了非常恶劣的影响。作为行业巨头的大众汽车竟然采用一款软件对尾气排放进行作弊造假,它的利益和信誉都肯定会受到损失,任何造假都是要付出代价的。所以我认为无论是什么行业,都必须要遵守诚信的底线。

▷ **专家点评**

德国制造,全球享誉。每每提及德国产品,用户就会闪现出精湛、一丝不苟等固有的德国品质。大众"排放门"事件,对大众这家拥有近百年历史的老牌车企是一次重大的经营危机,同时,也给整个德国制造造成了不可估量的负面影响。此事件本质是造假,而非质量问题。是什么驱使其冒着如此巨大的风险而为之?通过大众"排放门"事件,再次印证:一切经营,没有侥幸,唯有诚信!

▷ **延伸思考**

任何一个企业都需要诚信经营,诚信是确保市场经济良性运行的道德基础。然而,仅仅靠企业的自律、自觉是不够的,还需要有法律约束和制度保障。诚信经营不但要求企业内部进行自我控制,也需要市场的有力监管。因此,在市场经济运行过程中,既需要倡导诚信经营,也应当建立、健全相关法律制度,加大企业的失信违法成本。

故事 100　安达信失信的沉重代价

故事内容①

　　创立于1913年、总部设在芝加哥的安达信，是全球五大会计师事务所之一。它代理着美国2 300家上市公司的审计业务，占美国上市公司总数的17%，在全球84个国家设有390个分公司，拥有4 700名合伙人，2 000家合作伙伴，专业人员达8.5万人，2001年财政年度的收入为93.4亿美元。安达信1979年开始进入中国市场，相继在中国香港、北京、上海、重庆、广州、深圳设立了事务所，员工2 000名。由此可见，安达信曾经是多么红火，一般的公司简直难以望其项背。

　　就是这样一个强盛的企业，由于在审计中弄虚作假，犹如一艘漏洞百出的破船，无力航行，最终下沉。安达信的倒闭缘起于美国另一家巨资企业安然公司的破产案。

　　位于美国得克萨斯州的安然公司曾是世界上最大的电力、天然气以及电讯公司之一，资产规模曾达1 000多亿美元，连续多年被《财富》杂志评选为"美国最具创新精神公司"。然而就在2001年10月16日，安然公司的命运发生了急剧的逆转。当天股市收盘之后，安然发布了第三季度财报。其中有一项是公司一次性冲销了高达逾10亿美元的税后投资坏账，这笔巨额坏账是在安然和两家关联公司的交易中形成的。诡异的是，这两家公司都由安然首席财务官法斯特管理。

　　证券分析师们当天就此质询安然公司，美国证券交易委员会则第二天介入对安然公司的调查。安然公司的内部交易和财务造假黑幕就此揭开——此前的3年中，安然公司虚增盈利5亿多美元，少列债务6亿多美元，虚增股东权益则达数10亿美元。1个多月，安然公司股价从近40美元自由落体式地跌到4美元。11月底，安然公司申请破产保护。

　　而在调查安然公司的同时，美国监管部门的司法利剑也指向了安达信。安达信自安然公司1985年成立伊始就为它

---

① 周林：《诚信》，中国纺织出版社，2005年版，第123～125页。

进行审计，安然公司一半的董事与安达信有着直接或间接的联系，甚至首席会计师和财务总监都来自安达信。在安然公司案爆发的半个月时间里，安达信竟销毁了数千页安然公司的文件，直到11月8日收到美国证交委的传票后才停止销毁文件。①

此后，包括福特汽车、默克制药、联邦快递、德尔塔航空公司在内的36家大客户与安达信解除了合同。当时为了赶在沉没之前捞一根救命稻草，安达信的代表不得不与昔日的竞争对手、全球第二大会计师事务所德勤谈判，以求收购。但鉴于安达信面临多起司法调查，还可能深陷于安然公司股民的赔偿诉讼，德勤宣布无意收购安达信。堂堂安达信，居然沦落到"卖身"而无人理睬的境地，简直让人难以想象。不过，打败安达信的不是别的什么对手，而是它自己。

美国休斯敦联邦地方法院2002年10月16日对安达信会计师事务所妨碍司法调查作出最严厉的判决，罚款50万美元，并禁止它在5年内从事相关业务。在陪审团的裁定公布后，安达信美国公司于8月31日宣布将退出从事了89年之久的上市公司审计业务，并关闭了绝大多数办事处。

安达信在过去20年中，有十几次涉嫌忽视、隐瞒客户的财务问题，不过每次都达成和解，但这次没能逃脱法律的制裁。

▷ **故事解读**

安达信倒闭，是现代商业的大悲剧之一。安达信很早就为外部会计专业守则设下业界标准。从安达信的观点来看，这家公司代表了公共服务及独立正直，保障股东的利益及财务系统。许多安达信员工一辈子都待在这里，公司的企业文化强烈且一致，并以融入企业价值观的严谨培训系统与文化适应为后盾。②

然而，在利益的驱使下，曾经是全球五大会计师事务所之一的安达信，帮助安然公司做假账、虚报盈利骗取投资者。在安然事件被调查的同时，仍然对与安然公司有关的文件进行销毁，不仅扮演了不光彩的角色，也使事务所失信于市场，最终导致了灭顶之灾。安达信的失败，主要原因在于受到巨大利益的诱惑，丧失了信用

---

① 《安达信倒闭事件》，《钱江晚报》，2010年12月23日，http://qjwb.zjol.com.cn/html/2010-12/23/content_653851.htm?div=-1。
② （美）迪麦尔著，吴书榆译：《商誉》，中国电力出版社，2013年版，第214页。

这一赖以生存的根本。在安然事件之前，安达信就曾出现过审计上的失信问题，但每次都侥幸逃过了法律的制裁，正是由于安达信不断在其审计业务上的"信用透支"导致了它的最终覆灭。

老子曾说："知人者智，自知者明。胜人者有力，自胜者强。"意为了解他人和了解自己都是智慧，了解自己比了解他人更胜一筹，战胜别人的只能说有力量，而能克服自身的缺点才是真正强大。在利益面前，安达信丧失了行业的基本准则——诚信，对自己的问题一再掩饰。作为世界知名会计师事务所的安达信拿信誉来作赌注，让人们对审计行业的职业道德产生疑问，这也对国际会计师事务所行业产生了巨大冲击。

安达信的故事向我们说明了一个道理：诚信不仅是做人之根本，而且是各行各业需遵守的规范，更是会计师事务所在市场中生存的立足之本。

▷ **公民采访**

采访者：安达信会计师事务所的故事带给您什么启示？

受访者（张姓大学生，采访地点：松江大学城）：我曾经在会计师事务所实习过，我认为诚信是会计从业人员必须具备的基本道德品质。安达信会计师事务所从小到大，历经了百年的时间，但是从盛转衰就在一瞬之间，它的毁于一旦令人深省。在我看来，对于任何一家企业，尤其是会计师事务所，诚信和声誉都是最重要的。良好的职业操守才能为企业带来良好的声誉，审计人员的职业道德水平也会影响会计师事务所的行业声誉。所以，我认为会计师事务所必须要以诚信为本，而相关部门也应该对其加强监督和管理。

▷ **专家点评**

安然事件是少有的对现代经济发展具有警示意义的事件之一。随着社会进步，科技的发展，公司制作为现代经济的基本构成，呈现越来越多的创新商业模式和新技术应用，不断地创造新经济的繁荣。但是，人类的经济活动延续几千年至今，唯一不变的一个法则就是诚信。安达信在安然事件中丧失的不仅仅是诚信，对现代经济秩序的破坏更甚。个中教训值得每一个投资人、每一个经济团体引以为戒。

▷ **延伸思考**

亚瑟·安达信在创办安达信之初，把"宁可失去客户，也不伤害公司"的正直态度作为公司的企业文化。如此重视"诚实和正直"的安达信却由于做假账而倒闭，这与其内部管理与外部压力是分不开的，然而深层的原因则是失信。安达信故事的背后是所有会计师事务所都需要面临的问题：在利益与信用之间该如何选择？答案显而易见，唯有诚信才是会计师事务所安身立命的根本。

后记

感谢我们所处的时代。这是一个社会主义核心价值观让诚信精神和诚信文化再一次得到大力弘扬的时代。感谢"中国现代会计之父"、立信的创始人潘序伦先生给立信人留下的精神财富——诚信。这份珍贵的遗产，让立信人受益匪浅。感谢上海市教卫党委和上海市教委对诚信系列课题研究的支持。感谢上海立信会计金融学院党委对本书编写过程的高度重视。感谢立信会计出版社窦翰修社长、方士华副编审、孙勇编辑等对本书编辑出版付出的辛勤劳动。

本书的编写者分工是：尹晓春（上篇故事1至故事6）、成富磊（上篇故事7至故事12）、闫锐（上篇故事13至故事18）、李玲芬（上篇故事19至故事24）、王亭（上篇故事25至故事30）、张婷（上篇故事31至故事36）、胡荣荣（上篇故事37至故事42）、高永祥（上篇故事43，上篇故事45至故事48）、王煜华（上篇故事44）、夏昱（上篇故事49至故事54）、郭慧君（上篇故事55至故事57，下篇故事97、故事98）、王思琪（上篇故事58，下篇故事88至故事91）、李政（上篇故事59，下篇故事92至故事96）、季晓峰（下篇故事60至故事65）、张春萍（下篇故事66至故事71）、张俊英（下篇故事72至故事77）、高鹏程（下篇故事78至故事81，下篇故事99、故事100）、魏康婧（下篇故事82至故事87）。本书由王煜华和吴明华分别进行初步统稿，全书最后由李世平、闫锐统稿。

本书为上海市学校德育创新发展课题"当代大学生诚信教育与实践研究"的建设成果，同时也是上海立信会计金融学院诚信校园文化建设的成果之一。

编　者

2017年4月